우치다 선생이 읽는 법

우치다 선생이 읽는 법

뾰족하게 독해하기 위하여

우치다 다쓰루 지음

박동섭 옮김

지성의 폐활량을 키우기 위하여

여러분 안녕하세요. 우치다 다쓰루입니다. 이 책으로 여러분과 다시 만나게 되었습니다.

이 책은 '읽기'란 무엇인가에 관한 글만 모은 좀 특이한 앤솔러지입니다. 글 자체는 평이합니다만 제가 언급한 책에 관해 모르면 번역이 쉽지 않았을 겁니다. 일본 고전, 일본 전통 예능 중 하나인 라쿠고落語, 미국과 프랑스의 문학 이야기도 있기에 번역을 맡아 준 박동섭 선생이 꽤 고생하셨으리라 생각합니다. 무엇보다도 박 선생의 노고에 감사 말씀을 드립니다. 언제나 고맙습니다.

한국어판 저자 서문에서는 제 책이 이 시기에 한국어로 번역 출판되는 것의 의미를 이야기하고 싶습니다. 지금 한일관계는 제가 아는 한 최악의 상태에 있습니다. 요즘 저는 왜 단기간에 이렇게 되고 말았는지 생각하고 있는데, 이에 대한 답은 '모르겠다'입니다. 저뿐 아니라 대부분의 일본 국민들 역시 이렇게 느끼고 있을 것 같습니다. 언론에서는 "이 문제의 책임자는 누구인가?", "이 문제로 이익을 얻는 사람은 누구인가?" 같은 질문을 반복해서 던지고, 그때마다 "나는 진실을 알고 있다"고 말하는 '전문가'가 등장해서 정답을 척척 가르쳐 줍니다.

어려운 문제가 생겼을 때에는 '문제를 단순하게 정리해 주는 사람'이 인기를 얻습니다. 지식인도 그렇고 정치가도 그렇습니다. 문제를 단순하게 정리해 주는 사람은 다양한 변수로 인해 일어난 사건을 두고 '한 명의 주동자가 세운 사악한 계획의 소산'이라고 설명합니다. 이런 설명을 들으면 사람들은 "뭐야, 간단한 문제였군!" 하고 한숨 돌립니다.

일견 무질서하고 우발적으로 일어난 것처럼 보이는 현상의 배후에 '모든 것을 지휘하는 자'가 있고, 모든 일은 그 사람이 엄밀하게 짠 계획대로 진행된다고 말하면 그 결과가 좋든 나쁘든 (그 변화가 자신에게 불리할지라도) 사람들은 안도합니다.

이는 인간의 자연스러운 사고 과정인지라 어쩔 수 없다고 하면 어쩔 수 없습니다. 모든 현상의 배후에는 '신의 섭리'가 있다고 믿거나 '역사를 관통하는 법칙'이 있다고 믿거나 '시온 현자의 프로토콜'이 있다고 믿는 것도 그 믿음의 구조 자체는 동일합니다.

애당초 우발적으로 보이는 자연 현상의 배후에 '아름다운 수학적 질서'가 존재한다고 믿는 것에서 자연과학도 시작되었으니까요. 눈앞에 펼쳐진 현상이 이해하기 어려우면 어려울수록 '복잡다단해 보이는 일의 배후에는 모든 것을 예측하고 간파하고 통제하는 주동자가 있다'고 결론 내리고 싶은 유혹이 강해집니다. 그 유혹에 굴복하는 것이 때로 파멸적인 결과를 가져온다는 것을 우리는 알고 있습니다.

1789년 프랑스혁명 당시 민중에 쫓긴 귀족과 수도자는 영국으로 망명했습니다. 그들은 밤마다 런던의 클럽에 모여서 왜 이런 일이 일어났는지를 두고 토론했습니다. 그런데 안타깝게도 프랑스혁명을 '무수한 요인의 복합적 결과'로 다룰 만큼의 지성을 갖춘 사람은 없었습니다. 그들은 프랑스혁명이 체제를 단숨에 뒤집을 수 있을 정도의 정치적 실력을 갖추고 완벽한 비밀 유지를 자랑하는 세계적 규모의 음모 조직에 의해 일어난 일이라고 추론했습니다. 그렇지 않다면 대규모의 정치적 동란이 동시다발적으로 일어난 것이 설명되지 않는다고 생각했던 것이지요.

그렇다면 그 음모 조직은 어떤 사람들일까요? 다양한 용의자가 거론되었습니다. 프로테스탄트, 영국 해적, 보헤미안 일루미나티, 프리메이슨, 성당기사단, 유대인 세계정부 등등. 사실 '주동자'는 누가 되어도 상관없었지만, 많은 사람이 유대인 세계정부가 프랑스혁명을 입안하고 실행했다는 음모론을 채택했습니다. 이를 믿은 사람들은 그 후 두 세기에 걸쳐 이 음모론을 지치지 않고 주장했습니다. 그 결과 유대인 600만 명의 제노사이드가 일어났습니다.

경천동지할 일이 있어났을 때 그 진짜 이유를 알려고 하는 것은 인간적 약함의 표출입니다. 이를 책망할 수는 없습니다. 그러나 우리는 '주동자'를 특정해서 문제를 단순하게 정리해 버리고, 현실 직시를 기피한 사람들이 얼마나 비인간적 행위를 저지르는지 역사로부터 배웠습니다. 어떤 현상을 탐구하는 것은 인간적이지만 그 결과 비인간적인 일이 일어난 것이지요.

　이 역사 사실로부터 우리가 얻을 수 있는 교훈은 아무리 복잡한 사태라 해도 '그 모든 것을 통제하면서 이익을 얻는 한 사람이 있다'는 가설은 충분히 경계심을 갖고 대해야 한다는 것입니다.

　경험칙에 따라 말하자면, 저는 한일관계를 출구가 보이지 않는 상황으로 이끈 사악한 주체가 있다고 생각하지 않습니다. 한일 양 국민을 곤혹하게 만드는 주도면밀한 계획이 있다고도 생각하지 않습니다. "책임자는 누구인가?", "이익을 보는 자는 누구인가?" 같은 사태를 간단하게 처리하려는 목적으로 질문을 던지는 사람에게 저는 그러한 질문은 유해무익하며, 오히려 문제 해결을 어렵게 만든다고 말하고 싶습니다.

　저는 난관에 부딪쳤을 때 '복잡한 문제를 복잡한 채로 다루는 자세'를 취합니다. 복잡한 것을 무리해서 단순화하지 않는 것이 제가 지성을 단련시키는 방식입니다.

　이는 어떠한 종류이든 제가 복잡한 문제에 접근할 때 취하는 기본 태도입니다. 정치는 물론 철학과 문학에 관한 경우에도 마찬가지입니다.

이것은 꽉 매어진 끈을 정성스럽게 푸는 작업과 비슷합니다. 매듭의 어딘가에 조금이라도 헐거운 부분이 있으면 거기서부터 풀기 시작합니다. 우리가 할 수 있는 것은 그뿐입니다. 매듭이 언제 풀릴지 예측할 수 없습니다. 그래서 계획을 짤 수도 없고 작업이 완료되는 날도 제시할 수 없습니다. 우리가 경험으로 알고 있는 것은 매듭 하나를 풀면 다음 매듭을 풀기가 쉬워진다는 것 정도입니다.

시간이 많이 걸리는 작업입니다. 이런 작업에 필요한 것은 '날 선 지성'이 아니라 '강인한 지성'입니다. 결론이 나오지 않은 채 계속 공중에 매달려 있는 상태를 견디는 지적 인내력도 필요합니다. 저는 '지성의 폐활량'이라는 말을 쓰기도 합니다. 얼마나 숨을 참을 수 있는지, 쉬운 결론을 채택해서 지적 부하를 단숨에 경감하고 싶은 유혹을 얼마나 견딜 수 있는지를 측정하는 폐활량이지요.

지금 한일 양 국민에게(특히 일본 국민에게) 필요한 것은 그런 자제와 인내라고 생각합니다.

너무 추상적인 말씀을 드려 죄송합니다.

한국 독자들이 제 책을 어떤 식으로 받아들일지 저는 상상할 수가 없습니다. 여러분이 제 책을 읽는다고 해서 한

일 외교관계가 나아지진 않겠지만, 복잡한 문제를 복잡한 채로 다루는 저의 태도에 공감해 주는 독자가 한 명이라도 있으면 거기서부터 매듭 하나가 풀릴 가능성이 생긴다고 저는 생각합니다.

힘냅시다.

2020년 2월
우치다 다쓰루

문예 서재

『ㅈㅎ새 여ㄱ』 여ㄱ
『ㅈㅎ새 여ㄱ』 여ㄱ
『주홍색 연구』 연구

코넌 도일 『주홍색 연구』

세상에는 잠언으로 기록하고픈 문구가 몇 페이지마다 나오는 소설이 있다. 희한하게도 시간이 지나 이야기는 거의 잊어도 그런 글귀들은 몸속에 아로새겨져 있다.

강하지 않았다면 살아 있지 못했을 것이다.
상냥하지 않으면 살 자격이 없다.
If I wasn't hard, I wouldn't be alive.
If I couldn't ever be gentle, I wouldn't deserve to be alive.

이 말이 레이먼드 챈들러의 어느 소설에 나오는지는

생각나지 않는다(나중에 찾아보니 『원점회귀』였다). 오랜 세월 계속 읽히는 소설에는 반드시 이러한 잠언이 담겨 있어서 때때로 잠언이 소설보다 기억 속에 오래 살아 있기도 하다.

아서 코넌 도일의 『주홍색 연구』를 읽다 보면 곳곳에서 멋진 잠언을 발견할 수 있다. 라캉은 에드거 앨런 포의 『도둑맞은 편지』를 소재로 유명한 세미나를 열었는데 셜록 홈스를 소재로 한 세미나가 있었는지는 견문이 적어 모르겠다(내가 '견문이 적어 모르겠다'고 한 것은 수사적 강조가 아니라 정말로 '잘 모른다'는 의미이므로 셜록 홈스를 다룬 라캉의 연구가 있다면 알려 주기 바란다).

그런데 홈스의 추리술은 오귀스트 뒤팽과는 다른 의미로 분석적이며 범용성이 매우 높다. 그것을 홈스는 '소급적 추리'라 부른다.

"자네에게는 이미 설명하였을 터인데, 제대로 설명할 수 없는 것은 대개 장애물이 아니라 오히려 단서지. 이러한 문제를 풀 때는 소급적으로 추리하는 것이 중요해. 이 방식은 아주 유용하고 간단하기까지 하지만 사람들은 시도하려고 하지 않아. 일상생활에서 일어나는 사건에는

'전진적 추리하기'가 도움이 되기 때문에 그와 반대되는 방식이 있다는 것을 깜빡하고 말지. 통합적으로 추리하는 사람과 분석적으로 추리하는 사람의 비율은 50대 1일 거야."

"솔직히 말해서 자네의 말이 잘 이해가 가지 않는군."

"자네가 이해하리라고는 사실 나도 그다지 기대하지 않았어. 좀 알기 쉽게 이야기해 보도록 하지. 만약 자네가 일련의 사태를 이야기한다면 대부분은 그게 어떤 결과를 가져올지를 생각해. 마음속에 사건을 배열해서 거기서부터 다음에 무슨 일이 일어날지 추리하지. 하지만 그런 사람들과는 다르게 어떤 사태가 있었다고 알려 주면 거기서부터 출발해서 결과에 이르기까지 어떠한 다양한 단계가 있었는가를 독특한 사고를 통해 밝혀 낼 수 있는 사람이 있어. 나는 이 힘을 '소급적 추리하기'나 '분석적 추리하기' 같은 말로 자네에게 얘기했던 거야.　　―『주홍색 연구』

어떤 사건을 시간 순서로 배열해서 그다음에 무슨 일이 일어날지를 추리하는 힘과 거기에 이르기 위해 어떠한 '지난 과정'이 있었는지를 추리하는 힘은 완전히 이질적인 것이다. 전진적·통합적 추리를 하는 사람은 일련의 사태를 설명하는 가설을 세울 때 '제대로 설명할 수 없는 것'을 경시하거나 무시하는 경향이 있다. 자연과학에서 '가설에 대한 반증 사례'를 '허용범위 내의 오차'로 처리하는 태도가 이런 경향에 해당한다.

하지만 홈스와 같은 지성은 그와는 다르다. 오히려 '가설에 대한 반증 사례', 다시 말해 '제대로 설명할 수 없는 것'을 단서로 추리를 진행한다. 기존 가설로는 제대로 설명할 수 없는 것일수록 그것을 설명할 수 있는 가설의 수는 오히려 적어지기 때문이다.

'제대로 설명할 수 없는 것'은 롤랑 바르트의 용어를 빌려 말하면 '무딘 의미'le sens obtus이다. "내 사고가 도저히 흡수할 수 없는 추가분으로서 생기는 여분, 완고하고 동시에 종잡을 수 없고 미끌미끌하면서 도망가 버리는 의미"(『제3의 의미』)를 바르트는 '무딘 의미'라고 불렀다.

그것은 대개 '없어야 할 것이 있다'든지 '있어야 할 것이 없는' 과잉 상태나 결핍 상태를 우회해서 나타낸다.

VIP 경호팀은 VIP가 지나기로 예정된 도로를 사전에 여러 차례 걸어 본다. 몇 번이나 반복해서 걷고 도로의 인상을 신체에 각인시킨다. 그러면 실제로 경호를 위해 그곳을 달릴 때 문득 가슴이 철렁하는 일이 일어난다. 경호원의 센서가 '없어야 할 것이 있다'거나 '있어야 할 것이 없다' 둘 중 하나, 즉 '제대로 설명할 수 없는 것'에 반응한 것이다. 우수한 경호원은 거기서부터 '그것을 설명할 수 있는 가설'을 찾아서 높은 확률로 숨어 있는 위험 요소를 간파한다.

'제대로 설명할 수 없는 것'에 반응하는 지성을 '단서'로 '지난 과정'을 찾아내는 힘, 그것이 얼마나 드물며 진정으로 지적인지는 셜록 홈스가 한탄하듯 아직 세상 사람들은 충분히 이해하지 못한다. 물론 일본에서도 '소급적 추리'의 중요성을 말하는 사람은 거의 없다.

다들 더운 여름 휴가는 셜록 홈스를 읽으면서 보내자. 다행히 어느 서점이든 홈스 책이 없는 경우는 없으니까.

{ 2010·8·20 }

책벌레의 비애

월터 스콧 『아이반호』

소파에 누워 『아이반호』를 읽는다. 왜 지금에서야 이런 책을 읽는가 하면 집필 중인 『사가판 유대문화론』에 중세 유럽 유대인 차별의 사고방식에 관해 쓰다가 『아이반호』에서 아이작과 레베카라는 유대인 부녀가 심한 행짜를 당하는 장면이 떠올랐기 때문이다. 그때 아이반호가 누구였는지 기억에 거대한 공백이 있다는 것을 깨닫고 다시 읽어 보기로 했다(제목에 나오는 것치고는 존재감이 없다). 읽기 시작하니 재미있다. 시모자와 간의 임협소설 같다.

그러고 보니 『작은 아씨들』에서 메그가 사과를 먹으면서 『아이반호』에 심취한 나머지 조가 불러도 좀처럼 손에서 책을 놓지 않는 장면이 있었다. '소년소녀세계문학전집'에 그 장면을 그린 아름다운 삽화가 있던 덕분에 '사과를 먹으면서 『아이반호』를 읽는 여자아이'는 소년 우치다의 오랜 이상형이었다.

불행하게도(또는 운 좋게도) 사과를 베문 여자아이는 그 후 인생에서 몇 번이나 만났지만 그중 누구도 『아이반호』를 읽지 않았다. 그 책을 읽고 있었다면 그 자리에서 청혼했을 것이다.

나는 흑기사와 로빈 후드가 아이반호가 갇혀 있는 프롱 드 뵈프 성을 공격하는 대목에서 그만 잠이 들었다. 두 시간 정도 달콤한 낮잠을 만끽했는데 일어난 뒤 반나절을 허송세월로 보낸 것 같아서 후회가 밀려왔다. 근본이 빈핍하다 보니까 하루도 빈둥빈둥 지낼 수가 없다.

그러고 보니 『타자와 사자』 원고도 『도쿄 파이팅 키즈』 원고도 아직 손을 대지 못했고 『오타키 에이이치론』도 쓰지 않았고 다음 자기평가위원회를 위한 토의자료도 만들지 않았고 『사가판 유대문화론』 노트도 쓰지 않았고 이케가야 선생과의 대담 디지털 데이터도 그대로이고 노가쿠* 연습도 하지 않았고……. '하지 않은 일'을 헤아리기 시작하니 곧바로 깊은 초조와 회한의 포로가 되어서 황급히 책상 앞에 앉았다.

---

* 일본의 전통 악극.

일전에 나바에 가즈히데 선생이 "우치다 선생이 사용할 수 있는 시간과 결과물 사이에는 아무리 봐도 상관관계가 없는 것 같다"라고 마치 외계인을 보는 눈으로 말한 적이 있다. 그런데 특별한 비결이 있는 것은 아니다. 근본이 빈핍하다 보니까 천천히 한 가지 일을 할 수가 없다. 끊임없이 여러 가지 일을 동시에 하지 않으면 머리가 어떻게 될 것 같다.

예를 들면 책을 읽지 않으면서 밥을 먹을 수가 없다. 심한 근시이기 때문에 책을 얼굴 근처까지 가져오지 않으면 글자를 읽을 수 없는데 그렇게 하다 보니 입으로 밥을 운반하는 젓가락과 책이 부딪친다. 어쩔 수 없이 책을 잠시 멀리 두고 음식을 입안으로 집어넣은 다음 황급히 책을 끌어당긴다. 1초밖에 안 되는 짧은 시간이 나에게는 견딜 수 없이 긴 무위의 시간이다.

화장실에서도 반드시 책을 읽는다. 화장실 문을 열고 화장실에 비치해 둔 '전용 책'을 힐끗 보고 '앗 이거 아까 다 읽었는데'라는 생각만으로도 식은땀이 흐른다. 그러면 황급히 책장으로 달려가서 화장실 안에서 읽어야 할 책을 찾는다. 그런데 나는 참지 못하기 직전까지 일을 하는 사람이라서 화장실 문을 연 시점에서 항문 주변은 이미 긴급사태를 맞이하여 "10초 뒤면 이 배는 폭파됩니다. 9, 8, 7……"의 카운트다운 상태에 들어간다. 그 긴박한 상황에도 책장에 가서 화장실에서 읽어야 할 책을 찾는다. 마치 영화 『에이리언』에서 셔틀 탈출 직전에 우주선으로 돌아가서 고양이를 찾는 리플리의 심경과 같다. 적합한 책을 손에 넣으면 그대로 도망치는 토끼처럼 화장실로 달려간다. 무사히 배설과 독서를 마치고(소요 시간 30초) 다시 책상으로 돌아간다. 읽어야 할 책이 없는 30초가 나에게는 무한한 무위의 시간이다.

전철에서도 반드시 책을 읽는다. 도중에 다 읽어 버렸을 때의 절망감을 고려해서 잊지 않고 예비용 책도 한 권 챙긴다. 역에 도착하고 나서 가방 안에 읽을 책이 없다는 것을 알게 되면 안절부절못하다가 약속 시간에 늦을 각오로 근처 서점으로 뛰어 들어가 '전철에서 읽을 책'을 구입한다.

그런데 책을 읽을 때 책에 몰입 따위는 하지 않는다. 그렇게 느긋할 수 있다면 빈핍하다고 부르지 않는다. 책을 읽으면서 원고도 쓴다. 종종 책 읽기를 멈추고 책을 손에 든 채로 입을 반쯤 벌리고 허공을 응시한다. 몇 분이나 응시하는 경우도 있다. 이는 책에 나오는 한 줄의 내용에서 촉발된 굉굉히 소용돌이치는 망상이 뇌 안의 텍스트 파일에 기록되는 상태이다. 영화를 볼 때도 영화에 몰입하지 못한다.

『앤디 워홀의 프랑켄슈타인 2』와 『13일의 금요일 4』를 보면서 머릿속에서는 「미국 호러영화론」 초고를 열심히 쓰고 있다. 왜 이런 조급한 삶을 살아야 하는지 스스로도 한심하다.

{ 2004·7·26 }

제법 가을다워졌다

조르주 상드 『사랑의 요정』

학생이 요시모토 바나나의 『티티새』라는 책을 빌려 주어서(실은 빌려준 것이 아니라 복사해서 읽어 보라고 맡겨 둔 것뿐이다) 읽었다. 요시모토 바나나의 책을 읽기는 처음이다.

창의적 글쓰기 수업에서 '젠더와 문체 사이에는 어떠한 관련이 있는가? 또는 전혀 관련이 없을까?'를 주제로 최근 2주간 논의를 하고 있던 터라 '남성 작가가 요시모토 바나나처럼 쓸 수 있을까?'라는 문제의식을 갖고 읽어 본다.

음…… 어렵다.

남성 작가라도 '여성 같은' 감수성과 사고를 상상으로 구축할 수 있지만 '자신의 여성성에 적응하지 못하는 여성'

을 생생하게 조형하기란 꽤 어려울 것 같다.

'자신의 여성성에 적응하지 못하는 소녀'는 어느 작품에서건 '자신의 성 역할에 완벽하게 충실한 소녀'보다 훨씬 매력적이다. 제도에 의해 강제된 '성차'를 자연스럽게 받아들이는 데에 저항하고 인습적인 성 역할을 거부하려는 행위를 통해 '인습적으로 구축된 성차보다 더 근원적인 성차'가 드러나는데, 이렇게 한번 비튼 연출을 내가 사랑하기 때문일 것이다.

나의 독서 체험의 가장 기원에 있는 연애소설은 여덟아홉 살쯤에 읽은 조르주 상드의 『사랑의 요정』이다. 『사랑의 요정』은 파데트라는 까무잡잡한 피부에 뼈만 앙상하고 전혀 여자답지 않던 여자아이가 사춘기가 되어서 남자아이 둘에게 사랑을 받고 갑자기 예뻐지는 이야기(그런 이야기라고 기억하는데 아닐지도 모른다)로 당시 초등학교 저학년이라 아직 성적으로는 미분화상태였던 나는 파데트에 완전히 감정이입하여 난생처음 '연애'라는 것을 내적으로 체험하고 두근두근했다.

『사랑의 요정』의 극적 묘미는 '전혀 여자답지 않고 덜렁대던' 파데트가 사랑을 하고 갑자기 '사랑스러운 여자아이'가 되는 그 '경이로운 변신'에 있을 것이다. 다른 것은 제쳐 두더라도 아이였던 나는 소녀의 격변하는 능력에 감동했다.

제도나 성격 탓에 성적인 징후가 희박했던 소년 소녀가 어떤 일을 계기로 근원적인 성 차이를 구축하는 힘에 압도당하는 것은 아마도 우리가 선호하는 설화 원형 중 하나일 것이다.

그런 생각을 하다 졸음이 찾아와서 만담가 가쓰라 베이초의 『오미팔경』近江八景을 들으면서 잠들었다.

비몽사몽 간에 듣고 문득 눈을 뜨니 만담이 거의 끝나갈 무렵이었다.

"이봐, 돈을 내야지.", "헤헤, 오미팔경에 낼 돈은 없소."

이런 결말에 이르기까지 어떤 내용이었을까.

{ 2006·11·8 }

ㅣ ㅏㅇㅣ 채자
ㅣ ㅏㅇㅣ 채자
나의 책장

루이자 메이 올컷 『작은 아씨들』
에리히 케스트너 『하늘을 나는 교실』

금요일에 세키카와 나쓰오 씨와 아사히문화센터에서 대담을 했다.

'Creative Writing : 대학에서 문학을 가르치는 것'이라는 주제로 이야기를 할 생각이었는데 세키카와 씨가 나쓰메 소세키의 『도련님』 이야기를 꺼내 그대로 나쓰메 소세키며 히구치 이치요, 다야마 가타이에 대해 떠들다 보니, 하려던 이야기는 마지막에 20분밖에 하지 못했다.

그래도 재미있었다.

소설을 읽는 것은(철학도 똑같을지 모르겠지만) 시대, 나라, 연령, 성별, 종교, 언어, 미의식, 가치관이 다른 사람의 내부에 들어가서 그의 신체와 의식을 통해 미지의 세계를 경험하는 것이다. 나는 특히 '미지의 사람의 신체를 통해서' 세계를 경험하는 것에 커다란 기쁨을 느낀다.

그래서 이야기 속으로 들어가 동조할 '허구의 인물'이 얼마나 현실적인지가 소설을 평가할 때 나의 중요한 기준이다. 나와는 다른 방식으로 나보다 더 깊게 탐욕적으로 세계를 향유하는 인물에 동조할 때 소설을 읽는 기쁨은 배가된다. 소설을 읽다 '배가 고프다'든지 '맥주를 마시고 싶어졌다'는 말이 절로 나오면 소설의 완성도가 높다고 해도 좋다.

나는 고등학생 때 김렛이 어떤 음료인지 몰랐다.

레이먼드 챈들러의 『기나긴 이별』을 읽으면서 저녁 5시 무렵 로스앤젤레스의 막 문을 연 시원한 바 카운터에서 그날의 첫 김렛을 마실 때의 기쁨을 앞당겨 경험했다. 꽤 시간이 지나 어른이 되고 나서 김렛을 실제로 마셔 보았다. 맛있는 음료라고 생각했지만 그 맛의 75퍼센트정도는 필립 말로의 선물이었다.

그러고 보니 책과 신체의 관련성에 대해 쓴 적이 있다. 세키카와 씨와 대담할 때도 이를 언급했는데 어느 출판사의 홍보지에 게재한 글이다.

제목은 「나의 책장」.

¶

　나의 첫 책장은 4단 정도의 어린이용 작은 책장이었다. 책장에는 초등학교 4학년 여름까지의 교과서 말고는 거의 아무것도 없었다. 그 무렵까지 만화 이외의 책을 읽는 습관이 없었는데 부모가 만화 구입을 허락해 주지 않았기 때문이다(나는 친구 집을 전전하며 친구가 소장한 만화책을 읽었다).

　독서가였던 부모는 만화밖에 읽지 않는 나를 걱정해서 큰마음 먹고 50권짜리 고단샤판 '소년소녀세계문학전집' 시리즈를 구입하였다. 당시 나는(지금 내 모습을 보고 상상하는 것은 어려울 테지만) 말 잘 듣는 아이였기 때문에 "이제부터 매월 한 권씩 책이 집으로 올 테니까 읽어야 해"라는 부모의 명령을 순순히 따랐다.

　처음에 도착한 책은 '동유럽과 남유럽편'이었다. 그 책에는 「검은 해적」과 「펄가의 소년들」이 수록되어 있었다. 내용은 거의 기억나지 않는다. 만화가 훨씬 재미있구나 하고 생각했을 뿐이다. 그런데 나는(자꾸 똑같은 말을 집요하게 하고 있는데) 말 잘 듣는 아이였기 때문에 참고 끝까지 읽었다. 매일 학교에서 돌아와서 정해진 시간에 책을 펼쳤다. 다 읽는 데에는 한 달 이상 걸렸다. 다 읽기 전에 다음

책이 도착했다. 이번에는 『걸리버 여행기』와 『크리스마스 캐럴』이다. 매우 재미있어서 열흘 정도 걸려서 다 읽었다. 책을 읽는 속도가 이렇게 빨라지다니 놀라웠다. 나는 책이 도착하는 것을 조금 기대하게 되었다. 그렇게 나의 작은 책장은 이 전집이 도착할 때마다 천천히 그리고 확실히 채워졌다.

나의 독서 생활에 전환점을 가져온 것은 루이자 메이 올컷이 쓴 『작은 아씨들』이었다. 남북전쟁 시기에 뉴잉글랜드에 사는 네 자매의 평온한 일상을 그린 이야기의 어디가 나의 심금을 울렸는지 모르겠지만 나는 책 내용을 다 외울 정도로 반복해서 읽었다. 몇 번이나 읽고 이미 숙지한 문장을 다시 읽는 것이 묘한 기쁨을 가져온다는 사실을 이때 알았다.

그러고 나서 조르주 상드의 『사랑의 요정』을 만났다. 파데트가 되어 랭드리와 시르비네 중 누구를 좋아할지 생각하다가 갑자기 가슴이 두근거리고 뺨이 뜨겁게 달아올랐다. 소설 속 등장인물을 깊게 동일시하면 먼 나라 먼 시대의 알지 못하는 사람의 인생을 나도 살 수 있음을 알게 된 것은 조르주 상드의 이 소설을 통해서였다.

그 뒤 『키다리 아저씨』, 『소공녀』, 『빨간 머리 앤』, 『알

프스의 소녀』등 계속해서 명작 소녀소설이 도착하였다. 나는 소녀소설에 완전히 빠졌다. 소녀로 빙의해서 민친 선생님을 원망하거나 줄리아를 시기하거나 마리아에게 호소하는 일은 매우 즐거웠다.

그런데 안타깝게도 재미있는 소년소설은 좀처럼 만날 수 없었다. 물론 『보물섬』과 『십오소년 표류기』와 같은 소년들을 주인공으로 한 소설이 있었으나 아무래도 소년들은 소녀들과 비교하면 내면이 없는 느낌이 들었다. 소년들은 모험을 하기 전에 거의 생각을 하지 않는다. 소년들이 머뭇거리거나 갈등하는 것은 단순한 행동의 지체에 지나지 않은 것처럼 느껴졌다. 나는 행동하기 전에 이것저것 생각하는 소녀들의 심상에 푹 빠져서 허클베리 핀에게 '너는 더 망설여도 될 것 같은데……' 하는 불만을 가졌다.

망설이는 소년과 만난 것은 에리히 케스트너의 『하늘을 나는 교실』이었다. 이 작품에서 나는 처음으로 '내면을 가진 소년'을 만났다. 초등학생이던 나는 그때까지 엄밀한 의미에서 내면을 갖지 못했다. 입 밖에 내지 않는 일은 물론 있었지만 그저 외적인 제지 때문이었다. 그것 이외의 이유로 내가 잠자코 있었다고 하면 자신의 우둔이나 비루함을 다른 사람에게 들키고 싶지 않았기 때문이다.

그런데 케스트너의 소설 속에 등장하는 소년들이 스스로를 억제하는 이유는 그렇지 않았다. 그들이 내면을 드러내지 않는 것은 대개 다른 사람에게 상처를 주지 않기 위해서라든지 자신의 자부심을 잃지 않기 위해서였다. 그들은 고독의 슬픔과 부유한 급우에 대한 선망과 부정에 대한 분노와 비열함에 대한 경멸을 때로는 강하게 느꼈지만, 적절한 상황에서 적절한 상대에게 말할 수 있을 시기가 올 때까지 마음속에서 천천히 숙성시켰다. 내면은 시간을 들여 숙성시켜 나감으로써 언어화된다는 것을 나는 현실의 어른이 아니라 독일인 작가가 그려 낸 소년들의 모습을 통해 배웠다.

이렇게 돌아보니까 어린 나의 '감정교육'은 『작은 아씨들』에서 시작해 『하늘을 나는 교실』에서 마무리되었다. 대략 열 살부터 열두 살에 걸친 2년여의 기간이었다. 그 무렵 나는 병약해서 얼마 동안 이즈의 요양시설에 머물다가 가끔 도쿄로 돌아오곤 했다. 친한 친구도 없어서 수업이 끝나면 야구와 스모에 빠진 급우들을 뒤로한 채 곧바로 집으로 돌아와서 오로지 책만 읽었다.

'소년소녀세계문학전집'으로 읽는 기쁨과 기본 소양을 배운 나는 부모의 책장에 불법 침입을 시도했다. 신초샤의 '세계문학전집'은 문턱이 높았기 때문에 일단 지쿠마쇼보의 '세계 논픽션 전집'을 꺼내서 몇 권을 읽었다. 처음에 읽은 것은 헤위에르달의 『콘티키호 항해기』였다. 전집 중에서 지금도 기억에 남아 있는 책은 빌리 홀리데이의 『이상한 열매』다(유이 쇼이치와 오하시 교센이 옮긴 책이었다. 나는 이 사람들이 라디오 간토의 「어제에 이어서」 진행자와 동일 인물이라는 것을 한동안 알지 못했다).

니진스키의 전기인 『목신의 오후』, 레오폴트 인펠트가 쓴 갈루아 전 『신은 누구를 사랑하는가?』, 로버트 카파의 『그때 카파의 손은 떨리고 있었다』도 이 전집에서 읽었다. 세상은 아주 넓은 곳이라는 것을 나는 이런 책들로부터 배웠다.

아버지 책장에 요시카와 에이지의 컬렉션이 있었다. 나는 처음에 『미야모토 무사시』를 읽고 곧바로 빠져들었다. 그리고 『신 헤이케 모노가타리』를 읽고 『신서 태합기』를 읽고 『사본 태평기』를 읽었다. 중학생 때 고문과 일본사 성적이 매우 좋았던 것은 이런 책들을 읽은 덕분이다.

그 후에는 '금서'밖에 남지 않았다. 일단 겐지 게이타와 이시자카 요지로와 시시 분로쿠의 샐러리맨 소설과 마쓰모토 세이초의 추리소설을 읽었다. 어느 날 고미 야스스케의 『무예장』武芸帳을 읽다가 어머니에게 들켜서 심하게 야단맞았다. 부모는 선정적인 것을 금하기보다 대중소설에 충만한 욕정을 아이가 빨리 경험하는 것을 탐탁치 않게 여겼던 것 같다. 옛날 사람인 아버지는 집안에서 아이가 돈 이야기를 하는 것을 허락하지 않았다.

몰래 읽다 들키지 않도록 세심한 주의를 기울이면서 다음은 고미카와 준페이의 『인간의 조건』을 읽었다. 이 책에서 육군내무반이라는 부조리한 제도를 처음으로 배웠다. 이 독서로 내 안에 반反 체육적 성향이 생겼다.

아버지는 자신을 위한 작은 책장을 갖고 있었는데 거기에는 '어려운 책'이 열 권 정도 엄선되어 꽂혀 있었다. 그 책만은 가족이 손대는 것이 허용되지 않았다. 그런데 그것이 반드시 아버지의 애독서는 아니었고 찾아오는 손님에게 '나는 이런 책을 읽는다'고 과시하기 위한 '지적 장식'임을 나는 어렴풋이 알고 있었다.

일요일 오후면 아버지는 거기서 문고본을 꺼내 담배를 피우면서 책장을 넘겼다. 한참 동안 책장을 비스듬히 읽는 속독법을 구사하고 나서는 옆에 있는 나를 향해 "너는 어려워서 이해 못 하는 철학책이다" 말하고는 다시 책장에 책을 꽂아 놓았다. 초등학생인 나는 과연 그것을 읽을 수 있는 지적인 어른이 될 수 있을지 강한 불안을 느꼈다. 그 책은 『이방인』이었다.

그 후의 일을 생각하면 나는 거의 집에 있는 책들로 만들어진 인간인 듯하다.

{ 2010·7·4 }

태풍이 불 때는 나바에 선생의 책을 읽자
태풍이 불 때는 나바에 선생의 책을 읽자

태풍이 불 때는 나바에 선생의 책을 읽자

나바에 가즈히데 『사랑하는 J POP』

나바에 가즈히데 선생의 『사랑하는 J POP』恋するJポップ의 서평.

이 책은 가벼운 제목과 달리 아주 깊이 있는 논고이다.

특히 제이 팝 가사에는 '타자'가 존재하지 않는다는 지적은 예리하다(물론 나바에 선생은 이런 철학 용어의 사용은 자제하고 있지만). 커뮤니케이션도 자유도 미래도 모든 것은 '타자'에의 초월 없이는 있을 수 없다. '나'의 초조함, 갈망, 불안과 같은 '결여감'을 색다른 '외부적인 것'으로 채우려는 발상법을 취하는 한 '나'는 고독한 채로 있을 수밖에 없다.

『시간과 타자』와 『존재와 다르게』에서 레비나스가 역

설한 것과 거의 같은 생각을 나바에 선생은 제이 팝 가사의 구조적인 빈곤함을 해석하면서 빈틈없이 꺼내 놓는다.

좋은 책이다. 그러나 이 책의 본질적인 깊이를 이해할 수 있는 독자는 많지 않을 것이다(실제로 지금까지 팝 뮤직 연구자의 호의적인 서평은 거의 없었던 것 같다). 젊은 독자 중에서도 이 책의 의미를 모르는 사람이 많을지도 모르겠다. 이는 나바에 선생이 상냥한 사람이기 때문이다. 상냥한 사람이 젊은이들에게 내미는 구원의 손길을 당사자인 젊은이들이 뿌리치는 일은 충분히 있을 수 있다. '그런 것'을 그들은 지금까지 본 적이 없기 때문이다. 그들이 지금까지 들어온 것은 질책, 명령, 요구의 어조뿐이다.

나바에 선생의 말은 그 어떤 것과도 다르다. 그는 구명보트 뱃전에서 몸을 내밀어 물에 빠진 젊은이들에게 내 손을 잡으라고 신호를 보내고 있다. 그런데 그들은 그런 호의를 경험한 적이 없다. 그들은 '이 사람의 친절에는 딴 마음이 있는 게 아닐까. 뭔가 팔려고 한다든지 종교를 믿으라고 권유한다든지?' 같은 생각으로 눈을 치뜨고 노려볼 뿐 나바에 선생의 손을 잡으려고 하지 않는다.

타자에게 내민 성심성의를 다한 선물의 수난이다. 상냥한 사람은 그 점이 안타깝다.

나는 나바에 선생처럼 친절하지 않다. 그럼에도 물에 빠진 젊은이들을 다소 안타깝게 생각한다. 구명보트에 아직 자리가 있으면 흔쾌히 태워 줄 마음도 있다. 그런데 차가운 물속에 손을 담그고 싶지는 않다.

그래서 나는 표류자에게 등을 돌리고 보트 안에서 연회를 한다. 산해진미를 만끽하면서 큰 소리로 노래를 부르고 있으면 물에 빠진 쪽도 즐거워 보인다는 생각에 그냥 놔둬도 가까이 올 것이다. 태워 달라고 하면 태워 준다. 그런데 "딴마음이 있는 거죠?" 같은 무례한 말을 하는 녀석은 그대로 바다로 밀어 버린다.

내가 이렇게 행동하는 것은 스타일과 사는 방식의 차이지 어느 쪽이 좋고 나쁘다고 할 수 없다. 아마도 나와 나바에 선생이 짝으로 구조대를 조직하면 가장 효율이 좋을 것이다.

사실 우리가 탄 보트가 그렇게 안전한지 아닌지 우리도 잘 모르기 때문에 꼭 태워 달라고 부탁하는 녀석 이외에는 무리해서 권유하지 않아도 되지 않을까…….

{ 2004·10·21 }

시바타 모토유키를 만나다

시바타 모토유키·무라카미 하루키 『번역야화』

시바타 모토유키 선생과의 대담이 롯폰기 국제문화회관에서 열렸다.

주최는 DHC. 지금은 화장품으로 유명한 회사인데 원래는 '대학번역센터'라는 이름으로 사업을 시작한 과거의 동업자이다. 여전히 번역자 양성과 문화교육사업도 하고 있다.

이번에 시바타 선생과 내가 '번역의 힘, 문학의 힘'이란 주제로 이런저런 이야기를 나누었다.

시바타 선생을 만나는 것은 이번이 두 번째. 우리 대학에 강연을 오셨을 때 처음 만났으니 5, 6년 전인 것 같다. 그때 미스기 게이코 선생의 소개로 처음 인사를 나눴다. 그

48

이후로 서로의 저서를 주고받는 사이가 되었다.

나도 연간 열 권씩 책을 내는 사람인데 시바타 선생은 열다섯 권씩 낸다. 선생 덕분에 내 서고에 현대 미국 문학 장서는 충실하게 갖춰져 있다.

우리 IT 비서실장이 학창시절(아주 옛날이야기 같군 후지이!)에 시바타 선생의 광팬이었다. 실장은 졸업논문에서 폴 오스터를 다뤘다. 역서를 읽다가 오스터보다 역자인 시바타 선생에 반해서 나에게 시바타 선생이 얼마나 훌륭한 사람인가를 역설했다.

어쩌면 시바타 선생이(당시 실장이 광팬이었던) 플리퍼스 기타의 멤버 오자와 겐지의 스승이었다는 것이 일의 발단이었을지도 모르겠다. 이 이야기의 전후 관계는 불분명하다. 그런 인연으로 나는 시바타 선생의 책을 10년 전부터 비교적 빠트리지 않고 거의 다 읽고 있다. 시바타 선생은 무라카미 하루키와의 공저 『번역야화』翻訳夜話, 『샐린저 전기』サリンジャー戦記 등에서 실로 깊이 있는 번역론과 문학론을 펼치고 있다.

그중에서 무라카미 하루키가 시바타 선생에게 무심결에 말한 '장어'설을 내가 몇 번이나 여기저기서 인용하고 있다는 것은 여러분도 잘 아실 것이다. 그 시바타 선생과 번역과 문학에 관해 이야기를 하려 한다. 두근두근할밖에.

내가 '문학연구자'나 '철학연구자'라고 말하는 것은 거의 경력 사기인데 '번역가'라고 불리는 것에는 천하에 부끄러운 점이 없다(아무도 불러 주지 않겠지만).

번역을 너무 좋아해서 대학 졸업과 동시에 히라카와 가쓰미와 번역회사를 차렸을 정도이다.

기술번역과 저렴한 추리극과 아동서를 콧노래를 부르면서 막 번역하였던 나의 'happy go lucky' 번역가 인생은 레비나스 스승의 책을 번역하면서 확 바뀌었다. 레비나스를 번역하는 일이 얼마큼 놀랄만한 경험이었는지 지금까지 제대로 다른 사람에게 이야기한 적이 없다.

번역이라는 작업을 통해 역자 자신이 지적 성장을 이루는 놀랄만한 체험은 아마도 번역을 평생의 업으로 삼은 사람만 이해할 경험이기 때문이다. 그런 이야기를 들어줄 상대가 있다면 현대 일본에서 시바타 모토유키 선생 이상의 사람은 없다. 오랫동안 바라던 일이 이루어진 덕에 시바타 모토유키 선생과 번역이 가져오는 기쁨과 놀람에 관해 이야기를 나누는 최고의 시간을 보낼 수 있었다.

두 시간 동안 진행한 대담은 눈 깜짝할 사이에 끝나고 말았다.

청중석에서 재미있는 질문이 많이 나와서 즐거웠다("우치다 선생님의 그 근거 없는 자신감은 어디에서 나옵니까?"라든지). 더 이야기를 하고 싶어서 시바타 선생 부부와 DHC 관계자, 젊은 영문학자인 와세다대학의 도코 고지 씨, 게이오대학의 오와다 도시유키 씨와 뒤풀이 장소로 갔다.

이 젊은 두 학자는 내년 일본영문학회의 심포지엄에 나를 부르는 무모한 기획을 세우고는 시바타 선생을 통해 나에게 의뢰를 한 분들이다. 시바타 선생도 심포지엄에 출석한다고 하니 내가 출석을 부탁하고 싶을 지경이라 흔쾌히 받아들였다. 뒤풀이는 그 인사도 겸하는 자리였다. 처음에는 어색하게 인사하며 얌전히 명함을 주고받았는데 오와다가 "저는 나이아가라입니다"*라고 자기소개를 한 순간에 눈시울이 뜨거워졌다.

악수!

연타를 날리듯 "마스다 사토시하고도 옛날부터 친구입니다."

또 악수!

그렇다면 우리는 친구 아닌가. 그러면 체면 차릴 것도 없고 젊은 분들 쭉쭉 마셔!(돈은 DHC가 내지만) 이 두 젊

---

* 뮤지션 오타키 에이이치의 팬클럽 이름. 우치다 다쓰로도 팬클럽 회원이다.

은 친구의 업계 이야기가 너무나도 재미있어서 박장대소하다가 보니 한밤중이 되었다.

시바타 선생과 나는 오타구 가마타 지역에서 태어나서 히비야고등학교, 도쿄대학 문학부를 졸업하고, 형제가 있는 집에 차남이라는 매우 비슷한 이력을 가지고 있다는 사실도 이날 알게 되었다.

내가 시바타 선생에게 느끼는 친근감은 다마강에서 나고 자란 고유의 푸근함 덕인지도 모르겠다.

{ 2006·9·21 }

클리셰와 쪼개진 말

마치다 고 『못마땅의 맛』

보이스는 간단히 말하자면 '사소한 계기로 말이 무한하게 배출되는 장치'이다. 말을 바꾸면 입력과 출력이 1대 100과 같은 이상한 비율로 작동하는 언어 생성 장치를 의미한다. 물론 이런 말을 한다고 착각해서는 곤란한데 '똑같은 이야기'를 끝없이 방류하는 언어 운동이라는 의미가 아니다.

'똑같은 이야기'를 클리셰Cliché라고 한다. 이 말은 진부한 표현이나 고정관념을 뜻하는 프랑스어로 어원은 인쇄 용어다. 원래는 식자공이 일일이 활자를 가져오기 귀찮으니 자주 사용하는 활자군을 한꺼번에 끈 따위로 묶어 두고 근처 선반 등에 둔 것을 의미하였다고 한다. 그러다 자주 쓰는 문구가 나오면 준비한 활자 다발을 끼워 넣는다.

클리셰만으로 문장을 만드는 것은 간단하다. 꽤 긴 문장을 반복해서 쓸 수도 있다.

단 클리셰의 난점은 식자공이 활자를 다발로 다루듯이 독자도 정형구가 나오면 다발로 건너뛰고 다음으로 넘어가기 때문에 음미의 대상이 되는 일이 없다는 점이다. 나 또한 책이든 기사든 논문이든 클리셰가 나오면 그 문장을 건너뛰든지 아니면 책과 기사와 논문 읽기를 그만둔다.

우리는 '창의적 글쓰기' 수업을 통해 그와 반대의 지점을 찾고자 한다. 클리셰의 비유를 그대로 따오면 한 개의 활자를 더욱 세세하게 나누어 활자의 납 부분과 나무 부분을 분리해서 각각의 재료와 활자에 붙어 있는 잉크 재질을 분석하고 타이포그래피의 곡선을 분석하고…… 등등과 같이 자신이 지금 사용하는 언어의 내부와 세부로 깊숙이 파고들어 가는 작업을 하는 것이다.

클리셰의 반대 개념을 딱히 표현할 말이 없는데 일단 '반反 클리셰'라고 해 두자. 반 클리셰는 '자신이 지금 말하는 메커니즘 자체를 소급적으로 말할 수 있는 언어'를 가리킨다. 이렇게 말해도 이해를 못할 테니 학생들에게 오늘의 수업 자료인 마치다 고의 에세이를 들려주었다. 처음에는 무슨 내용일까 하고 반신반의 얼굴을 하고 듣던 학생들도 도중부터 경련을 일으키면서 웃다가 마지막은 폭소로 끝났다.

마치다 고는 자신이 지금 쓰는 말의 운동을 언어화했다는 점에서 틀림없는 천재이다. 참고를 위해서 그 일부를 적어 둔다.

그래서 나는 수필을 쓸 때 게재 불가가 되지 않도록 세심한 주의를 기울여야 한다고 생각하는데, 어떤 점을 주의해야 하는가 하면 재미없어서 게재하지 않는 경우는 거의 없다는 것이다. '게재 불가' 이유가 재미없기 때문이라고 끙끙 앓을 필요는 전혀 없다. 원고 내용이 부정확하거나 착오나 과오가 많아서 게재를 못하는 경우도 없다. 이런 경우에는 오류를 지적받을 뿐이다.

그러면 게재 불가의 이유는 무엇인가? 그 원고가 사람들을 기분 나쁘게 하거나 불쾌하게 만들 가능성을 내포하고 있을 때이다. 다시 말해 원고가 게재된 지면을 보고 화를 내는 사람이 나올지도 모른다. 이것이 가장 큰 원인이다. 왜냐하면 어떤 저명한 선생이라도 아무 이유 없이 사람들을 불쾌하게 만들어서는 안 되기 때문이다.

그래서 수필을 쓸 때 게재 불가가 되지 않도록 써야 하고, 이를 위해서는 그것을 읽는 사람이 불쾌하지 않도록 쓸 필요가 있다. 이것이 기본 중의 기본, 철칙 중의 철칙이다. 그런 생각을 염두에 두고 이제 수필을 써 보기로 하자.

"어제 빵을 사러 갔다. 집에 빵이 다 떨어졌기 때문이다."

이렇게 쓰면 괜찮은 거지? 오케이? 오케이? 됐지?

이 정도면 누구도 불쾌하지 않겠지?

자 그러면 이걸로…… 아 그런데 뭐였지? 맞아, 나는 빵을 사러 간 것이었다. 그렇긴 한데 잠깐만. '빵을 사러 갔다'는 이야기를 이런 공적인 장소에서 말한다면 독자들이 빵 먹는 것을 장려하는 것처럼 받아들이지 않을까? 독자에게 빵 이외의 쌀밥과 국수와 파스타 등을 먹어서는 안 된다고 말하는 것처럼 오해를 받지는 않을까?

그렇다고 한다면 그 산업에 종사하는 사람은 아주 불쾌할지도 모르고 그럴 가능성이 있는 것만으로도 문제이니 게재가 되지 못할 가능성이 아주 크다. 다시 쓰기로 하자.

"어제 빵을 사러 갔다. 집에 빵이 다 떨어졌기 때문이다.

그렇다고 해서 내가 밥과 국수와 파스타가 싫어서 빵만 먹는다는 주의는 아니다. 그런 것들도 매우 좋아한다. 단지 그때는 기분상 빵이 먹고 싶었을 뿐이지, 콩 같은 잡곡류도 사야 하고 쌀과 국수와 파스타도 사야겠노라고 강하게 강하게 생각하고 꼭 앞으로 평생 나는 쌀과 국수와 파스타와 잡곡을 빵과 똑같은 비율로 먹으리라 마음속으로 굳게 다짐하면서, 그리고 세상 모든 사람도 그러면 좋겠다고 기원에 가까운 마음을 품으면서 빵을 사러 간 것이다.

이제 됐겠지. 아직 구멍이 있을지도 모르겠지만 교정지가 오면 그때 고치면 된다."

——『못마땅의 맛 2』テースト・オブ・苦虫

이런 식으로 마치다 고는 빵을 사러 집을 나서서 상점가를 향해 횡단보도를 건널 때까지의 일을 기술하며 엄청난 지면을 채웠다. 나는 "마음속으로 굳게 다짐하면서"에서 참았던 웃음을 터뜨리고 말았다. 이것이 '클리셰'의 반대인 '반 클리셰 문장'이다.

언어는 내부로 쪼개면 쪼갤수록 무한한 유쾌와 힘을 만들어 낸다. 그런데 한 가지 주의할 점이 있다. 클리셰 역시 말이 실처럼 끊임없이 뽑아져 나오듯이 보인다는 점에서 얼핏 '반 클리셰' 문장과 비슷하게 보인다. 이 클리셰를 쓴 본인도 어쩌면 '무궁무진한 문체'를 만들어 냈다고 생각할지도 모른다. 그러나 그것은 개수대에 연결된 수도관 같은 것이다.

물론 거기서도 말은 넘쳐 나오지만 모두 그 사람과 그의 동족인 '클리셰 사용자'에 의해 가혹할 정도로 혹사당하고 닳고 닳아서 손때가 묻고 오물 범벅이 된 말이다. 우리는 자신의 말을 쪼개는 방법을 배워야만 한다.

{ 2008·4·11 }

메이지의 기질

후쿠자와 유키치 『후쿠자와 자서전』

섣달 그믐날에 외상값으로 갚아야 할 빚은 없지만 '문책'文責이 있다. 올해 마지막 문책인 조너선 보야린과 대니얼 보야린 형제의 『디아스포라*의 힘』 서평을 끝내면 나는 맡은 바를 모두 진지하고 성실하게 이행하게 된다. 청소는 끝났고 연하장도 모두 우편함에 넣었고 만나러 올 사람도 없고 만나야 할 사람도 없다. 홀가분한 세밑이다.

늦잠을 자고 이불 안에서 마치다 고의 『아저씨는 세계의 노예인가 : 못마땅의 맛 6』을 읽는다. 그 뒤 종일 『디아스포라의 힘』을 읽고 목욕을 하고 한잔 술을 기울인 후 『후쿠자와 자서전』福翁自伝의 나머지를 읽는다. 아주 통쾌한 내용이다. 메이지 시대의 책을 읽다 보니 메이지인의 '날카롭

---

* 팔레스타인 바깥으로 흩어진 유대인이나 유대인 공동체를 총칭한
다. 유대인이 세계 도처에 흩어진 물리적인 현상을 가리키지만, 종교
적·철학적·정치적·종말론적 의미를 함축하기도 한다.

고 위세 좋은 말'의 기세에 신체가 익숙해졌다.

후쿠자와 유키치는 기질이 굳센 사람으로 불합리한 것을 싫어하고 잘난 체하는 녀석을 싫어하고 근성이 비열한 자를 싫어해서 버럭 화만 내는 사람이다. 그렇지만 다른 사람을 깔보고 자신을 높이지 않는 점이 멋지다.

내전으로 에도(현재의 도쿄) 전체가 난리가 났을 때도 충성을 뽐내거나 시류에 편승하려 하지 않고 세속에 구애됨 없이 훌훌 유연하게 지냈다.

유키치는 에도가 불바다가 될 위기에도 자신이 운영하는 학당 게이오의숙이 비좁다며 보수 공사를 했다. 에도 어디에도 이런 시국에 보수 공사를 하는 집은 없었다. 목수도 미장이도 일이 없어서 곤란한 상황이었기 때문에 노임은 헐값이었지만 아주 기뻐하였다.

친구가 찾아와서 이럴 때 공사라니 그만두라고 충고하자 유키치는 이렇게 대답했다.

그렇지가 않아. 지금 내가 건물을 새로 지으니 우스꽝스럽게 보이지만 작년에 공사를 했다면 어땠을까? 바야흐로 전쟁이 일어나서 피난할 때 그 집을 짊어지고 갈 수는 없지. 지금 전쟁이 일어나면 불에 탈 수도 있고, 타지 않을 수도 있어. 설령 불타더라도 작년에 집이 불탔다고 생각하면 후회는 없다. 조금도 아깝지 않아.

곧 전쟁이 일어날 것이라고 소동이 벌어진 와중에 유키치가 당당하게 건물을 지으니 이웃들은 성에서 일하며 정세에 밝은 후쿠자와가 저리도 태평하니 여기는 안전할 것이라 지레 짐작하고 피난을 가지 않았다고 한다.

유키치는 말은 그렇게 하면서도 도망갈 준비는 했다. 탄환이 날아오면 집 정원에 구덩이를 팔지 흙벽으로 만든 광 마루 밑에 숨을지 고민한 끝에 기슈(나가노현)의 저택 정원에 적당한 장소를 찾았다.

"여기가 좋겠다. 일을 그르쳐 전투가 걷잡을 수 없어지면 이리로 도망치자"고 결심하고 짐 나르는 거룻배를 대여섯 대 빌려서 비상사태가 벌어지면 일가가 배를 타고 기슈 저택으로 도망가려고 빈틈없이 준비했다. 전쟁이 뭐 대단한 일이냐고 배짱을 부리면서도 도망갈 준비는 확실히 해 둔 합리성은 후쿠자와 유키치다운 멋이다.

정작 전투가 시작되자 그는 별로 당황하는 일도 없이 태연하게 학당을 운영했다.

1868년 5월 우에노에서 큰 전쟁이 시작되자 그 전후로 에도에서 연극이며 만담, 온갖 구경거리, 요리집이 모두 휴업한 통에 도시 전체가 캄캄했다. 한치 앞도 모르게 혼란했지만 나는 전쟁이 일어난 그날도 가르침의 과업을 그만두지 않았다. 우에노에서는 계속 철포를 쏘고 있다. 하지만 우에노와 신센자는 2리나 떨어져 있으니 철포가 날아올 우려도 없고, 그때 나는 영어 원서로 경제 강의를 했다.

보신전쟁* 때도 유키치는 태연하게 학당을 계속한다. 도쿠가와의 학교는 당연히 문을 닫았다. 유신 정부는 전쟁이 바빠서 학교는 신경도 쓰지 않았다. "일본에서 적어도 책을 읽고 있는 곳은 오로지 게이오의숙뿐이다."

전란 속에서 수업을 하는 초연함과 거기서 경제, 요컨대 상업의 뼈대를 강의하는 '리얼리스트'의 모순 속에서 나는 후쿠자와가 체현한 양질의 무사적 사고방식을 본다.

이러한 사고방식은 유키치가 양이가攘夷家**들로부터 서양 학문을 강의하는 인간으로 간주되어 암살 대상이 된 시기에 한 번도 야간 외출을 하지 않았던 신중함에서도 엿볼 수 있다.

---

* 1868-1869년에 도쿠가와 막부 세력과 반 막부 세력이 일으킨 일본 내전.

** 에도막부 말기의 외국인 배척 운동가를 일컫는 말.

대략 유신 전 1861–1862년부터 유신 후 1873–1874년까지 12, 13년 동안이 가장 뒤숭숭하고 위험해서 그동안 나는 도쿄에서 밤에는 결코 외출하지 않고 어쩔 수 없이 여행해야 할 때는 이름을 위조하고 짐에도 후쿠자와라고 쓰지 않았다. 남몰래 돌아다니는 꼴이 도망자가 다른 사람의 눈을 피하고, 도둑이 도망 다니는 형국이라 정말로 유쾌하지 않았다.

실제로 유키치의 친구인 데즈카 리쓰조와 도조 레이조는 양학자라는 이유로 조슈인에게 살해당하고 국학자 하나와 다다토미는 신하의 도리를 어겼다고 하여 암살당했다. 양학자이면서 공공연한 개국자인 유키치도 여러 번 간발의 차이로 암살자로부터 도망칠 수밖에 없던 상황인지라 당연한 경계였다.

별로 알려지지 않았지만 유키치는 이아이居合***에 소양이 있었다. 젊은 시절부터 좋아해서 오사카에서 오가타 주쿠****를 경영할 때도 열심히 수련했다. 그러나 막부 말기에 너 나 할 것 없이 갑자기 용맹한 사람들처럼 행동하자 싫증이 나서 덜컥 그만두고 만다. "이아이 검은 완전히 깊숙한 곳에 넣어 버리고 칼 같은 것은 태어나서 한 번도 본

*** 앉아 있다가 재빨리 칼을 뽑아 적을 베는 검술.
**** 에도 시대의 의사 오가타 고안이 오사카에 세운 네덜란드 학문을 가르치는 사설 학원.

적 없고 뺀 적도 없고 빼는 방법도 모르는 얼굴을 하고” 지냈다.

막부 말기 흉흉한 시절, 학자들까지 호신용 장도를 차고 다니는 모습을 보고 유키치는 칼을 대부분 팔아 치운다. 몸에 차고 다니는 두 자루의 검* 중 장도는 검집만 장도지 내용물은 단검이었고, 단검은 가쓰오부시를 깎는 칼이었다.

그 무렵 친구인 다카바타케 고로를 찾아가니까 방에 장검이 장식되어 있었다. 유키치는 “바보 같은 짓이니 이런 것을 장식하지 말라”고, 자네는 그것을 뽑을 수 없다고 말한다. 다카바타케가 당연히 뽑지 않을 거라고 대답하자 유키치는 마당에 나가서 4척이나 되는 장검으로 이아이 자세를 보여 주고 나서 “뽑을 수 있는 자는 이미 칼을 팔아 버렸는데 뽑지 못하는 자가 장식해 두는 것은 잘못이 아닌가” 하고 쓴소리를 했다.

이아이를 해 본 적이 없는 사람에게는 와닿지 않을 수도 있는데 4척의 칼을 뽑는 것은 보통 기술로는 어림없다. 내가 가진 이아이 검은 2척 5촌 5분, 진검은 에도 시대 물건으로 2척 4촌이다. 175센티미터인 나도 2척 6촌짜리 검

* 무사는 일반적으로 장검과 단검을 한 자루씩 차고 다녔다.

을 빼는 것은 힘에 부친다. 3척이 넘으면 나 같은 신체 능력으로는 이아이 자세는커녕 검을 뽑을 수조차 없다. 보통 무도 도구를 파는 가게 카탈로그에 이아이 칼은 2척 6촌까지밖에 실려 있지 않다.

요즈음의 이아이는 칼을 뽑는 것과 칼끝의 속도를 경쟁하는 쪽으로 발전하였기 때문에 선수는 가능한 한 짧고 가벼운 칼을 고른다. 길고 무거운 칼을 뽑는 기술의 중요성을 나는 한 번도 들은 적이 없다. 그러나 이아이의 본질은 무겁고 긴 검을 다루는 고도의 신체 활용에 있다.

메이지 시대의 고위 관료 가쓰 가이슈의 부친 가쓰 고키치는 유명한 『무스이 독언』夢酔独言 말고도 『헤이시 류 선생 유사』平子龍先生遺事라는 훌륭한 글을 썼다. 고키치가 가르침을 받은 히라야마 고조라는 무예자의 언행록이다.

고키치가 처음 만났을 때 스승은 이미 노령이었지만 8척 5촌의 목검을 사용하고 7관이나 나가는 큰 도끼를 한 손으로 휘두르고 늘 차는 칼은 모두 3척 8촌이었다. 몸집이 작은 고조가 앉아 있는 그림이 남아 있는데 칼자루가 팔길이와 똑같다. 칼집의 끝은 위로 들린 채 종이 바깥으로 사라졌다.

고조의 도장에 걸린 간판에는 큰 글씨로 다음과 같이

쓰여 있다고 한다.

다른 유파 사람들이 도전한다면 그들이 사용하는 도구가 철포든 활이든 상관없이 우리는 칼로 대응하겠다.

점점 이야기가 산으로 가는데 이 사람의 군학軍學 스승은 야마다 모헤이라는 양반으로 "언젠가 남자가 남근이 있는 탓에 여색에 빠져서 뜻을 세우지 못한다면 남근을 잘라 버려라"고 말하는 과격한 사람이었다 보니 파격적인 문하생이 배출되는 것도 납득할 수 있다.

그런데 무슨 이야기를 하다가 옆길로 샌 거지?

아, 그렇지. 장검 사용의 곤란한 점을 이야기하고 있다. 히라야마 고조가 찬 칼이 3척 8촌인데, 후쿠자와 유키치가 4척 장검을 뽑았다는 것으로 그의 무술가로서의 높은 기량을 가늠할 수 있다.

여담은 이쯤하자(애당초 진지한 이야기 따위 없었지만).

『후쿠자와 자사전』을 다 읽고 나니 신체가 메이지의 리듬에 익숙해져서 메이지시대 사람이 쓴 책이 읽고 싶어졌다. 한잔 더 하고 나서 나루시마 류호쿠의『독매잡담집』読売雑譚集을 서가에서 꺼냈다. 류호쿠의 특기인 사람을 놀려먹는 수필집이라서 그 풍미는 마치다 고의『못마땅한 맛』과 통하는 점이 있다. 취해서 읽어도 문제가 없다.

책 내용 중에「용봉의 요강」이라는 이야기가 있다.

류호쿠는 알아 봤자 아무짝에도 쓸모 없는 고사 내력에 관해서 바닥을 알 수 없을 정도로 박식하다.

명나라에 이걸이라는 명신하가 있었다. 그 부인 아무개는 출중한 미인이었는데 어릴 때부터 야뇨증이 있었다. 밤에 잠들면 꿈속에 궁녀 둘이 나타나서 용과 봉황이 그려진 요강을 가져온다. 그런데 그 꿈을 꾸면 반드시 실금했다. 항상 똑같은 꿈이었다.

이걸은 아내의 병에 곤란해하면서도 다른 점에서는 아주 훌륭한 아내였기 때문에 이혼하지 않고 결혼생활을 계속했다.

어느 날 황태자의 혼례가 있어서 이걸과 그의 처가 궁중에 초대를 받았다. 그런데 궁중에서 처가 갑자기 변의를 느껴 얼굴을 찌푸리고 있으니 황후가 그것을 알아차리고 "무슨 일인가?" 하고 물었다.

어쩔 수 없이 "소변이 나올 것 같습니다" 하고 있는 그대로 아뢰니 황후는 두 궁녀에게 명을 내려서 부인을 궁중의 깊은 방으로 데리고 갔다. 궁녀는 용과 봉황이 그려진 요강을 내밀었다. 요강은 물론이요, 두 궁녀 또한 어릴 적부터 꿈에서 본 것과 똑같았다. 부인은 크게 놀랐지만 그 이후부터 그 꿈을 꾸지 않게 되어서 잘 때 소변을 보는 버릇도 나았다고 한다.

라캉과 융이 알면 매우 기뻐할 것 같은 이야기다.

{ 2008·12·31 }

질주하는 문체

다카하시 겐이치로 『악과 싸우다』

다자이 오사무 『만년』

영문학자인 나바에 가즈히데 선생과 동료로 지내는 것도 이제 1년밖에 남지 않았다.

최근에는 두 사람 모두 대학 업무로 바쁘기도 하고 나바에 선생은 오랫동안 병중에 계신 부모님을 보살피고 있어서 옛날처럼 느긋하게 같이 놀 여유가 없다. 그래서 '두 선생과 세미나'라는 수업을 함께 담당하게 되었다. 미디어커뮤니케이션 부전공의 제4학기 연구 과목이다. 이 과목이라면 일주일에 한 번 나바에 선생과 90분 동안 이야기를 나눌 수 있다. 그것도 언어 문제라는 주제 한정으로.

탁월한 언어 감각을 가진 문학연구자에게 동료로서 영향을 받을 마지막 기회이다.

매주 여러 주제로 학생들과 함께 뜨겁게 이야기를 나눈다. 학생들에게 뭔가를 가르친다기보다도 우리가 대화를 통해 발견한 것을 학생들이 실시간으로 공동 경험하는 수업이다. 어제 수업 주제는 '문체는 질주한다'였다.

　　질주하는 문체와 그렇지 않은 문체가 있다.

　　훌륭한 작가는 첫 줄부터 독자의 목덜미를 꾹 잡고 순식간에 이야기 내부 세계로 납치하는 솜씨를 발휘한다. 웹에서 'National Story Japan Project'라는 기획으로 일반인들이 쓴 짧은 이야기를 150편 정도 읽었다. 재미있는 소재가 많았다. 문장도 잘 썼다. 그런데 순식간에 읽게 만드는 작품은 드물었다. 몇 줄 정도 읽어 보면 알 수 있다. 글쓴이가 먼 곳에 있다. 눈에 보이고 목소리도 들리지만 체온이 느껴지지 않는다. 숨결이 전해져 오지 않는다.

　　독자로 하여금 순식간에 읽게 만드는 작품은 첫 줄에서부터 글쓴이가 귓가에 있다. '어느새'라고 표현해야 할 정도로 훌륭하게 틈새를 파고든다. 즉 이런 느낌이다. 첫 줄부터 이야기가 시작되는 것이 아니라 이미 이야기는 시작되었는데 그것이 마침 나에게는 첫 줄이었다. 이야기 세계 속으로 휙 납치해 가는 힘은 작가가 구축한 세계의 견고함에서 나온다. 정교하게 만들어져서 아주 오랜 세월 동안 살아남은 건축물 고유의 견고함이 느껴진다.

그런 건물에는 어디에나 입구가 있다. 정문으로 들어가도 되고 뒷문으로 들어가도 되고 심지어는 창문으로 들어가도 된다. 읽는 이가 어디에 있든 세계가 견고하다면 우리는 곧바로 이야기 속으로 들어갈 수 있다.

'이곳 말고는 들어갈 수가 없습니다. 순서대로 진행해 주십시오' 같은 지시가 나오면 미묘하게 작위적인 느낌이 든다. 합판에 페인트 칠을 해서 늘어놓은 것을 보는 듯하다.

질주하는 문체는 어떤 것일까? 그에 관한 여섯 권의 책 첫머리를 읽었다.

제일 처음 읽은 책은 다카하시 겐이치로의 『악과 싸우다』「悪」と闘う. 얼마 전에 『주간현대』에 서평을 썼다. 이 잡지는 출간되었기 때문에 여기에 다시 써도 괜찮을 것이다.

290쪽짜리 책인데요. 읽기 시작한 지 10초 만에 이야기 안으로 끌려 들어가서 '어어어어' 하다가 보니 100쪽까지 순식간에 읽고 말았습니다. 거기까지 읽고 나서야 비로소 책에서 얼굴을 떼고 겨우 '휴~' 하고 숨을 돌렸습니다. 이 질주감을 어떻게 표현해야 할까요. 다카하시 겐이치로밖에 쓸 수 없을 질주하는 문장입니다. 제가 아는 편집자가 이 책을 읽고 다자이 오사무 같다고 했는데 정확히 그렇습니다. 어떤 조건이 갖추어져야 작가가 이토록 '질주하는 문장'을 쓸 수 있는지 숨을 돌리는 김에 다음 내용 읽기를 멈추고 생각하였습니다. 소설은 이렇게 시작합니다.

"기이는 한 살 반이 되었습니다. 그런데 말이 늦습니다. 말의 발달이 늦습니다. 아아, 이렇게 말해도 괜찮을까요. '말이 늦다', '말의 발달이 늦는다'라고요. 그런데 틀렸다고 해도 괜찮아요. 그보다도 기이의 서툰 말이 걱정입니다."

다카하시의 문제의 기어는 '아아'에서 2단이 되고 '그런데'에서 3단, '그보다도'에서 톱기어를 넣습니다. 세 줄만에 최고 속도. 굉장합니다.

다자이 오사무의 "죽으려고 했다"라든지 "아이보다도 부모가 중요하다고 생각하고 싶다" 같은 '첫 줄부터 톱기어'인 문장에는 조금 미치지 못하지만 현대 작가들끼리 '04경주'*를 한다면 다카하시 겐이치로가 단연 챔피언이겠지요.

0-400미터까지 최단속도로 도달하는 것을 다투는 자동차처럼 초고속으로 말이 나오려면 미리 짠 '계획'은 필요하지 않습니다. '계획'이 있으면 곧바로 목적지로 향할

* 자동차로 400미터를 누가 빨리 주파하느냐를 경쟁하는 게임.

수 있으니까 문장에 속도가 붙을 거라는 생각은 틀렸습니다. 문체의 속도는 절벽에서 굴러떨어지는 사람이 손에 닿는 바위며 구덩이며 나무뿌리, 담쟁이덩굴을 잡으려는 운동의 빠르기에 가깝습니다. 어디로 떨어지는지 모르는 채 필사로 절벽을 더듬는 '낙하자'의 손끝은 '잡을 수 있는 것'과 '잡을 수 없는 것'을 만진 순간에 판단합니다. 그 민감한 손가락 끝이 선택한 홀드**가 될 수 있는 언어로만 소설을 구성한다면 쓸데없는 말이 하나도 없는 소설이 나오게 됩니다. 이론적으로는 그렇지요. 아마도 다카하시는 '그런 소설'을 쓸 마음으로 글을 썼을 겁니다.

그러기 위해 작가는 지금 자신을 삼키려는 '거대한 소용돌이'에 뛰어들어야 합니다. 다카하시가 고른 '거대한 소용돌이'는 '악'이었습니다. 그곳에 휘말리는 이는 다카하시의 이야기적 분신이 아니라 '아이'입니다. 경험이 부족한 '아이'가 보는 지옥의 풍경은 아마도 어른이 경험하는 것보다 훨씬 생생할 겁니다. 이야기의 짜임새로 보면 이 작품은 『허클베리 핀의 모험』과 『호밀밭의 파수꾼』의 직계라고 해야 할지도 모르겠습니다.

'사랑'은 '악'을 제어할 수 있을까(이길 수 있느냐고 묻지 않겠습니다). 이것은 다카하시 겐이치로의 모든 작품

** 암벽을 오를 때 손잡이나 발판이 되는 곳.

속에 흐르는 신화적 주제입니다. 그 주제가 이만큼이나 진솔하게 드러난 글을 읽기는 참으로 오래간만의 일입니다.

그 밖에 예로 든 것은 무라카미 류의 『69』, 오다 사쿠노스케의 『부부선재』夫婦善哉, 나카지마 아쓰시의 『명인전』, 나쓰메 소세키의 『풀베개』. 그리고 결정판이 이것.

선택된 것에서 오는
황홀도 불안도
두 가지 다 나에게 존재하였다.
— 베를렌

죽으려고 했다. 금년 정월, 타처에서 기모노를 한 필 받았다. 신년 선물인 셈이다. 기모노의 옷감은 모시였다. 쥐색의 촘촘한 줄무늬가 섞여 짜여 있었다. 이것은 여름에 입는 기모노이리라. 여름까지는 살아 있으리라고 생각했다. 노라도 또한 생각했다. 복도로 나와 뒷문을 쾅 닫으며. 돌아갈까 하고.　　　　　　— 다자이 오사무, 『만년』

근대문학사에 길이 남을 소설의 도입부 중 하나일 것이다.

수업은 『악과 싸우다』 도입부와 『만년』의 도입부가 구조적으로 아주 가깝다는 논의로 시작했다.

어디가 비슷한가?

그에 관해서는 각자 다시 한번 두 작품을 비교하면서 읽고(단, 다카하시 선생의 책은 2쪽 정도 더) 생각해 보길 바란다.

내 생각에 공통점은 두 가지다.

하나는 '타인의 말'이 갑자기 끼어든다는 것.

또 하나는 '추락'하는 것이다.

{ 2010·6·4 }

희한한 앙케트

나카자토 가이잔 『대보살 고개』*

일전에 모 잡지의 앙케트에 참여했다. '평생에 한번은 읽고 싶지만 아직 읽지 않은 책'이라는 아주 흥미로운 질문이었다.

읽고 싶다고 생각은 하면서도 왜인지 책을 집어 들고 읽어 나가는 데에 저항이 작동하는 책이 있다. 그 목록은 책 읽는 사람 무의식의 심적 경향을 아는 데 중요한 단서가 된다.

나는 『대보살 고개』大菩薩峠를 골랐다.

시라이 교지의 『후지에 선 그림자』富士に立つ影와 어깨를

---

* 나카자토 가이잔의 장편시대소설. 1912년부터 1941년까지 미야코신문, 마이니치신문, 요미우리신문 등에서 연재된 미완의 일대 거편이다. 허무에 사로잡힌 검사 쓰쿠에 류노스케를 주인공으로, 막부 말기 고슈 대보살고개에서 시작되는 그의 여행 편력과 주변 사람들의 다양한 인생을 그렸다. 이야기는 작가의 죽음과 함께 미완결로 끝났다. 세계최장소설을 목표로 집필되었던 시대소설로, 대중소설의 선구자로 불리는 불후의 걸작이다.

나란히 하는 '아주 긴 시대소설'의 쌍벽으로 주인공인 쓰쿠에 류노스케가 도중에 사라져서 다른 사람이 주인공이 된다(되는 듯하다. 읽은 적이 없기 때문에 잘 모른다).

돌아가신 이마무라 히토시 선생이 극찬했기 때문에 언젠가는 꼭 읽고 싶었던 터라 앙케트에 다음과 같은 문장을 기고하였다.

'평생에 한번은 읽고 싶지만 아직 읽지 않은 책'이라는 질문의 답변은 다 고만고만하지 않을까(편집자는 실망했겠지만). 아마도 『잃어버린 시간을 찾아서』, 『율리시스』, 『겐지모노가타리』가 톱 10에 들어갔을 거라고 생각한다. 물론 『대보살 고개』도. 나도 아직 읽지 않아서 언젠가는 읽어야지 생각하고 있는 책들이다. 이유는 분량이 많고 '일단 읽기 시작했는데 계속 읽지 못해서 도중에 단념한' 사실이 트라우마로 남아 있기 때문이다.

이 모든 책을 도중에 하차한 개인적으로 가장 큰 이유는 '초점을 맞추어야 하는 인물에 감정 이입할 수 없다'는 점이 아닐까 한다. 쓰쿠에 류노스케로 말하자면 이만큼 공감할 수 없는 주인공은 드물다(『악령』의 스타브로긴이 그래도 낫다).

왜 그런가 하면 뭔가 '악'할뿐만 아니라 '협량'한 느낌이 들었다. 혹여 이야기가 진행되면 정사일여正邪一如* 스케일의 인물로 성장할지 모르겠지만 거기에 당도하기 이전에 쓰쿠에에게 흥미를 잃어버리고 말았다. 내 그릇이 커져서 나쁘고 협량한 주인공이라도 사랑할 수 있게 되면 다시 도전하고 싶다.

독도 약도 되지 않는 문장인데 다른 사람들은 어떤 책 앞에서 제자리걸음을 하고 있는지에 흥미가 있었기 때문에 책이 나오기를 기대하면서 기다렸다.

잡지가 도착해서 페이지를 넘겨보고 놀랐다.

제목이 「죽을 때까지 꼭 읽고 싶은 책 : 독서가 52명 인생의 한 권」이었기 때문이다.

앙케트를 보니 대부분 '인생 최고의 한 권'을 추천했고 '읽지 않은 책'을 회답한 사람은 거의 없었다.

응? 설마 나 혼자인가 싶어 얼굴에 핏기가 가셨는데 잘 읽어 보니까 나 말고도 '아직 다 읽지 못한 책'을 이야기한 사람이 나카노 미도리 씨, 네지메 쇼이치 씨, 쓰치야 겐지 씨 등 여럿 있었다(아아, 다행이다).

이번 앙케트에 응답한 분들 대부분은 '아직 읽지 않은'

* 옳은 것과 사악한 것은 결국 같은 것.

이란 말을 보지 못했는지 결과적으로 그 집계는 '늘 곁에 두고 보는 한 권', '늘 곁에 없는 한 권'이 섞인 희한한 앙케트가 되었다.

앙케트 해설도 '얼마 안 되는 인생에서 다시 한번 읽고 싶은 책은? 죽기 전에 언젠가 읽고 싶은 한 권은?'으로 바뀌었다.

그런데 '다시 한번 읽고 싶은 책'과 '아직 읽지 않았지만 읽고 싶은 책'은 보통 동일한 항목에 들어가지 않는다. '이미 읽은 책'을 질적으로 음미하는 일과 '아직 읽지 않은 책'의 내용을 망상하는 일은 뇌 안의 사용 부위가 다르기 때문이다.

아직 읽지 않은 책 목록 작성은 말을 바꾸면 자신이 알지 못하는 것을 생각하는 것이다. 자신의 무지, 짧은 생각에 관한 자기평가를 안팎으로 드러내는 것이다.

늘 말했듯이 자신의 똑똑함을 과시하기보다 자신의 어리석음을 공개하는 것이 세상의 성립 과정과 인간이라는 존재를 아는 데 훨씬 유용하다. 그래서 이 '아직 읽지 않은 책' 앙케트의 취지를 훌륭한 아이디어라고 생각했다.

그런데 안타깝게도 52명의 독서가 중 대부분은 앙케트의 '아직 읽지 않은'이라는 한정 조건을 (고의인지 무의식인지) 간과하고 말았다.

편집회의에서는 이러한 회답자들에게 설문 취지는 그런 것이 아니라고 다시 써 줄 것을 부탁해야 할지 말아야 할지 고통스러운 논의가 이루어졌을 것이다.

그런데 결과적으로 자신의 무지에 관해 회답한 몇 명에게 '미안하지만 혼자서 눈물을 삼키는 것으로' 전략을 바꿔 마무리를 지었다(어디까지나 내 상상이다).

물론 나는 그런 일에 화를 낼 만큼 속 좁은 인간은 아니다(그렇게 맹세도 했고).

게다가 이 앙케트는 결과적으로 일본 독서인의 무의식에 관한 흥미로운 데이터를 제공해 주었다. 일본 지식인의 압도적 다수가 '자기 지성의 한계와 부조를 주제화하는 작업에 반사적으로 눈을 돌리고' 있다는 사실을 알려 주었다는 의미에서 귀중한 정신분석적=민족적 자료이기 때문이다.

물론 All Time Best 독서 가이드로도 유용하다.

{ 2008·11·11 }

'세상의 끝'을 떠올리게 하는 작품에 관한
'세상의 끝'을 떠올리게 하는 작품에 관한

'세상의 끝'을 떠올리게 하는 작품에 관한 앙케트

조지 밀러 『매드맥스 2』

Q: '세상의 끝'을 그린 작품 하나를 고른다면 무엇입니까?

A: 『매드맥스 2』죠.

Q: 그 작품에서는 어떤 '끝'의 이미지를 그리고 있을까요?

A: 『매드맥스 2』는 전쟁 후 무법화된 호주의 황야가 무대인 영화입니다. 영화 전체에 암담한 '종말감'이 떠도는 까닭은 살아남은 사람들이 자동차와 가솔린 쟁탈전을 벌이며 서로 죽고 죽이는 이야기 설정 때문입니다. 원시 시대까지 돌아가 버린 세계에서 가장 귀중한 '살아남기 위한 도구'가 가솔린을 뿜어내는 대배기량 자동차라는 설정 그 자체가 역설적입니다.

그럼에도 가솔린 정제와 자동차 제조도, 자동차를 보

수하고 유지하는 기술과 부품 조달도 모든 것이 이미 불가능해진 세계죠. 그 와중에 어찌어찌 물건을 만드는 노하우를 전승한 사람들이 있는데 그들은 파괴하고 약탈하는 것밖에 모르는 도적들에게 계속해서 죽임을 당합니다. 어떻게든 살아남으려고 하는 사람들의 필사적인 노력이 '세상의 끝'을 점점 앞당기죠. 이만큼이나 '희망 없는 영화'는 좀처럼 볼 수 없을 겁니다.

Q: 이 세상의 끝 혹은 당신 자신의 끝에 관해 어떠한 생각을 갖고 계신지요? 그리고 그것은 3월 11일 동일본대지진 이후 달라졌을까요?

A: '세상의 끝'이란 선형적인 시간의 흐름 마지막에 엔드마크가 나오는 것이 아니라 시간의 흐름을 가늠조차 할 수 없는 상황에 던져지는 것이라고 저는 이해하고 있습니다. '최초'나 '마지막', '전'과 '후', '원인'과 '결과', '전제'와 '결론' 같은 말 자체가 무의미해지는 것이죠. 우리에게 익숙한 논리 형식이 기능하지 않는 상황에 처하는 겁니다.

3월 11일 후쿠시마 원자력 발전소 사고는 다름 아닌 '살아남으려는 필사적인 노력'에 의해 살아남을 가능성 자체가 줄어들어 가는 '세계의 끝' 화법을 그대로 모방한 것처럼 느껴집니다. 여태껏 이야기 세계에서 만 알던 일이 정말로 현실이 되었다는 것이 그때 실제로 느낀 감각이었습니다.

'세상의 끝'에서 어떻게 논리적이고 윤리적으로 살 것인가가 모든 '세상의 끝에 관한 이야기'의 주제인데, 이제 그것을 이야기로 향유하는 시대는 끝나고 우리 자신에게 절박한 주제가 된 것 같습니다.

{ 2011·12·6 }

스캔과 리드
스캔과 리드
스캔과 리드

오타키 에이이치 『나이아가라 캘린더』

요미우리신문과 긴키대학이 공동으로 주최한 행사에서 신세를 진 요미우리신문사의 야마우치 씨와 문예학부의 아사노 히로시, 사토 히데아키 두 분 선생을 뵈었다.

행사의 주제는 '교양 없는 시대의 독서'. 이런 주제라면 이야기할 거리가 있다.

이럴 때는 '교양이란 무엇인가?'라는 물음에서 출발하는 것이 원칙이겠지만 그렇게 하는 것은 아마추어다. 그 말의 가장 중요한 의미로 합의되어 있다고 믿는 키워드에 관해 '그렇게 정의 내려도 괜찮은가?'라고 한 단계 전부터 이야기를 시작하는 것이 비평의 요령이다.

그러니까 이렇게 물어야 한다.

'독서란 무엇인가?'

만화를 읽는 것은 독서라고 할 수 있는가? 지하철 안의 광고를 읽는 것은 독서라고 할 수 있는가? 마른 김을 감싸고 있는 포장지를 읽는 것은 독서라고 할 수 있는가? 식당의 메뉴를 보는 것은 독서라고 할 수 있는가? TV 예능 프로그램의 자막을 읽는 것은 독서라고 할 수 있는가? 외국 영화의 자막을 읽는 것은 독서라고 할 수 있는가? 글자를 아직 모르는 아이가 신문을 가만히 응시하는 것은 독서라고 할 수 있는가?

아마도 많은 사람이 이러한 행위를 독서라고 부르지 않을 것이다.

그런데 나는 이러한 것도 똑같이 독서라고 불러야 한다고 생각한다.

독서는 중층적인 구조라 다양한 신체기관이 이에 관여한다. 독서 행위에 관여하는 어느 기관이 언어기호의 입력에 상관해서 발동한다고 하면 그것은 이미 독서라고 불러도 좋을 것이다.

스승인 오타키 에이이치의 「좌座 독서」라는 명곡이 있다. 이것은 독서에 수반하는 '앉아서 페이지를 넘기는' 동작을 '댄스'로 해석한 것이다.

자자 댄스의 뉴모드

앉아서 춤추는

이름하여

좌 독서

리듬에 맞추어서

페이지를 넘기는

동작 훌훌

간단

좌 독서

매우 경쾌하고 '전대미문 전무후무'한 댄스곡이다.

오타키 선생은 이때 독서가 교양, 정보, 문화 자본과 전혀 관계가 없을 수 있다는 것을 예리하게 지적하셨다(역시 우리 스승님이시다). 그런데 『나이아가라 캘린더』ナイアガラ・カレンダー 발매 당시, 스승의 혜안을 깨달은 사람은 없었다(나도 이해하지 못했다).

책을 펼치고 팔락팔락 페이지를 넘기면 그것은 이미 독서이다. 독서에는 적어도 두 가지 방식이 있기 때문이다. 하나는 '문자를 화상 정보로 입력하는 작업'이고, 또 하나는 '입력한 화상을 의미로 해독하는 작업'이다. 우리가 인습적으로 독서라 부르는 것은 두 번째 공정을 가리킨다.

그러나 실제로는 화상 정보가 뇌 안에 입력되지 않으면 우리는 문자를 읽을 수 없다.

007이 두 번 죽듯이 우리는 언어기호를 두 번 읽는다. 첫 번째는 화상으로, 두 번째는 언어기호로. 각각의 공정을 '스캔'scan과 '리드'read로 바꾸어 말해도 된다.

신문을 펼쳐서 대각선 읽기를 하는 것은 스캔이다. 문득 관심이 가는 문장이 눈에 들어와서 눈을 돌려 기사를 처음부터 읽는 것은 리드이다.

학교의 국어교육은 오로지 리드에 초점을 맞추고 교육 프로그램을 편성했다. '작가는 여기서 무엇을 말하고 싶은가', '여기서 '그것'은 무엇을 가리키는가?', '魑魅魍魎를 어떻게 읽는지 쓰라' 같은 물음에 대답하는 힘을 가리켜 국어 능력이라고 부른다. 그런데 그래도 괜찮은 것일까? 나는 조금 회의적이다.

그보다 먼저 갖추어야 하는 스캔하는 힘의 육성이 얼마나 중요한지 일본의 국어교육자들은 자각하고 있을까?

스캔이란 단순하게 말하자면 '그저 문자를 응시하는' 것이다. 타자수가 손으로 쓴 원고를 의미도 모른 채 빠른 속도로 타이핑하듯이 문자 화상을 대량으로 그리고 고속으로 뇌 안에 입력한다. 스캔이라는 예비 공정이 적절하게 이루어지지 않으면 다음의 리드 단계로 나아가지 못한다.

그런 의미에서 '아침 독서운동'은 아주 적절한 프로그램이었음을 알 수 있다. 이것은 책을 읽는 것이 아니다. 문자를 보는 것이다. 의미 같은 건 아무렴 어떻든 상관없다. 종이에 쓰인 문자를 화상으로 받아들이는 뇌 안의 신경 회로 속도를 올리는 것뿐이다. 이 과정이 필요한 이유는 이것이야말로 우리 교육 프로그램에 결여되어 있기 때문이다.

메이지 시대까지 국어교육의 기본은 '사서오경의 소독素讀'이었다. 소독이란 '오로지 한문을 음독하는' 것이다. 의미 따위 어떻든 상관없다. 옛날 사람은 경험적으로 이 작업을 경유해야 '언어의 의미'를 해독하는 다음 수준으로 올라갈 수 있음을 숙지하고 있었다.

재작년 오타키 에이이치와 함께 하는 첫 번째 세션(히라카와 가쓰미, 이시카와 시게키와 함께) 때 오타키 선생이 나루세 미키오의 『가을이 오다』와 『긴자 화장품』 두 작품을 먼저 보라며 건네주었다.

그때는 그것이 깊이를 헤아릴 수 없는 오타키 선생의 영화 연구의 입구임을 알 길이 없었다. 왜 오타키 선생이 나루세 미키오의 영화 분석에 이토록 깊이 들어가게 되었는가. 그 수수께끼를 중심으로 120분에 걸쳐 라디오를 녹음했는데 아마 이 방송을 들은 여러분은 매우 놀랐을 것이다. 어떤 종류의 놀라움인지는 듣지 않으면 모른다.

오타키 선생이 무엇을 말하려고 하는지 기성의 언어로 설명하는 것은 매우 곤란(거의 불가능)하다. 녹음이 끝난 후 대기실에서 오타키 선생이 '먼저 전체를 보지 않으면 안 된다. 부분의 합은 전체가 아니다'라는 이야기를 요미우리 자이언츠 프로야구팀의 미야자키 캠프 이야기를 인용하며 시작해서 한 개 음을 듣는 것만으로 오케스트라의 악기 구성을 안다는 이야기를 하셨을 때, 이것이 아침에 신칸센을 타고 오면서 생각한 스캔과 리드의 차이와 절묘하게 부합한다는 것을 깨닫고 경탄했다.

오타키 선생은 의심할 여지없이 '스캔하는 사람'이다.

음악을 샤워하듯이 듣고 영화는 휘감아 들어가듯이 본다. 전체를 그 안에 들어가서 경험한다. 오타키 선생은 관찰자가 아니다. 나루세 미키오의 영화를 볼 때는 '나루세 미키오 영화 속 공간에서 사는 것'이다.

오타키 선생은 아마도 『가을이 오다』와 『긴자 화장품』의 등장인물에 빙의하여 영화의 공간 안에서 호흡했을 것이다. 그것은 현실의 쓰키지와 신토미초가 아니라 나루세 미키오의 환상 안에서만 존재하는 쓰키지이고 신토미초이다. 현실에는 존재하지 않는 거리에 들어갈 수 있다. 실제로 오타키 선생은 영화를 촬영한 현장에 서면 아무리 경치가 바뀌어 있어도 영화 풍경이 생생하게 떠오른다고 한다. 이것은 현실의 쓰키지 풍경과 영화 속 1950년대의 쓰키지 풍경에 아직 공통점이 남아 있다는 소리가 아니다.

　　과거 쓰키지에서 자란 사람이 떠난 지 50년쯤 지나 돌아와서 완전히 바뀐 경치를 바라보다가 "아, 여기가 강이 있던 자리지"라고 떠올리는 것과 똑같은 기억의 재생을 오타키 선생이 스스로의 신체를 통해서 실제로 경험하는 것이다. 오타키 선생은 '관찰'하는 것이 아니라 '떠올리고' 있는 것이다. 그런 식으로 영화를 볼 수 있는 능력이 존재한다(나도 몰랐다).

　　3년 정도 전에 처음으로 오타키 선생을 만났을 때 그는 1950년대 영화에 몰두하고 있다고 했다. 하루에 영화를 세 편 정도 본다는 이야기를 듣고 그러면 영화를 봤다고 할 수는 없지 않을까 내심 의심스러웠다. 당시 나는 우리와 전혀 다른 영화 보는 방식이 있다는 것을 몰랐다.

　　오타키 선생은 그때 아마도 고속으로 영상을 스캔했

을 것이다. 영화는 보는 것이 아니라 그 안에서 사는 것이다. 그래서 자주 영화에 노출되어야 한다. 오타키 선생은 집중적으로 수천 시간 동안 영상을 스캔한 후에 영화 안으로 들어가서 그 안의 사건과 풍경을 마치 자신의 먼 기억처럼 떠올리며 향유하는 수준까지 도달했다.

과거 무인도에 가져갈 레코드에 관한 앙케트에서 오타키 선생은 무인도에는 레코드가 아니라 레코드 연감을 가져갈 것이라고 대답했다. 책장을 펼치고 레코드 재킷을 슬쩍 보면 곡이 울리기 시작해서 모든 음을 뇌 안에서 재생할 수 있으니까 음악 장치를 가져갈 필요가 없다는 것이 그 이유였다. 샤워할 때 물을 뒤집어쓰듯 음악을 들으며 '음악의 안쪽'에 들어간 사람만이 할 수 있는 말이다.

'너무나도 강하게 영향을 받은 것은 의식으로 올라오지 않는다'는 이야기를 듣고 『일본변경론』의 가장 중요한 아이디어 중 몇몇은 오타키 선생의 '분모분자론'에서 배웠다는 사실을 새삼 자각했다. 이번 책은 그런 의미에서는 'dedicated to Eiichi Otaki'라고 헌사해야 한다는 생각이 집으로 돌아가는 택시 안에서 들었다.

스승은 정말로 위대하다.

{ 2009·11·11 }

이케가야 선생의 책을 읽다

이케가야 선생이 책을 읽다
이케가야 선생이 책을 읽다

이케가야 유지 『단순한 뇌 복잡한 나』

여행 내내 이케가야 유지 선생의 『단순한 뇌 복잡한 나』를 읽었다. 400쪽이 넘는 꽤 두툼한 책인데 순식간에 다 읽어 버렸다. 이 책에는 이케가야 선생에게 받은 귀여운 해마 만화 사인이 있고, "이번 책은 지금까지 나온 책 중에서 가장 전력투구를 다한 책입니다!"라고 쓰여 있다.

이케가야 선생과는 2년 전에 대담을 한 적이 있다. 나는 이과 사람들과 이야기하는 것을 좋아한다. 요로 다케시, 모기 겐이치로, 후쿠오카 신이치 등 다들 이야기가 명쾌하고 깊이 있는 비평을 하는 분들이다. 이케가야 선생과 이야기를 직접 나눠 보고 그의 높은 두뇌 기능에 경탄했던 것을 기억한다.

인간이 뇌의 구조를 고찰할 때는 '자신의 뇌 활동을 자신의 뇌 활동이 추월하는' 곡예가 필요하다.

'나는 이렇게 생각한다'는 판단을 내린 순간에 '왜 나는 이렇게 생각했을까? 이 언명이 참이라는 근거를 어디에서 찾았을까?'와 같은 반성이 스멀스멀 고개를 들어 곧바로 '내 사고에 대한 물음이 유효한지를 예단해도 될까?'와 같은 '반성의 적법성에 관한 반성'이 스멀스멀 고개를 들고……(이하 무한).

이런 현상은 '아주 머리가 좋은 사람'에게는 반드시 일어나는 일인데 여기서 '아, 모르겠다' 하고 마키 신지* 같은 판단 유보에 빠지지 않고 '아니, 이것으로 된 것이다' 같은 무한후퇴(이케가야 선생은 이것을 'recursion'(되풀이)이라고 부른다)를 쓸데없는 반복이 아니라 생산적인 것이라고 감지할 수 있는 사람이 있다.

진짜 과학적인 지성은 그런 사람을 의미한다. 왜 'recursion'이 생산적인가 하면 본인에게 그것이 '기분 좋기' 때문이다. 최종적으로 사고의 심화를 담보하는 것은 생각하는 사람 자신의 '이렇게 쭉쭉 생각해 나가면 기분이 좋다'는 '기분의 문제'이다. 그런데 왜 기분이 좋은 것이 좋은 일인지를 당사자는 확신할 수 있을까? 이케가야 선생은 이

---

* 코미디언. 우쿨렐레를 연주하면서 "아 싫어졌다. 아 놀랐다" 같은 대사를 반복한다. 그의 대사에서 따온 말.

문제에 관해 다음과 같이 썼다.

'다른 사람에게 도움이 되면 기쁘고 자신도 만족하고 그래서 과학은 재미있다.' 일반인은 그렇게 생각할 수도 있다. 그런데 과학 현장에 있는 사람은 생각이 다르다. 과학의 진수는 그것만이 아니다. 사실과 진실을 해명하고 아는 것보다는 해명해 가는 과정에 진짜 재미가 있다. 가설을 검증해서 새로운 발견이 탄생하면 그 발견을 과거에 축적된 지식으로 해석하고 또 새로운 발견에 도전한다. 고상한 추리소설을 읽어 나가는 두근거림이다. 난해한 퍼즐 조각을 조금씩 발굴하고 맞추어 가는 수수께끼 풀이 창출 과정이 가장 재미있다.

흥미로운 비유다.

이케가야 선생은 본질적으로 'recursive'한(즉 절대로 최종적 해결에 당도하지 않는) 과학 탐구를 '추리소설을 읽는 두근거림'과 '난해한 퍼즐'에 비유하였다. 세계를 책과 수수께끼에 비유하는 것 양쪽 모두 공통점이 있다. 그 것은 '책을 쓴 사람(추리소설의 결말을 아는 사람)', '퍼즐을 설계한 사람'이 존재한다는 것에 관한 절대적 확신이다.

추리소설을 읽을 때 '마지막까지 읽어도 결국 범인은 알 수 없다'는 가능성이 생기면 우리는 그것을 계속 읽어 나갈 의욕을 유지할 수 없을 것이다.

퍼즐을 풀 때 '결국 풀지 못할 수도 있다'는 가능성이 생겨도 마찬가지다. 지적 활동을 계속 유지하려면 '자신이 이 난문을 풀 수 있다'는 확신이 아니라 '누군가 이미 풀었다' 또는 '누군가 언제가 풀어 줄 것이다'라는 확신이 절대적으로 필요하다.

확신만 있으면 추리소설을 도중까지 읽고 퍼즐도 도중까지 맞추다가 낮잠을 자거나 밥을 먹으러 갈 수 있다. 때에 따라서는 숨이 막혀 오더라도 '즐거웠다'는 감상은 있어도 시간을 낭비했다는 생각이 드는 경우는 없다.

이 '누군가'는 논리적으로는 '우주의 설계자' 이외에는 없다. 그래서 진짜 과학적 지성은 절정에서 반드시 종교적이 된다. 우리는 '나를 초월하는 것'을 가정함으로써 성장할 수 있다. 이것은 인간의 기본이다.

아이는 '아이에게는 보이지 않는 것이 보이는 사람, 아이는 이해할 수 없는 논리적 경로를 아는 사람'을 상정하지 않는 한 아이 수준에서 벗어날 수 없다. 인간의 모든 지성은 그렇게 구조화되어 있다.

'자신의 지성으로는 이해하지 못하는 것을 이해할 수 있는 지성'(라캉은 그것을 '안다고 가정된 주체'sujet supposé savoir라고 불렀다)을 상정하지 않고는 인간의 지성은 차원을 높일 수 없다. 과학자는 '보통 사람보다 많은 것을 아는 주체'를 의미하지 않는다. '안다고 상정된 주체' 없이 인간의 지성은 속도도 강도도 오랫동안 유지할 수 없다는 진리를 경험적으로 아는 주체, 다시 말해 '자신의 '생신성'生身性을 통감하는 주체', '신체를 가진 주체'를 의미한다.

{ 2009·5·18 }

이케가야 선생의 강연을 듣다
이케가야 선생의 강연을 듣다

이케가야 선생의 강연을 듣다

이케가야 유지 '뇌는 나를 정말로 이해하는가'

이케가야 유지 선생이 나카노시마의 아사히문화센터에서 강연을 해서 인사하러 갔다. 이케가야 선생은 강연을 하지 않는 분인데 어찌 된 일인지 작년 11월에 여기서 나와 대담을 한 뒤 모리모토 씨의 권유로 다시 강연을 하게 되었다.

보통은 본업인 약학부 연구실에 틀어박혀 세상에 얼굴을 내놓지 않는 이케가야 선생을 실제로 볼 기회를 마련한 모리모토 씨에게 우리는 감사해야 한다.

이케가야 선생은 여느 때처럼 굉장한 속도로 최신 뇌과학의 놀랄만한 지식을 마구잡이로 소개했다. '톰 크루즈' 뉴런과 '핼리 베리' 뉴런의 이야기가 흥미로웠는데, 정말

재미있는 이야기지만 다음에 소개하겠다.

스와힐리어 40단어를 외우는 프로그램 이야기는 까먹기 전에 메모했다. 그 내용을 소개하겠다.

스와힐리어 40개 단어를 학습하고 나서 그것을 외웠는지 여부를 테스트하는 단순한 실험이다. 단, 네 집단으로 나누어서 각각 다른 조건으로 실험을 실시한다.

첫 번째 집단은 먼저 40개 단어를 전부 학습한 후에 테스트한다. 테스트 결과 학습한 40개 단어 중 하나라도 틀리면 다시 40개 단어를 학습하고, 40개 단어를 전부 암기할 때까지 테스트를 계속 실시한다. 이 그룹은 누가 보더라도 네 개 집단 중에서 가장 성실한 집단이다.

두 번째 집단은 40개 단어를 학습한 후 테스트를 실시해서 틀린 게 있으면 틀린 단어만 학습하고 40단어 전부 테스트를 실시한다.

세 번째 집단은 테스트 후 틀린 게 있으면 40단어 전부를 학습하고 틀린 단어만 테스트한다.

네 번째 집단은 틀린 게 있으면 틀린 단어만 학습하고 틀린 단어만 테스트한다. 이른바 '농땡이' 집단이다.

정답을 맞히는 데 걸린 시간은 네 집단 모두 유의한 차이가 없었다. 성실하게 해도 대충 해도 정답을 맞히는 데 걸린 시간은 거의 비슷하다는 말이다. 그런데 그로부터 몇 주 지나고 난 뒤에 다시 테스트를 하니까 극적인 차이가 있었다. 먼저 첫 번째 집단과 네 번째 집단의 정답률을 비교해 보면 전자(성실 집단)의 정답률은 81퍼센트였고 후자(농땡이 집단)의 정답률은 36퍼센트였다.

그러면 두 번째 집단과 세 번째 집단의 성적은 어땠을까? 두 번째와 세 번째 집단은 아주 비슷하다. 공부에 할애한 시간도 차이가 없다. 그럼에도 두 집단의 정답률에는 큰 차이가 있었다. 어느 쪽 정답률이 높았을까? 1분만 생각해 보기 바란다.

두 번째 집단의 정답률은 81퍼센트(성실한 집단과 동률). 세 번째 집단의 정답률은 36퍼센트(농땡이 집단과 동률).

이 결과는 우리에게 무엇을 보여 주는가?

학습은 뇌에 입력하는 것이다. 테스트는 뇌의 출력이다. 뇌의 기능은 출력을 기준으로 퍼포먼스가 달라진다. 풀어서 말하자면 '머리에 담기만 하는 것은 무의미'하고 '사용한 사람이 이긴다'는 것이다.

서재에 틀어박혀 만 권의 책을 읽었지만 한마디도 하지 않는 사람이 있는 반면에 책을 많이 읽지는 않지만 얼마 안 되는 지식을 재탕 삼탕해서 시끄럽게 떠드는 사람이 있다면 둘 중에 후자가 뇌의 퍼포먼스가 높다는 말이다. 퍼포먼스란 단적으로 아는 지식을 사용하는 것이다. 출력하지 않는 사람은 아는 지식을 사용하지 않는 것이다. 사용하지 않는다면 실제로는 없는 것과 똑같다.

학자들을 보면 확실히 알 수 있다. 입력 과잉, 출력 과소인 학자는 얼마 안 되는 출력을 자신이 얼마나 많은 것을 입력했는지, 얼마나 똑똑한지를 과시하려고 배타적으로 이용하는 경향이 있다. 애써 얻은 귀중한 지식을 '나는 똑똑하다'를 증명하는 데 투입하는 것은 꽤 쓸데없는 일이라고 생각한다. 그 사실을 자각할 정도로 똑똑하지 못하다는 것이 아마도 출력 과소의 병증일 것이다.

예전에 가르치던 대학원생들은 독서회를 열어 모여서 책을 읽곤 했다. 그들은 페이지를 천천히 넘기면서 '이것은 도대체 어떤 의미일까?' 또는 '이 내용은 어떤 학술사에 자리매김할 수 있을까?' 같은 문제를 논의했다.

"읽는 것도 좋지만 그걸 활용하지 않으면 왜 그 사람이 그런 책을 썼는지 아무리 시간이 지나도 뜻을 알 수 없다"고 말한 적이 있다.

자전거 타기도 똑같다.

자전거에 관심 있는 사람들이 모여서 며칠 아니 몇 주 동안 자전거 부품을 손질하거나 설계도를 면밀히 검토하거나 자전거의 역사에 관한 책을 읽고 자전거가 이러한 형태를 갖추게 된 역사적 진화 과정을 공부한다고 해도 자전거가 무엇을 하기 위한 도구인지는 알 수 없다. 그보다도 먼저 자전거를 타 보아야 한다. 올라타서 달려 보는 것이다. 자전거를 타면 핸들, 체인, 브레이크가 무엇인지에 관한 이해가 자전거를 타다 넘어져서 입게 된 무릎의 상처 수와 함께 늘어 간다.

어떤 자전거가 더욱 기능이 좋은지 어떤 모양의 자전거가 자신의 목적에 맞는지를 점차 알게 되는 것이다. 자전거에 대해 알고 싶다면 그것을 직접 타 보거나 만들어 보면 된다. 학문이란 그런 생성적인 과정이다. 모든 학문은 그 학문을 스스로 만든 개인의 꿈을 품고 있다.

그는 그 학문으로 '무엇을 하고 싶었을까?' 하고 묻기 위해서는 그 학문에 올라타서 달려 볼 수밖에 없다.

자전거를 만든 사람의 꿈은 자전거를 타 보지 않으면 모른다. 바라봐도 알 수 없다.

레비나스의 책을 처음 읽었을 때 의미를 전혀 알 수가 없었다. 그럼에도 누군가 머릿속에 들어와 마구 속을 헤집고 있다는 것은 알았다. 그때 이 세상에는 지식을 습득하기 위해서가 아니라 지식을 습득하는 장치를 바꾸기 위해서 읽어야 하는 책이 존재한다는 것을 알았다.

그것이 책의 '출력성'이다. 그 후 나는 출력성을 기준으로 책의 가치를 헤아린다. 소설 또한 그러하다.

읽고 나서 '배가 고파 파스타를 삶고 싶어졌다'라든지 '맥주가 마시고 싶어졌다'라든지 '변비가 나아졌다'라든지 '오랫동안 만나지 않았던 친구에게 편지를 쓰고 싶어졌다'라고 느낀다면 출력성이 큰 책이다. 그 기준으로 작품의 질을 논하는 사람이 없다는 것을 오랫동안 이상하다고 여겼는데 이케가야 선생의 이야기를 듣고 납득했다.

강연이 끝난 후 이케가야 선생과 오사카역까지 함께 갔다. 짧은 시간 동안 '신체 어휘와 뇌 내 부위' 이야기에 푹 빠졌다.

그런데 역에서 헤어져야 했다.

다음번에 만날 때는 천천히 술을 마시면서 뇌와 신체 이야기를 하고 싶다.

{ 2010·7·11 }

준쿠도와 침묵교역

만화책 구입

오랜만에 준쿠도 서점에 가서 만화책을 잔뜩 샀다.

가와하라 이즈미 『고시엔 하늘에 웃어라!』, 요시다 아키미 『꿈꿀 시기를 지나도』, 『러버스 키스』, 모리타 마사노리 『비바 블루스』, 사이바라 리에코 『새머리 기행』 『아시아 par전』.

가와하라 이즈미와 요시다 아키미의 책은 딸애가 깡그리 도쿄로 가져가 버렸는데 때때로 발작처럼 읽고 싶어진다.

가와하라 이즈미의 『은銀의 로맨틱… 와하하』는 우치다가 좋아하는 것이다.

야마모토 히데오의 『호문쿨루스』를 찾았지만 안 보

여서 아마존에서 사기로 했다. 그러고 보니 아사히문화센터에서 강연을 하다가 왜 온라인 서점이 아마존이라는 이름이 되었는가에 관한 생각이 떠올랐기 때문에 잊기 전에 적어 두어야겠다.

인터넷 쇼핑은 '침묵교역'의 현대적 부활이라는 가설이다.

침묵교역이란 교역의 기원적 형태다. 어떤 부족과 다른 부족의 경계선상에 물건을 놓아 두면 어느샌가 그것이 없어지고 대신에 다른 물건이 놓여 있다. 요컨대 교역 상대의 모습을 보지 않고 언어도 주고받지 않는 교환 형태를 가리킨다. 나는 침묵교역이야말로 교환의 본질이자 절대적 형태이고 이것 이외의 교환은 모두 본질적 형태가 타락한 것이라고 생각한다.

교환이란 "내가 필요로 하는 물건이 너에게는 남는다. 네가 필요로 하는 물건이 나에게는 남는다. 와, 잘됐군, 바꾸자"와 같은 형태로 시작되는 것이 아니다. 그런 일은 '욕망의 이중 일치'라고 해서 '있을 수 없는 일'이다.

교환에서는 교환되는 물품의 유용성에 착안하면 교환의 의미를 모르게 된다. 교환의 목적은 '교환' 자체이다.

생각해 보기 바란다.

왜 대항해 시대 같은 것이 있어서 사람들이 해도海図 없는 여행을 떠났을까? 유럽 사회가 모든 것을 알게 되어 더는 '보이지 않고 말도 통하지 않는 교역 상대'가 없어져 버렸기 때문이다. 유럽인은 그런 교역 상대를 찾아서 아시아와 아프리카와 미국에 잇달아 진출하였다. 후추, 설탕, 담배 차 등이 필요해서 진출한 것이 아니다. 그런 것 없이도 그때까지 수천 년도 넘게 살아왔다. 왜 목숨을 걸면서까지 그런 것들을 손에 넣으려고 했을까?

인간은 교역이라는 행위 자체를 하고 싶은 것이지 교역으로 주고받는 '물건'에는 부차적인 의미밖에 부여하지 않았다. 20세기가 되어 지구상에 '암흑대륙'이 없어지면서 그와 동시에 '말도 주고받지 않고 모습도 볼일 없는 교역 상대'는 소멸하고 말았다. 그러나 인터넷이 출현하면서 우리는 다시 침묵교역을 할 수 있게 되었다.

그래서 '아마존'인 것이다. 마투그로수의 숲을 향해서 전자 펄스를 입력한다. 얼마 지나지 않아 택배 배달하는 형님이 '띵동' 하고 벨을 누르고 "여기요"라며 책과 CD를 배달해 준다. 아마존이 어떤 회사 조직이고 어디에 본사가 있고 누가 그것으로 이익을 얻는지 우리는 모른다. 아니 알고 싶지 않다. 모르기 때문에 두근거리는 것이다.

우리가 교환에서 추구하는 것은 순수한 커뮤니케이션, '이해할 수도 없고 공감되지도 않는 타자와 나는 그럼에도 교환할 수 있다'는 사실을 확인하는 것이고 그러한 능력 덕분에 인류는 유인원과 분기했다…… 이런 이야기였다.

그래서 휴대폰 SNS 서비스도 새로운 종류의 침묵교역이라는 이야기로 연결되는데 어떤 논리로 그렇게 되는지는 여러분이 생각해 보길 바란다.

{ 2004·4·3 }

머리로 드라이브

이노우에 다케히코 『슬램덩크』

시타가와 정요회*의 반성회를 하느라 리츠칼튼에서 점심을 먹었다.

전날 밤 늦게까지 『슬램덩크』를 읽느라 수면 부족 상태였다.

『슬램덩크』는 완전판이 나온 것을 계기로 전권 다 구입하려고 마음먹었다. 구판은 책이 나올 때마다 샀는데, 13권까지 나왔을 때 몇 권까지 샀는지를 잊어버려서 서점에 갈 때마다 망설이기만 하다가 구입하지 못했다.

이번에도 구입을 망설이는 이유는 지금까지 『슬램덩크』 같은 권을 또 산 적이 두 번이나 있기 때문이다(이 책은 권마다 커버 디자인이 완전히 똑같단 말이야).

---

* 일본의 전통 가악인 노가쿠를 배우는 모임으로 우치다 다쓰루도 회원이다.

『배가본드』도 같은 권을 두 번 구입한 적이 있으니 아무래도 내가 이노우에 다케히코의 고액 납세에 지나치게 공헌하는 듯하다.

만화에 비닐을 씌워서 내용을 읽지 못하도록 하는 것이 문제이다. 소비자는 같은 책을 두 번 구입한 경험을 하면 구입 중지 혹은 구입을 줄이는 쪽으로 간다. 결과적으로 서서 읽는 것을 방지하는 시스템이 총수요 자체를 억제한다는 것은 복제 방지 CD의 경우와 아주 비슷하다.

그저께 밤에 잠이 안 와서 『슬램덩크』를 1권부터 읽다 보니 멈출 수가 없었고 14권 이후가 너무 읽고 싶어졌다. 어제 산노미야에 가서 14권부터 20권까지 한꺼번에 샀다(전 24권이지만 무거워서 들 수가 없다). 서점에 간 김에 『호문쿨루스 2』도 구입하였다.

『제이슨 X』를 보고 난 후에 산처럼 쌓인 만화를 읽은 것이 화근이었다. 정신을 차리니 새벽 3시였다. 비슬비슬 일어나서 몽롱한 상태로 반성회에 가서 정요회 멤버인 아주머님들, '불면일기'의 오가와, 이다 선생, 시타카와 선생과 함께 낮술을 마시면서 환담을 나누었다.

시타카와 선생과 '가르치는 방법'의 핵심에 관해 이야기를 하다가 흥미로운 점을 발견했다. 나도 합기도를 가르치고 있기 때문에 잘 아는 일인데 신체 사용법을 가르치는 것은 어떤 의미로 '간단'하다. 이해력이 나쁜 사람이건 움직임이 둔한 사람이건 어떻게 하면 좋아지는지 가르치는 쪽에서는 이치가 잘 보이기 때문이다(시타카와 선생은 딱 잘라서 "내 말을 들으면 누구든지 잘할 수 있다"고 단언하신다). 말씀하신대로 신체 운용은 누구나 스승의 지도를 따르다 보면 언젠가 반드시 잘하게 된다.

어느 수준까지 도달하는 데에 걸리는 시간의 차이는 있지만 단지 시간 문제일 뿐이다. 이런 수련을 하면 반드시 잘하게 된다는 것을 가르치는 쪽은 딱 잘라 단언할 수 있고 가르침을 받는 쪽도 그 말을 믿을 수 있다.

왜냐하면 신체 운용은 '잘했을' 때의 쾌감이 강렬한 신체 기억으로 남아서 가르치고 배우는 쪽 모두 이를 개인적 경험으로 공유하기 때문이다.

전방낙법을 좀처럼 못하던 사람이 결국 고단자가 되는 일은 자주 있다. 다른 사람이 아무 노력도 하지 않고 할 수 있는 전방낙법을 몇 개월 걸려 겨우 해내면 그 달성이 가져오는 신체적 쾌감을 강렬하게 기억하기 때문이다. 이러한 쾌감을 그때까지 경험한 적이 없는 사람은 그것을 추구하면서 열심히 수련하게 된다.

그러나 대학의 전공 수업에서는 합기도와 유사한 이런 일이 일어나지 않는다.

예를 들면 내가 가르치는 현대사상 과목에서는 학생들이 그 과목을 일 년간 매주 수강해도 뭔가를 '할 수 있게 되었다!' 같은 강렬한 신체적 쾌감을 맛보는 일이 없다. 학문을 하도록 이끄는 강렬한 신체적 쾌감이란 굳이 말한다면 '뇌가 가속하는 느낌'인데 이를 경험한 적이 없는 사람에게는 그 느낌을 설명할 수가 없고 애당초 이 세상에 그러한 쾌감이 있다는 것조차 학생들은 모른다.

무도고 철학이고 집중적인 수행이나 돌파하고 넘어서는 것을 가능하게 하는 힘은 어떤 단계에서 경험한 강렬한 쾌감의 기억이다. 신체를 자유자재로 구사하는 것에 동기를 부여하는 것이 '내 몸에 이런 움직임을 가능하게 하는 잠재능력이 있었단 말인가!' 같은 발견의 쾌감인 것처럼 지성의 작동에 동기를 부여하는 것도 '나의 뇌에 이런 사고를 할 수 있는 잠재능력이 있었던가!' 같은 발견의 쾌감이다.

신체적 쾌감을 느끼도록 돕는 데이터와 그에 기반한 적절한 지도방법은 많지만, 뇌가 가속할 때의 쾌감과 사고의 액셀을 밟는 감각에 관한 이야기는 거의 본 적이 없다.

세상에는 정말로 머리가 좋은 사람이 많다.

그러나 그런 사람들은 "나는 머리가 좋아서 매우 행복합니다(돈도 들어오고 사람들이 추켜세워 주고)" 같은 말은 절대로 입에 담지 않는다. 아마도 '머리가 좋아서 기분이 좋다'는 제목으로 책을 쓰면 대부분은 책 제목만 보고도 작가에게 살의를 느낄 것이기 때문이다.

{ 2004·6·14 }

고토에서 으로 서색과 포즈
고토에서 으로 서색과 포즈
교토에서 요로 선생과 폭주

다케미야 게이코『바람과 나무의 시』

아사히신문의 주간지『AERA』일로 교토에 왔다.

국제만화박물관에서 관장인 요로 다케시 선생과 정담을 나눈다.

국제만화박물관에는 처음 왔다. 가라스마오이케에 있는 초등학교 건물을 개조하여 만든 곳이라고 들어서 '그런 느낌'의 건물이 아닐까 했는데, 복고풍이긴 하지만 꽤 훌륭한 곳이었다.

많은 사람이 미소를 지으면서 만화를 탐독하고 있었다. 입장료만 내면 폐관시간까지 마음대로 만화를 읽을 수 있기 때문에 내가 초등학생 정도 나이에 이러한 공간에 던져졌다면 기쁜 나머지 실금하였을 것이다.

관장실(아마도 초등학교 건물이었을 때는 교장실)에서 요로 선생과 수다를 떨었다.

일본과 코스타리카와 부탄의 관광입국 비교론부터 시작해서 '오사마 빈 라덴 CIA 대역설'(논거는 『플래닛 테러』) 등등 요로 선생과 폭주 토크.

당일 박물관에서 세이카대학 예술학부 만화학과의 신입생 오리엔테이션이 있었기 때문에 요로 선생이 신입생에게 인사하려고 잠시 자리를 비운 사이에 예술학부장이 인사를 하러 관장실에 찾아왔다.

세이카대학 예술학부 만화학과라고 하면,

그렇다. 다케미야 게이코이다.

『바람과 나무의 시』風と木の詩, 『나를 달까지 데려가 줘』私を月まで連れてって!, 『지구로…』地球(テラ)へ…의 그 다케미야 게이코이다.

나는 진짜 다케미야 게이코와 만나 명함을 교환한 것이다.

다케미야 선생은 명함을 주고받은 상대방인 모 여대 교수로 근무하는 몸집(과 태도)이 큰 남자가 "와우" 하고 탄성을 지른 의미를 잘 이해하지 못하고 계신 것 같았다(내 또래 남성 중 청년기에 다케미야 게이코를 탐독하지 않은 사람은 아주 소수일 것이다).

만화박물관 관장은 정년 퇴임 후에 내가 해 보고 싶은 유일한 공직이라 요로 선생에게 뒤를 잇게 해 달라고 부탁했다. 일은 한 달에 한 번 출근해서 종일 만화를 읽는 것으로 끝이라고 한다(정말일까?).

그 얘기를 하시모토 마리 씨에게 말한 것이 활자가 되었고, 박물관 사무국에 계신 분이 기사를 읽고 "박물관 기획에도 꼭 협력 부탁드립니다"라고 부탁했다.

아주 쉬운 일이다. 폭주 토크는 햐쿠만벤이라는 일본식 요리집에서 저녁을 먹으면서도 계속되었다. 그러고 보니 요로 선생과 다섯 시간 반 동안 계속 이야기를 나누었다.

요로 선생과 이야기를 나누다 보면 머릿속에 시원한 바람이 분 것처럼 상쾌해진다. 이야기가 달아오르면 "장난치면 안 된다규" 하고 혀 꼬인 말투로 말씀하시는 게 아주 매력적이다.

{ 2008 · 4 · 2 }

마지막 만화전

이노우에 다케히코 '마지막 만화전'

덴포잔의 산토리박물관에 이노우에 다케히코의 '마지막 만화전·중판·오사카편'을 보러 간다. 오늘이 마지막 날이다.

우에노, 구마모토, 덴포잔을 돌고 센다이에서 끝난다.

집에서 덴포잔까지는 차로 20분 거리다. 해안선을 따라서 한신고속도로를 달리면 금방이다. 대학보다 가깝다.

그런데 주차장이 만차(당연하지요). 제방 끝에 겨우 주차했다. 주차장에 주차해 놓은 차들을 보니 나고야, 기후, 오카야마에서도 왔다.

그림을 보는 환경을 갖추려고 하루에 관람객을 2,600명으로 제한하고 있기에 오후 2시에 도착했을 때 오늘 분

티켓은 이미 매진(당연하지요).

쇼각칸의 가와구치 씨(『저잣거리의 만화론』담당 편집자로 고등학교 선배인 구스미의 조카딸. 이노우에 씨의 열렬한 팬이다)와 고단샤의 가토 씨와 함께 관람할 예정이었다. 티켓은 미리 확보해 두었기에 무사히 입장해서 전시를 관람했다.

그리고 별실에서 이노우에 다케히코 씨와 만났다.

『현대영성론』現代靈性論 책 표지에 대한 답례의 말을 전하기 위해서이다. 일본에서 가장 바쁜 만화가가 귀중한 시간을 할애한 작품이다. 화법에 관해 여쭈어보았다.

표지 디자인은 전통 용지에 먹을 칠해서 농담을 내고 호분*으로 그렸다고 한다. 이노우에 씨는 만화를 그리며 이 방법을 사용한 적은 없었다며 "그런 방법을 사용할 수 있어서 즐거웠습니다"라고 말씀하셨다(배려심이 깊은 이노우에 씨다).

온화한 얼굴을 접하고 신이 나서 이번 전람회 기획 이야기, 『배가본드』이야기, 『슬램덩크』와 그 사회적 영향에 관해서 적극적으로 질문했다.

이번 전람회에 관해 "당연히 해외에서 의뢰가 왔지요?"라고 물어보니까 여러 군데서 왔다고 한다. 내가 만약

* 조가비를 태워서 만든 백색 안료.

전람회를 한다면 파리의 퐁피두센터와 뉴욕의 현대미술관 아니겠냐고 하니까 이노우에 씨도 고개를 끄떡이면서 말했다. "저도 한다면 그 두 곳을 생각하고 있습니다".

이렇게 우리는 마음이 맞았다(뉴욕 현대미술관은 영화에서밖에 본 적이 없지만). 전람회의 구성과 여러 가지 효과에 관해서도 물었다.

어두운 방(예를 들면 '아버지' 방)에서는 미묘하게 실온이 내려가고 밝은 방('어머니' 방과 '고지로' 방)에서는 실온이 올라간다. 에어컨 위치 탓에 우연히 그렇게 되었다고 한다. 조명 영향도 있지만 결과적으로는 시각뿐 아니라 피부감각도 동원해서 '만화를 읽게' 되었다. 마지막 '모래'의 방도 그렇다. '밟는 감각'과 남이 서걱서걱 '모래 밟는 소리를 듣는 청각'이 동원된다. 좋은 소리를 내기 위해서 산호 모래를 깔았다고 한다.

거의 모든 아이디어(목검이라든지 가시, 벽에 직접 그려 넣은 꿈틀꿈틀거리는 것 등등)가 이노우에 씨의 아이디어다('모래'는 다른 사람이 낸 안인데 처음에는 시큰둥했지만 해 보니 꽤 좋았다고 한다).

'공간 안을 걸으면서 오감을 동원해 만화를 읽는다'는 아이디어는 내가 아는 한 이노우에 다케히코 씨 이외에는 생각해 낸 사람이 없을 것이다.

지금까지 만화를 애니메이션, 소설, 실사판 영화로 만들거나 원화를 그림으로 전시하거나 화집으로 내는 일은 많은 만화가가 했지만 디오라마로 읽는 것은 이노우에 씨가 역사상 처음 아닐까. 이노우에 씨는 어디까지나 '만화를 읽는다'는 행위에 집중한다.

만화는 보통 서적 형태인데 어떤 형태라도 만화는 만화이고 만화를 아는 독자라면 이게 만화라는 것을 알아채고 곧바로 읽을 수 있다.

교실 칠판에 분필로 그려도 도시의 벽에 페인트로 그려도 도로에 납석으로 그려도 거기에 '만화를 그린다'는 의지가 있고 읽는 사람이 만화를 안다면 '만화를 읽는' 행위는 성립한다.

이번 전람회에서 볼 수 있는 벽면의 3센티미터 정도의 꼬물거리는 그림부터 현대미술관 입구에 놓여 있는 7미터짜리 미야모토 무사시 그림까지 모두 소재, 화법, 크기는 다르지만 한 편의 '만화'로 수렴된다. 만화가 원리적으로 이렇게 자유분방한 장르라는 것은 기법에 관심을 둔 만화가들은 알고 있었겠지만, 실제로 살인적인 일정 속에서 '하려고' 생각하고 '그것을 실천한' 만화가는 이노우에 다케히코 이전에는 없었다(아마도 당분간 뒤를 이을 사람도 나오지 않을 것이다).

'마지막 만화전'이라는 전시명에서 그런 자부심을 조금 엿볼 수 있었다. 이노우에 씨의 작업을 통해 만화라는 장르의 깊이와 가능성을 우리는 더 이해할 수 있게 되었다. 이노우에 다케히코 씨는 이 프로젝트로 만화 역사(일본에 머무르지 않고 세계 만화사)에 거대한 발자취를 남겼다.

이를 전람회에 온 젊은이들의 집어삼킬 듯한 눈빛으로 실감할 수 있었다.

지금 일본에는 젊은이들로부터 이렇게 순수하게 존경받는 어른이 얼마큼 존재하는가?

이노우에 다케히코 같은 창작자와 동시대를 살아가는 것을 나는 행운이라고 생각한다.

{ 2010·3·15 }

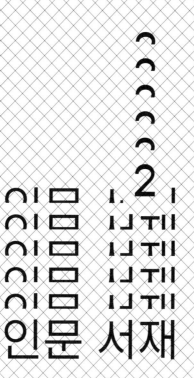

인문 서재

비인정한 세 남자

나쓰메 소세키 『풀베개』

'비인정'非人情이라는 말이 나쓰메 소세키의 조어造語라는 사실이 침상에서 떠올랐다.

소설 『풀베개』는 '비인정'이란 무엇인가를 둘러싼 철학적 고찰을 담은 내용이다.

책머리의 잘 알려진 문장을 인용하겠다.

괴로워하기도 하고 화를 내기도 하고 떠들어 대기도 하고 울어 대기도 하는 것은 인간 세상에 으레 있는 일이다. 나도 30년간 줄곧 그렇게 해 와서 이제 아주 신물이 난다. 신물이 나는데도 또 연극이나 소설로 같은 자극을 되풀이해서는 큰일이다. 내가 바라는 시는 그런 세속적인 인정을 고무하는 것이 아니다. 속된 생각을 버리고 잠시라도 속세를 떠난 마음이 될 수 있는 시다. 아무리 걸작이라도 인정을 벗어난 연극은 없고, 시비를 초월한 소설은 드물 것이다. 어디까지나 속세를 벗어날 수 없는 것이 그것들의 특색이다. 특히 서양의 시는 인간사가 근본이 되기 때문에 이른바 순수한 시가도 그 지경을 해탈할 줄 모른다. 어디까지나 동정이라든가 사랑이라든가 정의라든가 자유라든가 속세의 상점에 있는 것만으로 일을 처리한다. 아무리 시적이라 해도 땅 위를 뛰어다니고 돈 계산을 잊어버릴 틈이 없다. 셸리가 종달새 소리를 듣고 탄식한 것도 무리는 아니다.

기쁘게도 동양의 시가에는 이를 해탈한 것이 있다.

採菊東籬下　　　　동쪽 울타리 아래서 국화를 꺾노라니
悠然見南山*　　　한가로이 남산이 들어오네.

단지 이것만으로도 숨 막히는 세상을 완전히 잊어버린 듯한 광경이 나타난다. 울타리 너머로 이웃집 처자가 들여다보는 것도 아니고 남산에 친구가 봉직하고 있는 것도 아니다. 한가로이 속세를 벗어나 이해득실의 땀을 씻어

　　　* 중국 육조 시대 시인 도연명의 시 「음주」(飮酒)의 한 구절.

낸 마음이 될 수 있다.

独坐幽篁里	홀로 그윽한 대숲에 앉아
弾琴复长啸	거문고 타다 다시 길게 휘파람 부네
深林人不知	깊은 숲이라 남들은 알지 못하고
明月来相照**	밝은 달만 찾아와 서로를 비추네

단 스무 글자 안에 족히 별천지를 만들어 놓고 있다. 이 천지의 공덕은 『호토토기스』不如帰***나 『곤지키야샤』金色夜叉****의 공덕이 아니다. 기선, 기차, 권리, 의무, 도덕, 예의로 기진맥진한 뒤 모든 것을 망각하고 푹 잠든 것 같은 공덕이다.

.

이런 문장을 국어 교과서에 실어서 중학생에게 읽도록 하는 것이 너무하지 않은가 싶지만, 중학생 때 이 글을 읽고 '속세의 상점'이라는 한 단어에 무심결에 가슴이 찌르르했던 것을 기억하고 있다. 내가 중학교를 졸업할 무렵부터 한시를 좋아하게 된 것은 아마도 이 글의 영향일 것이다. 『풀베개』의 화자인 '나'는 그림 도구를 챙겨서 비트적비트적 산속 온천에 간다. 그 내용은 다음과 같다.

** 중국 당나라 시인 왕유의 시 「죽리관」(竹里館).

*** 도쿠토미 로카가 1898년에 발표한 소설.

**** 오자키 고요가 1897년에 발표한 소설로 우리나라에는 『이수일과 심순애』 또는 『장한몽』으로 번안되어 소개되었다.

잠시 이 여행 중에 일어난 일과 여행 중에 만난 사람을 노*의 구조와 그 배우의 연기로 가정해 보면 어떨까. 완전히 인정을 버릴 수야 없겠지만, 원래가 시적으로 이루어진 여행이니 비인정을 하는 김에 되도록 절약하여 거기까지는 이르고 싶다. (……) 나도 앞으로 만나는 사람을, 농사꾼이든 장사꾼이든 면서기든 할아범이든 할멈이든 모두 대자연의 점경點景으로 그려진 것이라 가정하고 보려고 한다. 하긴 그림 속의 인물과 달리 그들은 각자 멋대로 행동할 것이다. 보통의 소설가들처럼 멋대로 된 행동의 근본을 캐고 들어 심리작용에 간섭하거나 사람들 사이의 갈등을 따지고 들어서는 속된 일이 된다. 움직여도 상관없다. 그림 속의 인간이 움직였다고 생각하면 된다.

소세키의 비인정은 말을 바꾸면 '미적 생활'을 의미하는데 그때의 '미적'을 '속세의 상점'의 잣대로 재어서는 속되게 된다. 여기서 '미적'은 '초연'이라는 의미이다. 소세키는 『풀베개』를 쓰기 전에 『초사』를 탐독하였다고 한다. 그래서 『풀베개』에 넘쳐흐르는 무수한 한시적 어구 중 많은 것이 『초사』에서 유래했다. 소세키는 러일전쟁이 한창이

* 일본 전통 악극.

던 메이지 시대 일본의 풍경을 기술하기 위해 기원전 4세기 문인의 어법을 먼저 배웠다. 이 '거리감'이 아마도 소세키의 '미적'인 것의 진수이다.

클로드 레비스트로스는 논문을 쓰기 전에 마르크스의 『루이 보나파르트의 브뤼메르 18일』을 파라락 넘기면서 읽는 것이 습관이라고 어딘가에 썼다. 이러한 '책 고르기' 센스에 나는 깊은 공감을 느낀다. 마르크스의 전 저작 중 『루이 보나파르트의 브뤼메르 18일』이 가장 (소세키적 의미에서) '비인정'스러운 텍스트이기 때문이다.

조국인 독일의 계급투쟁을 뜨겁게 논한 게 아니라 영국 대영도서관의 어스레한 열람실에서 이웃 나라 프랑스의 계급투쟁에 대해 쿨한 분석을 하면서 마르크스는 마르크스가 되었다. 도버 해협 저편에서 서로를 죽이는 프랑스인들을 "그림 속의 인간이 움직였다고 생각하면 된다"라고 비인정으로 꿰뚫어 보았을 때 마르크스의 정치적 이론이 완성되었다.

소세키가 『초사』를 읽고 레비스트로스가 『루이 보나파르트의 브뤼메르 18일』을 읽었다니 비인정은 아무래도 문체를 통해서 깨닫게 되는 것 같다.

'비인정'을 완벽하게 알려면 '비인정 책'을 읽는 것보다 더 좋은 것은 없는데 '비인정'이란 필경 '거리감'을 의미하니까 가까이 있는 동시대인의 '비인정 책'은 전혀 도움이 되지 않는다. 먼 이국의 이미 죽은 자의 책 중에서 찾는 것이 이치일 것이다.

그렇게 생각하던 때 마침 우연히 집어 든 시빌 라캉의 회고록 『한 아버지』Un pére에 자크 라캉이 얼마큼 비인정(그의 경우는 플러스 몰인정)한 아버지였는지 잘 묘사되어 있다. 라캉 선생에게는 배울 것이 많다.

자크 라캉은 아시는 바와 같이 마리 루이즈 블롱댕과의 사이에 세 자녀를 두었다. 그리고 조르주 바타유의 아내였던 실비아와는 내연관계로 주디라는 딸이 있었다. 시빌 라캉과 주디 바타유는 거의 같은 무렵에 태어났다.

이 무렵 라캉은 파리의 본처와 마르세유의 내연의 처 사이를(이 말은 나치 통치하의 프랑스와 비시 정권의 프랑스의 국경선을 넘어서) 매주 시트로엥으로 왔다 갔다 했다. 파리에서는 오텔 무리스(게슈타포의 본부가 있었던 곳)에 들락날락거리고 마르세유에서는 경찰서에 들어가서 실비아가 유대인이라고 적힌 서류를 마음대로 반출해서 찢어 버리기도 했다.

여러 의미로 라캉은 남자다. 시빌에 대한 라캉의 비인정한 태도를 잘 보여 주는 에피소드를 하나 소개하겠다. 어느 날 밤 시빌은 아버지와 레스토랑에서 식사를 했다. 식사 후 시빌은 자신의 오스틴으로 아버지를 릴 지역의 집까지 바래다준다.

헤어질 때 아버지는 말했다.
"조심해서 가거라. 집에 도착하면 반드시 전화해라."

시빌은 아버지답지 않은 따뜻한 말에 놀랐지만(라캉은 그런 말을 결코 하지 않는 유형의 남자다) 집에 도착하면 전화하겠다고 약속한다.

자는 아버지를 깨우기 미안해서 집에 도착하자마자 조금도 지체하지 않고 전화를 걸었다.
"여보세요. 누구요? 아, 너냐. 무슨 일이냐?"
아버지는 내 목소리에 놀랐고 나는 좀 전에 한 약속을 그가 떠올릴 때까지 설명해야 했다.

시빌은 난소 수술로 입원한다. 자크 라캉이 꽃다발을

들고 병문안을 왔다. 환자에게 형식적인 인사를 마친 후 자크 라캉은 침대 다리 언저리에 무릎을 꿇고 경건한 카톨릭 신자만이 할 듯한 기도 자세에 들어갔다. 시빌은 물론 그것이 무엇을 의미하는지 알고 있었다. 라캉은 '세미나 준비'를 하고 있었다. 라캉은 초인적인 집중력을 가진 사람으로 일할 때는 주위에서 무슨 일이 일어나도 조금도 신경 쓰지 않았다. 여름에 이탈리아에서 휴가를 보내며 시빌과 아버지는 모터보트를 타고 먼바다로 나갔다. 멋진 풍경이 펼쳐졌다. 그런데 여름의 빛과 바닷바람에 환호하는 딸과 보트의 진동을 완전히 무시하고 라캉은 '광물처럼' 경직된 채로 플라톤을 읽었고 끝내 한 번도 책에서 눈을 떼지 않았다. 시빌은 아버지가 우는 것을 두 번밖에 보지 못했다고 썼다. 한 번은 장녀인 카롤린이 죽었을 때, 또 한 번은 모리스 메를로퐁티가 죽었을 때라고 한다. 라캉의 비인정도 메를로퐁티를 잃은 결핍감에는 견딜 수가 없었던 것이다.

　　비인정에 관련된 아름다운 이야기다.

{ 2006·4·25 }

마르크스를 읽다
마르크스를 읽다
마르크스를 읽다

카를 마르크스 『자본론』

재무성의 홍보지 머리말 기고를 부탁받았는데 총선 거와 정권 교체의 의미에 관해 사견을 써서 송고하니까 '실을 수 없다'는 답장이 왔다.

매우 유감입니다만 재무성 홍보지라는 성격상 현 정치를 직접 언급하는 내용은 이전부터 게재하지 않고 있습니다. 원고를 부탁할 때 미리 말씀드렸어야 했는데, 실례를 범한 것을 사과드리며 동시에 게재가 어렵다는 말씀을 드릴 수밖에 없음을 깊게 사과드립니다.

위와 같은 내용으로 말이다.

아, 그렇습니까?

내 글이 게재되지 못하는 일은 드문 일이 아니므로 특별히 개탄할 일은 아니지만 "재무성 홍보지라는 성격상 현 정치를 직접 언급하는 내용은 이전부터 게재하지 않고 있습니다"라는 문장을 접한 것이 놀라웠다. 정치 현상에는 외교 내정 전반의 화제가 포함된다.

이 세상에 일어나는 일 중에서 정치 현상과 관계없는 것은 거의 없다. 교육을 논하면서 교육 행정을 언급하지 않을 수 없고 의료를 말하면서 의료 정책을 다루지 않고 이야기를 끝낼 수는 없는 노릇이다. 나는 이번 글에서 특정한 당파적 입장을 지지하거나 비판한 것이 아니라 총선거의 결과에 관해 '일본 정치가 성숙(이라기보다도 노쇠)했다'고 논했을 뿐이다. 평소 블로그에 쓰던 내용을 그대로 썼다.

이 사실로 추론할 수 있는 게재 불가의 이유 중에서 가장 개연성이 높은 것은 나에게 기고를 의뢰한 인물은 내가 쓴 글을 읽지 않았다는 것이다.

처음 기고를 부탁받았을 때 왜 나 같은 사람에게 원고를 청탁하는지 이해가 되지 않았는데 게재 불가가 되고 나서 무릎을 쳤다. 당연한 일이었다.

종일 『청년이여, 마르크스를 읽자』 원고를 썼다. 이번 원고는 『경제학·철학 수고』이다. 「소외된 노동」 부분을 몇십 년 만에 다시 읽는다. 마르크스는 뜨겁다.

모든 텍스트는 그것이 쓰인 시대에 몸을 두었다고 상상하며 읽어야 한다.

『경제학·철학 수고』는 1844년에 쓰였다.

엥겔스의 『영국 노동계급의 상황』은 1845년에 쓰였다.

이 두 사람을 노동문제에 끌어들인 것은 산업혁명 후 자본가들에 의한 가공할 만한 노동자 수탈이었다.

이하는 『자본론』으로부터.

1836년 6월 초, 요크셔의 치안판사에게 고발장이 도착했다. 고발장에 따르면 패트리 근교 8대 공장의 경영자가 공장법을 위반했다고 한다. 일부 신사들이 고발당한 것은 그들이 12세부터 15세까지의 소년 다섯 명을 금요일 아침 6시부터 다음 날 토요일 오후 4시까지 식사 시간 및 심야한 시간의 수면 시간 외에는 전혀 휴식을 제공하지 않고 계속 일을 시켰기 때문이라고 한다. 게다가 소년들은 '쓰레기 구멍'이라 불리는 동굴 같은 장소에서 휴식도 취하지 못하고 30시간 노동을 해야 했다.

거기서는 털 찌꺼기 제거 작업이 이루어지는데 공중에는 먼지와 털 찌꺼기가 가득해서 성인 노동자도 폐를 보호하기 위해 계속 입을 손수건으로 막고 작업해야 한다.

그런데 이 경영자들에게는 고작 2파운드의 벌금이 부과되었다.

새벽 2시, 3시, 4시에 9세부터 10세 아이들이 더러운 침대에서 깨어나, 겨우 입에 풀칠이나 하려고 밤 10시, 11시, 12시까지 무리하게 일한다. 그들의 팔과 다리는 앙상하고 몸은 쪼그라들고 얼굴 표정은 닳아서 무디어지고 인격은 완전히 돌처럼 무감각하게 경직되고 보기에도 끔찍한 몰골이었다.

어느 성냥 제조업 조사에 따르면 노동자 중 270명이 18세 미만, 40명이 10세 미만, 그중 10명은 이제 겨우 8세, 5명은 겨우 6세였다. 궁정용 부인복을 제조하는 공장에서 죽은 소녀의 검시 보고에는 다른 60명의 소녀들과 함께 26시간 동안 쉬지 않고 일했다고 적혀 있다. 필요한 공기의

3분의 1도 공급되지 않는 방에 30명씩 수용되어 밤에는 한 침대에서 2명씩 잠을 잔다. 게다가 침대가 놓인 곳은 하나의 침실을 온갖 판자벽으로 이어 붙인 숨 막히는 움막 같은 장소였다.

마르크스가 '소외된 노동'이라는 어휘로 말하려고 한 것은 이런 현실이다.

"노동자가 뼈가 부서지도록 일할수록 그가 자기 반대편에 만들어 내는 소원한 대상적 세계가 그만큼 강대해져서 그의 내적 세계는 한층 피폐해지고 그에게 속하는 것은 한층 결핍된다"(『경제학·철학 수고』)라는 문장은 단순한 수사가 아니다.

앞에서 예로 들었던 부인복 공장의 소녀가 죽을 때까지 일을 강제당한 것은 외국에서 막 맞아들인 영국 황태자비를 위해 개최되는 무도회 때문에 귀부인들의 의상을 마법사처럼 순식간에 만들어야 했기 때문이다(『자본론(상)』). 말라비틀어진 소녀들이 숨 쉴 틈 없이 꽉 들어찬 너무나도 비위생적인 봉제공장에서 만들어진 생산물이 궁정 무도회에서 귀부인들을 장식하였던 것이다.

그 현실을 상상하며 마르크스의 글을 읽어야 한다.

노동자는 자기 생명을 대상에 쏟아붓는다. 그러나 대상에 쏟아부은 생명은 더 이상 그의 것이 아니라 대상의 것이다. (⋯⋯) 노동자가 자신의 생산물을 외화外化시킨다는 것은 그의 노동이 하나의 대상에 하나의 외적인 현실 존재가 되는 것만이 아니다. 그의 노동이 그의 바깥에서 그와는 독립된 형태로 존재하고, 그가 대상에 부여한 생명이 그에게 적대적이고 소원하게 대립한다는 의미이다.

노동은 "궁전을 만들지만 노동자에게는 움막을 만들어 낸다. 그것은 미美를 만들지만 노동자에게는 기형을 만들어 낸다"는 말에서 움막과 기형은 단지 수사가 아니라 마르크스 시대에는 생생한 현실이었다.

마르크스는 과학과 교조가 아니라 오히려 문학으로 읽혀야 한다. '옛날이야기'로 읽으라는 뜻이 아니다. 반대다. 교조와 사회과학은 '범용성'을 요구한다. 모든 역사적 상황에 관해 보편적으로 타당한 '진리'일 것을 요구한다. 그런데 그 대가로 잃는 것이 너무 많다. 마르크스 이론이 보편적으로 타당하다고 주장하면 왜 다름 아닌 마르크스가 이때 이 장소에서 이러한 문장을 쓰고 이러한 사상을 연마하였는지, 그런 상황의 일회성은 경시당하고 만다. 그런데 마르크스가 살았던 시대, 마르크스가 본 것, 마르크스가 만진 것을 상상적으로 재구성하지 않고는 마르크스의 '뜨거움'을 이해할 수 없지 않은가.

이것은 과학이 아니라 문학의 일이다.

{ 2009·9·9 }

고프이 도시서
고프이 도시서
공포의 동시성

바버라 바인 『굴뚝 청소하는 소년』

스즈키 쇼 선생이 블로그에 매우 흥미로운 글을 쓰셨다. 게임과 룰에 관한 고찰이다.

조금 길지만 인용하겠다. 어떤 소설에 나오는 'I Pass the Scissors'(가위 건네기) 게임 이야기이다.

가위를 사용한다. 여러 명이 둥글게 앉아서 가위를 계속해서 옆 사람에게 건네는 게임이다. 가위를 받아 든 사람은 가위를 펼치거나 오므려서 다음 사람에게 건넨다. 나는 가위를 펼쳐서 건넨다(이를 '크로스'라고 부른다. 가위를 펼치면 십자가 모양이 되기 때문이다). 또는 오므려서 건넨다고 선언한다. 문제는 '펼쳐서'와 '오므려서'라는 말은 가위를 펼쳤는지 오므렸는지와는 관계가 없다는 것이다. 초심자는 룰을 모르기 때문에 가위를 펼쳐서 옆 사람에게 건네며 "나는 가위를 펼쳐서 전달한다"고 선언하고, 곧바로 주위로부터 "틀렸다!"고 지적을 받는다. 초심자는 어떤 상태가 펼친 상태이고 또 무엇이 오므려져 있는지 규칙을 발견해야 한다.

스포일러를 하자면 가위를 펼쳤는가 오므렸는가는 중요하지 않고 가위를 건네는 사람이 다리를 벌렸는가 오므렸는가가 핵심이다. 소설 마지막 부분에 이 규칙을 곧바로 간파한 청년이 나오는데 그 전까지는 새롭게 게임에 참여한 사람은 한 명도 빠짐없이 마지막까지 룰을 몰랐다.

본래 게임이란 참가자 전원이 룰을 숙지하는 것을 전제로 하기 때문에 이 '가위 건네기' 게임은 문자 그대로의 의미에서 게임이 아니다. 룰을 아는 자들이 룰을 모르는 자를 놀리기 위한 일종의 놀이이다. 좋게 말하면 룰을 모르는 자가 어떻게 그 룰을 발견하는지를 지켜보는 놀이이다.

그래서 이 게임은 그 자리에 있는 대부분이 룰을 알고 몇몇만이 룰을 모르는 경우에만 이루어진다. 전원이 룰을 알면 의미가 없고 반대로 혼자만 룰을 아는 경우에는 게임을 할 수는 있지만 룰을 아는 한 명이 모두에게 적의의 대상이 된다. 이미 눈치채셨겠지만 이것은 어떤 작은 공동체가 침입자를 놀리고 굴욕감을 줘서 배제하기 위한 게임이다.

'멘소레타무'도 완전히 똑같은 의도에 기초한 게임이다. 한 명이 "타무 타무 타무 멘소레 타무"라고 말하면서 오른손의 검지로 왼손 손가락 끝을 새끼손가락부터 순서대로 만져 나가면서 '멘소레' 부분에서 검지와 엄지 사이의 협곡을 더듬고 마지막에 엄지 끝을 만지며 '타무'라고 말하고 닫는다.

그러고는 상대방(초심자)에게 이것을 되풀이시킨다. 상대방은 충실하게 그대로 따라하지만 "틀렸다"는 말을 듣는다. 몇 번을 해도 "틀렸다"는 말을 듣는다.

그래서 '대장'이 다른 누군가에게 해 보게 한다. 그는 룰을 알기 때문에 제대로 할 수 있다. 초심자는 왜 자신이 틀렸고 다른 누군가는 맞는지 이유를 모른다.

자세히는 기억나지 않는데 "타무"라고 말한 후에 팔짱을 끼고 "해 봐라" 하고 말하는 것이 정답이다. 즉 두 게임에는 '게임의 범위'가 어디까지인가와 관련된 트릭이 있다. 초심자는 필사적으로 규칙을 찾아내려고 한다. 그런데 '정답'은 규칙이 적용되는 범위, 즉 게임의 범위 바깥에 있다. 룰을 아는 사람은 초심자가 게임의 범위를 오해하게 끔 한다. 전자는 가위, 후자는 손가락으로 만지는 행위가 '게임의 범위'라고 굳게 생각하게 만든다. 그래서 게임의 범위 바깥에 진짜 게임의 범위가 있다는 것을 발견하면 초심자가 이긴다.

이것은 슬라보예 지젝이 든 예와 비슷하다. 지젝은 그의 최신 저작인 『How To Read 라캉』에서 다음과 같은 예를 들고 있다.

"절도를 의심받는 노동자에 관한 오래된 에피소드를 떠올려 보자. 매일 밤 공장에서 귀가할 때 경비원들은 그가 끄는 손수레를 철저하게 조사했는데 아무것도 찾을 수가 없었다. 손수레는 언제나 비어 있었다. 결국 경비원들은 알아차렸다. 그는 손수레를 훔치고 있었다."

지젝이 이 예를 갖고 온 것은 커뮤니케이션의 재귀적 기능을 설명하기 위해서다. "이것은 커뮤니케이션입니다"는 커뮤니케이션을 위한 커뮤니케이션을 의미한다. 야콥슨이 말하는 '교감적 언어 사용'이다. "날씨가 좋네요." "그렇지요."

게임 이야기로 다시 돌아가 보자. 앞에서 이 게임은 공동체로부터 침입자를 배제하기 위한 것이라고 말했다. 바버라 바인의 『굴뚝 청소하는 소년』The Chimney Sweeper's Boy에서는 이 룰을 곧바로 간파하는 청년이 등장한다. 룰을 간파한 초심자를 공동체가 기쁘게 맞이했을까? 룰을 들킨 시점에서 그 룰의 시시함과 악의가 드러난다. 요컨대 룰이 적용되는 범위를 둘러싼 트릭이 있음을 들키게 되는 것이다. 지력을 짜내 규칙을 밝히려 했던 침입자는 맥이 빠지거나 격분해서 그 공동체와 관계를 끊을 것이다. 아니면 곧바로 공동체에 가담해서 새로운 사냥감을 찾을지도 모른다. (······)

실은 '그 자리의 공기를 읽지 못한다'는 최근 유행하는 표현을 듣고 이 게임이 생각났다. KY*가 '분위기 파악 못한다'는 의미임을 1년 정도 전에 알게 되었다. 학생이 가르쳐주었는데 그들은 "최근 고등학생들은 이런 약자를 사용해서 더 이상 그들을 따라갈 수 없어요"라고 말했다.

'그 자리의 공기를 읽는다'는 본래 어른의 말이 고등학생 사이에서 유행한다는 사실에 놀랐다. 이렇게 말하는 편이 정확할 것이다. 기분이 찝찝했다.

다음으로 KY가 '공기를 읽다'나 '공기를 읽어라'는 의미가 아니라 '공기를 못 읽는다'는 부정형의 약자라는 것에 마음이 언짢았다. 본디 이 표현은 '공기를 읽어라'는 마음가

* 구키오 요메나이(空気を読めない, 공기를 못 읽는다)의 약자.

짐이나 주의 사항일 것이다. 이에 비해서 '공기를 못 읽는
다'는 것은 배제의 표현이다. 배제의 대상에 대한 꼬리표
이다.

새삼 말할 필요도 없겠지만 그 자리의 공기를 읽는 것은
매우 중요하다. 분위기를 파악하지 못하는 사람은 '곤란
한 사람'이다. 그런데 그 '공기'의 내용물이 아주 시시한 것
이라고 한다면? 앞서 예로 든 게임처럼 시시한 내용으로
단지 침입자를 배제하는 것뿐이라면? 이러한 생각을 하
다 보니 고등학생이 이 표현을 많이 사용한다는 이야기에
좋은 기분이 들 리가 없다.

공기를 읽지 못하는 것은 곤란하지만 공기를 읽은 상태
에서 그 공기에 균열을 내는 것도 때로는 필요하다. 너무
소박하고 순진해서 공기를 읽지 못하는 경우가 많다. 그
런데 그런 공기를 읽지 못하는 소박함이 그 공기의 사악
함이나 시시함을 폭로하는 경우가 있다. 안데르센의 『벌
거벗은 임금님』을 떠올려 보기 바란다. '공기를 읽지 못
한다'는 꼬리표는 집단 괴롭힘의 도구로밖에 생각할 수
없다.

여기까지가 스즈키 선생의 글이다. 실로 재미있는 이

야기가 아닌가?

희한하게도 얼마 전에 히라카와 가쓰미도 문맥은 다르지만 '공기를 못 읽는다'는 용법의 배타성에 관해 언급했다. 이것도 인용해 본다.

KY 같은 말이 유행하고 있는 것 같다. '공기를 못 읽는다'의 머리글자라고 한다. 제 깜냥과 세상도 모르면서 동료들 사이에서 으스대는 정치가를 야유할 때도 사용하고 동료끼리 술자리에서도 사용한다. 동료끼리 사용할 때는 이분자 배척을 암시하는 짓궂은 뉘앙스를 동반한다(분명히 세상이 자기 중심으로 돌아간다고 생각하며 분위기 파악 못하는 녀석은 있다). 그러나 이것이 유행어가 된다는 것에 나는 위화감을 느꼈다. 문명 비평을 할 생각은 없지만 나는 이 유행어에서 작금의 추락한 비평 정신을 느낀다. 거기에는 '공기'라는 말로 표현되는 '동료 의식' 자체가 가진 취약성에 대한 비평이 통째로 빠졌기 때문이다. 말을 바꾸자면 부화뇌동과 다른 사람을 탓하는 말투가 젊은이들 사이에 만연하고 있다. 자신이 KY의 동류가 아니라는 점을 증명하려고 그들은 점점 동료의 배후에서 돌을 던진다.

아니, 이런 꼰대 같은 이야기를 하고 싶었던 것이 아니다. 일전에 간다 아카네 담화를 한꺼번에 들었다. 그때 이것은 '공기'를 읽고 싶어서 안달하면 할수록 '공기'를 흩트려 놓는 여자 이야기구나 생각했다. 덧붙여 말하자면 그녀의 18번인 「애달픈 여자의 한탄조」는 '분위기 파악을 한다', '못 한다'와 같은 풍조를 상대화해서 웃음 속에 녹이는 희한한 약효를 가졌다. 그렇다, 간다 아카네는 전국의 KY들을 향해 저잣거리의 한쪽 구석에서 응원의 메시지를 계속 보내 왔던 것이다.

큰일이다. 이런 딱딱한 이야기를 하고 싶은 것이 아니다. 그러나 그가 의식적이든 무의식적이든 '루저 여자', '겉도는 녀석', '숫기 없는 사람', '말솜씨가 없는 사람'을 하나의 시대가 어떻게 대우해 왔는지 말하고자 하면 아무래도 비평적인 어법이 되고 만다.

그가 조준한 세계는 솔직히 말하자면 꽤 무거운 사회적 과제이다.

간다 아카네는 훨씬 더 제대로 하고 있다. 분노도 없고 숨지도 않는다. 자신이야말로 KY중 한 사람이고 KY도 존재할 의미가 있고 꽤 사랑스러운 생명체라는 것을 이야기 형식으로 말한다. 물론 그 이야기는 큰 목소리가 아닌 중얼거림, 분노보다는 웃음, 논리보다는 기분 같은 미세한 섬유로 짜여 있다. 간다 아카네의 첫 소설 『페로몬』에서는 그런 애절한 여자들이 우연히 길모퉁이와 일터, 단란한 가정, 학교 교실에 나타난다. 그들은 살아가기 힘든 세상에서 눈에 띄지 않게 살그머니 살고 있는데 때때로 저도 모르게 무대 앞으로 끌려 나온다. 소설가 간다 아카네는 그들에게 느껴지는 위화감은 실은 누구든지 가진 것인데도 다들 잊어버리고 만 근원적인 부끄러움과 상냥함과 신중함이라는 것을 그들을 대신해서 말하고 있다. KY라는 말에는 같은 편은 없다는 뉘앙스가 포함되어 있는데 간다 아카네는 애절한 여자들의 편으로, 그들은 언제나 눈물 나기 직전의 장소에서 머물며 견디고 있다. 거기에 무엇이 있어? 아마도 "조금은 씁쓸하지만 강인한 유머가 있을 것"이라고 말할 것이다.

이것이 히라카와의 KY론이다. 구성진 맛이 있다.

이야기는 계속 이어진다. 어법은 좀 다르지만 오늘 읽은 마치야마 도모히로의 블로그에 이런 이야기가 쓰여 있었다. 루스 렌들의 소설 『활자 잔혹극』에 관해 쓴 것이다.

이 책은 미스터리임에도 갑자기 글 첫머리에 이런 식으로 범인과 동기를 털어놓는 것으로 유명하다.

"유니스 파치먼은 읽을 줄도 쓸 줄도 몰랐기 때문에 커버 데일 일가를 죽였다."

주인공인 유니스는 중년을 넘긴 가정부로 부자인 커버데일 집안에 고용되는데 자신이 문맹이라는 사실을 감춘다. 그리고 그는 필사의 노력과 지혜로 문자를 읽을 수 있는 것처럼 행동한다. '그렇게 고생할 바에야 노력해서 읽고 쓰기를 배우면 되지 않는가!' 하고 생각하겠지만 콤플렉스를 비웃기라도 하듯이 이상한 자존심이 있는 유니스는 무학이라는 사실을 감추기만 하고 커닝 같은 방법으로 위기에서 벗어나는 일에 능숙해진다.

그런데 그런 줄타기에도 파국이 찾아온다. 유니스는 주인이 써 놓은 메모를 이해하지 못해 난꽃을 말라 죽게 하거나 몇몇 실패를 거듭하고, 그것을 속이려다가 문제가 눈덩어리처럼 불어나 결국 가족 중 한 명에게 자신이 문맹이라는 사실을 들키고 만다. 그것이 커버데일 일가의 살인으로 발전한다.

마치야마의 이야기는 여기까지다.

이것도 '무서운 KY론'으로 읽을 수 있다(일단 나는 그렇게 읽었다).

내가 이 세 사람의 블로그 글을 인용한 이유는 다름 아닌 이 세 명의 블로그(와 오다지마의 블로그)가 내가 '매일 찾아가는 블로그'이기 때문인데, 놀라운 점은 스즈키 선생이 소개한 '어떤 소설'이 바버라 바인의 『굴뚝 청소하는 소녀』이었다는 것이다. 이분들은 도대체 '어떤 공기'를 읽고 계신 걸까?

{ 2008·1·5 }

현실 각성

요시카와 히로시『풍경과 실감』

슬라보예 지젝『How To Read 라캉』

요시카와 히로시라는 젊은 가인歌人이 쓴『풍경과 실감』風景と実感이 도착했다. 띠지 문구를 부탁받았기 때문에 책을 읽고 해질녘에 짧은 추천사를 썼다. 모르는 사람이 쓴 책의 띠지 글을 쓰는 일은 별로 없다. 책이 나오기 전에 원고를 읽고 거절하는 경우가 많다.

요시카와의 책은 가론이다. 나는 가학歌学에 문외한이지만 이 책은 재미있었다. 요시카와는 '어떤 노래에 생생함을 느끼는가'에 관해서 논하고 있다. "어째서 그런 생생한 느낌이 나오는지를 설명하기는 매우 어렵다."

노래에서 리얼리티가 탄생하는 것은 어떤 의미인지에 관한 아주 근원적이고 따라서 대답하기 힘든 물음에 요시카와는 다양한 사례를 들며 정면 승부를 한다.

나는 이 자세를 높이 사고 싶다.

진솔함을 미덕으로 삼는 관습은 오래전에 사라졌지만 내가 젊은 작가를 평가할 때 가장 높이 사는 부분은 바로 이러한 '정면 승부 감각'이다. 물론 진솔함 그 자체에 가치가 있는 것은 아니다.

진솔한 사람은 자신의 잘못을 자각할 가능성이 그렇지 않은 경우보다도 훨씬 높기 때문이다. 젠체하는 문체로 장식하는 젊은이들에게 나는 주의를 주고 싶다. 젊을 때는 그것으로 통하지만 중년기에 접어들면 자신의 오류와 둔감을 음미하는 회로가 기능하지 못하게 된다.

십 대 무렵에는 분명히 오라가 있었는데 서른이 지나자 그 흔적조차 남지 않은 조숙한 소년들을 나는 많이 봐왔다. 그들은 지적으로 세련된 탓에 '내가 왜 이것을 모를까? 나는 왜 이것을 제대로 설명할 수 없는가? 나의 무지와 무능은 어떻게 구조화되어 있는가?'라는 형식으로 따지기를 싫어한다.

그들은 그보다는 자신이 얼마큼 똑똑하고 유능한가를 과시하는 쪽에 지적 자원을 투자해서 어느 날 문득 깨달았을 때는 괴팍하여 의지를 굽히지 않고 남과 화합하지 않아서 고독한 중년이 되어 있다. 진솔함이란 그런 함정을 피하기 위한 중요한 마음 자세이다.

대학에서 돌아오는 길에 스즈키 쇼 선생이 보내 준 지젝의 『How To Read 라캉』을 읽었다. 라캉과 지젝 양자에 모두 통달한 스즈키 선생의 번역문은 실로 읽기 쉽다. 슬슬 읽다 보니 눈 깜짝할 사이에 다 읽고 말았다. 다 읽고 나서 나 자신이 얼마나 라캉과 지젝에게 영향을 받고 있는지를 깨달았다.

이야기를 라캉적으로 해석한다는 아이디어는 지젝의 흉내를 내면서부터 시작되었다. 처음에 시도한 것이 카뮈의 『칼리굴라』의 라캉적 해석으로 재미있었던 만큼 잘 맞아떨어졌다. 그 후 『에이리언』을 라캉적으로 해석해 보고 이 또한 적합하였기에 다섯 번 가까이 이런저런 책에서 사용한 전력이 있다. 이 책에서 지젝은 『에이리언』을 다루었는데 무릎을 탁 치게 만든다.

『정신분석의 네 가지 기본개념』에서 라캉이 라멜라에 관해 기술한 문구를 지젝은 자신의 책에 인용한다.

유달리 얇으며 아메바처럼 이동합니다. 단, 아메바보다

좀 더 복잡합니다. 그것은 어디에든 들어갑니다. 그것은 성적인 생물이 그 성에서 잃어버린 것과 관계가 있는 어떤 생명체입니다. (……) 그것은 아메바가 성적인 생물과 비교해서 그런 것처럼 죽지 않는 생명체입니다. 왜냐하면 어떠한 분열에서도 살아남고 분열증식적인 사태가 있어도 존속하기 때문입니다. 그리고 그것은 돌아다닙니다. 이는 위험이 없는 것이 아닙니다. 당신이 조용히 잠든 사이에 이 녀석이 다가와서 얼굴을 덮는다고 상상해 보세요. 이런 성질을 가진 것과 우리가 어떻게 하면 싸우지 않고 끝낼 수 있는지 잘 모릅니다. 만약 싸우게 된다면 아마도 예사로운 싸움이 아니겠지요. 이 라메라 (……) 그것은 리비도입니다.

지젝은 라캉의 생각을 이어받아 이렇게 썼다.

이 영화에 나오는 괴물 에이리언은 라캉의 라메라와 너무나도 비슷해서 라캉은 이 영화를 나오기도 전에 본 것이 아닌가 싶을 정도이다. 이 영화에는 라캉이 말하는 것이 전부 나온다.

'에이리언＝리비도'라는 공식은 나도 「에이리언 페미니즘」에서 채용했다.

라캉을 설명할 때는 『에이리언』이 최고 소재이다.

『아이즈 와이드 셧』에 관해서도 지젝은 놀랄 만한 분석을 했다(나도 '화폐＝똥'이라는 아이디어를 축으로 이 영화를 분석한 적이 있다).

우리가 '현실'로 인식하는 것은 다양한 '환상'에 의해 구조화되어 있다. 평범한 철학자들은 이 '환상'을 벗겨 내서 '진정한 대상'을 만나는 법을 취한다. 그런데 어쩌면 이 '환상'은 '우리를 지키는 차폐막'일지도 모른다. 우리가 잘못해서 '현실'이라고 부르는 것은 '현실계'와의 조우를 피하게 하는 기능을 하고 있는지도 모른다.

지젝은 다음과 같이 이어 간다.

꿈과 현실의 대립에서 환상은 현실 측에 있고 우리는 꿈속에서 외상적인 '현실계'와 조우한다. 현실을 견딜 수 없는 사람을 위해서 꿈이 있는 것이 아니라 자신의 꿈(그 안에서 나타나는 현실계)을 견딜 수 없는 사람을 위해서 현실이 있는 것이다.

이것이 지젝 책에서 나한테 딱 다가온 구절이다.

지젝의 말이 백번 옳다. 지젝은 프로이트의『꿈의 해석』에 나오는 '아들의 관 옆에서 밤을 지새우다가 잠들고만 아버지가 꾼 꿈'이라는 유명한 예를 가져온다.

꿈속에 아들이 나타나서 아버지에게 이렇게 말한다.

"아버지 내가 불타는 것이 보이지 않나요?"

아버지가 잠에서 깨어나니 초가 넘어져서 관을 덮은 천에 불이 붙어 있었다.

통상의 꿈 해석이라고 하면 '먼저' 초가 넘어졌다는 사실이 있고 거기서부터 나오는 타는 냄새와 열로 아버지의 수면이 방해를 받는 식으로 진행된다. 꿈은 욕망 충족을 위해 그러한 것들을 집어넣은 이야기를 편성해서 계속 잠을 자도록 유도한다는 설명이 붙는다.

그런데 라캉은 거기서 나아가 흥미로운 해석을 한다.

라캉은 '무엇이 눈 뜨게 하는가?'라고 묻는다.

눈뜨게 하는 것, 그것은 꿈이라는 형태의 또 하나의 현실이다. '아들이 침대 옆에 서서 그의 손을 잡고 비난하는 말투로 속삭였다. "아버지 모르겠어요? 내가 불타고 있는 거?"'

이 메시지에는 아버지가 옆방에서 일어난 사건을 알아차리게 된 소음보다도 많은 현실이 포함되어 있지 않을까? 말 안에 아들의 죽음의 원인이 된 만나지 못한 현실이 포함되어 있는 것은 아닐까?

그가 꿈속에서 조우한 것은 현실보다 더 강한(자식의 죽음이 자신의 책임이라는) 외상이었다. 그래서 그는 '현실계'로부터 도망가려고 현실로 각성하였던 것이다.

브레히트의 '이화異化 효과'는 '환각적인 구경거리' 안에 갑자기 '현실적인 것'이 침입해서(가부키나 다카라즈카 가극단*에서도 자주 하듯이 배우끼리 나누는 이야기를 갑자기 대사 사이에 끼워 넣는다든지, 옛날 텐트 극장에서처럼 관객석에 찬물을 뿌린다든지) 꿈속에서 안식을 취하는 부르주아 관객들을 '현실로 각성시키는' 정치적 효과를 목표로 한 것인데 지젝은 이것을 딱 잘라 부정한다. 이야기는 반대다.

그들이 하는 것은 그들의 주장과는 반대로 '현실계'로부터의 도피이고, 환각 그 자체인 '현실계'로부터 도망치려

---

* 다카라즈카시에 본거를 두고, 여성으로만 구성되어 리뷰 및 음악극, 뮤지컬을 연기하는 극단.

는 필사적인 시도에 지나지 않는다. '현실계'는 환각적인 구경거리의 모습을 하고 출현한다.

현실로의 각성은 꿈속에서 조우하는 '현실계'로부터의 도피이다. 너무나 무서운 꿈을 꿨을 때 우리는 그곳에 꿈틀거리는 끔직하게 무서운 것으로부터 도망가려고 각성한다. 꿈으로부터 도피하는 것이다.

현실에서는 꿈속에서 조우하는 '무서운 것'과 마주칠 가능성이 거의 없기 때문이다. 그래서『나이트메어』가 라캉적으로는 아주 잘 만들어진 영화임을 알 수 있다. 영화에서는 꿈속에서 프레디가 표상하는 '현실계'와 조우하는 사람은 죽는다. 그래서 주인공들은 반복해서 현실로 각성함으로써 꿈으로부터 도피하려고 한다. 인간 존재의 근원을 위협하는 외상적 경험은 늘 '환각적인 구경거리'의 형태를 하고 출현한다.

요시카와 히로시는 쓰카모토 구니오의 노래를 인용한다.

의사는 안락사를 말하지 않더라도 역광의 자전거가게 공
중에 매달린 자전거　　　　—「과실매장」,『녹색연구』

그에 관해 다음과 같이 썼다.

의사로부터 환자의 고통을 끌기보다 안락사하는 것이 낫다는 이야기를 들었다. 그 후 멍청히 길을 걷는데 어두운 자전거가게 안에 걸려 있는 자전거가 보였다. 금속제의 구조가 묘하게 검게 번들거려서 무생물이 가진 실재에 압박을 받는 느낌이 들었다. 그런 장면을 읽어 내면 좋은 것일까. 살아 있는 것보다도 생명이 없는 물체가 생생하게 느껴지는 것은 우리 일상 속에서도 종종 일어난다. 아마도 이 노래는 그런 한순간의 감각을 포착했을 것이다.

'안락사'라는 '현실'보다도 '역광의 자전거가게에 매달려 있는 자전거'라는 '환각적인 구경거리'가 보다 깊고 회복 불가능할 만큼 외상적인 '한순간의 감각'이라는 것을 가인은 알고 있다.

{ 2008·1·31 }

사랑의 깊이

지그문트 프로이트 『토템과 터부』

'내 안에 있는 타자는 무엇인가'라는 문제로 긴 시간을 들여서 글을 쓰고 외출할 시간이 되어 그대로 저장하고 일어났다고 생각했는데⋯⋯. 집에 돌아와 보니 어두운 방에 PC만 켜져 있어서 별생각 없이 전원을 끄고 말았다.

아침에 일어나 보니 원고가 전부 사라지고 없었다. 훌쩍훌쩍.

울 일이 뭐가 있어. 또 쓰면 되잖아. 어차피 자신이 쓴 거잖아. 그렇게 말씀하실지도 모르겠다.

그런데 내가 글을 쓸 때 쓰고 있는 사람은 반 정도는 '다른 사람'이다.

또 다른 우치다가 빙의했을 때 쓴 것을 보통의 나는 재현할 수 없다.

PC 옆에는 『유레카』 2005년 4월호가 펼쳐져 있다.

거기에서 어떤 문장을 인용하다가 나갈 시간이 되어서 일어선 것이다.

아마도 이 문장이 아닐까 싶은데 어떤 문맥에서 그 문장을 인용하려고 마음먹었는지 기억이 나지 않는다.

글을 쓸 때는 아직 쓰지 않은 것에 관한 막연한 예측이 있어서 쓴다. 아직 쓰지 않은 것을 쓰고 있을 때는 매우 선명한 형태지만 잠깐 다른 일을 하고 나서 책상으로 돌아오면 생각이 나지 않는 경우가 있다.

그럴 때는 쓴 것을 처음부터 읽는다. 읽다 보면 자신이 쓴 문장에 신체가 익숙해져서 '맞아, 그쪽으로 갈 생각이었지'를 알게 된다.

부엌에 갔다가 '음…… 뭐하러 부엌에 왔더라?' 하는 생각에(최근에 그런 일이 잦다) 동작의 출발점으로 다시 돌아오면 부엌에 갈 필연성이 떠오르는 것과 똑같다.

그런데 이번에는 전부 사라졌기 때문에 이야기의 출발점을 생각해 낼 수가 없다.

문장을 쓸 때의 기준은 '20년 전의 자신, 20년 후의 자신이 읽어도 납득할 만한 글'이라는 내용을 썼던 기억이 있는데 확실치가 않다.

됐다. 잊도록 하자.

'취했을 때 알게 된 사람은 취했을 때만 만날 수 있다'
는 만취의 법칙(@야마시타 요스케)과 마찬가지로 빙의했
을 때 떠오른 아이디어는 다시 빙의했을 때에만 만날 수
있다.

젊은이들은 이상하게 너무 날카로운 것 같다. '지나치
게 잘 드는 칼'은 칼집 없이는 들고 다닐 수 없다. 그래서 저
마다 '칼집'을 궁리하게 된다.

'딱딱한 학술성'이 가장 정통적인 '칼집'으로 이 안에
칼이 들어 있으면 보통 사람은 그게 얼마나 날카로운지 알
지 못한다. 자기 분야 이외에는 전혀 관심이 없는 사람이
여기에 해당한다.

좀 더 공격적인 사람은 다른 '칼집'을 찾아낸다. 힘을
빼거나 웃는 것이다. 이야기의 마지막에 '(웃음)'을 추가하
면 아무리 이야기가 단정적이라 해도 일단 '칼집'에 들어간
다. 베인 쪽도(비판당한 쪽도) 베인 것을 모르고 함께 웃기
도 한다.

가장 좋은 칼집은 '사랑'이다. '학술성'이나 '웃음'으로

더 예리해지지는 않는다. 그런데 '사랑'은 그렇지 않다. 지성의 예리함이란 쉽게 말하면 누군가를 지적으로 죽이는 무기로서의 성능을 가리킨다. 그런데 그 성능은 '지적, 영적, 물리적으로 다른 사람을 손상해서는 안 된다'는 금계와 함께 있을 때 폭발적으로 향상한다.

그런 것이다.

사랑은 증오와 쌍을 이루고 그것과 갈등할 때 깊어진다. 증오는 사랑과 갈등할 때 깊어진다. 지성과 사랑의 관계도 다르지 않다. 학술성이란 애정의 깊이를 가리킨다.

고노 요시노리 선생의 '베기'는 칼을 수직으로 내리는 힘과 수평으로 베어 양쪽으로 가르는 힘을 동시에 칼에 실음으로써 성립한다고 한다. 이 '베기'는 무거워서 막아 낼 수가 없다.

프로이트는 『토템과 터부』라는 책에서 가까운 사람이 죽었을 때 남겨진 유족은 '강박 자책'에 시달린다고 썼다. 좀 더 효도할 수 있지 않았을까, 애정을 기울일 수 있지 않았을까……. 되돌릴 수 없는 그런 생각으로 괴로워한다. 프로이트에 따르면 그것은 그들이 무의식적으로 사랑하는 사람의 죽음을 바라고 있었기 때문이다. 자신이 사랑하는 사람의 죽음을 바라고 있었다는 '심적 과정'을 견딜 만큼 인간은 강하지 않기 때문에 살의는 '악령'이라는 형태로 외부에 투사된다. 그렇게 해서 '악령의 방문'이라는 심적 현상이 구성되는 것이다.

그런데 나는 프로이트의 설명에는 '숨어 있는 수읽기'가 있다고 본다. 자신이 사랑하는 부모와 자식과 배우자의 죽음을 바라는 심적 과정은 '사실'로서 존재하는 것이 아니다.

죽은 자에 대한 애정이 깊을 때만 강박 자책이 일어난다. 죽은 이에게 살의 따위는 조금도 느낄 것 같지 않은 관계에만 강박 자책이 일어난다.

왜일까?

아마도 이런 게 아닐까. 사랑하는 사람이 죽었을 때 우리는 '좀 더 사랑하고 싶다'고 생각한다. '좀 더 사랑했으면 좋았을 것을'이라는 과거에 대한 후회는 '앞으로도 계속 사랑하고 싶다'는 미래에 대한 의지로 바꾸어 읽을 수 있다.

애정을 높이는 가장 효율 좋은 방법은 애정과 갈등하는 것을 불러내는 것이다.

'나는 망자에게 무의식적으로 살의를 품었다'는 자책은 죽은 이에 대한 애정과 비타협적으로 갈등한다. 자책을 견디려면 망자에게 더 깊은 애정을 쏟는 수밖에 없다. 나는 이렇게나 그를 사랑했고 실제로 이런 식으로 사랑했고 죽은 후에도 계속 사랑한다. '살의'를 부정하기 위해서 대량의 심적 에너지가 '사랑'에 공급된다.

기묘한 이야기이긴 한데 우리는 누군가를 깊이 사랑하기 위해 그와 갈등하는 심적 과정(증오, 질투, 살의)을 불러낸다. 그것과 똑같은 일이 반대 과정에서도 일어난다. 살의는 애정을 키운다.

'학술성'이 '사랑의 깊이'라는 이야기는 그런 의미이다. 인간의 인간성을 기초 짓는 계율이 '신을 사랑하라'와 '당신 자신을 사랑하듯이 이웃을 사랑하라' 두 가지인 것과 똑같다. 사랑만이 인간의 능력을 폭발적으로 향상시킨다.

인류의 시조는 지성과 영적인 능력과 체력을 폭발적으로 향상하기 위해서 '사랑'이라는 개념을 발명했을지도 모르겠다. 순서대로 되짚어 보면 '있을 법한 이야기'다.

{ 2006·4·8 }

로렌스 토브 선생이 책을 보냈다

로렌스 토브 선생이 책을 보냈다
로렌스 토브 선생이 책을 보냈다

로렌스 토브 『3가지 원리』 ⑴

로렌스 토브의 『3가지 원리』라는 책이 도착했다. 바로 펼쳐 보았다. 표지 안에 토브 씨의 헌사가 적혀 있었다.

"우치다 교수님. 이 책을 보낼 수 있는 것은 저의 기쁨이기도 합니다. 이 책이 당신의 목적에 도움이 되기를 기대하고 나아가 당신의 피드백을 기대하고 있습니다."

곧바로 읽어 나갔다.

오오오, 이것은 정말로 희한한 책이다.

'거대서사'에 지식인들이 안녕을 고한 것은 20년 정도 전, 장 프랑수아 리오타르가 『포스트모던의 조건』이라는 책에서 거대서사에 대한 조사弔辭를 낭독했을 무렵이다. 포스트모던이라는 말에 아직 손때가 묻지 않았을 시절의 일이다. 로렌스 토브는 이미 한번 사망 선고를 받은 거대서사를 다시 호출하였다.

역사는 랜덤이고 무의미하고 미래는 예측불가능하다는 말은 역시 지나친 말이다. (……) 빅픽처란 상식적인 경험으로 비추어 보아도 가능하다. 물론 인간이 태어나기 전에는 그가 앞으로 인생에서 어떠한 경험을 하게 될지 예견할 수 없다.

그 사람의 몸속에 들어가서 그 사람의 사고방식으로 살 수는 없기 때문이다. 그런데 어떤 신체를 가졌는가 정도는 예측 가능하지 않은가? 남성 아니면 여성 어느 한쪽으로 태어나서 심장은 1개, 눈은 2개, 귀는 2개, 머리는 1개, 꼬리는 없다. 이 정도는 예견할 수 있다. 심신복합체로 태어나는 것의 불가피성, 이 심층구조는 이미 결정된 사항이고 예견 가능하다.

이야기는 알아듣기 쉽도록 차근차근 시작된다. 로렌스 토브가 말하는 '거대서사'는 어떤 역사적 상황에서도 결코 바뀌지 않는 인간의 조건을 의미한다. 그것은 '남성 또는 여성이라는 것'과 '반드시 나이를 먹는다는 것'과 '어떠한 사회집단(카스트)에 귀속하는 것'이다.

예를 들면 인간은 유아기부터 청년기를 거쳐서 장년이 되고 결국 늙는다. 이 흐름은 불가역적이다. 노인으로 태어나서 점점 유아가 되어 가는 인간은 없다.

그리고 노인일 때와 소년일 때는 사고방식도 느끼는 방식도 다르다. 반드시 바뀐다.

'바뀐다'는 것은 바뀌지 않는다.

인류의 역사도 그렇게 일종의 '흐름' 속에 있다. 인류사의 발달 모델과 개인의 성숙 모델은 동일하다. 로렌스 토브는 그렇게 생각하고 있다.

인류는 영적 계단을 천천히 오르고 있다. 기독교가 가르치는 '최후의 심판'에 이르는 직선적인 시간도 아니고 헤겔이 말하는 '절대정신이 모습을 드러내는' 과정도 아니고 '역사의 종언'과 '문명의 충돌' 같은 무시간 모델도 아니다. 유아가 노인이 되는 것과 같은 엄숙한 영적 성숙 과정이다. 유아에게는 들리지 않는 '영적 소명'을 성인은 들을 수 있다. 거의 똑같은 말을 레비나스도 『곤란한 자유』의 첫머리에서 이야기했다.

"어른이 되어라."

그런데 나는 아직 인류사가 예정된 과정을 거치며 조

화롭게 성숙의 계단을 오르고 있다는 것에 관해 로렌스 토브와 같은 깊은 확신을 할 수가 없다(아직 30쪽밖에 읽지 않았기 때문이다). 하지만 어떠한 설명 방식이든 '어른이 되어라'는 수행적인 메시지를 발신하는 한 나는 그 이야기에 귀를 기울일 마음이 있다.

내일도 종일 독서다.

{ 2005·5·3 }

드디어 로렌스 선생을 만나다
드디어 로렌스 선생을 만나다

드디어 로렌스 선생을 만나다

로렌스 토브 『3가지 원리』(2)

아침부터 신초클럽에서 『생각하는 사람』*에 싣기 위해 로렌스 토브 씨와 대담을 했다.

지금까지 이 블로그에 토브 씨 관련 글을 몇 번 썼는데, 그는 『3가지 원리』라는 매우 흥미로운 책을 쓴 미래학자이다.

세계사는 영적=종교적 단계(브라만), 전사적 단계(크샤트리아), 상인적 단계(바이샤), 노동자 단계(수드라)와 같이 힌두교적 카스트의 네 단계를 경유해서 진행된다는 깜짝 놀랄 만한 내용이다.

여하튼 토브 씨의 이야기는 재미있다. 현대사회 관련 질문에도 "그것은 애당초……"라고 고대부터 이야기를 끄

* 신초샤에서 나오는 평론, 수필, 소설 등을 다루는 잡지.

집어내어 어느새 분명한 대답을 내놓는다. '시야가 넓은 사람'이라는 표현을 사용하는데 토브 씨만큼 시야가 넓은 사람도 드물다. 박람강기와는 조금 다르다.

토브 씨가 드는 사례 중 많은 부분은 '듣고 보니 나도 알고 있는 것'이다. 그런데 그 사례들을 연결하는 수완이 실로 훌륭하다. 그 문제를 논할 때 나 같으면 '시야 밖'에 둘 사례까지 '시야 안'으로 가져온다. 오타키 에이이치 선생처럼 '관련성을 발견하는 것'을 향한 대단한 열정이 토브 씨의 지성을 작동시켰다.

다섯 시간 동안 끊임없이 이야기를 나누었다.

토브 씨는 영어로 말하고 나는 일본어로 말했다.

토브 씨의 영어는 아주 알기 쉬워서 듣는 데에는 전혀 문제가 없는데 나는 '입부터 먼저 태어난 남자'라서 그 수다를 영어로 풀어낼 만한 영어 능력이 없다 보니 통역인 사이토 사토코 씨에게 신세를 졌다. 내 말을 이만큼 훌륭하게 영어로 통역해 준 사람은 처음이라 놀라웠다. "아, 그렇게 말하면 되는구나?" 하는 생각이 들 때마다 사회를 보는 아다치 마호 씨와 몇 번이나 눈이 마주쳤다. 이야기 도중부터 합기도 이야기와 유대인 이야기를 나눴다.

토브 씨도 『사가판 유대문화론』을 읽고 있는데 일본

어 읽기가 능숙하지 못해서 오래전부터 읽기 시작했는데
도 아직 다 읽지 못했다고 한다.

토브 씨는 유대인이다. 그 책을 유대인 독자는 어떻게
읽을지 무척 궁금해서 어떤 내용이 쓰여 있는지 해설해 주
었다.

"네? 뭐라고요? 그런 생각은 해 본 적도 없는데……. 그
런데 그럴지도 모르지요. 아, 그렇구나" 하고 토브 씨는 흥
미롭게 들어 주었다.

{ 2007·2·20 }

복음주의와 야스쿠니의 제신

리처드 호프스태터 『미국의 반지성주의』

리처드 호프스태터의 『미국의 반지성주의』 제3장 「복음주의의 정신」은 미국의 여러 개신교의 독특한 선교 활동에 관해 귀중한 것을 가르쳐 준다. 고등학교 세계사 시간에는 전혀 배우지 않는 내용이라 여러분을 위해 여기에 개략적인 내용을 써 놓도록 하겠다.

아메리카 청교도 제1세대에는 많은 지식인이 포함되어 있었다. 그들은 개척지 변두리에서 늑대의 울부짖음이 사라지지도 않았을 때부터 이미 대학을 만들고 아리스토텔레스와 호라티우스와 히브리어를 가르치기 시작했다. 하버드대학의 초기 졸업생 중 50퍼센트는 그대로 목사가 되었다. 그러나 1720년에 '대각성 운동'이 일어나서 '학식

있는 목사'를 대신해서 무학이지만 종교적 열정에 사로잡힌 사람들이 선교의 선봉이 되었다.

윌리엄 테넌트라는 장로파 목사는 열정적으로 개척지를 돌아다니며 문화적인 혜택을 입지 못하던 당시 개척민들에게 영혼의 구제를 열광적으로 설파했다.

테넌트는 설교할 때마다 절규하고 야수처럼 고함을 지르고 한밤중에 눈 속에서 발작적으로 몸부림을 쳤다. 설교를 들으러 모인 수천 명의 사람은 광란 상태에서 '영적 재생'을 경험하였다.

이렇게 청교도 시대가 끝나고 복음주의 시대가 시작된다.

대각성 운동은 남부와 서부의 프런티어에서 "더욱 원시적이고 더 감정적인 황홀감을 강조하는 것으로 바뀌어 갔다. 학식이 없는 설교사가 늘어나고 회심의 수단으로서 육체적 반응을 억제하지 않게 되었다. 즉 엎드려 절하고 경련하고 울부짖는 것과 같은 동작을 빈번하게 볼 수 있게 된다".

그들은 "점점 늘어가는 교회를 다지니 않는 비종교적인 사람들, 교회에서 성화聖化되지 않은 결혼과 절도 없는 생활, 과도한 음주, 야만적인 싸움"과 싸우고 개척민의 혼을 정화할 필요가 있었기 때문에 어느 정도 신체적으로 강렬한 설교 태도를 취해야 했다.

순회 설교사들이 없었다면 개척 시대의 '유동성 높은 사람들을 회심시키기'는 불가능했다(『페일 라이더』의 클린트 이스트우드가 목사인데도 스스럼없이 총을 쏘아 악한들을 죽이는 것은 복음주의 선교사들의 전통에서 본다면 그다지 이상한 일도 아니었다).

복음주의 선교사들에게는 사람들을 끌어당기는 화술과 퍼포먼스가 요구되었다.

'스타 설교사'들이 계속해서 나온다. 찰스 피니, 디 엘 무디, 라일 샌디, 빌리 그레이엄으로 계보가 이어진다.

피니는 1820–1830년대에 활약한 설교사인데 그의 무기는 "날카롭게 쳐다보면 사람들이 넋을 잃는 강렬하고 광기를 띤 예언자의 눈"이었다. 사람들은 그의 설교를 들으면 의자에서 굴러떨어져서 자비를 구하고 고함지르고 무릎을 꿇고 몸을 구부리고 머리를 땅에 조아렸다.

가장 활동적인 이들은 초기 감리교의 순회 목사들이었다(무시무시한 폭풍우가 치는 밤에는 '이런 밤에 바깥에 있는 것은 까마귀 아니면 감리교의 설교사'라는 말이 있을 정도로 그들은 굽힘이 없었다).

1775년에 신도가 3천 명이었던 감리교는 80년 후에 신도 150만 명의 커다란 종파가 되었는데, 그 성공은 수천 명에 이르는 무학이지만 종교적 열정이 넘치는 목사들의 헌신적인 포교 활동 덕분이었다. "그런데 그중에서 일반적인 영어교육 이상의 교육을 받은 자는 50명도 되지 않을 것이다. 그런 교육조차 받지 않은 자도 많았다. 하물며 신학교와 성경연구소에서 훈련을 받은 이는 한 명도 없었을 것"이라고 어느 감리교 목사는 자랑스럽게 떠들었다.

그 후에 디 엘 무디가 등장한다.

신발 도매업자로 성공한 후 사업가에서 선교 활동가로 변신한 이 인물은 1873년 영국에서 활동하며 신도 250만 명을 동원하고 귀국과 동시에 명성의 절정을 맞이한다. 그는 무학이었고 "그의 설교를 비판하는 자들의 계속된 주장처럼 문법조차 몰랐다". 그러나 1분간 220글자를 말하는 놀랄 만한 빠른 속도와 큰 목소리의 설교로 거대한 회당의 청중을 한꺼번에 구제로 이끄는 기술에서 그는 당대 최고였다.

무디는 '성경 말고는 한 권의 책도 읽지 않는다'고 거리낌 없이 큰소리쳤다. 학문은 영적인 사람의 적이고 '지식 없는 열정은 열정 없는 지식보다 우위에 있다'는 것이 무디의 일관된 입장이었다. 그런데 무디는 테넌트처럼 뒹굴거나 포효하지 않았다. 그는 셔츠를 쫙 빼입고 등단해서 마치 유능한 사업가처럼 강한 어조로 계속해서 말하였다.

무디의 뒤를 이어 19세기 말부터 1935년까지 압도적인 인기를 얻은(1914년 『아메리칸 매거진』의 '미국에서 가장 위대한 인물' 투표에서 8위를 차지한) 이는 빌리 샌디였다.

그는 줄무늬 양복, 다이아몬드 넥타이핀, 번쩍번쩍 빛나는 스패츠를 입고 등장해서 늘 데리고 다니는 재즈밴드와 함께 저속한 레토릭과 곡예와 음악이 있는 무대 퍼포먼스로 사람들을 매료시켰다. 그의 설교에는 너무나도 많은 사람이 모여들었는데, 기존 교회에서는 대응할 수 없어서 그의 설교를 위한 대강당을 따로 지을 정도였다.

그렇게 빌리 샌디는 대량으로 회심시킨 신자들에게 1인 당 '회심료' 2달러를 징수해서 대부호가 되었다. 내가 호프스태터의 책에서 복음주의의 역사를 길게 채록한 데는 마땅한 이유가 있다. '퀴즈 방송에 나오는 문제를 맞추기 위한' 지식을 과시하기 위해서가 아니다. 나는 나와 '관련성이 있는 것'에만 흥미가 있다(@오타키 에이이치). 이 기술이 두 군데에서 나의 '기억의 심금'을 울렸다.

기억의 한쪽 구석을 콕콕 건드린 것은 디 엘 무디가 1886년 시카고에 설립한 '무디 성경연구소'에서 만난 한 일본인 이야기였다.

나카다 주지는 일본에서는 감리교 교육을 받은 후에 도미해서 1897년부터 1898년까지 이 성경연구소에서 미국의 핵심 복음주의를 경험하고 '회심'을 이룬다. 귀국한 후 1917년에는 46개의 교회를 거느린 '도쿄 선교회 홀리니스 교회'를 설립한다.

그리고 연속 강연인 '성경으로 본 일본'을 통해 성경 안에 나오는 '해가 뜨는 곳'과 '동쪽'이 전부 일본을 의미하며, 일본인이야말로 예수 재림과 유대민족 회복의 열쇠를 쥔 '선택된 민족'이라는 설을 발표하고 일본에서 '일유동조론 이데올로기'의 첫걸음을 내디뎠다.

'일유동조론'이라고 해도 여러분은 아마도 모르실 텐데 "일본인과 유대인은 같은 역사적 사명을 갖는다"(극단적으로 "선조가 똑같다")고 말하면서 1910년대부터 제2차 세계대전까지 일본의 복음주의파 기독교 신자, 육해군인, 외교관, 극우 일부에 은연한 세력으로 복류하던 오컬트 이데올로기이다.

나카다 주지는 일본 민족의 사명이 세계에 산재하는

디아스포라 유대인을 규합해서 그들을 팔레스티나의 고향땅으로 귀환시켜 신의 섭리를 성취하는 데 있다고 생각했다.

동쪽에서 일어난 사람은 가는 곳마다 적이 없는 세력으로 여러 나라를 정복한다고 나와 있고 동에서 서쪽으로 또다시 서쪽 대륙을 향해서 점점 세력을 확장한다고 예언했다. (……) 대륙을 향해서 무력으로 발전하는 것이다. 그리고 마지막으로 가짜 크라이스트에 봉사하는 왕들을 정복한다. 나는 쓸데없이 일본의 대륙정책을 칭송하는 것도 아니고 군부에 아양을 떠는 것도 아니다. 이것도 성경의 빛이기 때문에 이렇게 말하는 것이다. 속된 생각으로 일본이 훌륭하다고 말하는 것이 아니다. '신의 섭리' 안에 이렇게 되어 있다고 말하는 것이다. 신은 이 민족을 선택해서 사명을 다하도록 과거 2,500년간 외적의 침입을 받지 않도록 하였다. 이것은 모두 신의 섭리 안에 있던 것으로 전능한 신이 이 해 뜨는 나라를 선택해서 대륙으로 손을 뻗으라고 진심으로 말씀하셨노라고 믿는다.

— 데이비드 굿맨·미야자와 마사노리, 「성경으로 본 일본」, 『유대인 음모설 : 일본 안의 반유대와 친유대』

왜 이러한 오컬트 이데올로기가 그 나름의 사회적 영향력을 가질 수 있었는가를 논하기 시작하면 책 한 권을 써야 하므로 여기서는 이 이상 다루지 않겠지만, 결과적으로 일본의 제국주의적 영토 확대와 비참한 전쟁을 초래한 군국주의 이데올로기 생성에 미국 복음주의의 '스타 설교사'가 한몫 거들었다는 것은 기억할 만한 역사적 사실이다.

또 하나 생각난 이야기도 매우 '먼 곳'의 사건이다.

빌리 샌디는 설교 후 '회심한' 사람들을 '심문실'에 출두시켜서 '영적 상태'를 체크하고 '영적 재생'이 이루어졌다는 것이 확인되면 '결심 카드'를 발행했다. 회심한 사람들이 그 후 어떤 사명에 종사하였는지 호프스태터 책에는 쓰여 있지 않다.

그런데 나는 회심자의 말로를 다른 책에서 읽은 적이 있다. 남비콰라족과 함께 살기 시작한 레비스트로스는 그가 이 부족 마을에 오기 5년 전에 같은 남비콰라족과 접촉한 개신교 선교사들의 이야기를 들었다. 그들은 원주민과 사이가 좋지 않았는데, 선교사가 투여한 아스피린으로 원주민 하나가 죽자 남비콰라족의 남자들은 그 죽음이 독살이라 믿고 복수를 감행하였다.

전도사 여섯 명이 학살당했다. 레비스트로스는 이 학

살의 가해자인 원주민들이 "습격한 상황을 즐거운 표정으로 떠드는" 것을 들었다. 레비스트로스의 증언을 그대로 인용해 보기로 하자.

> 나는 많은 선교사를 알고 있고 그중 많은 이가 수행한 인간적이거나 과학적인 역할을 존경하고 있다. 그러나 1930년 무렵 중부 마투그로수에 들어와 있던 미국 개신교 선교단은 특이한 부류였다. 이러한 선교단 사람들은 네브래스카주와 다코타주의 농가 출신인데 그곳 젊은이들은 문자 그대로 지옥과 기름이 끓어오르는 솥에 비견할 신앙 속에서 자랐다. 어떤 자는 보험계약이라도 하듯이 선교사가 되었다.
>
> 이렇게 해서 그들은 자신들의 영혼 구제를 위해 더 이상 아무것도 하지 않아도 된다고 생각했다. 그들은 일을 하면서 만난 다양한 사건에 반역적인 냉혹과 비인간성을 보였다.　　　　　—클로드 레비스트로스, 『슬픈 열대』

지금 눈앞에 원서가 없어 가와다 준조가 '반역적인 냉혹함'이라고 번역한 구절이 혹시 'cruauté révoltane'가 아닐까 추측해 본다. 그렇다면 'révoltant'는 '반역적'이 아니라 '비위가 사나운'이란 뜻이다. 그 선교사들은 아주 몹쓸 짓을 했을 것이다.

레비스트로스는 학살의 가해자를 "책망할 마음이 들지 않았다"고 썼다.

시대를 감안하면 이 선교단이 브라질 깊숙이까지 들어가 '회심'하려고 하지 않는 원주민에게 '비위가 사나운 잔혹함과 비인간성'을 보이고 급기야는 그들의 증오를 사서 살해당하기까지의 여정 어딘가에 빌리 샌디가 한 역할 했으리라 추론해도 그리 틀린 말은 아니라고 생각한다.

세계의 역사는 희한한 매듭으로 연결되어 있다.

{ 2004·6·29 }

『주식회사라는 병』을 읽다

히라카와 가쓰미 『주식회사라는 병』

히라카와 가쓰미의 『주식회사라는 병』株式会社という病 원고가 도착해서 도쿄로 향하는 신칸센 안에서 읽기 시작했다. 히라카와는 블로그에서 이 책을 쓰느라 고생을 많이 했다고 이야기했다.

그가 '고생'했다는 것은 어떤 의미일까?

하고자 하는 말을 초반에 다 써 버리고 남은 분량을 채우려고 전전긍긍하는 것은 학생들이 과제할 때 자주 생기는 일이다. 하지만 히라카와 같은 작가에게 '쓸 거리가 없어지는' 일은 있을 수 없다. 그렇다면 그가 이 책에서 '익숙한 도구'로는 논하기 어려운 주제를 다루었다는 뜻이다.

히라카와를 곤란하게 한 주제는 무엇일까? 읽고 나니

어떤 곤란이었는지 알 것 같아서 그에 관해 쓰고자 한다.

그는 구가하라에 있는 작은 공장 집안의 장남으로 성장했다. 소년 시절 부모가 일하는 모습과 주위 공장 노동자들의 모습을 묘사할 때 그의 필치는 평온하고 감동적이기까지 하다. 예를 들면 다음과 같다.

당시 우리 영세공장 노동자들은 자기 임금을 대기업의 임금과 비교하며 부러움에 휩싸이는 일은 별로 없었다. 이상한 표현일지 모르겠지만 여기에는 '안정된 격차'가 있었다. 그들에게 저쪽은 저쪽이었다. 이쪽 세계(=영세기업)는 저쪽 세계(=대기업)와는 다른 원리로 작동하며 그것들을 연결 짓는 것은 어디에서도 찾을 수 없었다.

변두리 공장 노동자들은 일하는 장소를 중심으로 반경 1킬로미터의 세계에서 가정을 꾸리고 영화를 보고 파친코를 하고 놀았던 것 같다. 이 무렵 우리 집 근방 공장에는 영문은 모르겠지만 어디든 탁구대가 있었다. 노동자들은 쉴 틈만 있으면 자주 탁구를 치며 환호성을 질렀다. 생활은 가난하였지만 분수를 지키는 안정적인 가난 속에 많은 사람이 안주하며 지냈다.

물론 오늘날의 표현따라 인습적인 낡은 관습이라든지 격

차의 고정화 같은 말로 비판할 수 있다. 그러나 당시의 영세기업 경영자와 노동자 들이 노예 같은 루저 근성으로 종속 의식에서 벗어나지 못했다고 비판한다면 번지수를 잘못 찾은 비판이 될 것이다. 그들은 작금과 같은 자기실현의 꿈을 키우려고 하지 않았을지도 모르고 사회 격차를 의식하는 일은 없었을지도 모르지만, 그 이상으로 그들의 세계에는 안정된 윤리관과 생활상의 위안이 있었다고 해야 할 것이다.

좋은 문장이다. 히라카와가 '히라카와 정밀精密 사람들'을 회고하며 쓰는 문장을 나는 좋아한다. 여기서 히라카와 소년이 '노동자'를 개념이 아니라 실제 체온과 감촉이 느껴지도록 신체화했기 때문이다. 지금 일본의 작가 중에서 '영세기업 공장 노동자의 시대정신'을 이만큼 실감나는 문장으로 쓸 수 있는 사람은 거의 없을 것이다.

그의 문장이 '좋은 문장'인 이유는 단지 그가 자신이 쓴 대상을 숙지하고 있기 때문만은 아니다. 그가 1950년대 도쿄도 오타구의 변두리 공장 경영자와 노동자의 풍모를 다루는 필치는 비장하다.

그가 소년 시절에 이미 '사장집 도련님'으로 고등교육

을 받고 이 권역에서 탈출하기를 바라는 주위 사람들의 기대와 의무를 짊어졌기 때문일 것이다.

열 살의 히라카와 소년은 그가 사랑하는 변두리 공장을 뒤로하고 '저쪽 세계'로 나아가야 한다는 것을 이미 알았다. 그가 공장의 연마기와 재단기를 사용해 놀기 좋아한 까닭은 머지않아 자신이 그 도구를 사용하는 일에 종사하리라 생각했기 때문이 아니라, 언젠가 그와는 인연이 없는 세계로 등 떠밀려 나갈 것이라 예감했기 때문이다.

변두리 공장에서 나와 '저쪽 세계'에 들어가는 것은 그의 선택이 아니라 '그들의 희망'이었기 때문에 차마 싫다고 대답하는 일조차 생각할 수 없었다.

그것이 그가 '변두리'와 영세기업 노동자와 '시바하마'芝浜*적인 것을 기술할 때 결코 평탄하고 경박한 '가난 자랑'으로 빠지지 않는 이유다.

그는 마음 한구석의 '안정된 격차' 안에 노동자들을 남겨 둔 채 '국제파 비즈니스맨'이 되고 만 자신에게 양심의 가책을 느끼고 있다.

물론 그는 '양심의 가책'을 느낄 만한 일을 전혀 하지 않았다. 그럼에도 '양심의 가책'을 느끼는 것은 멈출 수 없다. 그래서 이 책에서 그는 세계화 시대 경영자의 좁은 시

---

* 거액이 든 지갑을 주운 남자가 아내의 기지로 그것을 꿈이라고 굳게 믿고 생각을 바꿔 성실히 일하다가, 3년 후에 진상을 알게 되는 이야기.

야를 논박하고 '미래는 장밋빛' 같은 비즈니스 진화론을 일축하지만 '죽어간 일일 노동자의 생활윤리로 돌아가라'는 대안을 제시하지도 않는다. 그는 그런 일을 할 수 없다.

문제는 좀 더 복잡하다. 나는 파트너로서 영세기업 경영자인 히라카와를 가까이서 볼 기회가 있었기 때문에 그의 경영자로서의 야심을 알고 있다. 그것은 '변두리 공장 아저씨' 같은 스탠스가 비즈니스에 얼마큼 유효한가를 문자 그대로 몸소 논증하려고 한 것이었다.

우리가 만든 회사에는 틀림없이 '변두리 공장' 같은 분위기가 농밀하게 감돌았다. 우리는 '정밀도가 높은 염가의 상품'을 척척 제공함으로써 대기업 시스템 말단에 속했지만 생활상의 위안은 매상의 증가와 임금 상승 바깥에서 찾아야 했다.

우리는 가죽 바지를 입고 오토바이를 타고 상품을 배달하러 나갔고 일이 끝난 후에는 함께 영화와 콘서트를 보러 갔고 휴일에는 다마강에서 야구를 하거나 여행을 가거나 마작을 하였다. 회사는 쉬는 시간에 사람들이 '탁구로 환호성을 지르는' 장소여야 한다는 것이 히라카와 사장의 바뀌지 않는 신념이었다. 그런데 '변두리 공장' 같은 기풍은 회사 규모가 어느 정도 커지고 일정 매상에 이르자 어느

새 사라지고 말았다. 일류 대학을 나와 일류 경력을 가진 사람들이 들어와서 척척 일하고 매상을 올리고 엄격한 인사고과를 하다 보니까 회사는 누구도 '환호성'을 지르지 않는 장소가 되었다.

나도 겪어서 잘 안다. 히라카와는 자신이 만든 회사가 '환호성이 나오지 않는 장소'가 되면 급속도로 의욕이 사라져서 또다시 새로운 회사를 만들어 '이상적인 변두리 공장'을 실현하려고 하고……. 이런 일을 지금까지 몇 번이나 되풀이했다.

'몇 번이나 되풀이한' 역사적 사실이 보여 주듯이 성공하기 어려운 시도였다.

그가 이 책을 쓰면서 힘들었던 이유는 그 때문이었을 것이다.

그는 '히라카와 변두리 공장'이라는 시대정신이 국제적인 규모의 비즈니스에서도 범용적으로 실현 가능하기를 지금까지 바라 왔고 앞으로도 바랄 것이다. 그것이 얼마나 어려운 일인지 그는 물론 숙지하고 있다. 내가 이 책에 '비장한' 부분이 있다고 쓴 것은 그런 의미다.

{ 2007·4·30 }

이행기적 혼란
이행기적 혼란
이행기적 혼란

히라카와 가쓰미 『이행기적 혼란 : 경제 성장 신화의 종말』

히라카와 가쓰미의 『이행기적 혼란』移行期的混乱을 읽었다.

탁 트인 문명사적 전망 속에서 현대 일본의 상황, 고용 문제, 저출산율, 고령화 격차와 같은 '곤란한 문제'를 거침없이 호쾌하게 논하고 있다.

히라카와에 따르면 현재 일본의 경제학자와 정치가는 리먼쇼크 이후의 경제위기를 '시스템 운영상의 실패'에 지나지 않는다고 간주하고 있다. 그래서 효과적인 경제 정책만 실시하면 "다시 새로운 경제 성장을 기대할 수 있다"는 전망을 내놓는다.

경제 성장이 제대로 안 되는 것은 개별 정책의 옳고 그름, 위정자의 현명함과 어리석음 같은 맞고 틀리고의 문제일 뿐이니 옳은 정책, 현명한 정치가로 바꾸면 해결된다는 것이 그들 정치가와 미디어 지식인의 진단이다.

현재 우리가 안고 있는 여러 문제, 예를 들면 환경 파괴와 격차 확대, 인구 감소 사회의 도래, 장기적인 디플레이션 등은 기술 혁신을 통해서 해결될 것이고 그러다 보면 시장이 회복되고 경제는 성장 궤도로 돌아설 것이다. 지금은 지속적인 경제 발전의 과정에서 과도기적인 좌절의 시기이고 큰 생산, 교역, 분배 시스템은 이후에도 변화하지 않을 것이다.

이에 비해 히라카와는 이러한 것들은 모두 지각변동적인 '이행기적 혼란 속 하나의 징후'에 다름 아니라서 개별적인 임시변통책으로 대처할 수 있는 문제가 아니라고 본다.

경단련을 비롯한 재계는 '정부에 성장 전략이 없는 것이 문제'라고 말하고, 자민당은 '민주당에는 성장 전략이 없다'고 말하고, 민주당은 '우리 당의 성장 전략'이라는 식으로 이구동성으로 말하는데, 성장 전략이 없는 것이 긴급하게 해결해야 할 문제인지를 논하는 발언은 없다. '일본은 성장 전략이 없어서 문제'라는 것에 나는 이렇게 말하고 싶다.

문제는 성장 전략이 없는 것이 아니다. 성장하지 않아도 어떻게든 해 나가기 위한 전략이 없다는 것이 문제다.

일본에서 역사가 시작된 이래 총인구 감소라는 사태는 직접적인 원인이 있어서 그렇게 되었다기보다는 일본의 역사(민주화의 진전) 자체가 완전히 새로운 국면에 접어들었다고 생각하는 것이 자연스럽다. 이 역사적 사실은 경제 성장 전략이라는 단기적, 처방적 용어로는 설명할 수 없을 뿐더러 문제를 극복할 수도 없다.

'성장하지 않아도 어떻게든 해 나가기 위한 전략'이라는 문제 설정 방식은 훌륭하다. 일본은 명백히 장기간에 걸쳐 여러 사회 활동이 정체기에 접어들었다. 우리는 지금까지 인구 증가, 점진적인 경제 성장, 사회적 유동성의 끝없는 상승이라는 틀 속에서만 사회문제를 생각했다. 나무만 보고 숲은 보지 않은 것이다.

개별적인 정책 과실을 논하는 사람들은 우리 사회가 통째로 '다른 틀'로 이행하고 있다는 것을 보려고 하지 않는다. 인구가 감소하고 고령화가 극적으로 진행되고 생산 활동이 정체하고 사회적 유동성이 사라지는 사회에서 건강하고 문화적이고(히라카와가 자주 쓰는 형용사를 빌리자면) '향일적'向日的인 시민 생활을 영위하려면 어떻게 제도를 고쳐 쓸 것인가. 이것이 지금 긴급하게 해결해야 할 문제라고 나도 생각한다.

우리 세대에는 '도쿄올림픽 전의 일본'이라는 귀추적으로 참조해야 할 원점이 있다. 물론 지금 일본을 시곗바늘 돌리듯이 반세기 전으로 돌릴 수는 없다(인구의 연령 구성이 전혀 다르다. 1950년대 일본에는 아이들이 넘쳐 났고 그것이 사회의 활기와 미래를 담보하고 있었다).

사람들이 가난하고 행정에 충분한 힘이 없었던 시대에는 상호부조, 상호지원을 위한 느슨한 중간 공동체가 여럿 존재했고, 이 공동체가 가난하고 약한 개체를 사회적 고립으로부터 지켜 준 것이 사실이다. 과거에 한번 만든 것을 다시 되살리는 일은 지금까지 그 누구도 가능하지 않았던 이상을 실현하는 것보다 적어도 심리적으로는 쉬운 일이다.

우리에게 필요한 것은 '다운사이징 전략'이라는 히라카와의 제안을 나도 지지한다.

과거에 그리스, 이탈리아, 스페인, 포르투갈, 네덜란드, 영국은 세계의 패권을 장악했다. 우리가 '작은 나라'라고 생각하는 덴마크조차 과거에는 북구 전역과 그레이트브리튼과 그린란드를 가진 거대한 북해제국의 맹주였다.

이 나라들은 판도를 세계로 확장한 제국에서 극적으로 다운사이징을 했다. 긴 침체와 퇴영의 시기를 보내고 안정되고 성숙한 체제를 갖추는 데 성공했다. 그리고 지금 국제사회의 정식 멤버로 당당하게 제 역할을 하고 있다.

이전에 영화를 누리던 나라가 지금 같은 나라가 되었다고 하늘을 원망하는 국민이 있다는 이야기를 나는 들은 적이 없다. 자신에게 닥친 일을 기회가 있을 때마다 후회하고 기회를 엿봐서 다시 이웃 나라를 유린하길 꿈꾸는 것이 국민국가의 '상식'이라고도 생각하지 않는다. 우리는 '다운사이징해서 살아남은 나라'의 사례를 많이 알고 있다. 그러나 그 사례로 무엇을 배울 수 있고 배워야 한다고 말하는 사람을 아직 만난 적이 없다. 히라카와의 이 책이 그러한 논의를 시작하는 계기가 되지 않을까 기대한다.

{ 2010·7·21 }

레비스트로스를 추도하며

클로드 레비스트로스 『야생의 사고』

20세기 프랑스를 대표하는 사상가이자 사회인류학자인 클로드 레비스트로스가 2009년 10월 30일 사망하였다. 향년 100세.

그는 제2차 세계대전 중에 미국으로 망명한 뒤 로만 야콥슨에게 배운 '구조언어학'의 아이디어를 인류학에 도입했다. 이것이 나중에 '구조주의'라 불리는 사상군의 방법적 기초가 되었다. 그의 사상은 '미개사회'라 불리는 사회에서도 고유한 질서와 합리적인 우주관을 찾아낼 수 있다는 것을 밝히고 서양의 자민족중심주의를 예리하게 비판한 것으로 잘 알려져 있다.

사르코지 대통령도 "모든 시대를 통틀어 가장 위대한

민족학자이자 지칠 줄 모르는 인문주의자였다"라고 애도를 표하였다.

레비스트로스는 1908년 11월 28일, 브뤼셀의 유대인 가정에서 태어났다. 파리대학에서 법학과 철학을 배우고 고등학교 교사로 근무한 후 1935년부터 3년간 브라질 상파울루대학 교수로 원주민 사회를 조사했다. 그는 1941년에 나치 박해를 피해서 미국으로 망명, 1949년에 논문『친족의 기본구조』로 구조인류학을 수립했으며『슬픈 열대』(1955)로 이름을 알리고『구조인류학』(1958)과『야생의 사고』(1962)로 구조주의를 학적으로 기초 지었다. 그 후『신화논리』(1964–1971) 4부작을 발표했다.

1973년 아카데미프랑세즈 정회원으로 선출되었고 2008년 11월 100세 생일을 기념하여 다양한 행사가 열렸다. 신문 기사에서는 '레비스트로스'라고 표기했는데 그의 이름은 '레뷔 스트로스'라고 쓰지 않으면 멋이 없다. 'Lévi-Strauss'는 영어로 읽으면 '리바이 스트라우스'. 아마도 같은 족보에 있는 분이 미국에서 노동자 브랜드로 성공하셨을 것이다. 학창시절 친구였던 구보야마 유지는 '리바이스'를 입고 '레뷔 스트로스'를 읽자는 명카피를 남겼다.

레비스트로스와 함께 프랑스의 지성이 세계에 군림

한 시대가 완전히 끝났다. 동 세대의 지식인은 모두 사망했다. 알베르 카뮈, 장 폴 사르트르, 시몬 드 보부아르, 모리스 메를로 퐁티, 모리스 블랑쇼, 조르주 바타유, 자크 라캉, 미셸 푸코, 롤랑 바르트, 레몽 아롱, 에마뉘엘 레비나스…….

이 사람들은 아주 좁은 지적 서클 안에서 북적거렸다. 나치 점령하의 파리에 있는 미셸 레리의 집에서 파블로 피카소의 희곡 『꼬리 밟힌 욕망』 상연회가 열린 적이 있다.

연출은 카뮈. 보부아르, 도라 마르 등이 출연한 호화로운 문인극을 상연한 후 피카소와 카뮈를 둘러싸고 배우와 관객 들(사르트르, 장 루이 바로, 실비아 바타유, 자크 라캉 등)은 기념사진을 찍었다.

그들은 그 자리에 있던 지적 예술적 엘리트들이 각각 어떤 일을 하는지 잘 알지 못했다(카뮈는 레지스탕스였고 라캉은 게슈타포와 내통한다는 소문이 있었기 때문에 흉금을 털어놓고 개인 의견을 이야기하는 일은 있을 수 없었다). 하지만 그들이 공통적으로 이해한 것이 한 가지는 있었다. 자신들이 나치 점령하의 프랑스에 남은 '마지막 지성이자 윤리적 희망'이라는 것이다. 그들에게 위탁된 지성적 윤리적 부채감을 우리는 잘 상상할 수 없다. 일본에는 그런 의미의 엘리트가 존재하지 않기 때문이다. 물론 권력과 위신과 문화 자본을 윤택하게 향유하는 사람은 있다. 재능 있는 사람도 있다. 노력해서 높은 사회적 지위를 얻은 사람도 있다.

그렇지만 그들은 단지 자신의 상대적 우월을 기뻐할 뿐이지 자신의 탁월함을 '세계를 지성적 윤리적으로 영도하는 책무'로 무겁게 받아들일 생각은 하지 않는다.

20세기 프랑스의 엘리트들은 '자신들이 프랑스 지성의 진수'라는 자각을 가졌다. 자신의 개인적 영위가 프랑스의 지적 위신과 프랑스가 세계에 선사하는 '지적인 선물'의 질과 직결한다는 것을 자각했다. 자신의 지적 달성이 프랑스 지성의 수준을 결정한다는 자부와 긴장으로 저마다 자신의 일을 하고 있었다. 대단하다.

보부아르와 메를로퐁티와 레비스트로스는 철학교수 시험 동기였다(사르트르는 한 번 떨어졌기 때문에 1년 후배). '철학교수 시험 동기'가 어떤 느낌인지 나는 상상할 수 없지만 서로가 어느 정도의 지적 잠재성을 가진 사람인지는 아마도 정확하게 평가하고 있었을 것이다. 그 시험을 볼 때 보부아르와 메를로퐁티와 사르트르는 함께 했다.

시험 중간에 근처 카페에서 휴식하며 "아까 그 시험 너무 쉬웠어,", "나는 시간이 남아서 뒷면까지 다 써 버렸어"라고 큰 소리로 말해서 주위 수험생들을 떨게 만들었다 (그 정도로 조잔하지는 않았을까?). 파리대학 출신(즉 이류 대학 출신) 레비스트로스는 이 고등사범학교 출신들에게 '배타성'과 '위압감'을 느꼈을 것이다. 내심 '세계에서 가장 머리가 좋은 사람은 바로 나'라고 자부하던 청년 레비스트 로스에게 파리 부르주아들의 이 태평은 허용 범위 안에 없 었다.

한쪽 구석에서 맛없는 커피를 홀짝거리면서 청년 레 비스트로스는 차가운 시선으로 사르트르와 그 친구들을 바라보며 나직하게 중얼거렸다. "웃을 수 있을 때 마음껏 웃어 둬라. 언젠가 너희 눈에 눈물이 나게 해 줄 테니까." (전부 나의 망상이다.)

그랬을 것 같다.

여하튼 철학교수 시험이 1930년 전후고, 레비스트로 스가 사르트르의 세계적 패권을 이어받은 것이 『야생의 사 고』를 쓴 1962년이었으니까, 그날 시험장에서 거만하게 웃던 파리 부르주아 수재들에게 보복을 감행하는 데에 30 년 남짓 걸린 것이다. 굉장한 이야기다. (상상입니다.)

어쨌든 자신의 역사가 그대로 철학사가 되는 행복한 자기 비대의 시대에 살았던 청년들이다. 이러한 지적 엘리트를 배출해 내는 사회적 기반은 더 이상 존재하지 않는다.
프랑스고 미국이고 어디에도 존재하지 않는다.

그런 의미에서 한 시대가 끝난 것이다.

{ 2009·11·4 }

공공성과 허리띠 졸라매기

후쿠자와 유키치 『허리띠 졸라매기* 설』**

다카하시 겐이치로의 『오전 0시의 소설 라디오』가 부활해서 오늘 아침에는 공과 사의 문제를 다루었다. 중요한 이야깃거리다. 나도 다카하시 씨를 따라서 이에 관해 하고 싶은 말이 있다.

먼저 다카하시 씨의 라디오에서 전문을 인용(읽기 쉽게 적당히 고쳤습니다. 다카하시 씨 문장에 손대서 미안합니다)하겠다.

'센카쿠제도' 문제(중국에서는 '댜오위다오' 문제)로 매스

---

* 여기서 '허리띠 졸라매기'의 원어 '야세가만'(瘦せ我慢)은 괴롭지만 태연한 모습으로 괴롭지 않은 것처럼 위장하는 것을 의미한다.
** 후쿠자와 유키치가 구정부의 신료이면서 메이지유신 이후 신정부에 출사하여 영달을 누린 두 사람을 비판한 책이다. 약육강식의 세계에서 약자가 할 수 있는 일이란 간난신고 속에서 있는 힘껏 허리띠를 졸라매는 것뿐이며, 국가의 독립을 유지하려면 그 점을 잊어서는 안 된다고 역설했다.

컴에서 매국이라는 문자가 난무한다. '센카쿠제도는 일본 고유의 영토'라고 말하는 수상이 '매국노'라고 불리고 있으니 '중국의 말에도 일리가 있다'라고 말하면 어떻게 불릴까? 비국민非国民?

센카쿠제도는 원래 대만에 부속한 섬인데, 청일전쟁이 끝나고 혼란스러운 틈을 타서 시모노세키조약으로 일본에 할양된 대만 옆에 있다는 이유로 일본이 제멋대로 점령을 선언했다는 주장이 있다. 그렇다면 대만을 반환했으니 센카쿠도 반환하는 것이 도리라는 얘기도 얼토당토않은 논리는 아니다.

영토 문제는 '국민국가'를 따라다니는 불치병이다. 일본도 중국도 똑같은 병을 앓고 있다. 국가는 늘 병(광기)든 상태이다. 국민이 머리가 돈 국가를 따를 필요는 없다. 정신을 바짝 차리고 있으면 된다. 그런데 오늘 하고 싶은 이야기는 그런 소리가 아니다. 관계는 있지만 말이다.

센카쿠 문제 같은 '애국'과 '매국'이란 말이 오가는 문제가 나오면 나는 언제나 '공과 사'는 어떻게 구별해야 할지 고민한다. 공공이라는 말을 사용할 때도 내가 의미를 알고 있는가 생각한다. 이 이야기를 하고 싶다.

이 문제에 가장 훌륭한 실마리가 되는 한 구절이 칸트의

'계몽이란 무엇인가?'라는 짧은 팸플릿 안에 있다. '이성의 공적 이용과 사적 이용'이라는 부분에서 칸트는 다음과 같이 썼다.

"어디에서나 자유는 제약받는다. 그러나 계몽을 방해하는 것은 어떠한 제약일까. 그리고 어떠한 제약이면 계몽을 방해하지 않고 오히려 촉진할 수 있을까.

이 물음에는 이렇게 대답하기로 하자.

인간 이성의 공적 이용은 늘 자유로워야 한다. 이성의 공적 이용만이 인간에게 계몽을 가져오기 때문이다. 이에 비해 이성의 사적 이용은 아주 엄격하게 제한되지만 이것을 제약해도 계몽의 진전이 특별히 방해받지는 않는다.

그러면 이성의 공적 이용이란 무엇일까.

어떤 사람이 독자인 대중 앞에서 학자로서 스스로의 이성을 행사하는 것이다. 그리고 이성의 사적 이용이란 어떤 사람이 시민으로서 또는 관직에 있는 자로서 이성을 행사하는 것이다.

공적인 이해와 관련된 업무에서는 공무원이 오로지 수동적으로 행동하는 구조가 필요한 경우가 많다. 정부 안에서 인위적으로 의견을 일치시켜 공공의 목적을 추진하거나, 적어도 이러한 공공의 목적을 실현하는 데 방해받지 않도록 할 필요가 있기 때문이다. 이때는 당연히 논의가 허용되지 않고 복종해야만 한다."

여기서 칸트는 무척이나 이상한 말을 하고 있다. 칸트가 쓴 글 중에서도 가장 많은 비판을 받는 부분이다. 요컨대 칸트에 따르면 '관리와 정치가가 말하는 공적인 사안'은 '사적'인 것이고 학자가 '사적'으로 쓴 논문이야말로 '공적'이라는 말이다. 나도 이상하다고 생각한다. 사실은 올여름에 한동안 이 주제를 계속 생각했다. 결국 칸트는 아주 원리적인 말을 하려고 했던 것이 아닐까.

예를 들면 이런 것이다. 일본 수상이 "센카쿠제도는 일본 고유의 영토다"라고 말한다. 수상은 정말로 그렇게 생각해서 말했을까? 아니면 진지하게 '자신의 머리'로 생각해서 말했을까? 그렇지 않다는 것은 명백하다. 수상은 그 '직함' 또는 '일본 수상'에 걸맞은 발언을 했을 뿐이다.

자민당과 민주당과 공산당과 공명당 국회의원이 정치 문제를 발언한다. 그 발언이 물의를 일으켜 사과한다. 이때 기준은 그들 개인의 의견이 아니다. '당의 견해', '당원의 입장'이다. 그러한 것들을 가리켜서 칸트는 사적이라고 불렀다.

따라서 국가와 전쟁 이야기라고 자동으로 '공적', '공공적'

이 되는 것은 아니다. 그런데 그것을 '사적'이라고 부르는 까닭은 무엇일까? 정치가들의 생각이 하나의 프레임에서 나오기 때문이다. 프레임은 아주 자의적인 것이다.

'센카쿠' 문제를 일본도 중국도 아닌 제3국 사람이 보면 어떻게 생각할까?

어떻게 되든 상관없다고 생각할 것이다. 국가를 잃은 난민이 보면 어떻게 생각할까? '그딴 시시한 걸로 싸우다니 바보 같다'고 생각할 것이다. 그들에게는 '사적인 분쟁'으로 밖에 보이지 않을 것이다.

(……)

그러면 '사적'이 아닌 생각이 있을까. 프레임이 필요하지 않은 생각이 있을까. 칸트의 진면목은 지금부터이다. '공적'이란 프레임 없이 생각하는 것이다. 한 가지 유일하게 '공적'인 프레임이 존재한다. '인간'이라는 것이다. 칸트는 『계몽이란 무엇인가』의 첫머리에 다음과 같이 적었다.

"계몽이란 무엇인가. 인간이 스스로 초래한 미성년의 상태에서 벗어나는 것이다. 미성년의 상태란 타인의 지시를 따르지 않으면 자신의 이성을 사용할 수 없는 것이다. 인간이 미성년의 상태에 있는 것은 이성이 없기 때문이 아니라 타인의 지시를 따르지 않으면 자신의 이성을 사용할 결의와 용기를 가질 수 없기 때문이다. 그래서 인간은 스스로의 책임하에 미성년의 상태에 머물러 있게 된다."

'자신의 머리로', '어떠한 틀로부터도 자유롭게' 생각하는 것의 반대에 '타인의 지시를 따르는' 것이 있다. 칸트는 다른 구절에서 '생각 같은 귀찮은 일은 타인이 맡아 준다'라고도 썼다. 그것은 기성의 프레임에 따라서 생각하는 것이다. 바로 '공적'인 것과 '사적인 것의 차이이다.

국가와 정치와 전쟁에 관한 생각이라고 해서 '공적'이지는 않다. 실은 그 반대다.

전형적으로 나타나는 것이 영토 문제이다. '일본인이라면 센카쿠제도는 일본의 영토라고 생각하라'는 프레임을 제시한다. 똑같이 '중국인이라면 댜오위다오는 중국의 영토라고 생각하라'고 다른 프레임을 제시한다. 물론 우리는 사고의 '프레임'으로부터 자유로울 수 없고, 언제나 '인간'이라는 원리로 돌아갈 수 있는 것도 아니다.

부지불식간에 어떠한 '사적'인 프레임으로 생각하는 자신을 자각할 것이다.

'공'에 이르는 길은 결코 넓지 않다.

마지막으로 조금 전에 있었던 에피소드 하나를 이야기하겠다. 심야 술집에서 친구와 작은 목소리로 영토 문제 이야기를 나누고 있었다. 그딴 거 필요 없다고 조용한 목소리로 말하자 시비를 걸어온 남자가 있었다. 남자는 나에게 말했다. "당신은 애국심이 없는가? 중국이 공격해 오면 어쩔 거지? 나는 목숨을 버릴 각오가 되어 있다."

그래서 나는 이렇게 대답했다.

"나한테는 가족을 위해서 던질 목숨은 있지만 나라를 위해서 던질 목숨은 없다. 당신은 영토 문제가 나와서 갑자기 싸울 마음이 생긴 모양인데, 나는 계속 가족을 지키기 위해서 싸울 것이다. 당신도 나도 '사적'으로 뭔가를 중요하게 생각하는 것뿐이다. 당신과 나의 차이는 나는 나의 '사적'인 취향을 타인에게 강요하려고 하지 않는다는 것이다. 당신은 애국심을 좋아하는 것 같은데, 자신의 취향을 다른 사람에게 강요하지 마라. 시끄러우니까." 나도 취하면 이런 사람이 되는구나. 정정은 하지 않겠다. 이상이다. 청취해 주셔서 고맙습니다.

박수 짝짝짝.

다카하시 씨의 훌륭한 스피치를 소개했다. 내가 이것을 인용한 이유는 칸트와 꽤 비슷한 이야기를(전혀 다른 문맥에서) 한 사람이 일본에도 있다는 것이 생각났기 때문이다.

시대적으로는 백 년 정도 뒤인데 후쿠자와 유키치이다. 이전에 블로그에서 소개한 『허리띠 졸라매기 설』瘦我慢の説 첫머리에 후쿠자와는 다음과 같이 썼다.

"입국은 사私이며 공公이 아니다."

국민국가를 만드는 것은 각 지역 집단의 '사적'인 사정이다. 그래서 국가란 본질적으로 사적인 것이다. 후쿠자와는 그렇게 단언한다.

어찌 각기 다른 인위人爲의 나라를 나누고 인위의 경계를 정하는 것이 마땅하랴. 모름지기 나라를 나누었기에 이웃 나라와 경계를 다투는 것을.

국경선을 적당히 그어서 '여기부터 여기까지는 우리 영토다. 들어오지 마'라고 말하는 것은 이른바 '사적인 일'이라고 말하고 있다.

모름지기 이웃의 불행을 생각하지 않고 자신의 이익을 얻으려고 한다. 모름지기 나라에 수령 한 사람을 세워 임금이라 떠받들고 주인으로 섬기며, 군주를 위해 중생의 생명과 재산을 빼앗아 간다. 모름지기 한 나라 안의 땅을 잘게 나누고 구역에 사는 인민들의 수장을 세워서 복종시키고, 늘 옆 지역과 경쟁해서 이해를 따진다.

후쿠자와 유키치는 국경이나 국토는 인간이 마음대로 만든 생각이라고 단언한다.

이미 한 나라가 이름을 이룰 때 인민은 점점 여기에 집착해서 자타의 구분을 확실히 하고 다른 나라 다른 정부에 대해서는 그 어떤 아픔과 가려움을 느끼지 않을 뿐더러 음과 양, 겉과 속 모두 자신의 이익과 번영을 두루 주장하는데, 점점 주장이 강해짐에 따라 충군애국을 국민 최상의 미덕이라 칭하는 것이야말로 희한한 일이다.

이야기가 여기에서 끝나지 않고 여기에서 시작되면서 후쿠자와의 근원주의가 빛난다. 국민국가는 단지 사념에 지나지 않는다. 그런데 곤란하게도 사념에도 고유한 리얼리티는 있다.

이것은 모두 인간의 사적 감정에서 나온 것이므로 자연

발생적인 것이 아니다. 인류가 시작된 이래로 오늘날까지 세계의 실정을 보면, 인류는 다양한 집단으로 나뉘어져 집단 내에서 언어와 문자와 역사와 전설을 공유한다. 집단 내에서 혼인하고 교제하여 먹는 것과 입는 것이 똑같다고 하면 어쩐지 친근함이 생겨나서 집단은 깊게 묶여 헤어질 일이 없다.

상상의 공동체이긴 하지만 먹고 자고 일어나는 것을 함께 하다 보면 정이 통하기도 한다. 이 또한 인성의 자연스러움이다. 후쿠자와는 기백이 충만한 사실주의자이기 때문에 거기서 몸을 힘껏 내밀고 이렇게 말한다.

"국민국가 따위 단순한 의제이다. 그런데 말이지 인간이란 약하기 때문에 그런 것에 매달리지 않으면 살아갈 수 없어. 그 필사적인 모습을 나는 가련하다고 생각해."

충군애국이라는 글자는 철학적으로 풀어내면 순수한 인류의 사정私情이지만, 오늘날 세계 상황으로 보면 이를 미덕이라고 칭하지 않을 수 없다. 다시 말해 철학적 사정은 입국立國의 공도公道가 되고 (······) 외부에 대해 나는 내부를 위해 공도를 해한다고 인정하지 않을 수 없다.

나라를 세우고 정부를 세우는 일은 엄밀하게 범주화하면 국지적이고 사적인 일이긴 하지만 '작금의 세계 모습'을 감안해서 판단해 보면 이것을 마치 '공'인 것처럼 위칭偽稱해야 한다고 후쿠자와는 말한다.

논리적으로는 사적인 일이지만 현실적으로는 공적인 일이다. 국가는 사적인 환상에 지나지 않는다. 그러나 이것을 마치 공적인 행보처럼 가장하는 것이 우리가 살아남기 위해서는 필요하다. 나는 이러한 마음 자세를 그 말의 본래 의미에서 '사실주의'라고 부르고 싶다. 후쿠자와는 다음과 같이 말을 잇는다.

국운이 강성하고 평화와 번영을 윤택하게 누릴 때는 그런 것을 생각할 필요가 없다. 하지만 국운이 쇠퇴하고 중앙정부의 힘이 저하하고 국민적인 통합이 붕괴될 때는 '국가 따위 어차피 사적인 환상이기 때문에'와 같은 '올바른 냉소주의'는 허용되지 않는다.

그럴 때는 '잘못된 허리띠 졸라매기'가 요구된다.

시대의 추세가 바뀌면 나라는 때로는 번영하고 때로는 쇠퇴한다. 나라의 운이 쇠약할 때는 "더 이상 멈춰 세울 수가 없다", "멸망이 확실해졌다"고 해도 혹여 만에 하나 다시 한 번 국운이 회복하는 것은 아닌가…… 기대하고 실제로 나라가 망할 때까지 희망을 버리지 않다가 마지막에야 역시 무리였음을 알게 되었다고 해도 이것은 자연스러운 인정 과정이다. 국운이 쇠퇴하고 미약해져서 적국에 더 이상 승산이 없더라도 사력을 다해서 싸운다. "이제 100퍼센트 안 된다"는 것을 알고 나서 비로소 강화 교섭을 시작하든지 아니면 나라와 함께 망하는 것이 국민이 나라에 보답하는 것이다. 이것을 속되게 말하면 '허리띠 졸라매기'(오기 부리기)이다. 강대국과 대치하였을 때에 약소국의 백성이 취할 길은 이것밖에 없다. 오기라도 부리지 않으면 약소국에는 서야 할 발판이 없다. 단순히 전쟁의 승패뿐 아니라 평시 외교에서도 약소국의 국민은 '허리띠 졸라매기'의 한 수로 밀고 나갈 수밖에 없다. 그 방법으로 겨우 나라의 체면을 지키는 것이다.

입국은 사정私情이다. 허리띠 졸라매기는 더욱 개인적인 것이다. 하지만 이것 없이는 쇠퇴하는 국가를 지탱할 수 없다.

'허리띠 졸라매기'는 사사로운 정에 유래하는 것이라서 논리적으로 생각하면 이런 어리석은 행위는 없다. 그러나 세계를 돌아보면 '국가'라는 형태를 유지하려고 하면 어딘가에서 허리띠를 졸라맬 수 밖에 없다.

사사로운 일을 공공의 일로 바꾸는 것은 사적으로 허리띠를 졸라매는 일이다.

후쿠자와는 그렇게 말한다. 그런데 후쿠자와가 이런 말을 했을 때의 문맥을 놓쳐서는 안 된다. 후쿠자와는 일반론을 말하는 것이 아니기 때문이다. 이 논고에는 수신인이 있다. 이 글의 수신인은 일반 국민이 아니다. 가쓰 가이슈와 에노모토 다케아키라는 두 신료이다. 이것은 개인적인 서신이다.

후쿠자와는 걸출한 두 인물이 막부의 신하이면서 은혜를 잊고 신정부로 옮겨 탄 것을 비난하며 이 글을 썼다. 가쓰 가이슈와 에노모토 다케아키 같은 인간은 '냉소적인 정론'을 말해서는 안 된다. '무모한 허리띠 졸라매기'를 보여서 백년국민의 모범이 될 의무가 있다.

롤 모델이 없으면 공동체는 지속하지 못한다고 후쿠자와는 말하고 있다.

평범한 사람은 그런 일을 할 수 없다. 하지만 당신들은 할 수 있다.

인간의 수준이 다르기 때문이다. 반복하는 말이지만 국가는 사사로운 일에 지나지 않는다.

그런데 누군가 '치국평천하'를 위해 사는 것을 자신의 규범으로 받아들일 때 그 개인의 실존으로 '사사로운 국가'에 일말의 공공성이 생긴다.

국가란 처음부터 공공적인 것이 아니라 존속을 위해 허리띠를 졸라매는 인간이 나올 때야 비로소 공공적인 것으로 격상한다. 국가는 즉자적으로 공공적인 것이 아니다. 사사로운 일로서 국가를 위해 자신의 몸과 마음을 다하는 개인이 나올 때 공공적인 것이 된다. 공공성을 구축하는 것은 개인의 주체적인 참여이다.

오해해서는 안 되는데 '그래서 모두 국가를 위해 멸사봉공하라'는 수준 낮은 결론을 이끌어내려고 이런 글을 쓰는 것이 아니다. '그러니 모두······' 같은 공감을 하는 인간은 '국가가 본질적으로 사사로운 것'이라는 후쿠자와의 전제를 전혀 이해하지 못하는 것이다.

그들은 자신이 어떤 관여도 하지 않아도 공공물로서 국가가 존재하고 존속할 것이라고 생각한다. 그런데 국가란 누군가 자신이 가진 능력을 토해 내어 공공에 기여하는 것을 통해서만 움직인다.

이러한 허리띠 졸라매기는 순수하게 자발적이고 주체적인 참여로만 가능하다. 허리띠 졸라매기는 철저히 개인적인 일이다. 그리고 허리띠 졸라매기를 짊어질 수 있는 사람은 예외적인 걸물뿐이다. 평범한 사람에게 그런 곤란한 일을 요구해서는 안 된다. 왜냐하면 평범한 인간이 참고 견디려면 강제적인 방법밖에 없기 때문이다.

정치적 공갈이든, 이데올로기적 세뇌이든 외적 강제에 의한 허리띠 졸라매기에는 어떠한 가치도 없다. 이렇게 불손한 것으로는 '사사로운 국가'가 공공성을 얻지 못한다.

'솔직히 이런 일은 하고 싶지 않지만, 안 하면 벌을 받으니까 한다'는 것은 그냥 참는 것이다. 아무런 가치도 만들지 못한다. '솔직히 이런 일은 하고 싶지 않지만, 내가 하지 않으면 아무도 하지 않을 테니 내가 하는 수밖에 없다'는 이유를 들고 마지못해 하는 것이 '허리띠 졸라매기'이다. 그것은 '선택된 인간'만이 맡는 공공적인 책무이다.

다카하시 씨에게 "나는 이 나라를 위해 죽을 수 있다"고 말한 취객은 '그런 일을 하지 않으면 벌을 받는다'는 두려움으로 그런 대담한 소리를 했다. 그 사람의 동기는(본인은 자각하지 못하지만) 처벌에 대한 두려움이다.

자신이 '참고 공공적인 흉내를 내지 않으면 처벌을 받는다'는 두려움을 느끼기 때문에 똑같은 말이 얼굴도 모르는 옆 좌석 손님에게도 효과적인 공갈이 되리라 믿는 것이다.

허리띠 졸라매기를 하는 사람은 결코 그런 말을 남에게 하지 않는다. 허리띠 졸라매기를 하는 것은 '우리'만으로 충분하다고 여기기 때문이다. 우리만 허리띠를 졸라매서 그걸로 어떻게든 된다면 다른 이들은 마음 편히 지내도 된다고 생각하기 때문이다.

의외일지 모르겠지만 허리띠 졸라매기의 동력은 이웃에 대한 사랑이다.

{ 2010·10·11 }

에너지 정책
에너지 정책
에너지 정책

프레드릭 브라운 「전기를 먹는 괴수 웨이버리」

지난주에 나카쓰시 가시모라는 곳을 방문했다. 가이후칸* 공사를 부탁한 목조 건축 전문 나카시마 토목사무소의 나카시마 노리오 사장님이 초대해 주셨다. 나카시마 토목사무소는 아는 사람은 다 아는 목조건축기술의 선두 주자인데 나는 그쪽은 문외한이라서 고시마 군의 소개로 알게 되었다. 그때 나카시마 토목사무소가 지금까지 만든 건축물 카탈로그를 보고서 단박에 결정해 버렸다.

어느 부분이 어떻게 마음을 움직였는지 말하기는 어렵다. 굳이 말하자면 나카시마 토목사무소가 만드는 건물에는 '애타는 느낌'이 있었다. 무슨 말인가 절실히 하고 싶지만 주어진 조건에서는 그 말을 잘 표현할 수 없어서, 바

* 저자의 자택 겸 합기도장의 이름.

동바동하면서 발을 동동 구르는······ 그런 느낌이 들었다.

우리가 외국어로 말할 때 하고 싶은 말을 제대로 할 수 없어서 애가 탈 때의 '생각은 많은데 말이 나오지 않는' 느낌이 나카시마 토목사무소가 만든 건물에 평범하지 않은 생명감을 부여한다.

이러한 건물은 '말'을 필요로 한다.

여기서 '말'은 '그곳에 사는 사람'을 이른다. 그곳에 살 사람이 '참가'해 집과 대화를 나누고, 그때까지 집에는 없던 어휘와 음운이 울려 퍼지며 그에 호응하여 비로소 건물이 생명을 얻는다. 그런 느낌이었다.

미안한 말이지만 대기업 주택회사가 만드는 기성품 주택에서는 이런 것을 느낄 수 없다. 기성품 주택은 사람이 살기 전부터 상품으로 이미 완결되어 있다. 그런 공간에 진짜 신체를 가진 사람이 살고 손때 묻은 가구가 배치되면서 집은 오히려 완성도가 손상된다. 그래서 주택잡지 카메라맨이 집을 촬영할 때 그 공간에 사는 이의 생활 흔적이 풍기는 물건은 배제된다. 주택잡지의 화려한 사진 속에서 야키소바 UFO**, 『빅 코믹』***, 사쓰마 시라나미**** 등을 볼 수 없는 까닭이다.

그런데 나카시마 토목사무소가 만든 건물은 반대로

** 컵라면.
*** 만화잡지.
**** 가고시마산 소주.

'그런 것'이 없으면 성립하지 않는 '마이너스 1' 느낌이었다.

　　그런데 방금 내가 한 이야기는 오늘 할 이야기와는 직접 관계가 없다.

　　나카시마 토목사무소의 나카시마 노리오 사장의 초대로 가시모에 갔다. 가시모의 인구는 3,300명. 그중 나카시마 토목사무소의 종업원이 200명 이상이다. 가족을 포함하면 인구 중 3분의 1 정도가 나카시마 토목사무소의 관계자일 것이다.

　　사장이 마을 어디를 걸어 다녀도 모르는 사람이 없다.

　　그것이 노자의「소국과민」<small>小国寡民</small>의 이상형을 생각나게 했다. 노자는 다음과 같이 썼다.

　　음식을 달게 여기고 옷을 아름답게 여기며 거처를 편안하게 여기고 풍속을 즐겁게 여기게 해야 한다. 그러면 이웃 나라가 서로 바라보이고 닭과 개의 소리가 들릴 만큼 가까워도 백성이 늙어 죽을 때까지 서로 왕래하지 않게 된다.

　　그런데 서로 왕래하지 않기는커녕 나카시마 토목사무소는 전국으로 확장되고 있다. 하지만 자본주의 기업의

점진적인 경제 성장하고는 목표가 다르다. 나에게는 나카시마 사장이 가시모에서 자급자족 공동체 실천을 전국에 포교하려고 기업 활동을 하는 것으로 보였다.

가시모 안쪽에 있는 도아이 온천의 여관 램프 불빛 아래서 나카시마 사장이 곤들매기 고쓰자케*를 단숨에 들이켜면서 "이제 전기는 필요없다"고 중얼거렸기 때문이다. 나는 곤들매기 회와 조림과 소금구이를 먹으면서 사장의 그 말을 듣고 반세기 전에 읽었던 프레드릭 브라운의 「전기를 먹는 괴수 웨이버리」가 떠올랐다(「전기를 먹는 괴수 웨이버리」는 SF매거진에 게재했을 때의 제목으로 『천사와 우주선』에 수록된 제목은 「웨이버리 지구를 정복하다」이다).

프레드릭 브라운은 중학생 시절 나에게 아이돌이었는데 지금 다시 읽어도(어제 읽었다) 훌륭하고 재미있다. 우주에서 온 웨이버리는 '전기를 주식으로 하는 생물'이라서 지구상에 전기가 사라지는 이야기이다. 라디오 광고 작가였던 주인공인 뉴요커는 시골 마을에 집을 사서 19세기 사람들처럼 증기기관으로 물건을 만들고 말을 타고 이동하고 소로 토지를 경작하고 활자를 조합해서 인쇄하고 밤이면 악기를 모아 실내악을 즐긴다. 이게 이야기의 전부다.

---

* 일본 요리에서 술 마시는 방법 중 하나. 도미나 옥돔 등의 생선을 굽고 데운 술에 넣어 먹는다. 생선만 다시 데워서 먹기도 하는데 생선의 독특한 향미를 느낄 수 있다.

읽고 나서 45년간, 나는 웨이버리를 한 번도 잊은 적이 없다. 프레드릭 브라운이 그린 '전기가 없는 생활'에 격하게 매료되었기 때문이다. 나는 어떤 의미에서는 '정신적 러다이트*'였을지도 모르겠다. 그래서 나카시마 사장의 "이제 전기는 필요없다"는 발언에 '삐삐삐' 신호음이 들렸던 것이다. 오해를 피하기 위해 미리 말해 두지만 나카시마 사장의 "전기는 필요없다"는 발언은 전력의 대량생산, 대량소비 시스템을 폐지하고 생활에 필요한 전기는 자급자족하는 편이 낫다는 생각이지 그렇게 과격한 주장은 아니다(실제로 토목사무소 공장은 전동공구로 가득하다).

그렇다고 하더라도 현역 사업가 입에서 "이제 전기는 필요없다"는 말이 나온 것은 충격이었다. 자신이 얼마만큼 기존의 사고 틀에 묶여 에너지 정책을 생각했는지 깨달았기 때문이다. 일의 옳고 그름과 현실 가능성과 근거의 유무는 둘째치고 '그런 발상'을 하지 못한 나 자신이 부끄러웠다.

그 후 조사를 하면서 현재의 에너지 정책이 얼마나 '시대에 뒤떨어졌는지' 점차 알게 되었다. 컴퓨터는 IBM적인 중앙집권형 컴퓨터 시스템에서 1970년대에 애플의 이산형·네트워크형 컴퓨터 시스템으로 '코페르니쿠스적 전환'

* 산업혁명 반대자.

을 했다.

모든 정보를 중추 컴퓨터에 다 모아서 관리자가 주문형 상품으로 배달하고 독점적으로 설정된 대가를 징수한다. 그런 정보처리 모델은 이제 시대에 뒤처졌다. 지금 정보는 네트워크상에 비중추적으로 퍼져 있어 누구든지 개인용 단말기로 자유롭게 업로드하고 다운로드할 수 있다.

'중추형·상품반포형' 모델에서 '이산형·비소유형' 모델로의 이행, 이는 널리 우리 세계의 '기본 모델' 자체의 전환을 의미한다. IBM 모델에서 애플 모델로의 이행은 정보의 근본적인 정의 변경을 포함하고 있기 때문이다.

IBM 모델에서 정보는 '상품'이었다. 그래서 묵혀 두고 욕망과 결핍을 만들고 가격을 조작하고 고액으로 팔아 치워야 할 '물건'으로 사람들에게 인식되었다. 그런데 애플 모델에서는 정보는 더 이상 상품이 아니다. 그것은 누군가 점유해서는 안 되고 가격을 매겨서 사고파는 것이 아니게 되었다. 정보는 그것이 세계의 성립과 인간의 양상에 유용한 관점을 포함하고 있는 한 무상으로 조건 없이 모든 사람에게 열려 있어야 한다.

이러한 발상이 이산형·비중추형·네트워크형 컴퓨터 모델이 채용한 새로운 정보 개념이다.

그렇게 하는 것이 정보를 상품으로 시장에서 사고파는 것보다 인간 세상이 살기 편한 곳이 될 가능성이 크다는 전망에 혁신가들은 동의하였다. 이 기본적 추세는 더 이상 바꿀 수 없다.

에너지도 그렇게 되어야 한다. 에너지는 본디 상품으로 매매해야 하는 것이 아니었다.

'공동체 존립에 불가결한 것'인 이상 전력 또한 사회적 공통자본으로 도로와 철도와 상하수도와 통신망처럼 정치나 사업과 관계없이 전문가의 판단에 기초해서 투명하고 현실감 있게 관리되고, 최첨단 테크놀로지를 도입해서 쇄신되어야 한다.

그런데 실제로는 정치가와 관료와 사업가 들이 전력을 관리한다. 그들은 '공동체의 존립과 집단 구성원의 행복'을 '자신들의 위신을 높이고 권력을 강화하고 돈을 버는' 조건을 채우는 범위 내에서밖에 인정하지 않았다.

테크놀로지의 진화는 당연히 전력에서도 개인적인 동력과 자유로운 네트워킹을 가능하게 했다. 환경 부하가 적은 저비용 발전 메커니즘과 다양하고 자유롭게 결합하여 전기는 자신이 필요한 만큼 스스로 조달하는 새로운 에너지 개념이 채용되어야 할 시기가 무르익었다.

전력에서도 IBM 모델에서 애플 모델로, 중추형에서 이산형으로, 상품에서 비상품으로 이행이 이루어졌어야 했다. 그런데 이루어지지 않았다. 종래의 사업 모델로 이익을 얻은 사람들이 기득권 이익의 포기를 꺼렸기 때문이다. 원자력 발전은 그들의 으뜸패였다.

국가 프로젝트로 막대한 자금과 인원과 설비가 없으면 개발하고 유지, 운영할 수 없는 방법에 전력을 의존하는 선택은 비용이나 안정성 문제가 아니라 '그렇게 하면 이산형·네트워크형 에너지 시스템으로 절대 이행되지 않기' 때문에 채용된 것이다.

앞으로 아무것도 바뀌지 않게 하려고 그들은 원자력 의존 에너지 정책을 채용한다. 사람들이 깜빡하기 쉽지만 원자력 발전은 '기술 혁신이 절대로 일어나지 않는 기술'이다. 원자로의 소름 끼칠 정도로 단순한 설계도로 알 수 있듯이 이미 원리적으로 완성되어 있어서 (노령화, 고장, 인위적 실수, 천재지변, 테러가 부르는 파국 이외에는) 개선의 여지가 없는 메커니즘이다. 사람들이 원자력 발전에 몰려드는 것은 최신 기술이라서가 아니라 '진화의 막다른 골목에 이르고 만' 메커니즘이었기 때문이다. 우리는 원자력 발전소 사고로 그것을 배웠다.

우리는 '최신 기술의 성과를 향유하고 있다'는 가짜 뉴스 때문에 '에너지 시스템도 중추형에서 이산형으로 이행할 수 있다'는 (컴퓨터를 보면 누구라도 알 수 있을) 사실에서 눈을 돌려왔다.

이번 원자력 발전소 사고에서 전력회사가 '절전'이라는 말을 꺼내면서 많은 시민이 '왜 발전 송전을 민간사업자가 독점해야 하는가?' 같은 당연한 의문을 품었다.

왜 '자가발전'해서는 안 되는가?

크기도 형식도 다양한 발전소가 느슨하고 자유롭게 네트워크하는 시스템이 단독 사업자가 모든 것을 끌어안는 것보다도 위험 방지나 비용, 기술 혁신 면에서 유리하지 않을까?

그런 물음을 떠올리고 나서야 비로소 우리가 이 문제에 아주 부자유스러운 사고를 강제당했음을 자각했다. 트위터에서 소개했듯이 다양한 이산형 발전소 개발은 30년 전부터(컴퓨터에서 애플 혁명 시점부터) 시작해서 기술적으로는 이미 완성 단계에 있다.

실용화를 심각하게 방해하는 것은 단적으로는 '오래된 사업 모델로 이익을 얻는 사람들'이다. 원자력 발전 사고는 이들이 퇴장해야 할 때가 왔다는 것을 의미한다. 원자력 발전에 다양한 의견이 나오는데 '모델 자체'의 쇄신에 관해 되짚을 필요가 있다고 말하는 이는 아직 없다.

나 같은 문외한이 이런 말을 해야 하는 사실이 바로 이 논쟁에 관한 억압이 얼마나 심각한지를 보여 주는 것은 아닐까?

{ 2011·6·16 }

보초의 자질

「욥기」, 『구약성서』

마이니치신문사가 곤고부지에서 연 세미나에 다녀왔다. '공공성의 재구축'이라는 제목이었는데 3·11 대지진 전에 정한 것이라 조금 더 깊이 들어가서 '사회제도를 새롭게 고치기'라는 주제로 70분간 이야기를 하였다.

최근에 반복해서 말하는 '존재하지 않는 것'과 '존재하는 것'의 최전방에서의 행동에 대해 이야기했다. 우리 세계는 '존재하지 않는 것'에 둘러싸여 있다.

우리는 우주의 기원을 모르고 우주의 끝에 무엇이 있는지(또는 무엇이 없는지)도 모른다. 때가 언제 시작되었는지 모르고 때가 언제 끝나는지 모른다.

「욥기」에서 하느님은 욥에게 이렇게 묻는다.

나는 너에게 묻는다. 나에게 말하라.

내가 땅의 기초를 놓을 때에 네가 어디 있었느냐.

네가 깨달아 알았거든 말할지니라.

누가 그 도량을 정하였는지, 누가 그 줄을 그 위에 띄웠는지 네가 아느냐.

그 주추는 무엇 위에 세웠으며 그 모퉁이 돌은 누가 놓았느냐.

(……)

네가 바다의 샘에 들어갔었느냐.

깊은 물 밑으로 걸어 다녀 보았느냐.

사망의 문이 네게 나타났느냐.

사망의 그늘진 문을 네가 보았느냐.

땅의 너비를 네가 측량할 수 있느냐.

네가 그 모든 것을 다 알거든 말할지니라.

—「욥기」 38:3-18

욥은 이 물음 앞에 말문이 막힌다. 우리는 우리가 사는 세계의 '외부'에 관해서는 무지하다. 우리는 우리 손안에 있는 도량형으로는 계량하지 못하는 것, 손안의 언어로는 기술하지 못하는 것에 둘러싸여 있다. 우리가 이해할 수 있는 세계와 이해를 넘어선 세계 사이에는 눈에 보이지 않는 경계선이 있다. '존재하는 것'과 '존재하지 않는 것' 사이에는 눈에 보이지 않고 손으로 만질 수 없는 경계선이 있다.

우리가 '인간 세계'에서 살아가기 위해서는 필수로 그 경계선을 수호해야 한다.

누군가 경계선을 수호해야 한다. 「욥기」에서는 하느님이 그 일을 담당하고 있다.

하느님은 이렇게 말한다.

바닷물이 태에서 나옴같이 넘쳐흐를 때에 문으로 그것을 막은 자가 누구냐.

(……) 내가 계한을 정하여 문과 빗장을 베풀고

이르기를 네가 여기까지 오고 넘어가지 못하리니 네 교만한 물결이 여기 그칠지니라 하였노라

—「욥기」 38:8 – 11

'존재하지 않는 것'을 향해서 "여기까지는 와도 좋다. 그러나 이 이상은 안 된다"라고 선언하는 경계선이 있다. 고야산 산속 절에 발을 들여놓았을 때 최전방에 가까워졌

다는 느낌이 들었다. 홍법대사(구카이)가 막아 냈다는 '높은 파도'의 미세한 파동이 감지되었다.

성역이란 거기서 완결되는 장소가 아니라 무엇과 무엇 사이의 경계이다. 기능적으로는 '빗장과 문'이다. 스컬 skull 아일랜드 원주민이 콩의 인간 세계 침입을 막기 위해서 건설한 거대한 '문'*을 상상해 보라.

'빗장과 문'이 제대로 기능하는 장소라면 우리는 '거대한 파도'의 바로 옆까지 갈 수 있다. 성인聖人은 '경계를 정하고 빗장과 문으로 거대한 파도를 막는' 사람을 가리킨다. 우리 전원이 그러한 일을 해야 하는 것은 아니다. 때때로 성인이 등장해서 '빗장과 문'을 점검하는 것은 우리가 인간적 질서 속에서 살아가기 위해서는 필수적인 일이다.

나는 그러한 일을 하는 사람을 '보초'라고 이른 적이 있다.

우리 사회제도의 다양한 곳에서 '틈'이 생기고 '무언가' 그 틈으로 침입할 기척이 나면 보초는 그곳으로 달려가 '빗장'을 걸고 '문'을 닫는다.

우리 사회의 제도 피로, 제도 붕괴는 '보초'의 절대수가 줄어들어 '틈'을 수선하는 손길이 점차 미치지 못하게

---

* 영화 『콩: 스컬 아일랜드』.

되었기 때문이 아닐까.

　후쿠시마 원자력 사고는 '가공할 만한 힘'을 제어하기 위한 '빗장과 문'을 정비하고 점검하는 업무를 소홀히 했다는 것을 잘 보여 준다. 거기에는 회사의 수익과 매뉴얼과 자신의 조직 내 입장을 우선시하는 사람들은 있었지만 '거대한 파도를 여기서 막으라'고 말하는 '보초의 업무'를 자신에게 부과된 소명이라고 생각한 사람은 없었다.

　'경계를 지키는' 것을 본무로 삼는 사람을 '문' 가까이에 배치해야 하는 인류학적 '상식'을 우리는 아주 오래 전에 잊고 말았다.

　전쟁도 테러도 기아도 공황도 없는 윤택하고 안전한 생활이 반세기 계속되었을 뿐인데 일본인은 그런 상식을 잊고 말았다. 우리가 사는 좁고 부서지기 쉬운 세계는 '경계를 지키는 자'들이 묵묵히 꾸준하고 헌신적인 노력을 들여 간신히 지탱했다는 사실을 잊고 말았다.

　경계선을 지키는 보초의 행동에는 정형적인 매뉴얼도 가이드라인도 없다. 보초의 자질에 관한 일반론은 있지만(신화와 공포 이야기로 반복적으로 전해져 오고 있다) '존재하지 않는 것'의 침입이 어떠한 형태일지 우리는 정확하게 예측할 수 없다.

그래서 보초들에게는 '어떻게 행동하면 좋을지 모를 때 어떻게 행동해야 할지 아는 능력'이 필요하다.

그 센서를 갈고 닦기 위해서 경험적으로 효과적인 방법이 있다. 인류는 그러한 방법을 연마하고 체계화하려고 적지 않은 노력을 했다. 종교의 수행과 무도의 수련은 본디 그것을 위한 것이다.

실제로 그런 센서가 제대로 기능하는 사람이 있다.

9·11테러 때 '왠지 바깥으로 나가야 할 것 같아서' 건물 밖으로 나가 재난을 피한 사람이 있었다. 그날만 '평소와는 다른 행동으로 살아남은 사람'이 얼마나 되는지 누군가 통계를 내서 그 사람들이 어떤 공통된 '삶의 양식'을 취했는지 음미하는 것은 흥미로운 연구 주제지만 아마도 '비과학적'이라고 일축될 것이다.

그런데 '아는 사람은 안다'는 것은 진실이다.

지난번에 이런 기사를 읽었다. 오사카와 교토의 경찰청 수사관이 광역사건 회의를 할 때 교토 경찰청 형사가 '이런 사건도 있다'며 어느 빈집털이 사건 용의자 사진을 오사카 형사에게 보여 주었다. 회의가 끝나고 바깥으로 나간 지 10분 만에 오사카 경찰청 형사가 가까운 경륜경기장 근처에서 용의자를 발견한다.

이 수사관은 사람들이 붐비는 곳에서 지명수배범을 찾아내는 전문가였다고 한다.

그는 경찰관의 시야로부터 도망치려는 사람들이 내보내는 미세한 낌새를 감지하는 능력을 갖추었다.

'의심스러운 움직임'이란 체크리스트를 들고 눈에 보이는 모든 사람을 대조해 점수가 높은 사람을 찾아내고 판단하는 작업이 아니다. 몇백 명 속에 숨어들어도 작은 눈짓이나 발걸음만으로 평범하지 않은 인간만 골라내는 능력을 가진 사람이 있다. 그런 사람이 경찰관이 되어야 한다.

경찰이라는 제도는 본디 그런 인간의 능력을 감안해서 설계되어 있다.

우리는 형사 드라마를 볼 때 형사들이 거리에서 너무나 쉽게 거동이 수상한 용의자와 마주치는 것을 편의주의라고 비웃는데 경찰 조사는 원래 그렇다.

그런데 거동이 수상한 인간을 감지하는 능력과 거짓말하는 사람과 진실을 말하는 사람을 직감적으로 식별하는 능력은 그 유무와 옳고 그름을 눈에 보이는 증거로 제시할 수 없다. 원래 경찰관을 채용할 때는 그런 '증거를 들이댈 수 없는 능력'의 유무를 기준으로 채용 여부를 결정해야 하지만, 증명하지 못할 능력의 유무를 판정하는 증거가 (당연하게도) 없기 때문에 현재의 공무원 채용 규정으로는 이를 적용하지 못한다.

그로 인해 우리나라 사법 시스템의 질이 떨어졌다.

무고한 사건이 많이 발생하는 이유는 사법 시스템이 거짓말하는 인간과 진실을 말하는 인간을 직감적으로 식별할 능력을 갖춘 사법관이 일정 수 존재한다는 전제로 제도가 설계됐기 때문이 아닐까.

'재판관의 심증형성*'이라는 희한한 법률 용어가 있다. 재판관이 '복수의 해석 중 어떤 해석을 우선으로 채택하고 싶어지는 기분'을 의미한다. '기분'에 법률적인 힘이 인정되는 까닭은 사법계에서는 사법관(중 적어도 일부)에게 증언의 진위를 직감적으로 판정하는 힘이 있다고 믿기 때문이다.

그러한 능력을 겸비한 사람이 일정 수 존재한다는 전제로 만든 제도가 그런 능력이 전혀 없는 인간들로 운용되는 탓에 억울한 사건이 일어난다.

셜록 홈스의 모델이 된 에든버러대학 의학부 교수 조지프 벨은 환자를 한 번만 보고도 출신지, 직업, 질병력을 맞추었다. 그런 의사는 전설적인 예외가 아니라 실제 의료인 중에 제법 많지 않을까. 그래서 의사 중 일부는 그런 능

---

* 소송 사건 심리 중에 법관이 상황 증거로 얻는 확신.

력이 있다는 것을 계산에 넣고 의료제도가 설계되었다.

교사도 마찬가지다. 교사에게 정말로 필요한 자질은 주위의 누구도(본인조차도) 인식하지 못한 아이들의 '감추어진 재능'을 감지하고, 재능이 꽃 필 때까지 긴 시간을 끈기 있게 기다릴 수 있는 능력이다.

사법과 의료와 교육은 사회적 공통자본 중에서 '제도자본'으로 범주화된다. 이러한 제도는 모두 '알 수 없는 것을 아는' 인간의 잠재능력을 계산에 넣고 설계된 제도이다.

사법관, 의사, 교사 모두 실제로 '존재하지 않는 것'의 최전방에 있는 '보초'의 일족이기 때문다.

인간 세계 내부에서는 '명백하게 존재하는 것만이 존재한다', '존재가 증명되지 않은 것은 존재하지 않는다'는 규칙이 적용되고 있다.

'세계의 내부'는 그것으로 족하다.

그런데 '존재하지 않는 것의 최전방'에서는 그 규칙이 통용되지 않는다. 그곳이 '존재할 리 없는 것'이 '존재하는 것'으로 형태를 바꾸는 생성의 장이기 때문이다. 그러한 자리에 어떻게 '보초의 자질'을 가진 사람들을 배치할 수 있을까?

젊은이 가운데 그 같은 '보초적 자질'을 갖춘 이들을

어떻게 찾아내서 능력 개발을 지원할 것인가.

이것은 원리 문제가 아니라 순전히 기술적인 문제이다.

{ 2011·8·7 }

333333

우치다 서재

칼을 쓰다듬다

우치다 다쓰루 『저잣거리의 미국론』 (1)

아침부터 밤까지 『저잣거리의 미국론』街場のアメリカ論을
계속 쓰고 있다.

대학원 연구회 수업 녹취록과 블로그 관련 기사를 편
집한 초고가 워드 파일로 도착해서 철저하게 고치고 있다.
연구회에서 대학원생 청강생을 상대로 '여기서만 하는 이
야기'로 떠든 내용 대부분은 입에서 나오는 대로 말한 내용
이라 그대로는 사용할 수가 없다. 자료를 찾아서 진위를 확
인하고 인용 문헌을 확인하고 논리적 혼란을 바로잡고…….
이런 일을 하다 보면 거기에 드는 수고는 새 글을 쓰는 것
과 별 차이가 나지 않는다.

어중간하게 잡혀 있는 초안에 제약을 받아서 사고의

일탈을 할 수가 없다. 나는 일탈하며 글을 쓰는 사람이라 일탈할 수 없으면 쓸 말이 별로 없다.

드디어 80퍼센트 정도 끝났다. 눈은 침침하고 어깨는 뻐근하다. 적당히 날려 쓰고 다 됐다고 건네면 좋겠지만 이도 저도 아닌 일을 하고 싶지 않다.

나는 의외로 일을 대강하지 못하는 사람이다. 내가 성실하게 한 일이 보통 사람이 대강 일한 수준이기 때문에 대강하면 나 자신조차 판독하기 어려워지기 때문이다. 나는 내 글의 품질 평가에 꽤 관대한 사람이지만 그래도 판독은 가능해야 품질을 논할 수 있지 않은가.

그래서 자료를 찾아 진위를 확인하고 여러가지 미국론을 꺼내 읽었다.

미국론을 쓰기로 마음먹었을 때 눈에 띄는 모든 미국론을 구입해서 쟁여 놓았기 때문에 자료만큼은 갖추어져 있다. 쌓아 놓기만 하고 읽지는 않았다고 생각했는데 책을 펼쳐보니 책마다 여기저기 빨간 줄이 그어져 있다.

언제인지 모르겠지만 잠에 취한 상태로 참고서를 꼼꼼하게 독파한 듯하다. 이게 바로 수면 학습인가. 그렇게 웃고 있을 수가 없다.

읽었는데도 까먹었다니 무엇을 위해 읽었는지 모르

겠다. 까먹었을 뿐이라면 차라리 괜찮지만, 읽은 사실을 잊고 있었다는 얘기는 자신의 독창적인 의견이라고 생각한 것이 누군가의 식견을 그대로 베꼈을 가능성이 있다는 소리다. 이것은 글 쓰는 이의 알려지지 않은 함정이다.

박학다식한 평론가가 그의 독창적인 이론에 가장 가까운 학자의 책 제목만 빠트리는 실수는 자주 있다. 실제로 학회발표에서 "당신과 똑같은 연구 주제로 똑같은 결론을 낸 선행 연구문헌이 있는데 '읽지 않았다'고 주장할 생각인가?"라는 냉엄한 질문에 발표자가 놀라는 장면을 나는 여러 번 목격했다.

나는 발표자가 표절했다고 생각하지 않는다(금방 들통날 일이기 때문이다). 그도 읽었는데 읽은 것을 잊고 어느 날 '훌륭한 아이디어'가 뇌 속에 번뜩여 신이 나서 어쩔 줄 몰랐으리라. 딱한 일이다.

나는 내가 쓴 것을 그대로 가져오는 경우가 한 번씩 있다. 내가 쓴 것이니 내 의견에 매우 가까울 수밖에 없고, 읽은 것을 잊었다고 이상하게 여길 필요는 없다. 어떤 주제로 문득 생각난 것을 쭉쭉 쓰다가 몇 달 전에 내가 쓴 책 안에서 완전히 똑같은 문장을 발견하고 놀라는 일이 자주 있다.

나카지마 라모가 쓴 「동일 원고 이중 출고 사건」을 읽었을 때는 깔깔 웃었는데 이쯤 되면 남의 일이 아니다.

미국론은 실제로 강의에서 한번 말한 내용이라 기시 감이 있는 것은 당연하지만 어쩌면 강의 전과 그 후에 여러 번 쓴 소재일 가능성도 있다.

최근에는 급기야 하루 이틀 전에 준비한 이야기를 "이봐, 이 이야기 알아?"라고 힘을 실어서 말했는데도 상대방이 별 반응이 없어서 "내가 벌써 얘기했던가?"라고 묻기도 했다. 상대방은 대체로 안타까운 얼굴을 하고 고개를 끄덕인다. 난감한 일이다.

지금 이 이야기도 어디서 했던 느낌이 드는데 블로그에 쓴 적이 있을지도 모른다. 아침부터 오후까지 열심히 쓰고 오후 3시부터 6시까지 검도 수련회.

닥터 사토를 비롯해서 합기도회의 회원들과 칼을 다루는 법을 연구하는 모임이다.

먼저 전일본검도연맹에서 정형화한 수련을 하는데 오늘로 세 번째 시간이다.

진검은 3년 정도 만지지 않았기 때문에 오래간만에 꺼낼 때는 떨렸다.

구레하야마 도시노리라는 명인의 작품으로 에도 시대에 만들어진 검이다. 수련할 때 손을 많이 베였다. 가장 깊은 상처는 칼을 빼면서 동시에 내려치는 동작을 하다가 칼집에 칼끝이 걸려 검을 빼는 타이밍이 늦어지는 바람에 오른손의 엄지와 검지 사이를 베면서 생겼다. 곧바로 외과에 가서 아홉 바늘을 꿰맸다.

식칼에 베여 아홉 바늘이나 꿰매면 통증으로 잠을 잘 수 없을 텐데 이 상처는 수술 직후에 통증이 사라지고 다음 날 아침에는 살이 붙었다. 검에 베인 상처는 상처 부위가 깨끗하기 때문에 회복이 빠르다. 지금은 손을 다치면 일하는데 지장이 생기기 때문에 조심해서 검을 다루고 있다.

검은 정성껏 다룬 만큼 달라진다. 그 점에서는 다른 어떤 도구보다도 감응이 좋다. 검을 다루는 데 질리지 않는 까닭은 아마도 사람과 도구 사이의 커뮤니케이션이 성립하기 때문일 것이다.

다들 모조검을 사용하지만 소중하게 다루도록 각자 자신의 검에 이름을 짓도록 했다. 어떤 식으로 이름을 붙이냐고 질문을 받았기 때문에 어릴 적 아명을 붙이기도 한다고 대답했다.

노가쿠 『쓰치구모』에 미나모토노 요리미쓰가 히자마루라는 검을 구모키리마루라고 개명한 이야기가 있지 않은가.

"'미피'나 '마루코' 같은 이름을 붙여도 됩니까?"

안 됩니다.

{ 2005 · 8 · 14 }

토크빌 선생과 잡담

ᄐᄏᄇ ᄉᄊᄁ ᄌᄉᄄ
ᄐᄏᄇ ᄉᄊᄁ ᄌᄉᄄ

우치다 다쓰루 『저잣거리의 미국론』(2)

『저잣거리의 미국론』이 분슌문고로 재탄생하여 저자 후기를 썼다.

이 책은 2004년에 나왔지만 내용은 그 바로 전년도 대학원 연구회 강의 내용을 채록한 것이다. 그러고 보니 그 무렵에는 지금보다 훨씬 한가했다. 전년도의 강의 녹음을 이듬해 책으로 만들었으니까……(지금은 도저히 무리다).

조지 부시가 미국 대통령이고 이라크 전쟁이 시작된 무렵의 미국에 관해 논한 것이다. 리먼 쇼크도 일어나지 않았고 버락 오바마도 대통령이 아니었다. 철 지난 이야기라 평소 같으면 돌아보지도 않을 텐데 교정지를 읽어 보니 지금도 읽을만 하다. 그것은 내가 이 분야에서 비전문가인 데

다 문외한인 것과 관계가 있다. 내용에 속보성이나 '내부자 정보'도 전혀 없다.

보통 시사 문제 전문가는 속보성(모두가 아직 모르는 것을 이미 알고 있음)과 내부자 정보(다른 사람이 접근하지 못하는 정보원에 접근할 수 있음) 두 가지 점에서 우위성을 갖고 장사하는 사람들이다. 당연히 나름대로 중요한 일이다. 그런데 이 직업 특성은 그들에게 더 빠르고, 더 내밀한 정보를 얻으라고 압박한다.

그 결과 그들은 '오래된 정보에는 가치가 없다', '공개된 정보에는 가치가 없다'는 평가 기준에 동의 서명하고 만다. 바꾸어 말하면 그들 자신이 쓴 것의 유효기간이 아주 짧아진다는 데에도 동의 서명했음을 의미한다.

이것이 속보성과 내부 정보에 가치를 두는 사람들이 빠지는 아포리아다. 나는 비전문가이기 때문에 내가 아는 것은 모두 '이미 누구라도 아는' 공개 정보이다. 그에 기초한 미국론을 썼다.

비전문가는 가능한데 전문가는 불가능한 일이 있다. '비전문가의 소박한 의문에 철저하게 함께하는 것'이다. 자신이 비전문가이기 때문이다. 자신을 상대로 설명할 때 우리는 가장 인내심이 강해진다. 그야 그렇다. 자신이 납득하지 못하면 '찝찝하기' 때문이다.

전문가는 자신이 이해한(신경 쓰이는) 것에 관해 비전문가에게 설명할 때 그다지 자상하게 설명하지 않는다.

'주지하는 바와 같이'라는 문구가 그들이 애용하는 정형구인데 '주지하는 바와 같이' 이하에 쓰인 사안에 잘 알지 못하는 사람은 독자로 상정되어 있지 않으니 조용히 구석으로 물러나 있으라는 암묵의 공갈이다.

그리되면 비전문가는 그냥 비전문가인 채로 좀처럼 사태를 이해할 수 없다. 자칫하면 모든 독자가 '구석에 물러나 있다가' 끝나 버리기도 한다. 그러면 읽고 나서도 독자는 전문가 영역에 조금도 가까이 가지 못하기 때문에 결과적으로 전문가의 직업적 우위성은 영원히 담보된다.

그런 책은 읽어도 전혀 얻을 것이 없기 때문에 나는 '비전문가도 알 수 있는 미국론'을 스스로 쓰기로 했다. 이럴 때 누구를 독자로 상정할지에 따라서 글쓰는 방식이 완전히 달라진다.

내가 고른 독자는 알렉시 드 토크빌이다. 1831년, 건국한 지 얼마 되지 않은 미국을 관찰하고 미국론의 고전인 『미국의 민주주의』를 쓴 그 토크빌이다. 토크빌은 1859년에 사망하였다. 그런 토크빌 선생이 무덤에서 살아 돌아와서 읽어도 이해할 수 있도록 쓴다는 것이 나의 미국론 취지였다.

토크빌의 미국론은 지금 읽어도 잘 읽힌다(내용의 상당 부분은 지금 일본의 신문에 게재해도 '21세기의 미국 이야기'라고 오독될 것이다). 이 책은 그 정도로 깊게 미국이라는 나라의 본질을 다루고 있다. 토크빌이 1830년대 프랑스의 지식인을 겨냥해 미국론을 썼기 때문이다.

토크빌 책의 독자들은 미국의 통치 시스템과 종교 사정과 개척민의 생활을 전혀 몰랐다. 그러한 사람들에게 '미국이라는 나라는 어떻게 만들어졌고 유럽제국과 어떻게 다른가'를 이해시키려고 쓴 책이다. 토크빌은 미국을 '이상한 나라'라고 생각했다.

그러니 '미국은 이상한 나라'라고 쓰고 끝맺을 수도 있었다. 하지만 토크빌은 그러지 않았다. 프랑스인에게 미국이 아무리 '이상한 나라'로 보이더라도 미국인의 입장에서 본다면 그들의 주관적인 합리성이 관철되어 있지 않을까, 그렇다면 그것이 무엇일지 고민했다.

현명한 사람이다.

그는 앤드루 잭슨 제7대 대통령을 만나고 왜 이렇게 어리석은 인물을 미국 국민은 구태여 국가 지도자로 선택했는가, 처음에는 이해하기 어려웠다. 그리고 미국을 여행하면서 그 이유를 이해했다. 그는 미국 민주주의가 지도자를 잘못 선택해도 통치 시스템이 치명적인 사태에 이르지 않도록 설계되었음을 깨달았다.

'미국 통치자는 우둔하다'고 쓰고 책을 끝맺었다면 토크빌의 책은 지금까지 읽히지 않았을 것이다. 토크빌은 '우둔한 통치차를 선택하기 십상인 유권자의 어리석음을 계산에 넣은 통치 시스템 설계의 정교함'을 분석하는 데까지 시야를 넓혔다.

한 사회가 어떤 상태인 데에는 나름의 필연성과 합리성이 있다. 두 성질은 서로 간섭하는 구조이다. 그것을 해명함으로써 인간이 '자민족 중심주의'로부터 이탈할 수 있음을 자각했다는 점에서 토크빌은 클로드 레비스트로스의 선구자라고 할 수도 있다.

여하튼 그런 토크빌 선생에게 선생이 돌아가신 후 150년에 걸친 미국 역사를 요점을 간추려서 이야기하려면 우리는 어떤 문제를 다뤄야 할까? 우리의 선택은 바로 '미국이 아무리 바뀌어도 바뀌지 않는 점'이다. 그것만이 토크빌 선생도 곧바로 이해할 화제이다.

선생님, 그 뒤에 말입니다. 선생님 때는 미시시피까지가 국경이었지만 1960년대에 태평양까지 당도합니다.

"아, 역시 내가 예견한대로 그들의 '병'이 낫지 않았군."

그렇지요. 그 과정에서 원주민의 95퍼센트가 살육당하고 버팔로를 몇천만 마리나 죽이고 원시림을 전부 베었답니다.

"그럴 줄 알았어."

그 후에는 어찌 되었을 것 같습니까?

"태평양 연안까지 진출했다면 그다음에는 배를 건조해서 태평양 서쪽으로 향하지 않았을까."

말씀하신 그대로입니다. 하와이와 필리핀과 일본열도에도 손을 뻗었습니다.

"그 땅이 전부 미국 식민지가 된 건가?"

하와이는 병합되었고 필리핀은 식민지가 되었지만 일본열도는 무사했습니다.

"아, 뜻밖이로구먼. 왜 그럴까. 일본인은 조직적으로 저항을 했나?"

아뇨. 일본열도에 손을 뻗었을 때, 때마침 미국 국내에서 내전이 시작되어 여력이 없었던 거지요.

"미국 국내에서의 내전 말이지. 있을 법한 일이로군. 애당초 13개 주와 나중에 주로 승격한 개척지 사이에서는 이해가 대립될 수밖에 없을 테니. 어느 쪽이 이겼나? 아, 잠깐만. 내가 생각해 보겠네. 음⋯⋯ 개척지가 이겼지?"

아쉽습니다. 선생님 북쪽이 이겼어요. 선생님은 산업혁명을 모르시지요. 북쪽이 기계화니 근대화가 빨랐거든요. 그 차이 때문이었어요.

"그러고 나서도 서쪽으로 진출하려는 병은 낫지 않았으려나."

낫지 않았지요. 결국 일본열도를 원자폭탄(이라는 굉장한 병기를 미국인이 발명했지요) 두 방으로 초토화하고 그 후에 한반도를 불바다로 만들고 인도차이나반도를 불바다로⋯⋯.

"계속 서쪽으로 갔군. 그래도 중국과 인도는 패스하지 않았을까?"

맞습니다. 잘 아시는군요.

"미국인은 자연을 싫어하니까. 자연과 미개발된 곳을 보면 '개척'하고 싶어지지만 중국과 인도는 4천 년 전부터 골수까지 '도시문화'였잖나. 도시는 미국인의 개척 욕망을 불러일으키지 않지."

아하. 그렇구나. 그래서 그 후에…….

"서아시아로 갔겠지?"

영민하십니다. 아프가니스탄과 이라크를 공격하였습니다.

"거기까지 갔다면 빈은 손짓하여 부를 만큼 가까운 거리지. 대서양 연안에서 출발해 세계를 일주하고 다시 유럽으로 돌아온 셈이구먼."

이 서진 운동은 언젠가 끝날까요?

"글쎄 어떨는지. 거기까지 병참선이 확장되면 군사적 정치적 서점西漸은 더 이상 유지할 수 없을걸. 그런데 서쪽을 점령하려는 건 미국인의 본질이니까 말이지. 서진을 멈추면 더는 미국이 아니지."

과연 그렇군요.

"자네 이야기를 듣다 보니 지금 미국이 대강 어떨지 짐작이 가네. 변함없는 나라구먼."

여쭐 게 있습니다.

"뭔가?"

일본의 오키나와에 있는 미군 기지 이전 문제로 다투고 있는데 미국이 나갈까요?

"음…… 어떨까 싶네. 심리적으로는 나가기 어려울 터

이지. 군사적인 필요성 문제가 아니라 서태평양에서의 철수는 최전선을 동쪽으로 돌린다는 것과 같은 의미니까. 미국인에게 서부 개척의 최전선이 동쪽으로 돌아가는 일은 있을 수 없을 거야."

그러고 보면 맥아더 원수도 필리핀에서 철수할 때에 "I shall return"이라고 했으니까요.

"잠깐만 그 사람은 누구야?"

전쟁 전에는 필리핀의 임금 같은 존재였고 일본이 전쟁에서 진 후에 최고사령관으로 온 사람입니다.

"음...... 식민지 총독 같은 사람이구먼."

그렇지요. 토크빌 선생님 일본은 앞으로 어떻게 될까요?

"음...... 잘 모르겠는데. 일본은 잘 알지 못하고 내가 살아 있을 때 그쪽은 쭉 쇄국이었지 않나?"

네네, 그렇지요.

"쇄국은 아주 교활한 국가 전략이야."

그렇습니까? 계속 그 상태로 있었으면 좋았을까요?

"가능하면 말이지. 그런데 왜 쇄국을 그만두었나?"

미국에서 페리라는 사람이 군함을 타고 와서 대포로 위협했거든요.

"맞아, 그랬지. 내가 죽기 직전에 일어난 일이야. 일본한테는 안타까운 일이네."

그렇지요. 정말로.

이런 망상을 하면서 쓰고 있다.

재미있어 보이지요.

책이 나오면 구입하세요.

{ 2010 · 3 · 29 }

토크빌과 포퓰리즘

알렉시 드 토크빌 『미국의 민주주의』

잡지 『Sight』에 싣기 위해 히라마쓰 구니오 오사카 시장과 시청에서 대담을 나누었다. 소아이대학에서의 『오지랖 넓은 교육론』おせっかい教育論 출간 뒤풀이 이후 처음이다.

이번에는 포퓰리즘 특집으로 시장과 '포퓰리즘 정치'의 구조와 기능에 관해 이야기를 나누었다.

포퓰리즘은 정의하기 어려운 말이다.

나는 토크빌이 미국 정치를 논한 분석이 이 개념의 이해에 도움이 될 것이라고 생각한다.

토크빌은 미국의 유권자가 두 번에 걸쳐 대통령으로 선택한 앤드루 잭슨에 관해 『미국의 민주주의』에서 이렇게 썼다.

잭슨 장군은 미국 사람들이 두 번이나 대통령으로 선출한 인물이다. (……) 그의 모든 경력에는 자유로운 인민을 통치하기 위해 필요한 자질을 증명할 것이 아무것도 없다.

토크빌은 실제로 워싱턴에서 잭슨 대통령을 만나고 나서 이렇게 통렬하게 평했다. 이 영리한 프랑스 청년 귀족은 미국의 유권자가 왜 잘못된 인물을 선택했는지 합리적 이유를 고찰했다. 이 점이 토크빌이 다른 사람보다 지적인 부분이다. 보통은 '자질 없는 인물을 대통령으로 선출하는 것은 유권자가 바보이기 때문'이라고 뭉뚱그려서 결론을 내는데 토크빌은 그러지 않았다.

잭슨은 독립전쟁에 참여한 마지막 대통령이다(대부분 포로로 지냈지만). 나중에 테네시주 시민군의 대령이 되어 원주민 학살로 경력을 쌓았는데 크리크족을 학살하고 그 93,000제곱킬로미터의 영토를 미합중국정부에 편입시킨 공적으로 소장으로 승진했다.

영미전쟁 뉴올리언스 전투에서는 병사 5,000명을 이끌고 7,500명 이상의 영국군과 싸워 압승을 거둠으로써 일약 국민 영웅이 되었다. 게다가 세미놀족과 전투에서도 대량 학살을 했고 영국과 스페인을 플로리다에서 쫓아내어 플로리다를 합중국에 편성시키는 데 기여하였다.

군사적 공적이라기보다 오히려 전쟁범죄에 가까운 경력에 미국의 유권자들은 매료되었다. 건국한 지 얼마 되지 않은 젊은 나라는 '전설적 무훈' 이야기를 굶주린 듯 바랐기 때문이다. 나폴레옹을 기준으로 '영웅'을 생각하는 토크빌은 잭슨 정도의 군인이 '영웅'이라고 간주되는 미국 역사의 얕은 바닥에 놀라고 강한 불쾌감을 느꼈다(그것이 잭슨에 대한 무자비한 평으로 연결되었다).

하지만 토크빌은 거기에서 한발 더 들어가 오히려 미국 통치 시스템의 탁월성이 거기에 있지 않을까 하는 통찰로 나아갔다. 미국의 시스템은 실수로 통치자를 잘못 뽑았다 해도 파국이 일어나지 않도록 구조화되어 있다.

미국 건국의 아버지들은 표면적인 대중성에 현혹되어 그 자리에 어울리지 않는 통치자를 뽑을 미국 국민의 어리석음을 계산에 넣고 통치 시스템을 설계했다. 부적절한 통치자가 저지르는 재난을 최소화하는 데 효과적인 방법이 한 가지 있다. 그것이 포퓰리즘이다. 통치자가 선택한 정책이 최적인지 아닌지를 판단하기는 곤란하다(적어도 옳고 그름의 검증에는 아주 많은 시간이 걸린다). 하지만 그것이 '유권자의 마음에 드는' 정책인지 아닌지는 곧바로 판단할 수 있다. 그러므로 미국에서는 피통치자 다수가 지지하는 정책(본질적인 옳고 그름에 관계없이)이 채택되는 것이 '정치적으로 올바른 것'이 되었다.

중요한 것은 피지배자 대중에 반하는 이해를 지배자가 갖지 못하는 것이다. 만약 민중과 이해가 상반된다면 지배자의 덕德은 쓸모가 없고 재능은 해가 되기 때문이다.

토크빌은 이렇게 썼다. 통치자의 재능과 덕성이 피통치자와 똑같은 수준이어야 민주주의는 무리 없이 기능한다. 덕과 재능이 있지만 대중과 의견이 맞지 않는 통치자를 권력의 자리에서 쫓아내기란 그렇지 않은 경우보다 훨씬 곤란하기 때문이다. 그렇기에 자질 없는 통치자를 선택하는 미국의 유권자를 멍청하다고 말하는 것은 틀렸다. 통치자는 유권자와 똑같은 수준의 지성과 덕성의 소유자여야 한다는 제약을 두는 한 통치자가 저지를 재난은 유권자가 '상정 가능한 범위'에 들기 때문이다.

포퓰리즘은 정치적인 잔머리다.

거기까지 간파했다는 점에서 토크빌은 정말로 혜안

이 있는 사람이다.

이런 포퓰리즘의 이해는 그대로 우리가 직면한 포퓰리즘 정치에도 적용된다.

포퓰리스트를 선택하는 유권자들은 그들보다도 지적, 도덕적으로 '훌륭한' 통치자가 가져올지도 모를 재난에 무의식적으로 강한 경계심이 있다. 지성과 덕성의 면에서 유권자와 같은 수준의 정치가는 다름 아닌 그 인간적인 미성숙 때문에 '어느 정도 이상의 재난을 가져올 수 없는' 자로 간주된다. 하지만 그러한 '현실주의적인 포퓰리즘'이 일본의 정치 풍토를 천천히 그러나 확실히 부패시켰다.

이런 차이를 만든 것은 미국 포퓰리즘은 '건국의 아버지'들의 냉철한 인간 이해에 기초한 제도의 산물이었지만 일본 포퓰리즘은 그것을 설계하고 운영한 사람이 어디에도 없다는 점이다.

일본의 포퓰리즘은 법률과 정치 시스템이라는 실증적인 형태가 없는 분위기 속에서 양성되었다.

일본 정치가들이 급속하게 유아화하고 지적으로 점점 뒤처지는 까닭은 모든 생물과 똑같이 그러는 편이 시스템 관리 운영상 유리하다고 정치가 본인과 유권자가 판단하고 있기 때문이다. 값싸고 단순한 정치적 신조를 호통 치듯 열을 올려 말하면 높은 인기를 얻는다. 우리 정치 환경은 실제로 그렇게 되어 가고 있다.

이런 포퓰리즘화 추세는 아마 앞으로도 멈추지 않고 진행될 것이다. 그 후에 어떤 풍경이 펼쳐질지 나는 제대로 상상할 수가 없다.

{ 2011·6·11 }

Two of us
Two of us
Two of us

우치다 다쓰루 『여자는 무엇을 욕망하는가?』

졸업식과 수업 사이에 기적적으로 한 시간 정도 시간이 나서 창의적 글쓰기 과제를 읽고 오늘 수업할 내용의 강의노트를 작성했다.

오늘 수업 주제는 '젠더와 언어'이다.

이 주제에 관해서는 이전에 『여자는 무엇을 욕망하는가?』女は何を欲望するか라는 책에서 주디스 페털리, 뤼스 이리가라이, 사라 펄먼의 페미니즘 언어론을 논의한 적이 있다. 무슨 이야기를 썼는지 까맣게 잊어버렸기 때문에 책장 깊은 곳에서 책을 꺼내 읽어 본다.

오오, 재미있다!

이렇게 재미있는 책을 내가 썼단 말인가(이토록 터무

니 없이 무른 자기평가야말로 내 생명력의 원천이다).

　　페미니즘 언어론 비판이란 프레임 설정이 마케팅 전략으로는 꽝이라 이런 책이 팔릴 리 없긴 하지만, 내 입으로 말하기는 좀 그래도 '좋은 책'이다.

　　약력에 '주요 저서'를 넣는 경우가 많다.『망설임의 윤리학』,『푸코, 바르트, 레비스트로스, 라캉 쉽게 읽기』,『레비나스와 사랑의 현상학』,『타자와 사자』이 네 권은 '주된 업적'으로 생각이 나는데『여자는 무엇을 욕망하는가?』는 지금까지 한 번도 목록에 오른 적이 없었다.

　　이유는 간단하다. 고미치쇼보의 O가 매우 재촉했다. 좀 더 다듬고 싶었고 구성도 정리하고 싶었는데 '영업 사정' 등으로 (나로서는) 미완성의 초고가 그대로 활자화되었다. 시간만 있었다면 더 좋은 글을 쓸 수 있었는데……. 그런 아쉬움이 남아서 이 책을 기억에서 지웠는데 4년 만에 읽어 보니 매우 재미있었다.

　　당시 내가 "더 좋은 책을 낼 수 있었는데……"라며 후회의 눈물로 베갯잇을 적셔서 O에게는 정말로 미안하다. 내가 후회의 눈물로 베갯잇을 적셔도 O에게는 어떤 해도 없으니 미안하다는 말이 엉뚱한 소리가 아닌지 의아해하는 분이 계실 것이다. 그래서 여러분은 아직 무른 것이다. 나를 화나게 하는 것은 아무렇지 않지만, 나를 후회하게 하거나 반성하게 하는 것은 금기이다.

나를 화나게 한 사람은 나를 화나게 해서 생긴 재난이 어떤 것인지 그 자리에서 확인할 수 있다. 눈에 보이는 재난이라면 회피하거나 반격하거나 마땅한 조정을 하거나 벨리니 케이크나 돈다발을 던져 위험을 피하는 게 가능하다.

그러나 내가 반성하고 있을 때 어찌할 수 없이 억압된 원한은 실제로 확인할 수 없는 형태다. 내 베갯잇을 적시는 한 방울의 눈물은 '생령'이 되어서 천 리를 달려가 그 사람을 덮친다. 이것은 나도 멈출 수 없다. '생령'이기 때문에.

욕설을 뱉으며 분노하는 형태의 증오는 억제하기 쉽다. 그런데 '그 사람을 미워해서는 안 된다. 모두 나의 부덕이다'처럼 스스로에게 '잘못'이 있다고 여겼을 때, 부정당한 '부덕'은 생령이 되어서 시공을 초월해 도리에 어긋나는 무도한 소행을 저지른다.

사실이다.

「아오이노우에」*에 나온 대로 생령은 로쿠조노 미야슨도코로가 '타인을 미워하지 않고 좋은 사람으로 있고 싶

---

* 『겐지모노가타리』에 수록된 이야기. 겐지의 정실부인 아오이노우에는 원령에게 저주를 받아 괴로워한다. 훌륭한 법사들의 기도와 의술을 다 써 보아도 전혀 소용이 없자, 마침내 유명한 무녀를 초청해 귀신을 불러서 그것의 정체가 로쿠조노 미야슨도코로의 생령이라는 것을 밝힌다. 미야슨도코로는 겐지가 사랑한 여자들을 질투하지만, 자신의 신분과 체면 때문에 질투를 드러내지 못하다가 결국 생령이 되어 겐지가 사랑하는 여자들을 공격하고 죽였던 것이다.

다'고 무리하게 바란 탓에 생겨났다.

생령의 주인격主人格이 좋은 사람이면 질투의 불길을 받아 줄 상대가 없어진다. 받아 줄 상대가 없는 증오만큼 처리하기 곤란한 것은 없다.

로쿠조노 미야슨도코로가 "아오이노우에 나쁜 년, 더러운 년" 같은 태도의 사람이었다면 아오이노우에는 무사했을 것이다. 실제로 새뮤얼 "mother fucker" 잭슨이 그토록 반질반질한 피부에 건강하고, 가정이 원만하고 교우 관계와 계약 관계도 별다른 문제가 없어 보이는 이유는(실상은 오클랜드의 마치야마 씨에게 물어보지 않으면 모르지만) '생령'을 모조리 'mother fucker' 기호로 변환해 내보낸 것과 깊이 관계가 있다고 본다.

그 얘기는 일단 제쳐 두자.

'젠더와 언어'라는 주제로 강의를 했다. 나바에 선생과 절묘한 협업으로 수업을 진행했고 수업 종이 울린 바로 그때 나바에 선생이 "우리의 에크리튀르를 구동하는 것은……"이라며 오늘 결론의 주어 부분만 말하고 뒷부분을 우아한 눈짓으로 나에게 떠넘겼다("Take it, Phil" @폴 매카트니).

나는 방긋 웃고 이렇게 말을 이었다.

"사랑이지, 사랑!"

{ 2006·10·31 }

커뮤니케이션 플랫폼

요로 다케시·우치다 다쓰루 『물구나무서서 본 일본론』

입시학원이 매년 조사하는 대학입시의 '현대문 빈출 저자' 순위가 올해도 발표되었다(사실은 발표되지 않았지만 업계 사정은 빠하다).

나는 2005년도 입시에서 이 순위에 처음 올랐고(10위) 2006년도에는 6위였다. 그리고 올해는 2위. 1위는 요로 다케시이다.

같은 2위가 와시다 기요카즈이고 3위가 모기 겐이치로.

그렇게 1위부터 3위까지가 다 친구들이다.

신기한 일이다.

4위 마사타카 노부오, 미타 무네스케.

5위 오가와 요코, 사토 다쿠미, 나쓰메 소세키.

6위 아카세가와 겐페이, 가와이 하야오, 사이토 다카시, 호리에 도시유키, 미우라 마사시, 야마자키 마사카즈.

7위 아오키 다모쓰, 아베 긴야, 우치야마 다카시, 우메하라 다케시, 오오카 마코토, 오바 다케시, 가토 슈이치, 사에키 게이시, 무라카미 요이치로, 요모타 이누히코(경칭은 생략)로 이어진다.

이 순위에는 대학교수들이 많은데 물론 '학자 순위'는 아니다.

학자로서는 중하위권인 내가 입시문제에 채택되는 것은 역시 한번 읽고 '그렇지, 그런 일 있지. 나도 그렇게 생각했어'라며 깊이 공감하는 독자가 입시출제자 중에 있기 때문 아닐까.

그런데 다른 집필자에게도 충분히 공감도 높은 독자가 있을 텐데 왜 이런 차이가 생길까?

이에 관해 나는 한 가지 가설을 세웠다. 아무래도 요로 선생과 와시다 선생과 모기 선생과 나 사이에는 어떤 '공통점'이 있는 것 같다.

과연 무엇일까요? 1분간 생각해 보세요.

....

네, 1분 지났습니다. 그것은 '아줌마'라는 점이다. 요로 선생과는 이 논건으로 꽤 긴 시간 이야기를 나눈 적이 있어서 '우리는 아줌마다'라는 점에는 합의했다(자세한 이야기는 『물구나무서서 본 일본론』逆立ちの日本論 참조).

'아줌마'적 지성을 대표하는 인물로 제일 먼저 떠오르는 사람은 우치다 햣켄 선생이다. 선생님은 예술원회원으로 추대되었을 때 싫다고 거절하고 그 이유를 묻자 "싫은 건 싫은 것이다"라고 대답하셨다. 이것이야말로 '아줌마'의 특징이다. 자기 자신이 수행하는 추론의 구조를 본인도 잘 모르는 것이 아줌마적 지성의 특징이다.

그런데 '자신의 추론 형식을 잘 모른다'와 '얼토당토않은 추론을 한다'는 다르다.

거기에 어떤 질서가 흐른다는 것은 본인도 확신하지만 쉽게 말로 표현할 수 없다. 말로 알기 쉽게 설명하는 과정에는 시간과 노력이 필요하다.

그 '시간과 노력' 부분을 '아줌마적 지식인'은 '집필 활동'으로 수행한다.

보통의 지식인은 '나는 똑똑하다'는 전제를 둔 상태에서 '똑똑한 나는 이렇게 추론한다'는 기술의 형태를 채용한다.

이에 비해 아줌마적 지식인은 '나는 내가 어떻게 똑똑한지(또는 우둔한가) 솔직히 잘 모르기 때문에 그에 관해 음미하려 한다'는 기술 형태를 취하기 때문에 이야기는 당연히 장황하고 빙빙 돈다.

결과적으로 명제의 옳고 그름은 제쳐 두더라도 아줌마적 문체가 매우 '대화적'인 것은 이해가 될 것이다.

"나는 이런저런 여차여차와 같이 추론한다……. 이 추론 방식을 여러분은 동의할까요? 괜찮은가요?"와 같은 확인을 장황하게 하기 때문이다. 본인조차 자신의 추론 형식의 타당성에 확신이 없기 때문에 하다못해 독자의 동의를 얻지 못하면 이야기를 진행할 수 없다.

나는 이렇게 '독자의 동의를 구하기 위해 일단 멈추는 것'을 '커뮤니케이션 플랫폼의 구축'이라고 부른다.

로만 야콥슨은 '교화적 커뮤니케이션'이라고 말했는데 '플랫폼'이라고 하는 것이 알기 쉬울 것이다. 전철을 갈아타는 역의 '플랫폼'을 떠올리기 바란다. 모두 일단 '거기'로 온다. 저마다 행선지가 다르기 때문에 타는 열차도 다르다.

하지만 누구라도 한번은 '거기'에 선다. '거기'에 서지 않고서는 애당초 이야기가 시작되지 않고 설령 열차를 잘

못 타더라도 '거기'로 돌아오면 타야 할 열차를 다시 탈 수 있다.

그런 플랫폼이 커뮤니케이션에서는 필요하다. 문장으로 말하자면 '이 글만큼은 작가와 독자 사이에 100퍼센트의 이해가 성립하는 문장'을 의미한다.

예를 들면 이전에 쇼카쿠야 지토세는 이렇게 노래한 적이 있다.

"내가 옛날에 저녁노을이었을 무렵 남동생은 희미해진 저녁노을이고 아버지는 가슴앓이이고 엄마는 가벼운 동상이었다. 알겠는가 모르겠지~."

전반의 "내가"부터 "가벼운 동상"까지와 "알겠는가 모르겠지" 부분에서 커뮤니케이션 레벨이 변화했음을 깨달았는가? "내가 옛날에" 이하는 청자에게 특별히 이해를 구하지 않는다. 오히려 나는 하나도 이해가 되지 않는다.

이에 비해서 "알겠는가~" 이하는 청자의 100퍼센트가 그 자리에서 이해한다는 전제로 말하고 있다.

'내 이야기 알겠습니까?'라는 물음은 '나의 이야기'에는 포함되어 있지 않다.

이 물음이 의미하는 바를 이해하지 못하는 청자의 존재는 애초에 상정하지 않았기 때문이다.

'그것이 의미하는 바를 이해하지 못하는 청자의 존재는 애초에 상정하지 않았다(그리고 현실에는 존재하지 않는다)'는 문장을 '커뮤니케이션 플랫폼'이라 부르자고 제안하는 바이다. 이것을 얼마나 적절하게 자신이 쓰는 문장 안에 배치하느냐에 따라서 문장의 '읽기 쉬움'이 결정된다.

'읽기 쉽다'고 하면 어폐가 있기 때문에 고쳐 말하면 얼마나 '깊은' 수준까지 독자를 끌어들일 수 있는지 결정된다. 요로 다케시, 와시다 기요카즈, 모기 겐이치로도 결코 쉬운 말을 하는 사람은 아니다. 하지만 이분들의 책은 독자에게 '알기 쉬운' 인상을 준다. "그래그래" 하고 고개를 끄덕이면서 마지막까지 읽고 책을 탁 닫고 나서야 내용을 '전혀 이해하지 못했다'는 사실을 깨닫고 놀랄 때도 있다(자주 있다). 그것은 커뮤니케이션 플랫폼의 구축 방식이 뛰어나기 때문이다.

예를 들어 요로 선생의 글을 하나 읽어 보기로 하자.

사람들 사이의 공통점은 무엇인가. 전시 상황을 생각하면 그것은 '마음'이란 사실을 싫어도 알 수 있다. 그렇지 않으면 특공대가 허용될 리가 없다. 다름 아닌 1억 옥쇄一億玉碎*이다. 하지만 저 녀석이 죽어도 나는 죽지 않는다. 신체는

---

* 태평양전쟁에서 일본군의 슬로건 중 하나. 본토 결전에서는 국민 모두가 죽을 각오로 임해야 한다는 의미.

별개다. 그러면 마음의 공통성을 보증하는 신체의 기반이란 무엇인가. 뇌밖에 없을 것이다. 데카르트는 서양인이기 때문에 뇌로 개인을 표현하려 했는데 나는 일본인이기 때문에 뇌로 세상을 표현하고자 했다.

이렇게 써도 자신의 생각을 표현하기가 얼마나 어려운지 잘 안다. 사람은 일직선으로 생각하지 않는다. 일직선으로 생각한 것처럼 표현할 뿐이다. 그렇지 않으면 이야기가 번잡해져서 상대방에게 전해지지 않는다.

매우 알기 어려운 이야기가 쓰여 있는데도 '이 이야기를 마지막까지 읽고 싶다'는 욕망은 줄어들지 않는다. 오히려 더욱 커진다. 그것은 "이렇게 써도 자신의 생각을 표현하기가 얼마나 어려운지 잘 안다"라고 요로 선생 본인이 보증하기 때문이다.

쓴 당사자가 '이것은 어려운 이야기'라고 말하는 메타 메시지는 독자에게 분명히 와 닿는다. 메타 메시지란 '메시지의 해석에 관한 메시지'를 의미한다. 메타 메시지는 당연한 말이지만 메시지 본체보다 권리상 '상위'에 있다.

"내가 지금부터 하는 이야기는 거짓말입니다"라는 메타 메시지는 그 후에 이어지는 '거짓말'보다 이해의 우선순위가 높다(당연한 말이다). "이것은 거짓말입니다"만 들리고 그다음에 나오는 '거짓말' 부분은 주위가 시끄러워서 듣지 못해도 큰 문제가 없는 데 반해 "이것은 거짓말입니다"를 흘려듣고 그 후의 '거짓말'만을 듣고 다른 사람에게 떠들면 매우 곤란해진다.

그것과 똑같다.

"나는 어려운 이야기를 하고 있다"라고 요로 선생이 보증을 하면, 어렵다고 생각하며 읽던 사람도 안심을 한다. 그뿐 아니라 "요로 선생님도 나랑 똑같은 의견이잖아. 그렇구나. 그러면 내가 요로 선생님과 대화할 수준이란 건가? 그래?" 이렇게 유쾌한 마음으로 자기평가가 올라간다.

요로 선생의 책을 읽으면 '똑똑해진 느낌이 드는' 까닭은 문장 자체가 그렇게 구조화되어 있는 이상 당연한 일일 것이다. 요로 선생이 이렇게 어려운 이야기를 쓰는데도 선생의 모든 책이 베스트셀러가 되는 이유는 '커뮤니케이션 플랫폼'을 만드는 솜씨가 훌륭하기 때문이다.

나는 그것이 바로 독자 친화성이라고 생각한다.

{ 2007·5·8 }

고르디아스의 매듭

우치다 다쓰루 『타자와 사자』

아침부터 밤까지 일을 했다.

폴라문화연구소의 원고 30매를 완성해서 메일로 송고. 곧바로 가이초샤의 『타자와 사자』他者と死者 교정 작업에 돌입. 벌써 3년 넘게 집필 중인데 이제 슬슬 마무리를 해야 한다.

아직 조사해야 할 사항과 수정하고 싶은 부분이 많지만 이런 식으로 한도 없이 수정하다 보면 초고가 가졌던 '단숨에 써 내려간 힘'이 없어지고 만다. 그러면 이야기의 앞뒤는 맞지만 이상하게 밋밋해져서 오히려 잘 읽히지 않는다.

완성도가 떨어져도 '힘이 살아 있는' 동안 책으로 만들면 여기저기 '결함'이 남아 있는데, 뜻밖에 그러한 부정합 부분이 다음 연구의 단서가 되기도 한다.

처음으로 초고 전편을 다 읽어 보았다. 기세 좋게 써 내려간(그보다는 '뭔가에 빙의되어 쓴') 부분과 그렇지 않은 부분의 경계가 선명하게 드러났다. 희한한 일이다.

빙의되어 쓴 곳은 지금 읽어도 "와, 그렇구나" 하고 남이 쓴 글처럼 신선하다. 아마도 그런 부분은 내가 쓴 것이 아니다(정말로 '생각도 하지 못한 내용'이 쓰여 있기 때문에). 그런데 모든 글을 그렇게 쓸 수는 없는 노릇이다.

역시 어느 정도 '도움닫기'나 '준비'라고 해야 할까. 산문적인 '의식'이 필요하다. 그것을 열심히 하다 보면 "앗" 하면서 '장어'*가 도래하는 것이다.

---

* 장어 이야기는 소설가 무라카미 하루키와 문학자 시바타 모토유키의 대화에서 처음 나왔다. 소설을 쓸 때 무라카미는 종종 장어를 불러낸다고 한다.
시바타: 소설 쓰기는 어떤 경험일까요?
하루키: 저는 언제나 소설이란 삼자 협의가 되어야 한다고 주장합니다.
시바타: 삼자 협의요?
하루키: 네. '장어설'이라는 게 있어요. '나'라는 글쓴이가 있고 독자가 있죠. 하지만 둘만으로는 소설이 성립하지 않습니다. 거기에는 장어가 필요합니다. 우렁각시 같은 것 말이죠.
시바타: ?
하루키: 굳이 장어가 아니어도 됩니다.(웃음) 무엇이든 상관없는데 제가 장어를 좋아해서요. 그래서 저와 독자의 관계에 장어를 적절하게 불러옵니다. 저와 장어 독자 세 사람이 무릎을 맞대고 여러 이야기를 나누는 셈이죠. 그러면 소설이 제대로 완성됩니다.
이런 발상이 기성 소설에는 드물었던 것 같아요. 모두 독자와 작가로 이뤄졌을 뿐이고 가끔 비평가가 껴 있을지도 모르지만, 그 상태로 대

273

'장어'의 등장은 '잊고 있었던 사람 이름이 문득 생각나는' 느낌에 가깝다.

세어 보니 대략 800매. 꽤 두꺼운 책이 될 것 같다. 그래도 세 시간 정도 걸려서 다 읽었다.

논고로서 완성도 평가는 제쳐 두더라도 '이런 식으로 쓴 레비나스론'은 여태껏 없던 독창적인 작품이다. 어떤 식으로 '독창적'인가 하면…… 잠시 저자 서문 일부를 소개해 보기로 하자.

나는 꽤 오랜 기간 집중적으로 레비나스의 책을 읽었지만 아직도 레비나스가 '실은 무엇을 말하고 싶은지' 잘 모르겠다. 라캉은 레비나스보다 더 모르겠다.

그럼에도 '이해하지 못할 두 사람'의 저서를 번갈아 읽다 보니 아무래도 내가 '똑같은 종류의 난해함'을 상대하고 있다는 것을 자각했다.

'내가 이해할 수 없는 것'이 있다. 그것이 단 하나뿐이라면 어찌할 방도가 없다. 그러나 '똑같은 종류의 이해할 수 없는 것'이 두 개 있으면 이야기는 달라진다. '공통된 알 수 없음'이 독해의 단서를 제공하기 때문이다.

화가 진행되어서 의견이 좁혀지면 '문학'이 탄생하죠.

그런데 셋이 있으면, 두 사람이 잘 모를 때 "그럼 장어에게 물어볼까" 가 되는 겁니다. 그러면 장어가 대답을 해 주는데, 그 덕분에 쓸데없이 의문이 더 깊어지기도 합니다. 그런 느낌으로 소설을 쓰지 않으면 재미가 없습니다.(웃음)

난해한 사상을 이해하려면 엉클어진 매듭을 풀려고 할 때처럼 어딘가 한 곳이라도 풀 수 있는 곳을 찾아서 거기서부터 풀어 나가야 한다. '아, 여기는 풀릴 것 같다'는 느낌을 나는 조금 전에 '수긍이 간다'라는 표현으로 썼다.

그 후에 어떻게 될지는 아직 미지수다. 다음 매듭에서 또 우왕좌왕할지도 모르고 조금 더 풀려 나갈지도 모른다. 나의 읽기는 '고르디아스의 매듭'을 단칼에 베어 버리는 읽기와는 꽤 다르다.

'고르디아스의 매듭'이란 고대 프리기아의 왕 고르디아스가 만든 복잡하고 기괴한 매듭으로 이것을 푼 자는 아시아의 패자가 되리라는 예언과 함께 전해졌다. 아무도 풀지 못한 매듭을 알렉산드로스 대왕은 자신의 검으로 단칼에 끊어 버렸고, 예언대로 아시아의 패자가 되었다.

난해한 사상을 해설할 때 많은 사람이 '알렉산드로스 대왕의 검'을 꺼내려 한다. 이를테면 레비나스를 읽을 때 마르크스주의 이론과 페미니즘의 텍스트론을 적용하는 것은 '알렉산드로스의 검'으로 해결한 것과 비슷하다. 그것으로 매듭은 분명 훌륭하게 잘려 나갈 것이다.

마르크스주의적으로 읽으면 레비나스는 '부르주아 시

오니스트'에 지나지 않고 페미니즘적으로 읽으면 '가부장주의적 성차별주의자'에 지나지 않는다. 이런 분류를 믿는다면 레비나스의 이해하기 어려운 사고는 모두 망언으로 물리칠 수 있다.

'알렉산드로스의 검' 같은 논리는 단순하고 명쾌하다. 그러나 그러한 이해로 우리가 얻는 것과 잃는 것 중 어느 쪽이 많은가 고민해 볼 필요가 있다.

이야기를 간단하게 만드는 읽기는 종종 축소하는 읽기가 될 수밖에 없다. 지적 거인의 스케일을 가능한 한 작게 만들어 뽑아낼 지적 자원을 최소화하는 읽기로 우리 세계가 얼마나 풍부해질지 나는 잘 모르겠다.

쾌도난마식 읽기가 가져오는 호쾌함과 전능감이 우리에게는 때로 필요하다. 그런데 호쾌함과 전능감을 욕망하는 것은 우리가 현명하고 강한 인간이기 때문이 아니라 별로 현명하지도 강하지도 않은 인간이기 때문이다. 그 원인 결과의 관계만큼은 기억해 두자.

만약 우리에게 얼마간의 인간적 향상심이 있다면 이야기를 간단히 처리하기를 자제하는 것도 때로는 필요하다.

내가 이야기를 간단하게 만들기를 자제한다고 해서

곤란할 사람은(이렇게 머리 아픈 이야기를 듣고 있는 여러분을 제외하면) 어디에도 없고 말이다.

어떤 식으로 복잡 기괴한지는 책을 통해 여러분이 직접 음미하기 바란다.

이것은 『레비나스와 사랑의 현상학』에 이은 레비나스 3부작(을 발작적으로 계획)의 제2부에 해당한다.

제3부는 레비나스의 시간론을 집필할 예정이다.

레비나스의 시간론을 하이데거와 베르그송의 시간론과 비교 고찰해서는 별로 재미가 없다. 그래서 다음 작품에서는 무술의 신체 운용 시간 의식과 관련하여 레비나스 해독을 시도해 보려고 한다(합기도와 레비나스 철학은 똑같은 인간관에 기초하고 있다는 30년 이력의 직감을 언어화하는 이것이야말로 '필생의 연구'이다).

그리하여 『타자와 사자: 라캉에 의한 레비나스』는 올 가을에 가이초샤에서 출간할 예정이다.

여러분, 두 눈 크게 뜨고 기다려 주시기 바란다.

{ 2004·5·4 }

빙의하여 글쓰기
빙의하여 글쓰기
빙의하여 글쓰기

우치다 다쓰루 『타자와 사자』·『죽음과 신체』

인터넷에서 BK1* 순위를 조사해 보니 인문·사회·논픽션 부문 순위에서 『타자와 사자』가 1위였다. 놀랄 만한 일이다. 『죽음과 신체』死と身体는 8위다.

지금까지 많은 책을 냈지만 1위는 처음이다.

도대체 이런 어두운 제목의 책을 누가 사는지 매우 깊은 의문에 봉착해 새삼 책장에서 그 책들을 꺼내서 제삼자의 평이한 시선으로 읽기 시작했는데 너무 재미있어 멈추지 못하고 결국 끝까지 읽고 말았다. 다 읽고 나니 오전 2시였다. 깊은 한숨을 쉬었다. 이렇게 재미있는 책이 있다니!

아주 맘 편한 소리를 하고 있다.

그런데 본인이 읽어서 재미있다는 것은 나쁜 일이 아

* 일본의 온라인 서점 사이트. 현재는 'honto'로 이름을 바꾸었다.

니다. 그것은 책에 적힌 내용을 본인도 잘 모른다는 소리이기 때문이다. 책을 집필할 때 '누군가에 빙의한' 것이다.

그것을 다이모니온이라고 부르든 뮤즈라고 부르든 정령이라고 부르든 장어라고 부르든 그런 존재가 내려오지 않으면 '쓴 본인이 읽어도 재미있는 책'은 쓸 수 없다.

그런데도 작금의 작문 교육이나 문예 비평에서는 '어떻게 에크리튀르에 '빙의'를 부르는가'의 방향으로 실천과 이론을 심화하지 않는다.

실제로 글을 쓰는 작가들은 경험을 통해 '무당' 상태가 되는 방법을 알고 있고 저마다 의식에 준거해 집필하고 있다고 생각하는데, 그에 관해 정밀한 비평이 있다는 얘기는 듣지 못했다. 눈에 들어오는 문예 비평 속 비평가들은 하나같이 작가들이 에크리튀르를 모두 통제하며 작품의 파탄과 공적이 모두 작가에게 있다는 전제를 채용하고 있다.

그런데 정말로 그런 것일까. '왜 이 사람은 이런 걸 썼을까?' 이런 물음을 '작가에게 뭐가 씌었나?'라는 형식으로 탐구하는 비평이 있으면 꼭 살 텐데.

교토대학에서 내년에도 집중 강의를 하게 되었다. 올해는 여름에 강의하면서 한여름의 교토 더위에 손을 들었으니 내년에는 한겨울에 하기로 했다(아마도 한겨울의 교토 추위에 손을 들게 될 것이다).

네다섯 시간 동안 계속 떠들면 힘드니까 '영화론'을 할 생각이다. 영화론이라면 영화를 보는 동안에는 말하지 않아도 되니까 쉬운 일이다.

스기모토 선생에게 강의계획서를 써 달라는 의뢰가 왔다. 1년도 더 남은 집중강의 때 내가 무슨 생각을 할지는 예측 불가능이라 생각나는 대로 술술 써서 보냈다.

제목 : 할리우드 영화의 욕망기호론

해설 : 할리우드 영화는 미국 민중의 무의식적 욕망을 드러내는 장치라고 생각해 왔으나 최근에는 그렇지 않다는 생각이 들었다. 미국 일반 국민은 영화 따위 보지 않기 때문이다. 할리우드의 영화 제작자들은 공화당과 FBI와 미식축구와 치어리더와 시골이 너무 싫어서 세계를 향해 미국은 엉망인 나라라는 메시지를 계속 보내고 있었다.

할리우드 영화는 기시다 슈처럼 표현하면 '미국 외부의 자기'였다는 가설을 검증해 보고 싶다.

텍스트·참고문헌 : 마치야마 도모히로『미국인의 절반은 뉴욕이 어디 있는지도 모른다』, 『영화 보는 법을 알 수 있는 책』,『얼빠진 합중국』, 마치야마 도모히로 + 야나시타 기이치로『영화 결석 재판』과 우치다 다쓰루『영화의 구조분석』은 가능한 한 읽지 말고 오기 바랍니다(내용이 겹치기 때문에).

이런 강의계획서를 읽고 불끈불끈 강의가 듣고 싶어지는 학생은 도대체 어떤 부류일까?

태도가 아주 불량한 학생들이 코에서 담배 연기를 뿜으면서 줄줄이 몰려들 것 같은 느낌이 든다.

아무리 자업자득이라고는 하지만.

{ 2004 · 11 · 7 }

서허저 지가
서허저 지가
선험적 직감

『타자와 사자』 문고판 저자 후기

여러분 안녕하세요. 우치다 다쓰루입니다. 『타자와 사자: 라캉에 의한 레비나스』 문고판을 구입해 주셔서 고맙습니다.

2004년 5월에 나온 단행본 저자 후기를 보니까 책으로 나오기 2년 전부터 대학 방학 기간에 꾸준히 집필했다고 쓰여 있었습니다. 그것을 읽고 좋은 시절이었다는 생각을 아련하게 하고 말았습니다.

저는 1년 후 2005년 4월에 대학 교무처장으로 선임되어 교학의 총괄책임을 맡아서 4년 동안 일하고, 그 뒤 입시처장으로 옮겨 2년간 입시업무를 총괄하였습니다. 그러니까 6년간 문자 그대로 '앉은 자리를 덥힐 새도 없이' 대학관

리직 샐러리맨 인생을 보냈습니다. 따라서 긴 방학 동안 필생의 업무인 연구논문을 부지런히 쓰며 목가적인 시간을 보내는 것은 그동안 저에게 '아득한 꿈'이었습니다.

2011년 3월 말을 끝으로 선택정년제에서는 조금 이른 정년퇴직을 선택한 이유는 매일 책상 앞에 앉아서 어디에도 나가지 않고 누구도 방문하는 사람이 없는 '은둔형 외톨이' 상태로 다시 논문을 쓰고 싶었기 때문입니다.

물론 6년 동안 꽤 많은 책을 썼습니다. 그런데 이건 조금 다릅니다.

레비나스 철학에 관한 두 권, 『레비나스와 사랑의 현상학』과 이 책은 모두 그것을 위해서만 확보한 특별한 시간에 집필했지만 그 밖의 책은 일과 일 사이에 짬을 내서 쓴 것입니다.

짬을 내서 썼다고 해서 책의 질이 떨어진다는 말은 아닙니다. 꼼꼼하게 정성을 들여 한 일에 예리함이 부족하고, 급하게 쓴 것에서 질주감이 느껴지는 경우는 자주 있습니다. 마감에 쫓겨 필사적으로 원고지 매수를 채워 나갈 때는 원고를 숙성할 시간이 없어서 '이렇게 되면 사용할 수 있는 것은 무엇이든지 사용할 수밖에 없다' 같은 상황으로 내몰리기 때문에 자신의 수중에 있는 지식정보를 철저하게 음미하게 됩니다. 그런 과정을 통해 평소에 익숙하고 당연하게 여기던 잘 알던 현실이 느닷없이 '이상한 것'으로 나타나는 생각지도 못한 결과를 얻기도 합니다.

이런 경험은 '자신이 쓰고 싶을 때 쓰고 싶은 것만 쓰는' 방식에서는 좀처럼 맛볼 수가 없습니다. 그런 '즐거움'이 있기에 괴롭다고 불평하면서도 빡빡한 마감 일정에도 결국 일을 맡고 마는 것입니다. 이렇게 일하는 방식은 또 이런 방식대로 좋은 것 같습니다. 실제로 그렇게 책을 몇십 권이나 썼고 그중에는 재미있다고 칭찬을 받은 것도 있기 때문이지요.

레비나스에 관해 쓴 두 권의 책을 읽으신 분들은 동의해 주실 거라 생각합니다만 여기에 쓴 것은 '레비나스는 이렇게 말한 게 아닌가 싶다'와 같은 개인적인 '해석'입니다. 세상은 이런 식으로 만들어져 있다든지 인간이란 존재는 원래 이러이러하다는 것에 관한 저의 독창적인 생각은 어디에도 쓰여 있지 않습니다. 모두 '레비나스는 세상과 인간을 어떻게 생각하고 있는가'를 제가 쉽게 풀어쓴 것입니다. 그뿐입니다.

원문을 옆에 두고 힐끔힐끔 보면서 서툰 글씨로 열심히 따라 쓴 것이나 마찬가지입니다.

이런 작업은 종교 의례와 같아서 매일 정해진 시간에 정해진 순서로 앉음새를 고치고 의례를 따라야 합니다. 신칸센 안이나 공항 라운지, 치과 환자대기실에서 '잠깐 짬이 났으니 해 볼까' 같은 식으로 쓸 수 있는 것이 아닙니다. 청결한 서재에 앉아 떫은 차를 마시며 호흡을 가다듬고 나서 등을 쫙 펴고 "자, 그럼 써 볼까" 하고 쓰는 것입니다.

겉으로 보기에는 꽤 다르지만 뇌의 사용 방식은 번역과 비슷하다는 느낌이 듭니다. 타인의 사고에 동조하기 때문에 그렇지요.

타인의 숨결, 맥박과 보폭에 자신을 맞춥니다. 자신 안에 본디 존재하지 않았던 개념과 감각을 자신이 사용할 수 있는 언어로 표현합니다. 이는 사경寫經적 행위라고 생각합니다. 그렇게 특별한 것은 아닙니다. 옛날 아이들의 한문 암기와 그다지 차이가 없습니다.

"바람 쓸쓸하고 역수 강물은 차구나! 장사 한번 가면 돌아오지 못하리"(형가, 「역수가」)나 "인생은 바른 생각을 얻어서 사는 것이라는데 공을 세우고 이름을 날리는 일이라고 누가 또 말한다는가"(위징, 「술회」) 같은 시구의 '기분'을 어떻게 알까요. 하물며 "노발충관하다"라든지 "단장의 마음"이라든지 "배꼽을 씹다"* 같은 표현을 뒷받침할 느낌을

***

* 자신의 배꼽에는 닿지 않는데도 씹으려고 할 정도로 안절부절못하는 상태.

알 리가 없습니다.

먼저 타인의 말이 선행합니다. 그러고 나서 그 말을 육화할 수준까지 자신의 심신이 성숙하기를 기다립니다. 언어 습득이란 그런 자연의 과정을 거치는 것입니다.

저에게 레비나스의 책을 번역하고 연구논문을 쓰는 것은 모두 사경이었습니다. 외부에서 온 낯선 개념과 감각을 육화할 수 있도록 자신의 말과 사고와 감각을 바꾸는 일이지요. 어휘를 무리하게 넓히고 평소에 사용하는 통사법을 과감히 버리고 새로운 통사법을 구사하고 가청 음역 밖의 음운을 듣는 것에 비견할 수 있겠지요. 이처럼 자신의 신체를 째어서 벌리고 늘어나지 않는 근육을 늘이고 굽히지 않는 관절을 굽히는 일을 해야만 사경이 가능합니다.

사경이란 단지 쓰여 있는 것을 옮겨 적으면 되는 것이 아닙니다. 타인의 글이 자신의 신체를 통과하는 셈이니까요. 그랜드 피아노를 샀는데 현관을 통과하지 못해 벽에 구멍을 내서 집 안으로 들였다는 이야기를 때때로 듣습니다. 위대한 철학자의 텍스트는 거대한 '그랜드 피아노' 같은 것입니다. '우리 집'에 피아노를 들이기 위해서는 문을 떼어내고 벽을 부수고 마루의 보강공사와 방음공사를 해야 합니다. 자기 자신을 부수고 재구축할 각오가 없으면 '그런 거대한 것'은 내 안에 들일 수 없습니다.

그런데 그러기 위해서는 '외부의 것'을 100퍼센트 신뢰해야만 합니다. 세상에는 단지 이상하기만 할 뿐 아주 지리멸렬하거나 이성적이지 못하거나 사악한 사고도 존재하기 때문이지요. 자신과 다르다는 이유만으로 자신의 언어와 사고를 무조건 해체할 수는 없는 노릇이니까요.

자, 그럼 어떤 상대라면 자신의 경험과 틀 자체를 바꾸어도 좋다고 생각할 수 있을까요? 어떤 상대라면 몸을 던질 수 있을까요?

저는 직감으로 그렇게 하고 있습니다. 여러분도 그럴 겁니다.

원리적으로 눈앞의 타인은 내게 이해도 공감도 되지 않는 존재입니다. 타인을 눈앞에 두고 자신을 열고 용량을 확대해서 수중의 판단 기준은 잠시 치워 두고, 어떨 때 내가 가진 것을 전부 버릴지, 언제 새로운 것으로 교체할지를 스스로 판단해야 합니다.

누구도 나의 판단이 옳은지 틀린지 가르쳐 주지 않습니다. 이것은 실존적인 '도박'과 비슷합니다. 그런데 그다지 어려운 이야기는 아닙니다. 실제로 우리는 평소 생활에서도 가장 중요한 순간에 그렇게 하고 있기 때문이지요.

'기요미즈데라의 무대에서 뛰어내릴 각오'*로 상대방을 믿지 않으면 결혼도 할 수 없고 스승 밑에서 배울 수도 없고 친구와 사업을 시작할 수도 없습니다.

그런데 우리는 (때로는 실패도 하면서) 이 '도박'에 그럭저럭한 전적을 올리고 있습니다. 그것이 가능한 이유는 눈앞에 서 있는 '타인'이 뒤따라가도 좋은 사람인지, 우리 집 문을 열고 맞이할 사람인지, 자신의 등 뒤를 맡겨도 좋은 사람인지를 판단할 때 선험적인 방식을 사용하기 때문입니다. 그런 확신이 없으면 그렇게 쉽게 상대가 누구든지 상관없이 무대에서 뛰어내릴 수 없습니다. 그런데 우리는 선험적 판단을 어떻게 내리는 것일까요?

저는 책만 읽은 것이 아니라 레비나스 선생을 직접 만나서 이야기를 듣는 행운을 얻었기 때문에 몸과 마음이 동원할 수 있는 최대한의 센서를 사용해서 '이 사람을 따라가도 괜찮을지' 숙고할 수 있었습니다. 그런데 일반인은 책만 읽을 수밖에 없는데 그것으로 충분할까요? 저는 충분하다고 생각합니다.

결혼 상대를 결정할 때도 상대방을 다 알고 나서 판단할 수는 없는 노릇입니다. 만나자마자 사랑에 빠져서 상대방의 정보도 거의 모르는 상태로 결혼해 버리는 일은 자주

---

* 교토 기요미즈데라 절의 높은 무대에서 뛰어내려 목숨이 붙어 있으면 소원이 이루어진다고 믿었던 것에서 유래한 말.

있습니다. 정보를 샅샅이 조사하지 않는다고 해서 잘못된 결혼 상대를 선택할 확률이 높아지는 것은 아닙니다. 만난 순간에 이 사람이라고 직감하고 그대로 검은 머리 파뿌리 되도록 행복하게 산 커플도 많습니다.

그건 그냥 '알 수 있는 것'입니다. 자신의 인생을 풍요롭게 해 줄 가능성을 잠재한 사람과 만나면 촉이 옵니다. 지성적인 판단이 아닙니다. 그런데 압니다. 인간도 생물이다 보니까 자신이 만나는 상대가 '자신의 지혜와 힘을 높이는 사람'인지 아닌지 알 수 있습니다. 맥박이 조금 올라가고 볼에 홍조를 띠고 등줄기가 펴지고 호흡이 깊어지고 배가 고파지고…… 그런 생리적 징후를 신중하게 관찰하다 보면 알 수 있습니다.

철학자도 똑같습니다. 그래서 저는 자신의 선험적 직감을 믿습니다.

이렇게 쓰면 '그것은 주체의 자기 이익 추구를 판단의 최종 근거로 삼는 것 아닌가?'라는 반론이 있을 것 같습니다. "레비나스의 철학은 타인의 절박함으로 주체의 권력성이 심문받는 경험을 핵심으로 한 체계가 아니었는가? 우치다가 말하는 정체가 의심스러운 '선험적 직감' 따위로 '타인'으로 대우해도 좋을 타인과 '그 밖의 어중이떠중이'를 차별화하는 것을 허용하면 그것은 앞문에서 내쫓은 '주체의 권력성'을 뒷문으로 끌어들이는 것이 아닌가?"

듣고 보니 그럴지도 모르겠습니다. 그런데 실질적으로 우리는 주위 사람 모두에게 가르침을 받는 것도 모두를 돌보는 것도 할 수 없습니다. 우리가 타인과 만남을 위해 동원할 수 있는 자원은 유한합니다. 그럴 수 있는 시간도 한정되어 있습니다(언젠가는 죽는 것이 사람이니까요). 그렇다고 한다면 우리는 '선택'해야 합니다. 어떤 타인을 먼저 집에 맞이하고 굶주림을 돌보고 옷을 입힐지, 어떤 타인에게는 조금 시간을 달라고 말할 것인지 우선순위를 정해야 합니다.

그런데 레비나스 철학을 말하는 사람들은 '우선순위' 문제를 주제 삼아 논하기를 선호하지 않습니다. 이 문제를 꺼내면 매우 번잡해지기 때문입니다. 그런데 이것이야말로 우리가 일상생활에서 가장 자주 직면하고 그때마다 답하기 난처한 문제가 아닐까요?

원리적으로는 '타인에 의한 주체의 권력성 심문에 동의한다'고 할 수는 있습니다. '고아, 과부, 이방인을 위해 자기 막사의 사방에 난 문을 열어 둔다'고 할 수도 있습니다. 그런데 자기 심문에도 정도가 있습니다(자아가 해체할 때까지 철저하게 심문해 버리면 '심문을 받아들이는 주체'가 붕괴하고 맙니다). 타인을 환대하는 데도 정도가 있습니다 (누구든 상관없이 막사 안에 들이면 순식간에 쓰레기장 같은 혼란에 빠지고 맙니다).

그래서 레비나스 철학의 실천자에게는(말씀드리는 것이 늦었습니다만 저는 그렇습니다. 제자이니 당연한 말입니다만) 자신의 한정된 자원을 어떤 이를 위해 우선 증여할지의 문제가 아무래도 전경화될 수밖에 없습니다. '제자'의 입장에서 내린 잠정적인 결론이 '선험적 직감'을 믿는 것입니다.

제가 35년에 걸친 무예 수련으로 얻은 확신이기 때문에 일반화하기 어려운 점이 있습니다. 그럼에도 여기서는 제가 하는 말을 믿어 주시길 부탁드립니다.

왜 무술을 하면 그것을 알 수 있는가 하면……. 여기서 멈추도록 합시다. 이래서는 끝이 없으니까요. 이 즈음해서 마무리에 들어가도록 하겠습니다.

지금까지 레비나스 3부작 중 2부까지 끝냈기 때문에 퇴직 후에는 가능한 시간을 3부 『레비나스 시간론』을 위해 할애하고자 합니다.

이 저자 후기에서 여러 차례 사용한 '선험적'이라는 말은 보시는 대로 시간 관련 형용사입니다. 레비나스적 주체는 자유롭게 시간 안을 왔다 갔다 합니다. 시간 속을 오가는 것도 오랫동안 무예를 수련하며 실감할 수 있었던 것 중 하나입니다. 신체를 세세하게 나눔으로써 시간 의식이 바뀌고 동시에 주체 자체가 무너집니다. 주체와 타인, 주체와 환경 사이의 경계선이 녹아서 무정형의 장이 생성됩니다. 일단 거기까지 내려가 보지 않으면 레비나스가 말하는 '시간은 주체와 타인과의 관계 그 자체이다'라는 명제를 검증할 수 없지 않은가, 저는 무도가로서 그렇게 생각합니다.

무도가적 접근으로 레비나스 철학을 해석하는 것이 아마도 제가 이십 대부터 언젠가 달성하고 싶었던 것이라고 생각합니다. '합기도와 레비나스는 어떻게 연결되는가?'라는 30년 내력을 가진 개인적 물음에 결말을 내리지 않는다면 죽어도 여한이 남을 것 같습니다.

빨리 『레비나스 시간론』 집필에 착수하고 싶습니다. 그런데 편집자들은 이렇게 상식을 벗어난 일에 제가 몰두하는 것을 좀처럼 허용하지 않습니다. 오는 가을이면 가이후칸이 완성되어 도장과 서재가 계단 하나로 연결되는 꿈의 생활이 시작됩니다. 문자 그대로 '무도와 철학'이 공간적으로도 하나가 되는 셈입니다. 그러한 환경의 변화가 저의 레비나스 이해에도 새로운 방향과 힘을 제공해 줄 것이라고 생각합니다.

{ 2011·6 }

여름의 끝물에

우치다 다쓰루 『일본변경론』

『일본변경론』 초고를 완성하고 지금 퇴고 중이다.

퇴고는 비교적 즐거운 일이다. 원고는 이미 완성했고 마감까지 앞으로 일주일 남았으니 허둥댈 필요도 없고 불안할 일도 없다.

이 정도라면 세상에 발표하여 평가를 구해도 괜찮을 것이다. 이다음 작업은 되도록 독자가 쉽게 읽을 수 있도록 고치는 것이다.

'독자 친화성'은 내용의 문제라기보다는 '호흡'의 문제다. 쉬운 이야기도 글쓴이와 읽는 이의 호흡이 맞지 않으면 의미를 알 수 없다. 반대로 어렵고 복잡한 이야기라도 호흡이 맞으면 단숨에 읽힌다.

단숨에 읽히는 것과 이해한다는 것은 다른 차원의 일이다. 몰라도 술술 읽을 수 있으면 된 것이다.

어떤 이야기인지 잘 몰라도 술술 읽힐 때가 있다. 의미는 모르겠지만 '말'이 몸 안으로 쓰윽 들어올 때가 있다. 록을 들을 때 가사는 안 들리지만 사운드를 즐기는 것과 비슷하다. 그런 읽기가 오히려 '깊다'고도 할 수 있다. 가사는 잊어버려도 음률은 목욕할 때 문득 콧노래로 나오기도 한다.

이와 똑같이 누구의 어느 책에서 읽었는지는 잊었지만 어느 날 무심결에 "일본은 변경이잖아" 같은 말이 술술 나올 수도 있다. 나는 내 생각에 독창성이 있다고 생각하지 않는다(이번 책도 거의 선현에게 물려받은 지식을 피력했을 뿐이다).

그래서 흉내 내지 말라든지 저작권 같은 까다로운 이야기는 하지 않는다(할 수 없다). 인세는 받지만 내용에 특권이 있기 때문이 아니라 독자에게 선현의 말씀을 선보이는 방식을 궁리한 '품삯'을 받는다고 생각하고 있다.

이번에 나올 『일본변경론』에서 독자 여러분에게 전하고 싶은 것은 주로 마루야마 마사오의 초국주의론超国主義論과 다쿠안 선사의 전광석화론, 요로 다케시의 만화론이다. 각각을 '변경인의 성격론', '변경인의 시간론', '변경인의 언어론'으로 정리해 보았다.

　　일본인의 국민 성격을 '변경'이라는 시점에서 논한 것은 많지만 일본인의 시간 의식과 언어 구조까지 '변경'을 염두에 두고 논한 것은 나의 좁은 식견으로는 읽은 적이 없다. 하지만 읽어 보시면 "듣고 보니 그럴지도⋯⋯" 싶은 아이디어를 몇 가지쯤 발견하실 것이다(희망 사항).

　　아이디어는 썼으니 '단숨에' 읽을 수 있도록 연결하는 일이 남았다. 책의 머리말부터 단숨에 고쳐 써서 세세한 이야기는 별도로 하더라도 쭉쭉 읽을 수 있도록 길을 낼 생각이다. 이 작업은 매일 '처음'부터 시작한다. '어제의 다음'부터 시작하면 제대로 되지 않는다. 그러면 막다른 골목에 빠지는 경우가 있다. 막다른 골목도 나름대로 재미가 있지만 '쭉쭉 읽어 나가는 데'에는 방해다. 그래서 날마다 첫 페이지부터 다시 쓴다.

　　복도에 왁스칠을 하는 것과 같다. 반복하다 보면 점점 처음 부분이 매끄러워진다.

　　앞쪽으로 미끄러져 가다가 걸레가 걸리는 곳까지 오면 거기에 자리 잡고 앉아서 박박 문질러 닦는다. 이론적으로는 그렇게 마지막까지 왁스를 다 칠하면 독자 또한 첫 장을 열고는 단숨에 마지막까지 미끄러져 갈 것이다.

그런 책을 쓰고 싶다.

{ 2009·9·1 }

'이부이으······'
'이부이으······'
'일본인은······'

『일본변경론』 중국어판 저자 서문

『일본변경론』 중국어판 독자 여러분, 책을 구입해 주셔서 감사합니다.

이 책이 중국어로 번역되어 여러분이 읽으실 수 있게 된 점을 매우 기쁘게 생각합니다.

일본인은 일본인론을 아주 좋아합니다. 읽는 것도 좋아하고 쓰는 것도 좋아합니다. 세계에서 가장 '자기 나라의 특수성' 말하기를 좋아하는 국민이라고들 합니다.

제가 비교적 오랜 시간을 보낸 프랑스에서는 '다른 나라에서는 이런 데 프랑스에서는 이렇다(그래서 프랑스는 안 된다/그래서 프랑스는 훌륭하다)'고 이야기하는 사람을 본 기억이 없습니다(딱 한 번 '프랑스 여자는 모르는 얘기에도 시끄럽게 의견을 말한다'면서 윙크한 프랑스 남성이 있었는데 '프랑스인은……'이라는 뭉뚱그려서 말하는 화법을 들은 것은 그 전에도 이후로도 한 번뿐이었습니다).

그와 다르게 일본인은 일본인론을 좋아합니다('일본인은……'이라는 뭉뚱그려서 말하는 화법의 대표 사례입니다).

아마도 뭉뚱그려서 말하는 화법에 대부분 납득할 정도로 국민 성격의 균질성이 높다는 뜻이겠지요. 이 책은 일본인의 국민 성격에 관해서 왜 그런 성격이 형성되었는지, 이런 국민 성격은 나라의 정책 결정과 제도 설계에 어떻게 관여하는지를 논한 것입니다.

지리학적·지정학적 '변경'에 위치한 것이 일본인의 특수성에 크게 영향을 주었다는 것이 이 책의 주장입니다(물론 조금도 새로운 의견이 아닙니다. 지금까지 많은 사상가가 똑같이 말했습니다. 이 책은 그러한 선행 연구의 축소판이기도 합니다).

중화 황제가 세계의 중심에 있고 문명의 정수는 여기에 집중하여 '천자의 빛'이 퍼진다. 빛의 양이 줄어듦에 따라 주위의 주민들은 점차 금수에 가까운 '임금의 통치가 미치지 않는 민'이 되어 간다. 이것이 화이華夷질서의 우주관입니다.

동심원의 우주관은 중국인뿐 아니라 인도차이나반도와 한반도와 일본열도 주민들 사이에서 오랫동안 공유되었습니다. 일본열도 주민의 민족적 정체성에는 변경민의 성질이 깊게 새겨져 있습니다.

두드러진 점은 우리에게는 제도문물을 무에서 창조하는 능력이 없다(그것은 외부로부터 도래한다)는 무능의 자각입니다. 무능의 자각은 부정적 뉘앙스가 강한 표현이지만 반대로 말하면 배움에 대한 격렬한 의욕을 의미합니다. "나는 모릅니다. 가르쳐 주세요"라는 말을 일본인만큼 심리적 저항감 없이 입에 담을 수 있는 국민은 별로 없을 겁니다(일단 프랑스와 미국에는 그런 말을 쉽게 하는 사람이 별로 없었습니다. 아마 중국에서도).

분명히 일본인은 배움에 민족적 재능을 부여받았습니다(그것이 창조할 수 없는 대가라고 해도 훌륭한 능력이라는 점은 바뀌지 않습니다).

기술 혁신은 잘 못하지만 학습하고 모방하고 개량하는 것을 일본인은 잘합니다. 최고 수작이 '한자'라는 표의문자와 '가나'라는 표음문자를 병용하는 일본어라는 하이브리드 언어입니다.

문자를 읽을 때 도상圖像 처리와 음성 처리를 뇌 안에서 동시에 수행하며 해부학적 곡예를 펼치는 이는 아마도 지상에는 일본어 화자뿐일 겁니다. 독특한 뇌 사용방식이 어떠한 특이한 문화를 창조했는가. 이것에 관해 이 책에서 꽤 긴 분량으로 이야기하고 있으니 꼭 읽어 보세요.

실은 이 책을 쓸 때 일본인이 아니라 아시아 여러 나라 사람(중국인, 한국인, 베트남인 등등)을 독자로 상정했습니다. 일본인이라면 '굳이 그런 말 안 해도 안다'는 말이 나올 게 뻔한 사안을 장황하게 쓴 까닭은 외국 독자가 이해해 주기를 바랐기 때문입니다.

이런 자세로 일본인론을 쓰는 사람은 거의 없습니다. 일본인이 쓰는 일본인론은 철저하게 국내 독자를 위한 것입니다. 사정을 잘 모르는 외국인에게 일본과 일본인을 설명하기 위한 것이 아닙니다. 일본인을 매도하거나 질타하거나 격려해서 일본인에게 뭔가를 시키고자 하는 실천적 목적으로 쓰기 때문에 읽어 주기 바라는 독자는 일본인으로 한정됩니다.

물론 그런 책도 중요합니다. 그런데 그것만으로는 이웃 나라 사람의 "일본인은 왜 저렇게 이해하기 힘든 행동을 할까?"란 의문에는 아무리 시간이 흘러도 대답할 수가 없습니다. 가끔은 외국인에게 설명하는 일본인론을 써도 좋지 않을까 하여 이 책을 썼습니다.

여기까지 쓰고 나니 떠오르는군요. 지금으로부터 30년 정도 전에 친구들과 번역회사를 설립했을 때 제일 먼저 한 일 중 하나는 외국인을 위한 일본 문화 소개 책을 만든 것이었습니다. 『A look into Japan』이라는 제목이 붙은 영어 책에서 저는 외국 관광객을 위해 다다미방에 들어가는 방법이라든지 목욕하는 법, 신사와 절에서 참배하는 방법, 젓가락 사용법 등을 쓴 기억이 있습니다. 그때 일본인에게는 일상적인 일이 바깥에서 보면 민족의 기이한 풍습이라는 사실을 절실히 느꼈습니다. 그리고 그런 기이한 풍습이 오랜 역사의 풍설을 견디고 살아남은 데에는 그 나름의 이유가 있다는 것도 알게 되었습니다.

중국 독자 여러분도 꼭 그 나름의 이유를 이해해 주시고 일본인도 여러모로 복잡하다는 것을 느껴 주었으면 하는 바람입니다.

그리고 광고 하나.

저는 『저잣거리의 중국론』街場の中国論이라는 책을 집필하였습니다. 이 책은 '일본인이 본 중국론'입니다(지금 중국어로 번역 중입니다. 제목이 어떻게 될지는 미정입니다). 일본인이 공통으로 생각하는 '중국인은 왜 저런 이해하기 힘든 행동을 하는 것일까'라는 의문을 제 나름대로 '그들도 그들 나름의 이유가 있지 않을까?' 하고 설명해 보았습니다.

이 책도 꼭 읽어 보세요. '그 설명은 틀렸다'라든지 '그 설명이면 된다' 같은 중국인 여러분의 판단을 듣고 싶습니다.

그러면 또 다른 책에서 만납시다.

{ 2011·10·6 }

느린

교육 서재

4

모국어 구사 능력

교육 현장에서 반복해서 지적하는 것처럼 외국어는 모국어를 습득하고 난 후에 배우면 모국어를 비판적으로 바라볼 수 있는 생산적인 계기를 제공하지만 외국어 공부를 모국어 습득과 병행하면 두 언어 모두 제대로 구사하지 못하는 '세미링구얼'semilingual*을 만들어 낸다.

우리는 모국어를 말할 때 문법 규칙을 의식하지 않는다. 고문古文과 영어 같은 외국어를 공부하며 문법 규칙을 배우고 나서야 '아, 언어란 이런 구조로구나' 하고 자각하게 된다(고문은 중학생에게는 외국어나 다름없다).

이중언어 화자bilingual는 두 가지 언어를 모국어처럼 구사할 수 있는 사람이고, 정의로 보더라도 그는 두 가지

---

* 다중언어를 구사하지만 둘 다 완벽하지 못하고 어중간한 상태.

언어 모두 문법 규칙을 의식하지 않고 사용할 수 있다. 초등학교까지 일본에서 다녀 일본어를 문법 규칙 의식하지 않고 사용하며, 부모를 따라 중학교부터 고등학교까지 미국에서 살면서 역시 영어를 문법 규칙 의식하지 않고 마스터한 사람의 경우가 그렇다.

그런데 이런 사람은 언어의 문법 규칙을 체계적으로 배우는 일을 양국 어디에서도 학습하지 못했다. 그 결과 어떤 일이 일어나는가 하면 일본어와 영어가 유창하긴 한데 둘 다 미묘하게 부자연스러운 말을 쓰게 된다.

문제는 미묘한 부자연스러움은 주위 사람들의 자그마한 반응으로 알 수 있지만 어디가 어떻게 이상한지 자신도 주위 사람도 설명할 수 없는 데에 있다. "음, 뭔가 좀 이상해. 일본어에서는 그런 식으로 말하지 않거든. 왜 그런지 모르겠지만." 물론 그 정도 수준이라면 일상 커뮤니케이션에는 어떠한 불편함도 없다.

하지만 자신이 사용하는 말이 모국어의 자연스럽고 규범적인 형태가 아닐 수도 있다는 사실은 상상 이상으로 심각한 일이다.

몇 번이나 썼던 내용인데 '언어의 힘'이란 그것이 사고를 적절히 표현할 수 있는 도구로서 성능이 좋다는 뜻이 아니다. 어떤 명사를 내뱉으면 명사를 수사할 형용사 목록이, 어떤 부사를 입에 담으면 그것과 딱 맞아 떨어지는 동사가 무의식적으로 빠르게 떠오르는 것, 그것이 바로 언어의 힘이다.

모국어를 제대로 구사한다는 것은 쉽게 말하자면 하나의 어구를(때에 따라서는 하나의 음운을) 말할 때마다 그것과 연결 가능한 방대한 어휘 목록이 나타나고 그중에서 가장 적절한 한 가지를 선택한 순간에 또다시 그것과 연결할 방대한 어휘 목록이 나타나는데 그 어휘 목록이 길고 분기점이 풍부하다는 것을 의미한다.

'매화의 향기가……'라는 주어 다음에 '난다'라는 동사밖에 사용하지 못하는 화자와 '농익는다' 또는 '퍼진다'라는 동사를 포함한 목록이 떠오르는 화자의 글에는 유의미한 차이가 날 것이다.

'분기점이 풍부하다'는 말은 어려운 표현인데 '분기점이 없는 언어'를 떠올리면 이해하기 쉬울 것이다. '분기점이 없는 언어'는 정형화된 문구를 가리킨다. 어떤 말을 선택하면 그 문장의 마지막까지 한꺼번에 출력되는 구절만을 선택적으로 사용하는 사람이 있다(교장이 전체 조례 때 쓰는 말이나 의원의 축사를 떠올려 보라).

그런데 어떤 말 다음에 '예상한 말'이 반복적으로 나오면 우리 대부분은 화자와 계속 이야기를 나누고 싶다는 욕망에 치명적으로 손상을 입게 된다.

"알아, 네 말은 다 알아들었어."

이런 말이 저절로 튀어나온다.

외국어를 배울 때 우리는 먼저 정형화된 문구를 통째로 암기하는 것부터 시작한다. 외국어 구사의 최초 목표가 "네 말은 다 알아들었어"라는 말을 상대로부터 끌어내서 커뮤니케이션을 성공리에 마치는 것이기 때문이다(호텔을 예약할 때, 세관 심사를 받을 때 등).

이런 상황에서 상대방이 내 말을 이해하면 그 이상 말을 계속할 필요가 없다. 내가 무엇을 말하고 싶은지 상대방이 가능한 한 빨리 알아차릴 수 있는 커뮤니케이션이 외국어 커뮤니케이션의 이상적인 형태이다.

그것은 모국어 커뮤니케이션의 이상과는 다르다. 모국어를 제대로 구사하는 능력은 단적으로 말하자면 '다음에 어떤 말이 나올지 (스스로도) 모르지만 그 문장이 최종적으로 어떤 질서를 갖출지 확신할 수 있는' 심적 과정을 동반한 언어 활동을 가리킨다.

정형적인 문구를 많이 암기해서 적절한 순간에 재생

하는 것과 언어를 통해 자신의 사고와 감정을 조형하는(많은 시간과 노력이 필요한) 언어 생성 과정에 몸을 맡기는 것은(결과적으로 양쪽 모두 '능숙하게 언어를 조작하는' 것처럼 보이지만) 내실이 전혀 다르다.

{ 2006·3·20 }

일본어 괴멸
일본어 괴멸
일본어 괴멸

산케이신문이 「괜찮은가? 일본어」라는 시리즈 기사를 연재하고 있다. 대단히 흥미로운 기사가 있어서 소개하고자 한다.

먼저 휴대폰 메시지에 의한 어휘 변화 연구 보고이다.

니혼대학 문리학부 일본어학 전공 다나카 유카리 교수는 '(휴대폰 메시지의 커뮤니케이션으로는) 새로운 어휘를 획득하기 어렵다'고 보았다. 휴대폰 메시지 대화는 친밀한 사이의 '잡담'에 한정되기 때문이다. 정중한 말투와 경어와 같은 상대방을 배려하는 표현이 그림문자와 기호로 대체되는 경우도 많아서 상대방이 잘 알아듣도록 다양한 표현을 쓰는 훈련은 되지 않는다.

'문장이 짧아지는 현상'도 가속화되고 있다. 다나카 연구실에 있는 다치카와 유카 씨가 2005년 대학생들 문자 메시지 약 400건을 분석해 보니 한 건당 평균 문자수는 약 30자로 5년 전 조사 결과의 3분의 1로 줄어들었다.

"상대방의 기분을 해치지 않기 위해 문자를 받으면 30초 이내에 답을 하는 것이 암묵의 규칙이다. 송수신 빈도가 올라가고 극단적으로는 한 글자만으로 문자를 주고받기도 한다"(다나카 교수)는 것이 실정이다.

독립행정법인 미디어교육개발센터는 작년에 대학생 약 1,200명의 하루 평균 문자 메시지 송수신 횟수와 일본어 기초학력의 상관관계를 조사했다. '중학생 수준'이라고 판정된 학생의 문자 메시지 송수신 횟수는 하루 평균 약 32회인데 비해 '고1 수준'은 약 27회, '고3 수준'은 약 15회. 문자 메시지 송수신 횟수가 많은 학생일수록 일본어 테스트 점수가 낮다는 결과가 나왔다(5월 1일).

흥미로운 통계다.

확실히 휴대폰 문자 메시지는 복잡하고 논리적인 정보를 보내는 데에는 맞지 않는 도구이다.

논리의 흐름은 감정의 흐름보다 빠르기 때문이다. 엄지손가락으로 꾹꾹 누르는 것으로는 논리의 속도를 커버

할 수 없다.

문방구의 물리적 한계가 사고의 자유를 손상하는 경우는 있을 수 있다.

나에게 휴대폰 문자 입력 작업은 '쓰고 나서 1초가 지나야 글자가 보이는 연필'로 글을 쓰는 듯한 답답함을 느끼게 한다. 나처럼 성격이 급한 남자는 때때로 오타로 의미 불명의 동음이의어가 화면에 나오면 관자놀이에 핏대가 서고 그대로 휴대폰을 쓰레기통에 던져 버리고 싶은 충동을 억제하기 위해 심호흡을 해야 한다.

이런 '느려 빠진' 도구는 복문 이상의 논리 계층을 가진 문서를 쓰는 데 적합하지 않다.

이 말은 휴대폰 문자 메시지를 주요한 커뮤니케이션 도구로 사용하는 사람들은 언젠가 '복문 이상의 논리 계층을 가진 문장을 쓸 수 없는' 인간이 될 가능성이 있다는 뜻이다. 아니 실제로 그렇게 되어 가고 있다.

다음으로 대학의 이야기다.

학생들의 잘못된 일본어 구사와 어휘력 저하에 곤혹을 느끼는 대학 관계자가 적지 않다.

간토지방 어느 사립대에서는 몇년 전부터 일본어 표현법 강의내용을 바꾸었다. 매회 학생에게 한자 시험을 치르게 한 것이다. 중고교 수준의 문제만으로 구성되어 있음에도 빈칸이 많은 답안이 많고 '診談'(診斷), '業会'(業界) 같은 오자도 눈에 띈다.

담당 교수는 "최근에는 의무 교육에서 익혀야 할 표기와 어휘, 문법조차도 모르는 학생이 많아서 기존 방식으로는 수업이 되지 않는다"고 한다.

이런 일본어 능력 저하의 영향은 타 과목에도 미친다.

대학에서 영어학을 담당하는 교수는 영일사전의 번역어를 설명하는 것만으로 시간을 잡아먹는다고 한숨을 내쉰다.

영문 해석 강의에서 학생에게 'often'의 의미를 찾아보게 해도 '종종'은커녕 '빈번하게' 같은 일본어 번역을 이해하지 못하기 때문이다. 어떤 문장을 '잘 ~한다'로 옮기면 어떻겠냐고 물어보면 '잘'을 'good'의 의미로만 인식하는 학생도 있다고 한다.

독립행정법인 미디어교육개발센터의 오노 히로시 교수가 2004년 33개 대학 및 전문대 학생 1만 3천 명의 일본어 기초학력을 조사한 결과 국립대의 6퍼센트, 사립대의 20퍼센트, 전문대의 35퍼센트가 '중학생 수준'으로 판정되었다. 작년도의 같은 조사에서는 중학생 수준의 대학생이 60퍼센트를 차지하는 사립대학도 나타났다. '누구든지 대학에 갈 수 있는 시대'가 도래하면서 일본어 능력이 외국인 유학생과 같은 수준이거나 그 이하인 학생이 나온 것이다.

이런 대학생들이 취직하면 어떻게 될까?

6월에 제1회 일본어 검정을 시작한 도쿄서적이 2006년 약 60개 기업에서 일본어 관련 문제를 조사한 결과 심각한 문제가 잇달아 드러났다. '경어를 사용하지 못한다', '위화감이 있는 말투' 같은 차원의 문제가 아니다.

오퍼레이터가 일본어로 쓰인 취급설명서를 이해하지 못해 기계를 고장냈다. 사원이 보낸 설명이 부족한 전자 메일이 거래처를 화나게 해서 수주를 못 하게 되었다 등등. 일본어 능력 부족이 실제 피해로 이어지는 경우도 있었다.

참으로 큰일이다.

영일사전을 찾지 못하는 학생이 늘고 있다는 것은 나도 실감했다. 정말로 못 찾는다. 요즘 학생들은 전자사전에 익숙해서 애당초 종이사전 사용에 서툴다. 그래서 목표로 하는 단어에 당도하기까지 엄청난 시간이 걸린다.

사전 찾기에 익숙해지면 머리로 생각하지 않아도 손이 알아서 움직여 알파벳 순서대로(타이프라이터가 자판을 보지 않고 치는 것과 똑같이) 단어를 찾는데, 그러지 못하게 되었다.

사전을 척척 찾는 작업도 중요한 신체 훈련이었던 것 같다. 거의 똑같은 문자 구성의 단어가 종이 위에 가득 펼쳐진 가운데 마지막 글자 한 자만으로 뜻이 다른 단어를 순식간에 발견하는 능력을 쌓았으니 말이다.

그런 능력이 대체 어디에 도움이 되는가? 그런 질문을 받으면 곧바로 대답하지 못하겠지만 전혀 관계없는 국면에서 살아가는 데 도움이 될 가능성은 있다(잘 모르겠지만).

어쨌든 젊은 일본인들의 일본어 구사 능력은 괴멸 상태가 되어 간다고 신문은 전하고 있다. 그런데 나는 그다지 비관적이지 않아도 된다고 생각한다. 휴대폰 문자 메시지 커뮤니케이션에 의한 어휘의 빈곤화와 모국어 구사 능력 저하는 일본뿐 아니라 전 세계적인 현상이기 때문이다. 전 세계가 모두 바보가 되면 일본인이 바보가 되어도 그것으로 국익이 크게 손상받는 일은 없을 것이다.

그것밖에 믿고 의지할 바가 없다는 점이 한심하긴 하지만.

{ 2007·5·9 }

타 문화 이해와 외국어 교육

타 문화 이해와 외국어 교육
— 프랑스어 교육 심포지엄 초록

예비 원고에는 다음과 같은 이야기를 썼습니다. 먼저 그것을 채록해 두겠습니다.

외국어를 배우는 것은 모국어를 습득할 때 경험한 것을 조금 더 작은 규모로 추체험하는 것입니다.

모국어를 습득할 때 우리는 그 언어에 관해 아무것도 모르고('언어'라는 개념조차도 없는 채로) 공기의 파동을 기호로 나누고 빛의 파동을 문자로 파악합니다. 제로에서 세계상을 형성하는 과정이지요. 언어 습득은 기적에 가까운 의미를 지녔습니다.

그러나 지금 일본에서 외국어 습득은 오로지 모국어로 분

절된 세계를 풍부하게 하기 위해, 수평 방향으로 확대하기 위해 유용한 화법으로만 동기를 지우고 있습니다. '토익 점수가 몇 점 이상이면 좋은 일이 생긴다' 같은 공리적 동기로 외국어를 습득하는 것은 제가 생각하는 언어 습득법과는 아주 거리가 먼 이야기입니다. 물론 좋은 일은 많이 있겠지요. 그런데 그것은 외국어 습득이 가져오는 최대의 기쁨과는 다릅니다.

이십 대의 제가 프랑스어를 학습한 목적은 단적으로 일본어 화자 중에는 그런 논리와 개념을 이용해서 사고하는 사람이 없는 책을 이해하기 위해서였습니다. 그러려면 자신의 사고 틀을 일단 괄호 안에 넣어야 합니다. 방법을 몰랐기 때문에(유아 시절 일본어를 습득한 방법을 매뉴얼로 만들어 두었으면 좋았을 텐데요) 고생을 많이 했습니다. 그런데 고생한 보람이 있었습니다.

지금도 저는 실용 프랑스어 구사 능력에서는 아마추어 수준을 벗어나지 못합니다만 프랑스어 텍스트를 정독하면서 사고 틀을 바꾸었다는 점에서는 깊은 확신이 있습니다. 그 성과는 수치로 이만큼 바뀌었다고 증명할 수는 없습니다. 애당초 그런 변화에 볼일이 있는 사람은 저 혼자뿐이라서 말이지요.

그래서 저는 사실 '타 문화 이해'라는 말에는 조금 저항감이 있습니다. 외국어 습득이 가져오는 최고의 지적 달성은 '자국의 문화를 타 문화로 이해하는' 것이 아닌가 생각하기 때문입니다(예비 원고는 여기까지).

실제로 심포지엄에 참가한 다른 분의 발언 중에 매우 흥미가 끌리는 주제가 있었습니다. '목표 문화'라는 그다지 친숙하지 않은 전문 용어 이야기입니다. '목표 문화'란 우리가 어떤 외국어를 배울 때 학습하고자 하는 문화를 의미합니다. 프랑스어를 배우면 프랑스어는 '목표 언어', 프랑스 문화는 '목표 문화'라고 부릅니다. 실은 이 설명을 듣고 가벼운 위화감을 느꼈습니다.

발표자는 "목표 문화에 도달하기 위해서는 목표 언어 교육이 필수다"라는 원어민 교사가 강력하게 주장할 듯한 교육 소신을 말씀하셨습니다. 저도 그와 같은 의견입니다. 20년 정도 전 어떤 어학 학교에서 프랑스 TV의 코미디 방송 비디오를 보여 주며 말이 빠른 개그맨의 말을 청취하라고 지시한 적이 있습니다. 제가 과제를 거부하면서 "이러한 듣기 능력 습득에는 관심이 없다"고 말하자 교사는 격노해서 "보통의 프랑스인이 실제로 말하는 구어를 이해하지 못하는 사람은 프랑스 문화를 이해할 수 없다"고 말했습니다. 아무래도 저와 이 프랑스인 교사는 '프랑스 문화는 무엇인가'에 관한 이해가 달랐던 것 같습니다.

제가 프랑스어를 공부한 이유는 1960년대에 새로운 사유를 하는 지식인 과반이 프랑스어 화자로 이루어진 것처럼 보였기 때문입니다. 메를로 퐁티, 사르트르, 카뮈, 레비스트로스, 푸코, 라캉, 바르트, 데리다, 레비나스의 작업은 이 시기에 집중되어 있어서 그들의 최근 사고를 접하려면 프랑스어 구사 능력은 필수라고 생각했습니다. 저는 이 지적 향연을 욕망해서 프랑스어를 공부하기 시작한 것이지 일반 프랑스인에게 달리 흥미가 있었던 것은 아닙니다(지금도 없습니다). 그리고 제가 동경한 그 지적 향연도 이미 과거의 것이 되었습니다.

'목표 문화'라는 말은 반드시 어떤 언어를 모국어로 하는 사람들의 '국민 문화'를 의미하지는 않습니다. 예를 들면 성경의 원전은 고대 히브라이어와 아랍어와 코이네로 쓰여 있지만 그런 말들을 모국어로 하는 화자는 더 이상 존재하지 않습니다. 그렇다고 해서 성경을 만들어 낸 사람들의 영성의 본질을 이해할 사람이 이제 아무도 없다고 주장하는 사람은 없겠지요. 아무도 모국어로 쓰지 않는 언어에도 고유한 문화가 있을 수 있는 것이지요. 이 자극적인 명제에 관해 생각할 기회를 제공해 준 심포지엄에 참가할 수 있었던 것에 감사드립니다.

{ 2011·5·16 }

글쓰기는 틈새 사업이다

글쓰기는 틈새 사업이다
글쓰기는 틈새 사업이다

신학기가 시작되어 바빠도 바빠도 이렇게 바쁠 수가 없다.

연구 수업 네 개가 동시에 시작되어 각각의 수업 목적에 맞춰 인사를 한다.

2학년생과 3학년생은 연구 수업에 '임하는 자세'가 매우 다르다. 이렇게 말하면 실례지만 2학년생 중에는 아직 "왜 연구 수업 같은 걸 하는 거야? 아니 그보다 이 아저씨는 누구야?" 하고 멀뚱멀뚱 쳐다보는 얼굴들이 여기저기 있다.

아저씨는 말이지 여러분을 미스터리한 세계로 유혹하는 메리 포핀스 같은 사람이란다. 안타깝게도 그 유명한 슈퍼 가정교사처럼 가방에서 커다란 모자걸이를 꺼내서 갑자기 여러분을 깜짝 놀라게 할 기술은 없지만, 표주박에서 망아지를 꺼내고* 거짓말에서 진실을 끄집어내는 정도의 일은 식은 죽 먹기다.

땀을 닦고 연구실로 돌아오니 연구 수업 학생과 대학원생이 잇따라 논문과 취직 등으로 상담하러 찾아온다. 나의 상담 이론은 '상대방이 듣고 싶어 하는 말을 해 주는 것'뿐이라서 아주 쉬운 일이다. 하지만 가끔씩 '자신이 무슨 말을 듣고 싶은지 모르는' 학생이 오곤 한다. "저는 도대체 뭘 하고 싶을까요?"라는 질문을 받으면 나도 곤란하다.

책상 위에는 다양한 곳에서 온 '저작물 사용 허가' 신청서가 있다. 이 시기에는 특히 많은데 아무리 그래도 하루에 세 통은 드물다. 입시문제에 내 저작물을 인용하는 경우가 있다.

해당 학교로부터 사례가 오거나 시험문제를 복제 배포하는 곳(출판사와 입시학원)에서 돈이 오는 경우도 있다.

'사례'로 그 대학의 개성을 아주 잘 엿볼 수 있어서 좋다(니혼대학으로부터 받은 농학부에서 만든 리버 페이스

* 뜻하지 않은 곳에서 뜻하지 않은 것이 나타난다는 속담.

트**는 맛있었습니다).

　신청서가 오면 일단 '사용 허락합니다. 잘 사용해 주세요'라는 편지를 쓰는데 이 일도 점점 질린다. 지금까지 똑같은 문장을 아마도 200번 정도 쓴 것 같다.

　그만큼 학교 입시에 내 저작물이 쓰인다는 소리다.

　여기서만 하는 이야기인데 200개 학교에서 사용하는 내 저작물은 '거의 똑같다'. 그것을 여기서 공개하면 내년도부터 그 책은 더 이상 입시문제에 쓸 수 없고, 그러면 리버페이스트도 도서상품권도 돈도 받을 수 없는 것이 아쉽다.

　가장 많이 인용되는 책이 『푸코, 바르트, 레비스트로스, 라캉 쉽게 읽기』와 『스승은 있다』, 다음으로 『거리의 현대사상』이 그 뒤를 잇는다.

　이 세 권에서 95퍼센트 정도가 나온다.

　경향을 말하자면 고등학교 선생님이 "너희들 말이지"라며 학생들에게 장황하게 설교하고 싶은 내용을 쓴 부분이 (매우) 많다. 수험생은 정답을 맞혀야 하는 입장상 싫어도 이 '설교'를 정독하고 음미해야 한다.

　그것이 일부 고등학교 교사들에게 기학적인 쾌감을 주고 있을 가능성을 나는 완전히 지울 수 없다. 그런데 생각해 보면 기학적인 쾌감을 부를 정도는 아니라 하더라도

** 소나 돼지 간을 쪄서 갈아 조미한 것. 빵 따위에 발라 먹음.

선생님들의 '나도 너희에게 하고 싶은 말이 있어' 같은 조릿조릿한 기분을 배려한 유형의 논설문 같은 건 내 글 말고는 별로 존재하지 않는 것도 부정할 수 없는 사실이다. 그 점에서 나는 전국적으로도 드문 작가라 말씀드려도 좋을 것이다.

여러 해 글 쓰는 일을 하면서 글쓰기는 본질적으로 '틈새 사업'이란 것을 배웠다. '나의 대변자가 어디에도 없다'는 불만에 힘들어하는 독자를 핵심 고객으로 상정한다. '읽고 싶은 잡지가 없다'는 것이 내가 글을 쓰기 시작한 큰 이유였다. 어쩔 수 없어서 직접 쓴 수필을 스스로에게 읽혔던 것이다.

곧잘 왜 그렇게 책을 많이 쓰냐는 질문을 받는데 당연히 내가 읽고 싶기 때문이다.

내가 쓴 글은 나의 마음을 대변해 줄 확률이 다른 글보다 크기 때문이다. 그만큼 사람들은 누군가 '자신의 마음을 대변해 주면 좋겠다'고 욕망한다.

'나의 대변자가 어디에도 없다'는 불만은 그 사람이 속한 집단의 크기와는 관계가 없다. 거대한 집단에서도 '어느 미디어고 작가고 내 마음을 대변해 주지 않는다'고 불평하는 사람이 나온다.

어쩌면 일본 사회 집단 대부분은 (초등학생부터 노인까지) '자신의 마음을 대변할 미디어는 존재하지 않는다'고 생각하는 것은 아닐까?

{ 2007·4·15 }

졸업논문 쓰는 법

4학년 학생들에게 졸업논문 중간발표 때 '지켜야 할 사항'을 메일로 보냈다.

학생들을 위해서 '졸업논문이란 무엇인가'를 쓸 일도 마지막이라 기념으로 그것을 옮겨 싣겠다. 우리 연구 수업 학생뿐 아니라 '졸업논문은 어떻게 쓰면 좋을까?' 하고 곤란을 겪고 있는 학생들에게 도움이 되었으면 하는 바람이다.

¶

학생 여러분에게!

'졸업논문 중간발표 시 주의 사항'

덥지요. 저도 더위와 바쁜 일로 죽을 지경입니다.

여러분도 취업 준비와 아르바이트와 여행 등으로 매우 바쁜 여름방학을 보내고 있을 테지만 '졸업논문'을 잊어서는 안 됩니다. 졸업논문 중간발표에 관한 이야기이니 꼼꼼하게 읽어 주기 바랍니다.

⑴ 일시 : ○○○○

⑵ 장소 : ○○○○

⑶ 준비물 : 초고 출력물(연구 수업 참가 학생 수대로)

⑷ 초고 : 6천－8천 자(15－20분)

⑸ 반드시 써야 할 것

제목

목차

서론 : 연구 주제를 고른 이유와 선행 연구에 관한 비판을 반드시 넣을 것(이유는 나중에 설명하겠습니다).

지금까지 쓴 것 중 1장 : 학술논문은 반드시 1장부터 순서대로 쓸 필요는 없습니다. 중간부터 쓰거나 중간을 건너뛰고 전후부터 채워 나가기도 합니다. 서론은 대개 가장 마지막, 요컨대 결론을 쓰고 난 후에 쓰는 것입니다. 그러지 않으면 서론에서 생각한 것과는 전혀 다른 결론이 되었을 때(반드시 그렇게 됩니다) 곤란해집니다. 그 서론을 써 주기 바랍니다. 지금 여러분은 "완성 후에 쓰는 것이 나은데 왜 다 쓰기 전에 써야 합니까?"라는 당연한 의문에 부딪혔겠지요. 그 이유는 나중에 쓰겠습니다.

추가 : 중간발표에서는 일단 다 쓴 내용 중 1장만 발표하기 바랍니다.

평소 발표 때와 똑같지만 이번에는 '제목'과 '전체 목차'를 반드시 넣어 주세요.

이상 다 합해서 6천 – 8천 자로 정리해 주세요.

(6) 집필 시 주의 사항

무엇보다도 먼저 여러분이 이해해야 할 것은 아마도 이번 논문이 생애 처음이자 마지막 '학술논문'이라는 것입니다. 여러분이 지금까지 쓴 것은 과제이지 논문이 아닙니다.

과제와 논문은 어떻게 다른가부터 이야기하겠습니다. 과제는 '내가 이만큼 공부했다'는 일종의 보고서입니다. 제출은 교수에게 합니다. 보통 과제는 교수 혼자만 읽습니다. 교수는 과제물을 쓱 읽고 "오, 75점", "응, 83점" 식으로 점수를 매깁니다. 나중에 성적표를 본 학생이 "이 점수의 산출 근거에 관해 설명을 듣고 싶다"고 해도 교수는

"그런 옛날 일이 기억날 리가 없다"면서 『카사블랑카』의 험프리 보가트처럼 먼 곳을 바라볼 뿐입니다(그렇게 말하면서 다시 채점해 봐도 거의 같은 점수가 나오니 희한합니다).

과제는 '이만큼 열심히 공부했다'는 과시가 주된 목적입니다. 그래서 참고문헌을 많이 읽고 거기에 쓰여 있는 내용을 많이 인용하면 제법 높은 점수를 받을 수 있습니다. 독창성이라든지 새로운 시점 같은 것은 과제에서 요구하지 않습니다. 그것이 '학술논문'과 다른 점입니다.

학술논문은 반대로 그것밖에 요구하지 않습니다. 다른 책에 쓰인 내용을 가위와 풀로 오리고 붙여서 완성했다고 가지고 오면 과제에서는 100점을 받지만, 똑같은 내용을 그대로 졸업논문으로 내면 0점을 받는 일도 (이론상으로는) 생깁니다.

내용에 '새로운 것'이 하나도 없으면 0점을 매겨도 학자는 불평할 수 없습니다. 여러분은 학회 같은 곳에 가 본 적이 없기 때문에 잘 모르겠지만 거기서는 '아직 누구도 말한 적 없는 것'을 말하기 위해서 학자들이 모여서 논문을 읽고 열띤 논쟁을 벌입니다. 그리고 질의응답을 할 때 "당신의 그 ○○○설은 이미 다른 학자가 발표했다"는 지적이 있으면 그것으로 아웃입니다. 퇴장이지요.

학술상 새로운 발견을 학술지에 투고하였는데 다른 연구자가 똑같은 발견을 하루 전에 투고하는 바람에 노벨상을 놓치고 말았다는 이야기는 여러분도 알고 있지요. 학술 세계에서는 우선권이라는 것을 중요시합니다. 아직 누구도 말한 적 없는 것을 말하는 것에만 학자의 영광이 존재합니다. 다른 사람이 이미 발견하고 이론화하고 책에 써서 세상이 다 알고 있는 것을 가위로 오리고 풀로 붙여서 논문이라고 내놓아도 '바보'라는 말만 들을 뿐입니다.

우선권 또는 독창성은 학술논문의 또 다른 가장 중요한 조건과 연결됩니다. '공개성'이라는 것입니다.

아직 아무도 말한 적 없는 것인지 여부는 실은 교수도 모릅니다. 교수도 전공 이외의 것은 잘 모릅니다(사실 전공에 관해서도 허점투성이입니다). 그래서 논문을 읽는 사람이 교수뿐이라면 교수가 전혀 모를 것 같은 분야는 있는 것을 오리고 붙여서 교수를 속이는 것이 가능합니다.

교수 혼자라면 속일 수 있습니다.

그런데 학술논문은 천하에 공개됩니다. 학술논문은 (이론상으로는) 세계 곳곳에 있는 모든 사람이 접근할 수 있는 형태로 발표됩니다. 누군가의 책에서 몰래 발췌해 '가짜 논문'을 작성하면 교수 하나는 속일 수 있어도 그 분야의 전문가들이 보면 곧바로 정체가 드러납니다. 학술논문을 공개적인 형태로 쓰는 가장 중요한 이유 중 하나는 '우선권과 독창성을 검증하는 것'이기 때문입니다.

또 하나 정말로 중요한 이유가 있습니다.

학술논문이 본질적으로 '타자에게 보내는 선물'이기 때문입니다. 과제는 꼭 읽어 주었으면 좋겠다는 독자를 상정해서 쓰는 것이 아닙니다. 어차피 읽는 것은 교수뿐이고 과제를 작성하는 학생도 '이것만큼은 교수님이 꼭 알아줬으면 좋겠다'는 메시지를 담는 것이 아닙니다. 선생님이 알아주었으면 하는 점은 '착실하고 성실하게 공부했습니다'는 사실뿐입니다. 선생님에게 제대로 전달되기를 바라는 점은 '그러니까 학점 주세요'라는 메시지뿐입니다.

학술논문은 그렇지 않습니다.

누가 읽을지는 쓸 때는 아직 모릅니다. 언젠가 어딘가에서 그 논문을 읽을 '누군가'입니다. 여러분이 이번에 고른 것과 똑같은 주제에 관심이 가서, 이전부터 여러모로 생각한 바가 있어서 '좀 더 알고 싶다, 좀 더 이해하고 싶다'고 생각하는 누군가입니다. 논문은 그런 '아직 본 적 없는 독자'를 '수신인'으로 한 선물입니다. 독자가 나는 '이런 것'을 찾고 있었다, '이런 것'을 읽고 싶었다고 생각하게끔 써야 합니다. 이른바 '선물성性'이야말로 학술논문의 본질이라고 말씀드려도 좋겠죠.

과제는 아무리 훌륭하게 써도 독자는 교수 혼자이고 높은 점수로 이익을 보는 사람은 그것을 쓴 학생뿐입니다. 반면에 논문의 잠재적 독자는 만인이고 훌륭한 논문이었을 때 거기서 이익을 얻는 사람은 이론상 무한입니다(오늘은 이론상이라는 말이 자주 나오지요. 그만큼 여러분의 일상 상식과는 다른 차원의 이야기를 하고 있다는 겁니다).

그러므로 논문의 탁월성은 얼마만큼 많은 사람에게 '선물로서' 전해지는가를 기준으로 평가됩니다. 그 정도만 제대로 머리에 넣어 두면 어떤 식으로 쓸지, 다시 말해 논문 쓰는 법도 스스로 알게 될 것입니다.

'논리적으로 쓴다'

당연한 말이지요. 한 명이라도 많은 독자가 알아주었으면 하는 바람으로 쓰기 때문에 당연히 최선을 다해 써야 하지요. 순서를 정해서 논하고 논거를 제시하고 적절한 예증을 가져오기.

‘인용 출전을 명확히 하기’

선행 연구를 충분히 참고해야 합니다. 그런데 타인의 생각과 다른 사람이 조사한 데이터를 ‘자신의 독창적인 것’인 것처럼 위장하는 것은 허용되지 않습니다(이는 ‘도용’이라고 해서 학술 세계에서는 엄격한 처벌의 대상이 됩니다).

선행 연구는 선인이 나에게 준 선물이기 때문에 그중에서 특히 ‘좋은 것’을 골라내서 다음 세대 연구자에게 ‘패스’하는 것은 우리의 중요한 세대적 의무입니다. 그런데 누가 보낸 선물인지 나타내는 이름표를 우리가 마음대로 떼어 버리고 거기에다 자신의 이름을 써넣어서 선물해서는 안 됩니다.

‘이것은 X선생님, 이것은 Y선생님 그리고 이것은 내가 보내는 선물입니다’라고 분명하게 구별해서 전달하는 것이 선물을 전달할 때 지켜야 할 예의이지요. 여러분은 “나는 야마다 씨 생일파티에 못가지만 나 대신에 선물을 전해주세요”라고 부탁받은 것을 마치 자신의 선물인 것처럼 내미는 짓을 하지 않겠지요. 그것과 똑같습니다.

‘자신의 독창성을 명확히 하기’

‘선행 연구 비판’이란 선행 연구를 부정하라는 의미가

절대 아닙니다. 그 점을 착각해서는 안 됩니다. 앞선 세대로부터 받아 든 '학술적 선물' 중에서 이 논건에 관해 연구하는 다음 세대 연구자에게 '이것과 이것은 남겨 두어야 한다'고 선별하는 것이 '선행 연구 비판'입니다.

그리고 이 선별 작업을 통해 '내가 보내는 선물'의 의미가 부각됩니다. 여러분이 친구에게 생일선물을 할 때와 똑같습니다. 그럴 때 다른 친구와 선물이 겹치지 않도록 하지요. 학술적 독창성도 똑같습니다. 자신의 선물과 선행 세대의 선물이 겹치지 않도록 하는 것.

나의 선물에는 '이것은 다른 누구의 선물과도 중복되지 않습니다'라는 태그를 답니다. 그것이 독창성입니다. '나의 선물과 똑같은 생각을 해 낸 사람은 지금까지 이 세상에 아무도 없었습니다' 같은 선언을 할 수 있는 것을 우선권이라고 합니다.

여러분 알겠습니까?

학술논문을 쓸 때의 마음 자세는 여러분이 평소 생활할 때 '소중한 사람이 자신을 계속 기억해 주기를 바라며 하는 선물'을 고를 때의 기준과 완전히 똑같습니다. 일단여러분은 '자신이 고른 연구 주제와 똑같은 주제로 내년에 졸업논문을 쓰게 될 우치다 연구실 3학년'을 '상상 속 독자'로 상정해서 논문을 쓰기 바랍니다.

그들이 술술 읽을 수 있도록 그가 '당연히 알고 있는 것'은 흘려버리고 '이 부분은 설명이 필요하다'고 생각하는 곳에는 천천히 공을 들이세요. 그가 '나도 그 자료와 참고문헌을 조사하고 싶다'고 생각했을 때 곧바로 접근할 수 있도록 자료와 논거의 인용 출전을 제시하는 것. '이것이 선배의 독창적인 아이디어구나'를 알 수 있도록 '선인에게 받은 선물'과 구별되는 '태그'를 반드시 붙일 것.

일단 이 세 가지 점에 주의해서 집필하기 바랍니다.

논문 쓰는 방식에 관한 형식적인 정보는 『오카다야마 논문집』의 게재논문을 읽어 보세요.

자, 그러면 여러분의 건투를 빕니다.

앗, 왜 '서론'을 쓰는가 그 이유를 깜빡했습니다.

'서론'은 실은 두 번 씁니다(저는 반드시 그렇게 하고 있습니다). 쓰기 시작하기 전에 먼저 쓰고 다 쓰고 나서 처음에 쓴 서론을 전면적으로 다시 씁니다. 다시 쓸 때 거의 전부 새롭게 써야 했다면 논문을 쓰면서 본인이 변화했다는 뜻입니다. 주제를 포착하는 방식이 바뀌었다거나, 처음

4 교육 서재

337

에 세웠던 가설을 버리고 좀 더 범용성이 높은 다른 가설을 찾아냈다는 뜻입니다.

쓰기를 통해 쓰는 주체 자체가 변화하는 것이야말로 쓰기의 가장 생산적인 점입니다. 논문을 쓰기 전과 다 쓰고 난 후에 글쓴이가 동일 인물이라면 논문을 쓴 보람이 없다고 저는 생각합니다.

그러므로 여러분이 지금 쓰는 서론은 몇 개월 뒤 졸업 논문을 완성했을 때 원형을 거의 남기지 않을 정도로 다시 쓰기 위해 쓰는 것입니다. 졸업논문 쓰는 작업을 통해 사색이 깊어지고 시야가 넓어졌다는 것을 여러분 자신이 확인하기 위해 쓰는 것입니다.

힘내기 바랍니다.

{ 2010·8·3 }

앵글로색슨형과 대륙형

애그르새스형과 대르형
애그르새스형과 대르형

연구 수업에서 Y가 제롬 데이비드 샐린저의 「바나나 피시를 위한 완벽한 날」을 이야기하였다. 매우 재미있는 발표였는데 아깝게도 다른 학생 수십 명 중에 이 작품을 읽은 사람이 한 명도 없었다.

설마 『호밀밭의 파수꾼』을 읽지 않은 사람은 없겠지 하고 불안한 마음으로 물어보니 역시 하나도 없었다. 설마······ 『위대한 개츠비』를 읽은 사람을 물어보니 아니나 다를까 제로.

『호밀밭의 파수꾼』, 『위대한 개츠비』, 『토니오 크뢰거』, 『이방인』 같은 작품은 고등학교 2학년 여름방학 무렵에 반드시 읽어야 하는 책이 아니었던가?

우리 연구 수업 학생들은 결코 지적으로 문제가 있는 친구들이 아니다. 토론은 매우 유쾌하고 매번 제출하는 수필에는 꽤 뛰어난 글도 있다. 그런데 어딘가 여기를 나서서 다른 세계로 들어가는 느낌이 부족한 것은 아닐까 하고 생각하고 있었는데 역시 그랬구나.

학생들의 상상력은 일본 대중매체가 제공하는 가상의 풍경 바깥으로 좀처럼 나아가지 못한다. 발작적으로 연구 수업 독서 목록에 『호밀밭의 파수꾼』, 『위대한 개츠비』, 『태양은 다시 떠오른다』를 추가했다.

쉬는 시간에 연구실에서 쪽지 시험을 채점하고 있으니까 대학원생 S가 석사논문 상담을 하러 왔다. 학술논문의 문체로 규범화되어 있는 방법이 아무래도 체질에 맞지 않는다는 이야기를 했다. 그래, 자네의 위화감이 어디에서 왔는지 설명해 보기로 하자.

학술논문 스타일에는 앵글로색슨형과 대륙형 두 종류가 있다.

사회과학계 논문은 (자연과학계의 논문 스타일을 기준으로) 보통 앵글로색슨형으로 쓰는데 종교, 철학, 문학 등을 논할 때는 반드시 그렇지도 않다.

논문 주제가 종종 '논문을 쓰는 주체 자신의 사고 절차와 문체가 역사적 조건과 개인적인 편견으로 규정되어 있으며, 논문을 쓰는 주체가 스스로의 이 피투성被投性을 소급적으로 묻는' 귀찮은 작업을 동반하기 때문이다.

'지금 이 문장을 쓰는 '나'라는 존재를 얼마나 신뢰할 수 있을까. '나'는 지금 이 문장을 쓰는 꿈을 꾸고 있을 뿐일지도 모르고, 사실은 미쳐서 이 문장을 쓰는 망상을 하고 있을지도 모르며, 어쩌면 이미 죽었는데 자각하지 못한 것일지도 모르고……'. 이럴 가능성이 '있다'고 해 둔 상태에서 쓰는 것이 대륙형 글쓰기 스타일의 핵심이다. 푸코와 데리다와 레비나스와 라캉 같은 작가가 대표격이다.

이 같은 설명을 늘어놓는 대륙형 작가는 앵글로색슨형의 글을 술술 읽을 수 있는데(알기 쉬우니까) 앵글로색슨형 작가는 대륙형의 글을 이해하려고 노력하지 않는 경향이 있다(자신이 미쳤을 가능성도 계산에 넣고 쓰기 때문에 '알기 쉬울' 리가 없다). 이 비대칭성 때문에 대륙형 작가와 앵글로색슨형 작가는 서로를 '바보'라고 생각한다. 불행한 일이지만 그렇다.

S는 종교적·영적 체험에 관해 논문을 쓸 예정인 것 같은데 이런 논문에서는 키워드('신'이라든지 '영'이라든지)를 일의적으로 정의할 수가 없다. 키워드를 정의하지 않은

채로 '키워드를 정의하지 못하는 인간 지성의 한계성'을 되묻는 작업을 앵글로색슨형 글쓰기에서 진행하기는 상당히 어렵다(불가능하지는 않지만).

　학술성을 확보하면서 (자신의) 학술성의 기초 짓기 자체를 되묻기 위해서는 언어적 곡예가 필요하다. 일단 '언어를 자유자재로 다루는 기술'이 없으면 아무것도 시작할 수 없다는 이야기를 해 주었다.

　도움이 되었을까?

{ 2004·10·15 }

배우는 힘

「배우는 힘」이라는 글을 썼습니다. 중학교 2학년용의 국어 교과서에 실린 글입니다.

책이 도착해서 읽어 보니까 꽤 잘 쓴 것 같습니다(제 입으로 말하기 좀 그렇긴 합니다만).

중학교 2학년이 되었다고 생각하고 읽어 보세요.

¶

일본 아이들의 학력이 저하되었다는 말들을 하곤 합니다. 그런 말을 들으면 누구든 좋은 기분이 들지는 않을 것입니다. 제가 중학생이라고 해도 신문 기사나 TV 뉴스에서 그런 말이 나오면 침울해질 것 같습니다.

이번 기회에 학력이 저하했다고 할 때 그 학력이란 무엇인가를 생각해 봅시다. 여기서 말하는 학력이란 시험점수를 가리킨다고 대답하는 사람이 대부분일 겁니다. 정말로 그럴까요? '학력=시험 점수'일까요? 저는 그렇게 생각하지 않습니다.

시험 점수는 수치입니다. 수치라면 다른 사람과 비교하거나 시간의 흐름에 따른 개인의 변화를 살피는 데 참고가 됩니다. 하지만 학력이란 그러한 수치만으로 전부 설명할 수 없습니다.

'학력'学力이라는 말을 잘 보세요. 풀어서 말하면 '배우는 힘'이 됩니다. 저는 학력을 배울 수 있는 힘이라고 생각합니다. 수치로 바꾸어서 남과 비교하거나 순위를 매기기 위한 것이 아닌 거죠.

예를 들어 소화력이 강한 사람이 있다고 합시다. 밥을 엄청 많이 먹고 나서 쉬지 않고 곧바로 다음 활동을 할 수 있는 사람은 틀림없이 소화력이 강하다고 할 수 있습니다. 그리고 자신을 소화력이 강한 사람이라고 남들에게 자랑할 수 있습니다. 그렇다고 해서 그것을 점수화해서 남들과 비교하지는 않을 겁니다.

수면력이나 자연 치유력도 마찬가지입니다. 어느 때

라도 침대에만 들면 몇 초 내로 깊은 잠에 빠질 수 있는 사람은 수면력이 높다고 할 수 있겠죠. 이 힘은 건강을 유지하거나 스트레스를 줄이는 데도 아주 유용하지만 수면력을 다른 사람과 비교해 자랑하거나 순위를 매기지는 않습니다. 다치더라도 곧바로 상처가 아무는 자연 치유력도 살아가는 데 학력 이상으로 중요한 힘이겠지만 그 힘 또한 다른 사람과 비교하지는 않습니다.

저는 학력도 그러한 능력과 같다고 생각합니다.

배우는 힘은 다른 사람과 비교하는 것이 아니고 어디까지나 개인적인 것입니다.

배움에 얼마큼 집중하고 열중할 수 있는지 그 강도나 깊이를 평가하기 위해서 학력이라는 말을 사용해야 하지 않을까요? 그리고 그것은 소화력과 수면력 같이 어제의 자신과 비교했을 때 얼마큼 바뀌었는지가 중요합니다. 어제보다 소화력이 좋아졌는지, 일주일 전보다 수면력이 좋아졌는지, 일 년 전보다 상처 치유력이 빨라졌는지. 그 시간 변화를 점검했을 때에야 비로소 자신의 몸에 뭔가 일어나고 있다는 것을 알 수 있습니다. 만약 힘이 성장하고 있다면 지금 살아가는 방식이 올바른 것이고, 힘이 떨어졌다면 지금 삶의 방식 어디엔가 문제가 있다는 뜻입니다.

사람이 살아가는 데에 정말로 필요한 정보는 남과 비교했을 때의 우열이 아니라 '어제의 나'와 비교했을 때 힘의 변화입니다. 이 사실을 너무나 많은 사람이 잊은 것 같아서 이번 기회에 목청 높여 말하고 싶습니다.

힘의 미세한 변화를 감지할 수 있다면 우리는 자기 삶의 방식이 옳은지 그른지를 판단해 고칠 수가 있습니다.

배우는 힘도 그러한 시간의 흐름 속에서의 변화를 파악해야 의미 있는 지표입니다. 그러면 배우는 힘이란 어떤 조건에서 성장하는지 구체적으로 살펴보기로 합시다.

배우는 힘을 키우는 첫 번째 조건은 나에게 아직 배워야 할 것이 많음을 깨닫는 것, 무지의 자각입니다. 이것이 제일 중요합니다.

나는 이미 다 알고 있기 때문에 더 배울 것이 없다고 생각하는 사람에게는 배우는 힘이 없습니다. 이런 사람이 진정한 의미로 학력이 없는 사람입니다.

사물이나 현상에 관심을 보이지 않고 남 이야기에 귀를 기울이지 않는 사람은 아무리 사회적 지위가 높고 유명한 사람이어도 학력이 없는 사람입니다.

두 번째 조건은 스스로 스승을 찾아내는 것입니다.

배워야 할 것이 있는 줄은 알지만 누구에게 배워야 할

지 모르는 사람은 유감스럽지만 학력이 없는 사람입니다. 아무리 의욕이 있어도 이것을 할 수 없다면 배움은 시작되지 않습니다.

여기서 말하는 스승은 굳이 학교 선생일 필요는 없습니다. 책을 읽다가 이제부터 이 사람을 스승으로 삼자고 생각해서 한 번도 만난 적 없는 사람을 스승으로 삼을 수도 있습니다(말이 통하지 않는 외국인이나 죽은 사람도 스승이 될 수 있는 겁니다).

길을 걷다가 우연히 어딘가 빛나는 사람을 만나면 즉석에서 스승으로 삼고 그 사람에게 배우는 것도 전혀 문제없습니다.

살다 보면 도처에 스승이 있다는 옛 성현의 말을 따르는 겁니다. 단 이를 위해서는 평소에 언제나 안테나의 감도를 높여 스승을 구하는 센서를 작동시켜야 합니다.

세 번째 조건은 가르쳐 주는 사람이 가르칠 마음이 들도록 만드는 것입니다.

나에게는 배울 마음이 있고, 스승에게는 가르쳐 줘야 할 무엇인가가 있다고 합시다. 조건이 갖추어졌습니다. 그러나 그것만으로 배움은 시작되지 않습니다. 여기에 하나 더 스승이 가르칠 마음이 되어야 합니다.

옛날부터 사제 관계를 그린 이야기에는 반드시 '입문'을 둘러싼 에피소드가 있습니다. 무엇인가(무예나 비법 등) 배우고 싶은 사람이 달인의 제자로 들어가려고 하지만 '안 된다'고 셀 수 없이 거절을 당합니다. 그런데도 포기하지 않고 달인 옆에서 온갖 시련을 겪은 끝에 배우고 싶은 마음의 진정성이 전해져 '어쩔 수 없다. 제자로 삼겠다'가 되는 겁니다. 이러한 이야기가 많습니다.

그러면 어떻게 하면 사람은 소중한 것을 가르쳐 주고 싶은 마음이 생길까요?

예를 들어 "선생님 이만큼 돈을 드릴 테니까 딱 그만큼 가르쳐 주세요"라고 돈뭉치를 갖다 바치는 사람은 보통 제자로 받아 주지 않습니다. 스승에게 이익으로 호소하거나 스승을 치켜세워도 안 됩니다. 본디 돈으로 태도가 바뀌거나 칭찬을 들으면 우쭐대고 들뜨는 사람은 '스승'으로서 존경할 마음이 들지 않습니다.

스승에게 가르칠 마음이 들도록 하는 것은 '부탁합니다'라는 제자의 올곧은 마음, 스승을 올려다보는 진지한 눈빛뿐입니다. 이것은 모든 '입문 이야기'에 공통되는 패턴입니다.

이때 제자가 가진 재능이나 경험 등은 문제가 되지 않

습니다. 어설픈 경험만 있어서 "저는 이러한 것을 이러이러한 방법으로 배우고 싶다"는 주문을 스승에게 한다면 역시 제자로서 받아들여 주지 않을 겁니다.

그것보다는 새하얀 상태가 좋습니다. 아무것도 쓰여 있지 않은 흰 종이에 검실검실 묵의 흔적을 남기듯 무엇이든 흡수하며 배우는 무구함, 스승의 가르침을 무엇이든지 흡수하는 개방성이 가르칠 마음이 들게 하는 힘이고 제자의 자세입니다.

책에서 만나는 스승과의 관계에서도 마찬가지입니다. 똑같은 책을 읽어도 가르침을 받을 수 있는 사람과 그렇지 않은 사람이 있습니다.

배우는(배울 수 있는) 힘에 필요한 것은 이 세 가지입니다. 반복하겠습니다.

첫 번째 나는 배워야 한다는 스스로의 무지를 절실하게 자각할 것.

두 번째 나의 스승을 스스로 찾아낼 것.

세 번째 스승에게 가르칠 마음이 들게끔 하는 넓디넓은 개방성을 지닐 것.

이 세 가지 조건을 한마디로하자면 '배우고 싶습니다. 선생님 부디 가르쳐 주세요'라는 문장이 됩니다. 수치로 나타낼 수 있는 성적과 점수의 문제가 아니라 단지 이 말, 이것이 제가 생각하는 학력입니다. 이 말을 솔직하고 분명하게 말할 수 있는 사람은 이미 학력이 있는 사람입니다.

반대로 아무리 지식과 기술이 있더라도 이 한마디를 하지 못하는 사람은 '학력이 없는 사람'입니다.

영어를 못한다든지 수식을 모른다는 종류의 문제가 아닙니다. '배우고 싶습니다. 선생님 가르쳐 주세요'라는 간단한 말을 하려고 하지 않고, 그 말을 하면 손해를 본 것 같아서 가능하다면 평생 하고 싶지 않다, 누군가에게 무엇을 부탁하는 것은 빚을 지는 것 같아서 싫다, 그렇게 생각하는 자신을 자존심이 강하다라든지 기개가 있다고 생각하는 것이야말로 학력 저하라는 사태의 본질입니다.

배우는 힘을 어떻게 키울까? 그 대답은 이미 제시했습니다.

여러분의 건투를 빕니다.

{ 2011·9·2 }

칭송받지 못하는 영웅

치소바지 모차느 여으
치소바지 모차느 여으

역사란 '사건'의 연결을 서술한 것이다. 그렇다고 생각한다. '역'歷의 옛 뜻은 '군행軍行에서 경력을 쌓는 것 또는 그 공력功歷'이다. 아주 함축적인 어원이다.

무공이라는 말을 들으면 우리는 '혁혁한 무훈' 같은 화려한 모습을 떠올린다. 그런데 무공이란 그런 것에만 한정되지 않는다. 진정한 무공은 오히려 그렇지 않다.

러일전쟁 때 연합함대 사령장관으로 도고 헤이하치로를 발탁한 해군대신 야마모토 곤노효에는 메이지 천황에게 "도고는 운이 좋은 남자"라고 아뢰었다고 한다. 도고는 영국과 사쓰마*번 전쟁 때 두각을 드러낸 군인인데 야마모토는 그의 군력에 대한 최상급의 평가로 '운이 좋다'는

---

* 지금의 가고시마.

형용사를 골랐다. '용맹 과감'이나 '군사를 부리는 재주가 있다'가 아니라 '운이 좋다'는 말을 선택한 것은 아마도 야마모토가 전장의 현실을 아는 사람이었기 때문일 것이다.

약한 군대를 이끌 때는 강적을 만나지 않고 강한 군대를 이끌 때만 약한 적을 만난다. '칼을 내려쳤더니 거기에 적이 목을 내미는' 경우를 무도에서는 '선수'라고 말한다. 야마모토 곤노효에가 '운이 좋은 남자'라는 말로 전하고 싶었던 것은 '도고는 수를 읽을 줄 아는 남자'라는 평가로 바꿀 수 있다.

도고는 젊을 때부터 자신의 주위에 문제가 잘 일어나지 않는 사람이었다. 길을 걸을 때 말의 재갈을 쥔 마도위의 모습을 보고 도로 반대로 이동한 적이 있었다. 그 모습을 보고 "제국군인이나 되는 주제에 말이 무서워 길을 피한 겁쟁이"라고 동료가 비난하자 도고는 "얌전하게 보이는 말이 갑자기 발광하는 경우도 있다. 자칫 말에 차여서 본 업무에 지장이 생기면 그것이야말로 제국군인의 본무를 거스르는 것이 아닌가" 하고 쿨한 얼굴로 대답하였다고 한다. 이 이야기는 사람들에게 널리 회자된 일화인데 도고의 위기 센서가 성능이 좋다는 것을 엿보게 해 준다.

오랫동안 무도를 수련하며 깨달은 것 중 하나는 위험

전조 알람이 있어서 상황에 따라 알람이 울릴 때가 있다는 것이다. 이유는 모른다. 어쨌든 알람이 울린다. 그때 어떤 자세를 취하거나 어떤 방향으로 신체를 틀거나 가던 길을 바꾸면 알람 음량이 줄어든다. 그래서 알람 음량이 줄어들 도록 신체의 운용을 변화시킨다. 체술體術에서든 무기를 사용하는 수련에서든 상대가 타이밍을 뺐고 기술을 걸어 올 때는 알람이 격하게 울린다. 그 소리가 줄어들도록 신체를 사용한다. 기술이 훌륭하게 성공하면 귀청이 떨어질 것 같던 소리가 단번에 잦아든다.

물론 '알람 소리'는 비유로 실제로 소리가 들리는 것은 아니다. '그런 느낌'이 드는 것뿐이다. 아마도 말에 가까이 갔을 때 도고에게도 알람이 울렸을 것이다. 방향을 바꾸니까 소리가 줄어들었기 때문에 그대로 걸어간 것이다. 그저 그런 일이 무의식중에 이루어졌다. 그래서 아무 일도 일어나지 않았다.

'아무 일도 일어나지 않았던' 것을 막부 말기와 보신전 쟁에 참가한 군인들은 '군공'에 넣는 습관이 있었다. 이런 것을 나는 진정한 '실증성'이라고 생각한다. 실제로 '무사한 사람' 도고는 발틱 함대를 전멸시켰다.

요시쓰네와 벤케이 일행이 수행하는 승려로 변장하

고 도주한다는 소문을 듣고 관문지기인 도가시 일당이 아타카 해안에서 교토에서 오슈*로 가는 승려를 검문한다. 관문 앞에서 곤경에 처한 벤케이는 완력으로 그들을 제압하자는 의견을 누르고 가짜 권화장을 읽으며 진짜 수행자인 척 거짓말을 밀고 나가 위기를 벗어난다.

벤케이의 지략으로 아타카에서 '일어났어야 마땅할 일'(도가시 일당과 요시쓰네 일행의 전투)은 일어나지 않았다. 백지 두루마리를 가짜 권화장처럼 꾸며서 거침없이 읽은 벤케이의 '없어야 할 것을 존재'하게 하는 재주와 '일어났어야 마땅할 일'은 구조적으로 쌍을 이룬다. 아타카 이야기가 벤케이의 예외적인 무훈으로 천 년에 걸쳐 전해져 내려오는 이유는 '없어야 마땅한 것을 존재케 함으로 있어야 마땅한 일을 없앴다'는 정밀한 구조 안에서 옛 선현들이 무공의 최고 형태를 보았기 때문이다.

내가 하고 싶은 말은 만약 역사를 움직이는 정말로 큰 사건이 있었다면 그것은 사건으로 형태화되지 않았을 것이다. 가장 거대한 인간적 노력, 가장 정밀한 인간적 교지는 '일어날 수 있었던 재난이 일어나지 않았다'는 형태로 달성되기 때문이다.

역사 연구가 빠지기 쉬운 함정은 '일어난 사태를 연결

* 일본 북동부 지역. 지금의 후쿠시마, 미야기, 이와테, 아오모리.

지어서 인과관계로 서술하는' 형식에 너무 집착한 나머지, 그런 형식으로는 이야기할 수 없는 '일어나지 않은 사태'로 역사의 흐름이 규정되었을 가능성을 충분히 연구하지 않는 것에 있다.

물론 '일어나지 않았던 사태의 역사'는 학술적으로 있을 수 없다. 하지만 '왜 어떤 사태가 일어나고 그와 다른 사태는 일어나지 않았는가'를 생각하는 것은 '일어난 사태'를 계속적으로 설명할 수 있는 인과관계를 헤아리는 것과 똑같이 (때에 따라서는 그 이상으로) 중요한 지적 행위다.

우리 사회에서는 '증거'가 없는 것은 '존재하지 않는 것'으로 취급받는다. 나는 앞에서 '알람'이라고 썼는데 당연히 그 논리에 '증거'는 없다. 상식적으로 생각하면 '알람'은 나의 '망상'에 지나지 않는다. 그런데 위험 감지 센서가 실제로 작동하지 않으면 무도 수련은 성립하지 않는다는 것은 경험적으로 확실하다. 내가 '알람'이라고 부르는 것의 '증거'가 존재하지 않는 것이 아니라 '증거를 계량할 계측기기가 존재하지 않는다'고 생각하고 싶다.

19세기 말에 드미트리 이바놉스키가 세균 여과기를 통과시켜도 감염력을 잃지 않는 병원체를 발견하여 '바이러스' 가설을 세웠을 때 '바이러스'는 아직 어떠한 계측기기

나 인간의 눈으로도 확인할 수 없었다. '존재하는가 하지 않는가'라는 사실 문제와 '계측기기로 실측이 가능한지'라는 기술 문제는 본질적으로 관련이 없다. 그래서 '계측할 수 없는 것은 존재하지 않는다'는 추론은 논리적으로 틀렸다.

후쿠시마 원자력 발전소 현장에 센서 감도가 좋은 사람이 있었다면 이토록 심각한 사고는 일어나지 않았을 것이다. '이대로 두면 좋지 않은 일이 일어날 것 같다'는 징후를 감지한 사람이 있으면 '알람 소리가 멈출 때까지' 설계를 변경하거나 관리 시스템을 바꾸거나 작업 정지 명령을 내렸을 것이기 때문이다. 그랬다면 지진과 쓰나미 뒤에도 원자력 발전소에는 아무 일도 일어나지 않았을 것이다. 물론 아무 일도 일어나지 않았기 때문에 그의 공적은 아무도 깨닫지 못했을 것이다(본인조차도). 하지만 우리 사회는 이러한 '공적을 칭송하는 사람이 없는 영웅'들의 무언의 헌신으로 간신히 지금 모습으로 유지되고 있다. 그 사실을 잊지 말아야 한다.

그런데 이런 이야기를 도대체 누구를 향해서 하면 되는지 그것을 모르겠다.

{ 2011·5·2 }

『아사히 저널』의 역사적 사명

― 일개 독자로서

『아사히 저널』이 복간된다.

이 간행물이 앞으로도 계속 나올지는 이번 특별호에 대한 독자들의 반응에 달려 있을 것이다. 가능하다면 정기 간행물로 다시 살아났으면 하는데 솔직히 현재 출판 상황에서는 어려울 것 같다.

그렇다고 내가 저주하는 것은 아니다. 『아사히 저널』의 부활이 곤란한 이유는 편집부에 기획력이 없다든지 영업 노력이 부족하다는 수준의 이야기가 아니다. 역사적 조건이 숙성하지 못했기(아니, 아주 전에 숙성이 끝났기) 때문이다. 나는 그렇게 생각한다. 복간『아사히 저널』이 약간의 지면을 할애해 주어서 내가 그렇게 생각하는 연유를 써 보고자 한다.

젊은 세대는 상상하기 어렵겠지만 『아사히 저널』은 전후 한때 아주 인기 있는 언론 매체였다. 대략 1950년대 말부터 1970년대 초반에 걸쳐서 그러했는데 이 시기는 내가 초등학교 고학년에서 대학생까지에 해당한다.

같은 시기에 『아사히 저널』과 병행해서 내가 구독하던 잡지는 『세계』, 『소년 매거진』, 『만화 액션』, 『F6 세븐』, 『영 코믹』, 『전통과 현대』, 『파이데이아』, 『에피스테메』, 『피와 장미』 등이었다. 그중에서 『아사히 저널』은 내가 아마도 가장 오랫동안 구독한 잡지일 것이다.

이 잡지의 어떤 부분이 내 감성의 심금을 울렸다. 그 어떤 부분이 무엇인지 나는 오랫동안 알지 못했다. 그런데 40년이나 지나서야 깨닫는 것도 있다. 구독하던 당시에는 생각지도 못했지만 우리 세대 독자는 『아사히 저널』 지면에서 '아버지 세대의 원한'을 읽어 냈다. 그것은 전쟁 경험을 끝내 침묵하고 말하지 않았던 남자들로부터 그들의 아들 세대에 유산으로 증여된 침묵과 같은 것이 아니었을까. 이제서야 그렇게 생각한다.

연령 계산을 틀리는 것은 역사를 말할 때 우리가 저지르기 쉬운 실수 중 하나이다. 우리는 자칫 실수로 전후 사회를 설계하고 이끈 이들이 전후파 사람들이라고 생각한다. 쇼난해안에서 우쿨렐레를 연주하던 이시하라 유지로, 나에바 스키장에서 지면에 스키 곡선을 그리던 가야마 유조 같은 사람이 전후 일본을 기초부터 만들었을 거라고 생각한다. 그런데 이것은 심각한 착각이다. 1945년 시점에서 전후 사회의 정치, 경제, 문화의 기초를 만들고 제도 설계를 담당한 이들은 그 시점에서 50대, 60대 남자들이기 때문이다.

계산해 보면 금방 알 수 있지만 1945년에 60세 남자는 1885년, 메이지 18년생이다.

나쓰메 소세키는『도련님』에서 갓 스무 살이 넘은 청년을 주인공으로 설정했다. 마쓰야마의 중학교를 그만두고 도쿄에서 가이테츠*의 기수가 된 이 청년이 그대로 살았다면 패전했을 때 딱 지금 내 또래다.

구마모토의 고등학교를 나와서 도쿄제국대학을 목표로 상경한 오가와 산시로는 소설『산시로』가 쓰인 1908년 시점에서 아마도 아직 스무 살이 되지 않았을 것이다. 산시로가 대학을 나와서 학자나 관료 또는 사업가가 되었다고 치면 패전 때 55세 전후다. 도련님과 산시로는 도조 히데키와 야마모토 이소로쿠(두 사람 모두 1884년생)와 같은

---

* 메이지 시대의 시내 전차.

세대 사람이다.

상상하기 힘든 일이지만 일본제국의 전쟁지도부에는 도련님과 산시로의 동년배들이 있었다. 그들은 전쟁에서 살아남아서 연합군과 교섭하고 전후 사회의 제도를 설계하고 시스템의 초석을 놓고 정치, 경제, 문화 모든 영역에서 지도자의 지위를 차지했다.

도쿄로 향하는 열차의 차창으로 산시로는 서양인들의 당당한 모습을 바라보았다.

이래서는 짐짓 잘난 체하는 것도 당연하다. 내가 서양에 가서 이런 사람들 안에 끼어서 산다면 주눅이 들 지경이었다.

서양에 대한 열등감과 러일전쟁의 전승 기분이 섞여 정리되지 않는 마음으로 산시로는 열차에서 건너편에 앉아 있던 머리가 긴 남자에게 이렇게 말을 건다.

"하지만 앞으로 일본도 점점 발전하겠지요." (……) 그러자 남자는 정색을 하고 "망할 거야"라고 말했다.

역사는 이 남자의 전망이 옳았고 그를 역적 취급한 산시로가 틀렸다는 것을 가르쳐 준다. 『산시로』에서 '위대한 어둠'이라는 별명을 가진 히로타 선생은 아마도 1870년 전후 태생일 것이다. 그 앞 세대가 산시로와 같은 젊은 메이지인에게 "자네들이 언젠가 나라를 망하게 할 것이다"라고 말했다. 소세키의 혜안에 나는 새삼 경탄한다.

우리 아버지 세대는 이런 메이지인과 전후파의 중간에 있다. 패전한 해에 대략 15세에서 35세 사이에 있던 집단이다. 그들은 사춘기와 청춘기 모든 시기를 전쟁의 징조와 현실 속에서 보낸 전쟁 당사자들이다. 실제로 식민지를 지배하고 수탈하고 차별하는 최전선에 있었던 이들이다. 총을 쥐고 사람을 죽이고 불태우고 약탈하고 범죄를 저지른 세대이다.

그런데 그들은 이 식민지 전략과 전쟁의 지도자도 아니고 주된 수익자 또한 아니었다. 그러한 지위는 메이지인이 독점했기 때문이다. 전쟁이 끝나고 병역에서 해제된 병사들이 지칠 대로 지쳐 귀향했을 때는 이미 정치, 경제, 언론에서도 값나가는 자리는 승리한 전쟁 이외에 전쟁 경험이 없는 메이지인이 다 차지하였다. 그들은 팔굉일우八紘一宇* 대신 열심히 민주주의의 깃발을 흔들고 있었다.

---

* 온 천하가 한집안이라는 뜻으로 태평양전쟁 때 일본이 침략 전쟁을 정당화하는 슬로건으로 사용함.

『아사히 저널』은 전쟁의 가해자이면서 동시에 피해자였던 '아버지 세대' 사람들, 패전한 전쟁과 대의 없는 전쟁이 유일한 전쟁 경험인 세대가 겨우 손에 넣었던 언론 매체였다. 나는 그렇게 생각하다.

1956년에 『주간 신초』, 1959년에 『주간 분슌』과 『아사히 저널』이 창간되었다. 이것을 저널리즘 세계에서 세대교체 징후라고 간주하는 것에 이의가 있는 사람은 없을 것이다. 세 잡지는 똑같은 역사적 흐름 속에서 똑같은 기대를 짊어지고 탄생했다. 그때까지 편집부 안에서 '젊은 기수'라 불리며 충분한 발언권을 갖지 못했던 전중파戰中派 언론인들이 스스로 지면을 기획하고 집필하고 같은 세대 작가들을 규합한 전중파 주도의 뉴미디어가 탄생한 것이다. 바꾸어 말하면 '자식에게 자신의 전쟁 경험을 모험담으로 말할 수 있는 사람들'에서 '자식에게 자신의 전쟁 경험을 말할 수 없는 사람들'로 언론 담당자가 바뀌었음을 의미한다.

우리는 '전쟁에 관해 제대로 말할 수 없는 세대'의 자식들이다. 그래서 『아사히 저널』의 지면에 흐르던 아버지 세대의 굴절을 감지했던 것 같다. 내 초등학교 담임은 쾌활하고 유쾌한 사람이었다. 나는 선생님을 너무 좋아해서 언제나 옆에 붙어 있었다. 어느 날 선생님에게 "선생님은 전쟁에 참여한 적이 있어요?"라고 물어보았다. 선생님은 정색하며 "그래"라고 대답했다. "사람을 죽여 봤어요?" 하고 거듭 물으니 선생님의 얼굴이 창백해졌다. 그때 나는 물어서는 안 되는 것을 물었다는 것을 알았다.

아버지에게도 비슷한 것을 느낀다. 20년 가까이 중국에서 지낸 아버지는 청년 시절 이야기는 북경에서 방송 관련 일을 한 것 말고는 끝내 가족에게 아무것도 말하지 않았다. 내가 아는 것 중 하나는 '다쓰루'樹라는 내 이름을 교육 칙어에서 따와서 지어 준 사람은 아버지의 친한 친구로 육군나카노학교 출신이었다고 한다. 또 하나는 전후 만주철도의 자산을 구 직원들에게 분배하게 되어 아버지의 과거 동료가 아버지에게 알리러 찾아왔을 때 "만주철도로부터는 아무것도 받고 싶지 않다"고 거절한 것이다. 그 정도이다. 그것이 가난한 가계에 어느 정도 보탬이 되리라고 잠시나마 기대한 어머니에게 아버지는 분배를 고사한 이유를 한마디도 설명하지 않았다고 한다.

이 세대 사람들은 '가족에게도 하지 못하는 말'을 안고 전후 반세기를 살고 그대로 잠자코 죽어 갔다. 그리고 『아사히 저널』은 이 세대의 '하고 싶은 말을 하지 못하는' 굴절에 대응한 최초의 언론 매체이지 않았을까. 왜 그렇게 단언할 수 있는가 하면 『아사히 저널』의 기호적 의미를 실시간으로 기억하고 있기 때문이다.

아버지는 『주간 아사히』의 오랜 독자였다. 나도 어릴 때부터 이 프티 부르주아적이고 미온적인 지면 구성의 주간지가 배달되기를 매주 기다렸다. 그래서 1960년대 초기 어느 날 아버지가 가족들 앞에서 더 이상 『주간 아사히』는 구독하지 않는다, 앞으로는 『아사히 저널』을 산다고 선언하였을 때 조금 실망했다. 나는 아버지의 선언에 불만을 품었기 때문에 지금도 그 일을 또렷하게 기억한다.

지금 생각해 보면 당시 아버지의 선언은 '드디어 우리 세대 잡지가 출현했다'는 세대 교체의 기쁨을 우리에게 알려준 것 같다. 따라서 아버지 세대에게 잡지 내용은 그다지 중요하지 않았다. 실제로 아버지는 『아사히 저널』의 열혈 구독자이기는 했지만 열심히 읽는 독자는 아니었다. 아버지에게는 서재 책상 위에 『아사히 저널』이 놓이고 그것을 손에 들고 날마다 통근하는 것 자체가 중요했다. 아버지 세대의 직장인에게 『아사히 저널』을 회사 책상 위에 두는 것은 상사들을 향해 '당신들이 일본을 지배한 시대는 이제 끝났다. 앞으로는 우리 시대이다'라는 무언의 메시지를 발신하는 것이 아니었을까.

『아사히 저널』은 좌익 색깔의 관념적인 잡지였다. '관념적이고 좌익 성향을 띤 정치적 입장'을 전전파戰前派 노인들이 가장 싫어했기 때문이다. 이는 출판사 계열 주간지*가 '권위'에 대한 경의를 일부러 표하지 않아서 노인들을 불쾌하게 한 전략과 상통한다.

1960년대 후반부터 『아사히 저널』은 '지배 세대'를 불쾌하게 만들었다. 그 시기 『아사히 저널』이 신좌익의 과격파 정치와 전공투 운동**에 강한 공감을 보인 것은 결코 정치적 주장에 공감했기 때문은 아니라고 생각한다(애당초 신좌익에는 정합적 강령이 없었기 때문에 공감이 불가능하다). 그것이 아니라 학생들의 행동이 전전파 노인들을 굉장히 화나게 한 사실에 기뻐하였던 것이다.

전공투 학생들이 이 시기에 즐겨 본 영화 중에 다카쿠라 겐 주연의 『쇼와잔협전』昭和残侠伝시리즈가 있다. 주인공의 "죽어라"라는 결정타 대사에 학생들은 영화관을 뒤흔드는 "이의 없음"의 성원을 보냈다.

『쇼와잔협전』 1편의 감독 사에키 기요시는 1914년생. 무대는 패전 이듬해의 아사쿠사이다. 다카쿠라 겐 주연의 『쇼와잔협전』은 1960년대 중반부터 1970년대 초반에 걸쳐 총 9편의 시리즈가 제작된 도에이영화사의 협객 영화

---

* 『주간 신초』, 『주간 분슌』 등. 『아사히 저널』은 신문사 계열 주간지.
** 전국학생공동투쟁회의. 1960년대 도쿄대를 중심으로 시작된 학생운동.

다. 이야기 패턴은 9편이 거의 동일하다. 주인공 하나다 히데지로는 의리에 살고, 의리에 죽는 사나이다. 그가 소속된 조직 고즈쿠미는 전근대적인 야쿠자로, 근대화와 도시화의 물결을 거스르지 못하고 쇠퇴 일로를 걷는다. 그와 반대로 근대화의 추세를 탄 신흥 야쿠자가 있다. 그들은 악덕 정치가나, 우익, 군부와 손을 잡고 세력 확장에 여념이 없다. 악당들이 말도 안 되는 갖가지 시비를 걸어오자 의리 빼면 시체인 남자 히데지로는 한 손에 칼을 거머쥐고 가자마 주키치와 함께 결전을 치르기 위해 나선다.

이 영화의 플롯에는 흥미로운 점이 있다. 적으로 나오는 신정회 회장 이와사(미즈시마 미치타로)가 태평양전쟁 전에는 만주에서 군부와 결탁해서 이권을 챙긴 마적이었는데, 전후 일본에서 고즈쿠미가 지키는 오래된 임협도를 짓밟을 때는 '시장 원리'와 '법률'과 '민주주의'를 명분으로 들고나온다는 점이다.

팔굉일우에서 하룻밤 사이에 '민주주의'로 기치를 바꾸고 그때그때마다 대의명분을 내세워서 젊은이들을 소모품처럼 죽음으로 몰아넣고 자기 이익을 도모하는 추악한 야쿠자, 전쟁 후에 간판을 바꾸어 달았을 뿐 알맹이는 전쟁 전과 조금도 바뀌지 않은 남자들을 만들어 낸 걸 보며 나는 선행세대에 대한 사에키 기요시의 짙은 증오를 느낀다.

전공투 학생들은 한 손에는 『아사히 저널』을 들고(거기에는 전국 학원 분쟁 현황이 상세하게 보고되어 있었기 때문이다. '대학에 가는 것보다 『아사히 저널』을 읽는 것이 데모의 상황을 잘 알 수 있다'는 농담으로 우리는 자주 웃었다) 『쇼와잔협전』을 관람했다. 당시 사람들은 어울리지 않는 그 모습에 의아해했지만 이제 와 보니 학생들은 거기에서 '똑같은 근원의 증오'를 감지하고 응답하려고 했음을 알 수 있다.

『아사히 저널』은 1960년대 중반까지는 전중파 사람들의 '세대 교체 선언'으로, 1960년대 후반부터는 그들의 '아들 세대'에 무의식적으로 세대적 메시지를 보내는 수단으로 활용되었다. 전공투의 아이들은 그 요청에 응답해서 메이지인들이 러일전쟁 이후 부지런히 구축한 '근대 일본'을 산산조각 나도록 부수어 역사적 사명을 마쳤다.

무라카미 하루키는 2009년 예루살렘상 수상 연설에서 '벽과 달걀' 이야기를 한 후에 느닷없이 지금까지 언급한 적 없던 '아버지' 이야기를 꺼냈다. 무라카미는 다음과 같이 말했다.

아버지는 교토의 대학원생이었을 때 징병되어 중국의 전장에 보내졌습니다. 전쟁 후에 태어난 나는 아버지가 집안의 작은 불단 앞에서 아침 식사 전에 오래도록 간절한 마음을 담아서 독경하는 모습을 자주 보았습니다. 어느 날 나는 아버지에게 왜 기도하는지 물었습니다. 아버지는 전장에서 죽은 사람들을 위해서 기도한다고 대답했습니다. 아버지는 모든 망자를 위해서 적이든 우리 편이든 상관없이 기도하고 있었습니다. 아버지가 불단에 앉아서 기도하는 모습을 보며 나는 아버지 주위에 죽음의 그림자가 표류하고 있다는 것을 느끼게 되었습니다. 아버지는 아버지 자신과 함께 그 기억, 내가 결코 알 수 없는 기억을 가지고 죽음의 세계로 떠났습니다. 그러나 아버지 주위에 서려 있던 죽음의 존재는 지금도 나의 기억에 머물러 있습니다.

우리는 아버지 세대로부터 '내가 결코 알 수 없는 기억', '말로 할 수 없는 전쟁 경험'을 물려받았다. 그 '유산 수취인'이라는 역사적 조건이 우리 세대의 사고방식과 행동방식을 뿌리 깊은 곳에서 규정하고 있다. '아버지 주위에 서려 있던 죽음의 존재'가 여전히 우리 기억에 머무르기에 우리는 그 '죽음의 존재'의 윤곽을 손가락으로 표현하고 거기에 이름을 붙이고 가능하면 조문하는 세대적 의무를 지고 있다고 느낀다.

그런 일을 생각할 필요는 없다든지, 나는 느끼지 않는다고 말하는 사람이 있다는 것을 알고 있다. 하지만 나와 무라카미 하루키가 느꼈고 아사다 지로도 느끼고 있고 아마세키카와 나쓰오도 느낄 것이다. 그 밖에도 이렇게 느끼는 사람이 많을 것이다. 『아사히 저널』에 내가 느끼는 일종의 '그리움'은 아마도 그 세대적 의무감에서 나온 것이리라.

『아사히 저널』은 한 세대 집단이 어떤 역사적 시점에서 공유한 '말이 되지 않는 것'을 길어 올려 저널리즘의 역사에 발자취를 남겼다. 그것만으로도 일개 잡지의 공적으로는 충분하다고 나는 생각한다.

{ 2011·2·2 }

5

(
(
(
(

저작권 서재

퍼블릭 도메인의 구조주의자

ㅍㅂㄹㅣ ㄷㅁㅔㅇㅣㅇ ㄱㅈㅈㅇㅣㅈㅏ
ㅍㅂㄹㅣ ㄷㅁㅔㅇㅣㅇ ㄱㅈㅈㅇㅣㅈㅏ

귀가해서 『분가쿠카이』文学界 원고를 열심히 집필하는데 진분쇼인 편집자 M에게 전화가 왔다. 오늘 오후 그와 약속이 잡혀 있었다(드물게 제대로 기억하고 있었다).

나한테는 지금 새로운 글을 쓸 여유가 없기 때문에 그동안 써 놓은 글을 정리한 책만 수락하고 있다.

진분쇼인의 원고는 '정신분석물'이다. 과거 6년간 홈페이지에 쓴 분석 관련 이야기만을 간추려서 책 한 권을 만들려고 한다. 꽤 독특한 착안점이다.

이 원고에는 대학 논문집에 기고한 카뮈론 두 편도 수록할 예정이다.

색깔이 누렇게 변한 대학논문집 별쇄본을 M에게 건

넀다. 이런 것이 책이 될 수 있을까? 지금 집필하는 『사가판 유대문화론』에는 20년 정도 전 대학원생 시절과 조교 시절에 쓴 「반유대주의 연구논문」을 정리해서 넣었다. 지금까지 쓴 연구논문은 거의 단행본으로 만들었다. 재고를 다 청산한 것이다.

이러한 글 대부분은 지금도 인터넷에서 읽을 수 있고기요 논문은 대학도서관 상호대차 서비스를 이용하면 우편료만 내고 읽을 수 있다. 퍼블릭 도메인*으로 방치해 둔 것이다. 그것을 단행본으로 만들어 인세를 준다고 한다. 거의 '무로부터의 창조'다. '쓰레기로 달리는' 브라운 박사(『백 투 더 퓨처』)가 만든 타임머신에 가깝다.

희한하게도 이 저비용 고수익 글쓰기를 실천하는 사람은 동업자 중에서도 극소수이다(오다지마 다카시 선생의 근저 『In His Own Site』는 예외이다).

'데이터는 퍼블릭 도메인으로 방치하는 것이 누구에게든 도움이 된다'는 진리가 이러한 개별적 실천을 통해 널리 공유되기를 염원한다.

나에게 '퍼블릭 도메인은 중요하다'는 것을 가르쳐 주신 분은 경애하는 오타키 에이이치 스승님이다. 스승은 더 철저해서 녹음한 음원을 라디오에서 막 내보내는데 CD에

---

* 저작권자가 존재하지 않거나 저작권 보호 기간이 끝난 저작물을 일컫는 용어. 따라서 여기에 속하는 저작물은 누구나 상업적인 목적으로 사용할 수 있다.

는 수록하지 않는다. 듣고 싶은 사람은 방송을 놓치지 말라는 것이다.

자신이 돈을 내고 녹음실을 빌리고 뮤지션을 모아서 좋아하는 음악을 녹음하지만 상품화할 마음은 없다. 실시간으로 듣지 못하더라도 돈만 내면 언제든 똑같은 음원을 들을 수 있다는 시청자의 태만을 스승은 용서하지 않는다.

이런 철저함으로 스승을 뒤따를 사람이 몇 있다.

나는 이전에 『유레카』라는 잡지에서 스승의 『일본 팝스전』 업적을 논하며 '미셸 푸코의 계보학적 사고의 유일한 정통 계승자'라고 평했는데, 선생은 '롤랑 바르트의 텍스트 이론의 정통 계승자'이기도 하다. 좀 더 생각해 보니 『나이아가라』라는 '공허의 중심'으로서 스승을 경모하는 것 이외의 어떠한 공리적 행동도 허용되지 않는 제자들을 키워 낸 점에서 '자크 라캉의 분석이론……'이기도 하다. 요컨대 오타키 스승은 '알려지지 않은 구조주의자였다'로 귀착된다.

생각해 보면 리바이스를 입고 레비스트로스를 읽자고 중얼거리면서 고 구보야마 유지가 들려준 CSN&Y의 『데자뷔』에 감격해서 닐 영의 『After the Gold Rush』 그리고 버팔로 스프링필드로 거슬러 올라가서 밴드 해피엔

드를 만난 나의 음악 편력 전체가 구조주의자들과 오타키
에이이치와 새끼줄처럼 얽힌 인연의 바탕을 만들었다.

오래 살지 않으면 모를 것이 정말로 많다.

{ 2005 · 7 · 19 }

독자와 책 구입자

나는 논쟁이란 걸 하지 않는다.

나 자신에 대한 비판에는 일절 반론하지 않기 때문에 논쟁이 되지 않는다. 왜 반론하지 않는가 하면 나에 대한 비판은 늘 옳든지 그르든지 둘 중 하나이기 때문이다. 비판이 옳다면 나는 반론할 수 없고 해서도 안 된다.

내가 무지하다든지 태도가 나쁘다든지 비인정하다는 비판은 모두 사실이기 때문에 나에게 반론의 여지가 없다. 질책 앞에서 숙연하게 머리를 숙일 뿐이다. 그리고 비판이 틀렸으면 더욱더 반론이 필요 없다.

나처럼 알기 쉬운 이야기를 쓰는 사람의 글에 대한 비판이 틀렸다는 것은 그 사람의 지성에 문제가 있다는 증거이다. 부족한 지성을 상대로 사람의 도리와 옳고 그름을 설명하는 것은 소모적인 일이다.

그래서 나는 어떤 사람에게 어떤 비판을 받아도 반론하지 않는 것을 기본 방침으로 삼고 있다. 게다가 내가 아는 한 논쟁에서 정말로 읽을 가치가 있는 글은 '문제의 글'과 '그에 대한 비판의 글' 단 두 가지뿐이다. 그 이후에 쓰인 글은 비판을 반대하는 것이든 거듭 비판하는 것이든 모두 질적인 면에서 처음 두 글을 뛰어넘지 못한다(점점 신경질적이 되고 쓰면 쓸수록 질이 떨어질 뿐이다).

최초의 비판이 등장한 단계에서 논쟁의 기초자료는 이미 갖추어졌기 때문에 여기에 군말을 덧붙일 필요는 없다. 논의의 옳고 그름을 판정하는 것은 당사자들이 아니라 독자 여러분이다.

이런 소리를 하는 주제에 또다시 물의를 일으킬 것 같은 글을 정월 초부터 쓰고 있다.

나는 일본문예가협회 소속이다. 이전에도 쓴 것처럼 협회 활동의 가장 중요한 항목 중 하나는 저작권 보호이다. 저작권 보호에 이론이 있는 사람은 없다. 문제는 저작권이라는 '사적 권리'가 '공공의 복지'와 종종 부딪친다는 것이다. 일본문예협회가 지금 문제로 삼는 것은 '검색 엔진'의 위법성이다. 구글에는 '책 검색'이라는 기능이 있는 모양이다(미국에서는 실시되고 있는데 일본은 아직이다). 협회에서 보내 준 팸플릿에는 다음과 같이 쓰여 있다.

여기서는 책 홍보를 위해 책 전체 내용의 20퍼센트 정도를 무료로 읽을 수 있도록 하는데 사용자가 검색한 키워드가 그 부분에 있으면 표시됩니다. 사용자는 세계 곳곳의 책에서 자신이 구하는 주제를 언급한 책을 찾아서 그 부분을 읽을 수 있습니다. (……) 미국에서는 몇몇 대학도서관의 장서 등도 검색 대상이 되어 있습니다. 그 경우는 전문을 읽을 수 있습니다.

인터넷에서 책을 점점 많이 읽을 수 있는 것은 매우 좋은 일이라고 생각한다. 그것이 어디가 나쁜 일인가? 팸플릿은 계속 이야기한다.

"인터넷 검색만으로 책의 내용을 찾을 수 있다면 책 판매에 영향을 줍니다."

그렇다고 한다.

신간은 읽을 수 있는 부분이 20퍼센트 정도 한정되어 있다고 해도 단편소설이라면 전부 읽을 수 있고 칼럼과 시, 단가, 하이쿠라면 1쪽만 읽어도 작품 전체를 무료로 읽을 수 있습니다. 이러면 분명한 손실이 나오게 되는데, 공정 이용 관점에 기초해서 시스템을 가동해 보고 문제가 있으면 불만을 접수(이미 일본에서도 불만이 나와서 삭제된 경우가 있습니다)해서 그것으로 해결되지 않으면 재판까지 가게 됩니다. 여하튼 저작권자가 불리한 입장에 놓이게 되는 것은 틀림이 없습니다.

음…….

미안한 말이지만 나는 이 논리에 동의할 수가 없다. 일단 나의 경우 책을 간행하거나 논문을 쓰는 것은 한 사람이라도 더 읽었으면 하는 바람 때문이지 1엔이라도 많은 돈이 필요해서가 아니다. 내가 돈을 주고라도 말하고 싶은 것이 있어서 책을 쓰는 것이다. 실제로 내가 처음 낸 책 몇 권은 자비 출판이다(『현대사상의 퍼포먼스』와 『영화는 죽었다』도 자비로 출판한 책들이다).

내가 저작권자가 불리하다고 간주하는 것은 첫째로 내가 쓴 것에 대한 독자들의 접근이 방해를 받거나 금지당하는 것이고, 이외에는 어떤 것도 부차적인 것에 지나지 않는다.

만약 저작물이 한 명이라도 많은 독자에게 읽히는 것보다 저작물이 확실한 저작권료 수입을 가져오는 것을 우선한다면 작가는 '당신이 쓴 책을 모두 매입하고 싶다'는 의뢰를 거절할 수 없다. 책을 산 사람이 그것을 목욕물을 데우기 위한 장작으로 사용하든 화장실 휴지로 사용하든 저작권자는 많은 저작권료를 얻어서 기뻐하리라는 말을 듣고 납득할 수 있는 작가가 있을까?

인터넷상에서 무료로 읽든 사서 읽든 모두 '나의 독자'이다. 책을 샀는데 그대로 책꽂이에 꽂아 두고 읽지 않는 사람은 '내 책의 구입자'이긴 하지만 '나의 독자'는 아니다. 내가 볼일이 있는 이는 '나의 독자'이지 '내 책의 구입자'가 아니다.

저작권에 관한 논의에서는 아무래도 이 점을 혼돈하는 것 같다. 글을 쓰는 사람은 '구입자'에게 볼일이 있는가 아니면 '독자'에게 볼일이 있는가? 나는 '독자'에게 볼일이 있다. 그런데 독자 중에는 '책을 구입하지 않는 독자'가 있다.

도서관에서 읽는 사람, 친구에게 빌려서 읽는 사람, 집 책장에 가족이 사서 꽂아 둔 책을 읽는 사람, 인터넷에 공개된 것을 읽는 사람 등 다양하다. 모두 자신이 책을 구입하지 않는 독자이다. 그들의 독서는 저작권자에게 어떤 이익도 가져다주지 않는다. 하지만 아마도 책 읽는 사람 전원은 '책을 구입하지 않은 독자'라는 신분에서 출발하여 긴 독서 인생을 시작할 것이다. 우리는 무료 텍스트를 읽는 독자에서 마침내 유료 텍스트를 읽는 독자로 커 나간다. 이 변화는 불가역적인 것이다. 우리 자신의 책장에 점차 책이 증가하면서 거기에는 일종의 개인적 성향 같은 것이 두드러진다.

서가는 우리 자신의 지적 성향을 드러낸다. 우리 머릿속의 일람표 같은 것이다. 그래서 책 읽는 사람은 반드시 개인 서가를 가지기를 욕망한다. 그 경우 서가에 꽂히는 것은 대부분 구입한 책들이다. 도서관 책과 빌린 책과 인터넷에서 읽은 책은 거기에 계속 둘 수가 없기 때문이다. 만약 글을 쓰는 사람에게 영광이 있다면 자신의 책이 가능한 한 많은 독자에게 '내 취향의 훌륭함과 지적 탁월성을 드러내는 책'으로 선택되는 것일 게다.

'무료로 읽는 독자'가 '유료로 읽는 독자'로 위상이 변화하는 역동적인 과정에는 텍스트의 질이 깊게 관여한다. 독자가 '이 책을 꼭 서가에 두고 싶다'고 생각하게 할 수 있느지로 작가는 자신의 역량을 시험받는다. 원리적으로 말하면 '무료로 읽는 독자'가 늘어날수록 '유료로 읽는 독자' 예비군은 증가할 것이다. 그래서 인터넷상에서 무료로 읽을 수 있는 독자가 한꺼번에 증가하는 것이 왜 저작권자의 불리로 간주되는지 나는 이해가 되지 않는다.

인터넷상에서 1쪽을 읽는 것만으로 작품 전체를 읽은 느낌이 들어서 이런 거면 살 필요가 없다고 판단한 사람 때문에 저작권자에게 들어와야 할 돈이 줄어들었다고 해도 그것은 독자나 시스템의 책임이 아닌 작품의 책임이다.

그렇게 생각하는 것이 왜 허용되지 않는가?

{ 2009·1·7 }

구글과의 화해

구글과 미국 작가조합이 공정 이용과 저작권을 둘러싼 재판에서 화해한 결과 베른 조약에 참가한 일본 저작권자들도 2009년 5월 5일까지 기한부로 저작권에 관련된 선택을 해야 한다. 화해 조건에 따르면 2009년 1월 5일 이전에 출판된 책에 관해서는

(1) 저작권자는 구글에 저작물의 이용을 허락할지 허락하지 않을지, 허락하는 경우 어느 정도까지 허락할지 결정할 권리를 갖는다.

(2)구글 전자책 데이터베이스 이용으로 발생하는 매상, 책에 대한 온라인 접속, 광고수입 그 밖의 상업적 이용

으로 발생하는 매상의 63퍼센트를(경비 공제 후) 저작권자가 받는다.

그 대가로 구글은 저작물의 표시 사용 권리를 확보하고 데이터베이스 접속권을(개인에게는 유료로 공공도서관과 교육기관에는 무료로) 배포할 수 있다. 단 미리보기로 책의 최대 20퍼센트는 무료로 관람할 수 있다.

이 밖에도 여러 조항이 있는데 세세한 이야기는 여러분하고는 관계가 없으므로 생략한다.

일본 저작권자들은 이에 대해서

⑴ 화해에 참가한다
⑵ 참가를 거부한다
⑶ 이의 신청을 한다
⑷ 화해에 참가하지만 특정 책의 삭제를 요구한다

위 네 항목 중 하나를 선택해야 한다. 전자책 판매는 일본에서도 이루어지고 있으니 별 문제가 없을 테지만 '20퍼센트 미리보기'는 일본문예협회에서 권리 침해로 반대하고 있다는 얘기는 이전에도 언급했다.

조금 전에 이 건으로 신문사와 전화 취재를 했다. 나는 "독자가 내 글을 접할 기회를 최대화하는 모든 장치에 찬성"한다.

늘 말씀드리듯이 나에게는 하고 싶은 말이 있고 한 사람이라도 많은 사람에게 내 말을 전하고 싶다. 딱히 내 글이 세상에 필요한 지식이라서는 아니다. 생각난 걸 누군가에게 말하고 싶을 뿐이다.

그것은 중학생 때부터 등사기에 연필로 뉴스레터를 열심히 써서 집에서 인쇄하고 자비로 친구들에게 배포하던 나의 변하지 않는 자세이다.

내가 지금 블로그에 쓰는 갖가지 글은 '등사기'의 연장이고 기술은 진화했지만 내가 글을 쓰는 동기는 중학생 때와 똑같다. 손을 잉크로 까맣게 물들이며 등사기에 인쇄를 하는 중학생인 나에게 어느 날 구글이 찾아와서 "거기 있는 소년이여, 자네 저작물을 전자 데이터베이스화해서 세계 곳곳에 있는 독자들이 볼 수 있게끔 제공하고 싶은데 자네 생각은 어떠한가?"라고 말한다면 나는 뜨거운 포옹으로 화답하였을 것이다.

나는 글을 써서 한푼이라도 많은 돈을 벌고 싶다기보다 한 사람이라도 많은 사람이 내 글을 읽었으면 좋겠다.

하지만 이것을 '원리주의적'으로 주장하는 것은 아니다. '전업 작가'가 직업이 될 수 없다면 독자는 곤란하다. 훌륭한 작가가 글쓰기에 전념할 수 있는 환경은 독자의 이익을 위해서도 꼭 담보되어야 한다.

그러기 위해서는 글의 '교환가치'를 만들어 낼 시장이 필요하다. 그러나 글은 상품이 아니다. 글을 상품으로 간주하는 것은 그러는 편이 그러지 않는 것보다 글의 질이 올라가고 글을 쓰고 읽는 쾌락이 커질 확률이 높기 때문이다.

'글을 쓰는 쾌락, 읽는 쾌락'을 그 어떤 것보다 우선해야 한다. 그 이외의 것은 쾌락을 증진시키는 데 얼마큼 효과적인가와 같은 척도에 기초해서 계량되어야 한다.

이것이 나의 의견이다.

저작권의 보호가 쾌락을 증진시킨다면 나는 그것에 찬성하고 인터넷에 글을 배포하는 것이 쾌락을 증진시킨다고 하면 나는 그것에 찬성한다. 저작권 보호와 인터넷상에서의 문서 열람이 서로 상충한다면 그중에 어느 쪽이 '글을 읽고 쓰는 쾌락'을 키우는지 보고 증진시키는 쪽을 선택할 것이다. 여러 번 이야기했듯이 우리는 '무료로 책을 읽는 것'으로 독서 인생을 시작한다. 여기에 예외는 없다.

집에 있는 책, 도서관에 있는 책, 치과 대기실에 있는 책을 파라락 펼치는 것부터 시작해서 우리는 이윽고 '자신의 책장'을 갖는다. 자신의 책장에 꽂힌 책은 자비로 구입한 유료 서적으로 한정된다. 거기에 공공도서관 책과 다른 사람의 책을 꽂아 두는 것은 규칙 위반이기 때문이다. 우리는 '자신의 책장'을 자신의 '뇌내 지도'로 타인의 눈에 띄게 한다. 다른 사람이 자신을 '이런 책을 읽는 사람'이라고 생각해 주었으면 하는 욕망이 책을 선택하는 데 영향을 미친다. 그리고 이 욕망은 책을 많이 읽고 충분한 독서 소양을 함양할 수 있는 독자에게 나타난다.

따라서 저작권자들이 정말로 자기 이익의 증대를 바란다면 어떻게 개성적인 '자신의 책장'을 가지고 싶어 하는 독자를 계속 만들어 낼지를 우선적으로 고민해야 할 것이다.

자신이 쓴 저작이 그런 독자의 책장에 선택되어 '이 사람이 쓴 책을 책장에 꽂아 두면 나의 지적, 심미적 위신을 높이게 된다'고 생각하게끔 하는 것이야말로(그것이 설령 오해라고 하더라도) 글을 쓰는 사람의 영광이 아닐까.

자신의 저작이 무상으로 제공되면 더 이상 유상으로 구입할 사람은 없어질 거라 생각하는 사람들은 그 '영광'을 단념한 사람들이다.

이런 프로 작가가 다수 존재하는 것은 사실이지만 나는 이를 '작가의 기본 자세'로 간주하는 것에 동의하지 않는다.

{ 2009·3·23 }

웹과 책과 카피라이트
웹과 책과 카피라이트
웹과 책과 카피라이트

오래간만에(정말로 오래간만에) 일요일 오후에 훌쩍 노가쿠를 보러 갔다.

고베시 나카타구에 있는 우에타 노가쿠당에서 열리는 고베 간제회*.『동방삭』東方朔과『화광』花筐 공연이었다. 공연을 보니까 갑작스럽게 노 수련이 하고 싶어진다.

집에 돌아와서『생각하는 사람』의 '인터넷과 출판과 저작권'에 관한 앙케트에 회답을 보낸다. 늘 생각하던 내용을 썼다.

질문 중에 여태껏 생각하지 못했던 부분이 있었다. 하나는 인터넷을 '읽는 매체'로 사용할 수 있는가. 나의 대답은 다음과 같다.

---

* 노가쿠의 5대 유파 중 하나인 간제류(観世流) 공연.

"개인적 취향을 말하자면 소설과 철학서를 전철 안에서 모바일 기기로 읽을 마음은 들지 않습니다. 왜 그런지는 모르겠습니다. 그냥 그렇습니다. 문고본 형태로 세로 읽기로 읽을 수 있는 독서전용 모바일 기기가 생기면 일단 사기는 할 겁니다."

신문은 장래에 사라질 것인지 전망을 묻는 질문.

"웹과 신문의 가장 큰 차이는 신문에는 '읽을 마음이 없는데 눈에 들어오는' 정보가 있지만 인터넷 정보 검색에서는 '읽을 마음이 있는 정보'밖에 눈에 들어오지 않는다는 점입니다. 예를 들면 '재미없는 광고'라든지 제목만 보고 건너뛰는 '재미없는 기사'는 신문에서만 존재를 알 수 있습니다. 신문은 '이렇게 재미없는 정보에도 수요가 있다'는 것을 가르쳐 주는 중요한 정보원입니다."

누구든지 블로그에 글을 쓰면서 작가의 질이 바뀌었는가?

"누구든지 작가로서 전 세계에 메시지를 발신할 수 있게 되었지만, 그 때문에 기존 출판문화에서 배제되던 유형의 작가와 문체가 등장한 일은 별로 없었습니다. 진짜 창의적인 작가는 '참가 장벽이 낮아졌기 때문에 쓰기 시작한' 유형의 작가가 아니기 때문입니다. 정말로 쓰고 싶은 사람은 쓰지 말라고 해도 씁니다."

프로 작가와 아마추어 작가의 차이는 글이 책으로 나오느냐 안 나오느냐밖에 없다는 관점이 있는데, 책이라는 매체도 언젠가 소멸할까?

"'프로 작가'와 '아마추어 작가'의 차이에 객관적 기준은 없습니다. 본인이 '나는 프로다'라고 말하면 그것으로 프로입니다. 저는 스스로 '아마추어 작가'라고 생각하는데 그렇게 생각하는 것은 단행본 유무하고는 관계없습니다. '저작물로 생계를 꾸리는' 것도 아닙니다.

모든 출판사로부터 '당신 책을 더 내지 않겠다'는 말을 들으면 '그래요? 괜찮습니다. 자비로 낼 거니까요'라고 대꾸할 겁니다.

나는 하고 싶은 말이 있기 때문에 쓰는 사람으로 그만두라는 말을 들어도 쓰고 싶은 건 쓸 겁니다. 돈을 주니까 쓰고 돈을 주지 않으니까 쓰지 않는다는 기준으로 쓰는 것이 아닙니다.

'돈이 되지 않는다면 쓰지 않겠다'고 단호히 선언할 수 있는 사람이 진짜 프로 작가라고 생각합니다. 이런 의미로 말하면 지금 일본 언론에서 글을 쓰는 사람 중에 프로 작가라고 할 수 있는 사람은 그렇게 많지는 않겠지요."

이런 내용이었다.

나는 저작권 논의에 회의적이다.

글을 '상품'이라고 생각한다면 저작권은 보호되어야 한다. 하지만 글은 본디 '상품'이 아니다.

상품성을 지니려면 '상품으로 다루는 편이 많은 사람에게 읽힐 가능성이 크다'는 판단이 성립해야 한다. 상품 취급을 하면 질의 좋고 나쁨에 매우 엄격한 평가가 이루어진다. 양질의 상품으로 간주되면 계속적이고 광범위하게 공급된다. 양질의 상품을 제공하는 작가에게는 '다른 일을 그만두고 글 쓰는 일에 전념해도 괜찮을' 정도의 경제적 지원을 할 수 있다.

그러한 조건이 충족되면 글은 상품으로 다루는 것이 허용된다. 거꾸로 말하면 상품 취급을 안 해도 이러한 조건이 충족된다면 일부러 시장에 내놓을 필요가 없다.

현재의 저작권 논의의 문제는 글쓴이의 생계를 어떻게 지원할까, 상품 매상을 어떻게 확보할 것인가 하는 경제

문제만 논의하고, '한 명이라도 많은 독자가 내가 쓴 것을 읽어 주었으면 좋겠다'는 작가의 기본 욕구를 경시(거의 무시)하고 있다는 점에 있다.

앞에서 말했듯 '독서'와 '책 구입'은 다른 차원의 일이다.

이전에 미국의 한 회사에서 '감자 껍질 벗기는 도구'를 상품화했다. 사용하기 편리하고 견고한 상품이었기 때문에 잘 팔렸다. 그러나 유행을 타는 제품도 아니고 잘 고장 나는 것도 아니라서 일단 한번 퍼지고 나니까 별로 팔리지 않게 되었다.

이 문제를 해결하려고 한 사원이 계책을 마련했다. 감자 껍질 벗기는 도구의 색깔을 '갈색'으로 바꾼 것이다. 그러자 매상이 순식간에 올라갔다. 사람들이 감자 껍질과 함께 그 도구도 버렸기 때문이다.

나는 이런 아이디어는 틀렸다고 생각한다. 자기 제품을 아직 사용할 수 있는데도 계속 버려서 매상이 늘어났다면 과연 만든 사람은 기뻐할 것인가? 별로 기쁘지 않을 것이다.

저작권론자가 말하는 것은 '감자 껍질 벗기는 도구'의 영업 사원과 비슷하다. 책의 상품성을 강조하면 '사지 않지만 읽는' 독자보다도 '읽지는 않지만 사는' 구입자를 우선하게 된다. 책이 상품이라면 "네가 낸 책은 전부 사 줄게. 그대로 읽지 않고 태워 버리겠지만" 하고 말하는 고객에게도 "늘 고맙습니다"라고 머리를 숙여야 하는 것이 세상 이치일 것이다.

나는 책은 '상품'이 아니라고 생각한다. 나는 내 글을 읽는 사람에게만 볼일이 있다. 이렇게 생각하는 것이 틀린 것일까? 이런 생각에 동의하는 '프로 작가'는 놀라울 만큼 적다.

{ 2009·9·14 }

『当心村上春樹』라는 책이 도착하였다. 『하루키 씨를 조심하세요』의 중국어판이다. 읽을 수가 없다……

저자 약력의 '研究領域為法国現代思想, 武道論, 電影論'(간자체지만)은 겨우 이해했다.

『倒立日本論』(일본변경론)이라든지 『私家版·猶太文化論』(사가판 유대문화론)도 알아보겠다. 그런데 본문은 손을 들 수밖에 없다. 안타까운 일이다. 번역해 주신 분의 이름도 내가 읽을 수 없는 글자이다.

쓰촨외국어학원 일본어과 교수, 쓰촨외국어학원 일본학 연구소 소장. 저작으로 『少女漫画·女作家·日本人』, 『日本文化論』. 옮긴 책으로는 『人間失格』(인간실격), 『鏡子の

家』(교코의 집)(와아). 그리고 『他人之 어쩌구저쩌구』, 『床上的眼睛』(이게 뭘까? 『베드 타임 아이스』인가?), 『空翻』(음, 모르겠다) 등이 있는 분이었다.

　내가 쓴 책의 역자라면 가능하다면 친구가 되고 싶다. 어떤 생각으로 이 책을 골라서 번역했는지 기회가 있으면 꼭 듣고 싶다(때마침 출판사로부터 이야기가 있었고 그때 돈 때문에 무척 곤란을 겪고 있어서…… 같은 경우가 아니라면 기쁠 것이다).

　『하류지향』 한국어판도 나왔으니까 내 책을 번역하신 분은 이 블로그를 읽는다면 우치다 앞으로 연락 주세요. 편지 교환 합시다.

　일본문예협회가 또 『문예저작권통신』을 보내 왔다. 구글 이야기 속편이 실렸다.

　「전자도서관의 빛과 그림자」라는 제목으로 인터넷상에서 서적 열람이 가능해졌을 때의 장점과 단점을 이야기하고 있다. 먼저 장점은 지금까지는 책을 소장하는 도서관에 가야만 열람할 수 있던 책과 희귀서, 종이 질이 심각하게 안 좋아서 일반 독자는 열람하지 못하던 책도 전자 데이터로 만들면 누구든지 열람할 수 있게 된다. 접근 가능성은 비약적으로 향상한다. 이는 틀림없이 우리의 지적 활동을 크게 활성화할 것이다.

단점은 요컨대 '책이 팔리지 않게 된다는 것' 그 이상도 이하도 아니다. 이 글을 쓴 사람은 그렇게 되면 지방도서관이 도서 매입을 중지하거나 매입량을 줄이지 않을까 걱정하고 있다.

신간 도서가 곧바로 디지털 아카이브되어(화상으로 보존된다는 의미입니다), 그 화상을 인터넷으로 송신해서 각 가정의 컴퓨터에서 볼 수 있으면 책을 살 필요가 완전히 없어지게 될 것입니다. 매우 편리한 시대가 되었지만, 그렇다면 문필가는 어디서 수입을 얻어야 하는가와 같은 큰 문제가 발생합니다.

종이책 인세로 생계를 유지하는 기존의 사고방식을 뿌리부터 바꿔야 하는 시대가 곧 눈앞에 닥쳐올지도 모릅니다.

"기존의 사고방식을 뿌리부터 바꿔야 하는 시대가 곧 눈앞에 닥쳐"오고 있다고 나도 생각한다. 철도를 전기철도로 바꾸어 증기기관차가 필요치 않게 되듯이, 다리가 놓이면 나룻배가 필요치 않게 되듯이 기술의 진보는 그 대가로 반드시 '그때까지 존재했던 직업'을 빼앗는다.

'종이책 인세만으로 생계를 유지하는' 삶은 앞으로 꽤 어려워질 것이다(지금도 충분히 어렵지만). 그런데 그것은 편리한 기술을 도입하는 것의 대가로서 받아들여야 하는 것 아닌가? '음악만으로 생계를 유지하는 것'과 '연극만으로 생계를 유지하는 것'을 바라는 사람은 지금도 많지만 대부분 그것을 실현하지 못하고 있다. '먹고살 수 없다면 그만둘' 사람은 그만두고 '먹고살지 못해도 하겠다'는 사람만이 남아서 게임을 계속한다. 문필가도 그와 똑같다.

게다가 저작권자 상당수는 '그것만으로 밥을 먹는' 전문가가 아니라 저작권 계승자이다. 자신의 본업은 따로 있어서 '종이책 인세만으로 생계를 유지'하는 것은 아니라는 말이다.

혹여 자신은 아무 일도 하지 않고 친족이 남겨준 저작권에서 나오는 수익만으로 사는 사람이 있다고 해서 그 기득권이 그만큼 우선적으로 배려되어야 한다고 생각하지 않는다. 이런 나의 주장을 상정했는지 모르겠지만 책자에는 다음과 같은 구절이 있었다.

대학 연구자 중에 저작권 의식이 희박한 사람이 많다는 것도 문제를 확산시키는 하나의 원인입니다. 대학교수 같은 연구자는 대학으로부터 급료와 연구비를 받으니 그것만으로도 생활과 연구를 할 수 있습니다. 이따금 책을 내도 거기서 이익을 얻는 것이 아니라 많은 사람이 읽어 주는 것만으로도 기쁘다는 발상밖에 없습니다.

다른 연구자가 인용하거나 언급해 주면 연구자로서의 실적이 되기 때문에 자신의 저작과 논문을 인터넷에서 검색할 수 있는 것을 크게 환영하는 것입니다.

내 얘기를 하는 건가……. 그런 느낌이 드는 것은 물론 나의 피해망상이 아니라 이 문제로 일전에 도쿄신문이 기사를 썼을 때 '저작권을 지켜라' 측을 대표해서 미타 마사히로 일본문예협회부 이사장이, '퍼블릭 도메인' 측을 대표해서 내가 코멘트를 했기 때문이다. 그러데 나는 결코 '저작권 의식이 희박'하지 않다. 오히려 민감한 편이다. 그래서 저작권 관리를 협회에 맡기지 않고 스스로 하고 있다.

아시는 바와 같이 나는 인터넷상에서 공개한 글은 '저작권 포기'를 선언했다. 내가 쓴 글을 그대로 자신의 이름으로 발표해서 원고료든 인세든 받아도 상관없다고 선언한 것이다(아직 시도한 사람은 없지만).

내가 글을 쓰는 목적은 생계유지가 아니라 한 사람이라도 많은 사람과 나의 생각과 느낀 점을 공유하려는 것이기 때문이다. 만약 내 글에 조금이라도 세계의 성립 과정이나 인간 양상에 관해 참고할 만한 견해가 포함되어 있다면, 거기에다 내 것이라고 저작권을 주장하고 함부로 사용하지 말라고 하는 것은 도리에 어긋난 일일 것이다.

내가 대학교수로 있는 것은 앞으로 2년뿐이다. 그 후에는 급료와 연구비도 받을 수 없다. 그럼에도 나는 아마 연구를 계속할 것이고 책도 쓸 것이다(아마도 지금보다 더 빠른 속도로).

나는 중학생 때부터 일관되게 '한 사람이라도 많은 독자가 내 글을 읽어 주었으면 좋겠다'고 생각해 왔기 때문이다. 직업이 바뀐 정도로 이 생각이 달라지진 않을 것이다.

문제는 대학교수라든지 전업 작가라든지 그런 '입장 차이'가 아니라 '마음 차이'라고 생각한다. 저작권 수익이 확보되지 않으면 일체 텍스트 공개를 허용하지 않는 사람은 그렇게 하면 된다. 그렇게 하여 상대적으로 그 사람의 글에 접근이 어려워지고 그 사람의 재능과 생각이 우리의 공유재산이 될 가능성이 사라지더라도 저작권 보호에 비해 부차적인 일일 뿐이라고 생각하면 어쩔 수 없다.

그런데 여러 번 썼듯이 우리는 모두 '무료 텍스트 읽기'부터 긴 독자 인생을 시작한다. 여기에 예외는 없다. 우연히 내 손에 들어온 '무료 텍스트'를 읽는 것부터 시작해서 우리는 '유료 텍스트'를 사유하는 독자로 성장한다. 책을 구입해서 사유하고 서가에 배치하고 싶은 욕망은 독서 소양이 있는 독자에게만 일어나는 일이고 그러한 독서 소양은 막대한 양의 '무료 텍스트'를 읽은 경험을 통해서만 만들어진다.

이 점에 유효한 반증이 제시되지 않는 한 나는 '무료 텍스트'에 접근하기 쉬워지는 것이 '유료 텍스트'가 살아남는 것에 반드시 불리하게 작용한다는 생각에 동의할 수 없다. 우리가 무료로 읽을 수 있는 글을 선호하는 것은 그것이 '막대한 양의 독서'를 가능하게 해 주기 때문이다. 왜 우리가 '막대한 양의 독서'를 바라는가 하면 그것만이 독서 소양을 함양하는 유일한 방법이기 때문이다.

그리고 독서 소양의 함양을 바라는 것은 이를 통해 독서가 주는 무한한 쾌락을 느낄 수 있기 때문이다. 그렇다면 무료로 읽을 수 있는 글이 양적으로 증대하는 것은 독서 소양이 높은 독자를 만들어 내는 데 이바지할 수는 있어도 그것을 방해할 일은 없다.

'좋은 글을 알아보는 눈 높은 독자'가 증가하는 것에 왜 저작권자들은 반대하는가. 그것을 설명할 합리적인 근거가 하나밖에 생각이 나지 않는데 그 말을 하면 모난 돌이 정을 맞을 수 있기 때문에 말하지 않겠다.

{ 2009·4·5 }

구글이 있는 세계

그글이 있는 세계
그글이 있는 세계

목요일, 학사회관에서 멍청히 창밖을 보면서 아침밥을 먹는다.

"지금 학사회관에서 아침밥" 하고 트윗을 쓰자 모르는 독자로부터 "지금 하쿠산거리를 걷고 있습니다"라는 답글이 달린다. 희한한 앱이다.

MIXI*와도 문자 메시지하고도 기능이 근본적으로 다르다는 느낌이 든다.

'수신인이 없는 중얼거림'에 반응하는 사람이 있다는 것이 '광대한 공생감'(@오에 겐자부로)을 가져오는 것은 아닐까?

잘 모르겠지만 일단은 '정신위생상 좋은' 기능을 가졌

* 2004년에 개시한 일본의 소셜네트워크서비스.

다. 그러니 트위터에서는 반론이나 사실 오인의 지적 같은 것은 참아 주기 바란다.

사람들이 구글 문제에 관해 의견을 묻는다. 나의 기본 태도는 '기술 진화는 멈춰 세울 수 없다'는 것이다. 특히 구글의 비즈니스 모델은 '이용자가 서비스를 이용하는 대가로 과금의 의무를 지지 않는다'는 것이라서 실용적인 정보 환경을 추구하는 이용자가 불가피하게 증가하는 것을 누구도 멈춰 세울 수 없다.

'구글 이전'의 세계 표준으로 디지털 콘텐츠를 생각해도 더는 의미가 없다. 어떻게 하면 좋을지 나에게 답을 재촉해도 곤란하지만 '이미 구글이 존재하는 세계'에 사는 이상 '구글을 계산에 넣고' 살 수밖에 없다.

나는 10년 전부터 '인터넷상에 공개한 정보는 공유물'이라는 방침을 관철하고 있다. 복제와 도용 모두 가능하다. 반복해서 말하듯이 내가 인터넷상에 공개한 글은 누가 어떤 방식으로 쓰든 자유다. 내가 쓴 글을 그대로 '자신이 쓴 것'이라고 주장하고 책으로 내도 상관없다.

나는 '나와 같은 생각을 하는 사람'을 한 사람이라도 늘리고 싶어서 인터넷을 이용하고 있는 셈이니까 나의 의견을 '마치 자신의 의견처럼' 생각하는 사람은 환영할 일이지 비난할 일은 아니다. 내가 쓰지도 않은 내용을 '우치다 다쓰루'라는 이름으로 마음대로 발표하면 곤란하지만 내 글을 다른 사람 이름으로 발표하는 것은 괜찮으니 자유롭게 써도 된다. 정말로 그렇다.

나는 박애주의자도 금욕주의자도 아니다. 디지털 콘텐츠는 좋을 대로 하라고 두는 것이 장기적으로 유익하다고 생각하기 때문에 그렇게 말씀드리는 것이다. 저작권이라는 기득권을 고집하는 사람은 저작권이 있기 때문에 발생하는 일실 이익이 존재한다는 것을 아마도 알지 못할 것이다.

예를 들면 많은 학교에서 내 글을 입학시험 문제로 내고 있다. 몇 가지 이유가 있는데 의외로 알려지지 않은 점이 '우치다의 글은 아무리 갖다 붙이기를 해도 저작권자에게 불평이 나오지 않는다'는 것이 수험 관계자들 사이에 널리 알려졌기 때문이다.

입시문제는 입시가 끝나고 나면 문제집이나 입시학원 교과서에 실리기도 하는데, 그것에 관해서 저작권자의 허락 없이 마음대로 쓰지 말라는 분이 있어서 덕분에 현재는 작은 학원까지 허락신청 서류를 보내고 1,050엔이나 2,100엔(소비세 포함)을 입금해 준다.

아무 일도 하지 않고 팔짱만 끼고 있어도 돈이 계좌에 입금되는 고마운 일에 대해서는 일본문예협회를 비롯한 관계자들의 노력에 정말로 감사한다.

그러나 엄청난 시간과 노력이 드는 이런 작업을 하다 보니 어떤 독특한 분위기가 저작물을 복제이용하는 사람들 사이에 퍼진 것을 작가들은 자각하지 못하는 듯하다.

상상해 보기 바란다.

'저작권과 기득권을 생각해서 엄밀한 사용 조건을 부과하는 작가', 여러분과 나처럼 '입시든 모의고사든 내 글을 사용해서 공짜로 내 책을 선전해 주니까 오히려 내가 사용료를 내야 마땅하다'고 생각하는 작가, 두 종류의 글을 앞에 두었을 때 작은 학원과 입시학원 강사들(나아가서는 입시문제를 만드는 사람과 국어와 소논문의 부독본을 만드는 선생님들)은 과연 어느 쪽을 선호할까?

수업에서 사용하는 데 저작자 허락은 필요 없을 거라고 생각하다가도 수업이 유명해져서 교과 교육의 모델이 되고 강연에 초대도 되고 마침내 활자화되어 나온 책이 베스트셀러가 됐을 때 저작권자가 '내 문장을 허락 없이 사용해서는 곤란하다. 책에서 삭제하든지 정해진 저작권료를 내라'라고 말하는 사태가 일어난다면 번거로우리라는 상넘이 한순간 머릿속을 스쳐 지나갈 것이다.

겸손하지 않아도 된다. 자신이 쓴 것이 언젠가 널리 사람들 입에 오른다는 꿈 없이 글을 쓰는 사람은 없다. 만약 그런 일이 일어났을 때 상대적으로 까다로운 작가와 그런 일이 일어나도 전혀 신경 쓰지 않는 작가가 있다. 어떤 글을 교재로 사용할지 고민하는 국어교사의 마지막 결단에 등을 떠미는 저자는 누구일까?

'구글이 이미 존재하는 세계'에서는 '디지털 콘텐츠에 과금하는' 비즈니스 모델은 '디지털 콘텐츠 자체에는 돈을 내지 않고 간단한 조작으로 쉽게 다운로드 가능한 무료콘텐츠가 실질적 표준이 된 결과 때마침 생긴 부산물로 적은 돈을 버는' 비즈니스 모델에 의해 반드시 밀려난다.

옳고 그름의 문제가 아니라 그런 것이다.

반복해서 말하지만 콘텐츠의 질과는 관계가 없다. 그 콘텐츠를 다룰 때 마음에 생기는 '이거 자칫 잘못 다루면 귀찮은 일이 생기지 않을까?'란 생각이 사람들을 그 콘텐츠로부터 천천히 그러나 확실하게 멀어지게 만든다.

JASRAC* 같은 비즈니스 모델은 얼마 지나지 않아 사멸할 것이다.

그렇다고 JASRAC가 나쁘다는 말은 아니다(조금은

---

* 일본음악저작권협회(Japanese Society for Rights of Authors, Composers and Publishers).

그렇게 생각하지만). 그보다도 '음악 얘기를 하거나 가사를 인용하면 곧바로 JASRAC가 참견하니 일단 음악 관련 언급이나 가사 인용은 자제하자'는 사람들의 작은 망설임이 쌓여 '음악으로 돈을 버는' 비즈니스 모델 자체를 괴멸시키고 있다는 이야기는 해 두겠다. JASRAC에는 뼈아픈 말이지만 그들은 스스로 자신의 무덤을 파고 있다.

이야기를 돌리자면 나의 젊은 독자들 중 실로 많은 사람이 '모의고사 문제에서 처음 우치다 책을 읽었다'고 밝혔다. 모의고사 문제는 시험을 치고 나서 선생님이 '정답'을 해설해 준다.

문제를 낸 선생님은 물론 나의 독자이고 이런저런 저의로 일부러 내 글을 선택해서 이용한 거니까 답안을 채점해서 돌려줄 때가 되면 "저번 모의고사 첫 번째 문제를 맞힌 사람이 별로 없군요. 오늘은 우치다 다쓰루의 수사법과 독특한 논리 구성에 관해서 집중적으로 공부해 볼까요. 내년 대입 시험에 나올지도 모르니까요" 같은 이야기를 무심코 하게 된다.

'입시학원 강의실에서 작품이 언급되어 봤자 한 푼어치도 안 된다'고 생각하는 사람은 아마추어다. 대규모 입시학원 강의실에서 한 명 정도라도 '이 사람 책 왠지 재미있어 보인다. 집에 갈 때 책방에 들러서 찾아볼까'라고 생각하는 것이 황당한 몽상은 아니다.

경제 활동이란 본질적으로 '물건이 빙빙 도는 것'이다. '물건'의 유통을 가속하는 요소에는 '자력' 같은 것이 존재해서 그것을 중심으로 비즈니스가 펼쳐진다. 반대로 흐름을 막는 요소가 있으면 거기는 비즈니스 현장이 아니다.

묵히기만 한다든지 사물화私物化한다든지 끼고만 있는 행위는 단기적으로는 유리하게 보이더라도 장기적으로 따지면 비즈니스로서는 실패한다.

비즈니스의 핵심은 '막힘없이 움직이는 환경을 정비하는 것', 그것뿐이다. 저작권은 '저작권의 회전율이 좋아지는' 조건에서만 존재 가치가 있지, 그것 때문에 '저작물의 유통이 막힌다면' 역사적 의의를 잃는다.

{ 2010·3·5 }

구글이 없는 세계

중국 정부의 검열 정지를 요구하는 교섭이 결렬되어서 구글이 중국에서 철수한다. 홍콩 경유로 검열 없이 서비스를 개시하지만 이미 홍콩판 사이트는 중국 본토에서 접속이 힘들다. 접속자가 한꺼번에 몰린 탓인지 중국 정부의 방해인지 아직 알 수가 없다.

'구글이 존재하지 않는 세계'에 중국이 남겨졌을 경우 그것이 앞으로 중국의 '지적 혁신'에 얼마만큼의 피해를 줄 것인가, 지금 단계에서 예측하기는 어렵다. 그런데 이 사건으로 중국 경제의 파탄은 내가 예상한 것보다 앞당겨질 가능성이 커졌다. 중국의 경제 성장은 언젠가 정체할 것이다. 그것은 불가피하다.

성장을 저해하는 주요인은 지적 혁신의 중요성을 오인한 것에 있다. 중국의 위기는 저작권 관련 시책에서 전조를 엿볼 수 있다.

아시는 바와 같이 중국에서는 타국민 저작물의 '해적판'이 시장에서 유통되고 있고 저작권 준법의식이 매우 낮다. 이로 인해 현재 중국 국민은 염가로 질 높은 작품을 향유할 수 있다. 국제적인 협정을 지키지 않아 단기적으로 중국은 이익을 얻고 있다. 그렇지만 협정 위반으로 확보한 단기 이익은 장기적으로 큰 국가적 손실을 가져올 것이다. '창작자에 대한 경의는 불필요하다'는 생각이 중국 국민의 의식에 깊게 뿌리를 내렸기 때문이다. 누가 만들었든 그것을 향유하는 이들은 창작자에게 감사하거나 대가를 지불할 필요가 없다. 많은 국민이 그런 생각을 하는 사회에서는 독창적인 아이디어가 나오기 어렵다.

논리적으로는 당연한 일이다. 누군가 새로운 것을 다른 사람보다 빨리 발견하거나 발명해도 아류와 표절자가 곧바로 모조리 차지해 창조자에게는 어떤 보상도 주어지지 않는다. 그것이 예삿일인 사회에서는 독창적인 아이디어를 생산하고 키우려는 의욕이 고사하고 만다.

모두가 누군가의 오리지널이 나오기를 기다릴 뿐, 스

스로 노력해서 오리지널을 창조하는 데 게으른 사회는 언제가 거기에 가야만 만날 수 있는 '진짜'가 하나도 없는 사회가 될 것이다.

창조자에게 경의를 보내지 않는 사회에서는 학술이나 예술에서도 엄밀한 의미에서 혁신은 일어나지 않는다.

혁신적인 작품들을 만들어 내는 사람들은 어디에서든 태어나지만 그들은 '중국에 있어도 의미가 없다'고 생각할 것이다. 그들은 독창성에 대한 충분한 경의와 보상이 약속되는 사회로 떠나 버릴 것이다.

중국은 구미 선진국의 기술 수준을 따라잡는 과정에서 임시방편과 지금만 넘기는 된다는 발상으로 창작자에 대한 경의를 불필요한 것으로 간주하였다. 백번 양보해서 그러한 행위는 '지금만 넘기면 된다'는 발상에서 본다면 합리적인 선택이었을지도 모른다.

하지만 그것은 사회생활의 질이 어느 정도 수준에 도달하였을 때 공적으로 버려야 하는 과도기적 조치다. 중국 정부는 어떤 시점에서 이 과도기적 조치를 공식적으로 버리고 인간의 창조성에 대한 경의를 다시금 표할 기회를 잡았어야 했다.

그런데 중국 정부는 이미 타이밍을 놓친 것 같다. 창조적 재능을 '제물'로 삼는 것이 공동체에 장기적으로 얼마만큼 치명적인 불이익을 가져올지 중국 정부는 잘못 평가하였다.

구글 철수도 똑같은 맥락에서 이해해야 한다. 이것은 클라우드 컴퓨팅*이라는 아이디어가 중앙집권적 정보관리정책과 양립할 수 없다는 중대한 사실을 잘 보여 준다. 우리는 오랫동안 IBM과 애플 모델에 준거해서 '중추관리형 컴퓨터'와 '퍼스널 컴퓨터'가 정보 기술의 근원적인 이항대립 도식이었다고 생각했다. 그런데 구글은 그 모델조차도 이미 오래되었다는 것을 가르쳐 준다. 세계는 정보를 '중추적으로 점유'하거나 '비중추적으로 사유'하는 것이 아니라 '비중추적으로 공유하는' 모델로 이행하고 있다.

우리가 과거에 경험한 적이 없는 정보의 양태이다. 그리고 이것이 세계 표준이 되는 것, 우리 사고가 이 정보관리 모델에 기초해서 작동하게 되는 것은 '시간 문제'이다.

중국 정부는 근대화의 대가로 정보의 '중추적 독점'을 단념하고 시민들이 정보를 '비중추적으로 사유하는 것'까지는 허용하였다. 하지만 그다음 단계인 '비중추적으로 공유하는 것'은 허용하지 않았다. '아무도 손댈 수 없고 넘볼 수 없는 곳'에 중국 공산당 외에 또 다른 존재가 있음을 인

---

* 클라우드라는 인터넷 서버에서 데이터 저장과 처리, 네트워크, 콘텐츠 사용 등 IT 관련 서비스를 한번에 제공하는 기술.

정하는 데에서 오는 강한 정치적 저항 때문일 것이다. 구글의 철수가 의미하는 것은 일개 정보산업의 중국 시장 철수가 아니다. 하나의 통치 모델과 정보 기술 진화가 공존하지 못한다는 역사적 '사건'이다.

정보 기술의 진화와 단절하는 것이 얼마큼의 정치적, 경제적, 문화적 피해를 중국에 가져올지는 예측이 불가능하다. 국산 정보 기술인 미니텔**을 고집한 탓에 인터넷 도입이 늦어지고 거대한 사회적 손실을 입은 프랑스의 최근 사례와는 비교할 수 없는 규모가 될 것이다.

이웃 나라의 '몰락'이 언제 어떤 형태로 어느 정도 규모로 시작될지 생생하고 냉혹한 시뮬레이션을 통해 확인할 수 있는 시기가 왔다.

{ 2010·3·24 }

** 1980년대부터 2012년 6월까지 30년간 사용된 프랑스의 PC통신 서비스. 한때는 대단히 흥했지만 정부 주도적 인프라 개발의 한계를 보여 주며 갈라파고스화의 전형적인 사례가 되었다.

의사 저작권과 브라이언 더글러스 윌슨의

의사 저작권과 브라이언 더글러스 윌슨의 울적한 마음

『저잣거리의 미디어론』을 탈고했다.

이제 고분샤 담당자에게 넘겨도 좋겠지만 공연히 더 고치고 싶어서 보내지 않고 시간을 끌고 있다. 저작권 부분을 더 추가해야 할 것 같았는데 때마침 기타자와 히사토가 보내 준 『골동품거리 법률사무소』 메일 매거진에 흥미로운 기사가 실려 있었다(기타자와 씨 언제나 고마워요. 재미있게 읽고 있습니다).

작년 11월에 투고한 글 중에 '의사疑似 저작권'이라는 주제가 있었다.

다음과 같은 이야기이다.

이 세상에는 이론적으로는 저작권이 없지만 사실상 저작권에 가까운 취급을 받는(또는 저작권 취급을 받기 쉬운) 사례가 있다. 법적 근거는 전혀 없거나 겨우 있을까 말까 한데 관계자가 마치 법적 권리가 있는 것처럼 행동하는 경우가 여기에 해당한다.

여기서는 그것을 '의사 저작권'이라고 이름 붙이기로 하자. (……) 저작권 보호 기간이 끝난 캐릭터를 둘러싸고 가끔 '의사 저작권'이 발생한다.

예를 들면 『피터 래빗』이라는 작품이 있다. 이 작품의 저자인 헬렌 베아트릭스 포터는 1943년에 사망했으니까 죽은 지 67년이 지나 '전시戰時 가산'을 넣어도 보호 기간은 끝났다.*

'전시 가산'이란 미국과 영국 등 구연합국의 전쟁 전과 전쟁 중 저작물에 관해 일본에서의 보호 기간을 최대 10년 5개월 연장한다는 규정으로 샌프란시스코 강화조약에서 일본에게만 부과된 의무로서 도입되었다. 패전국은 괴로운 법이다.

이 결과 1943년에 사망한 포터의 전쟁 전 작품은 일본에

---

* 2011년에 개정된 저작권법에 따라 2013년 7월 1일부터 저작권 보호 기간이 사후 50년에서 70년으로 늘어났다. 이 글은 2010년에 쓰여서 사후 50년으로 계산되었다.

서는 '저작자 사후 50년'이라는 원칙에 10년 5개월을 더해 연장하더라도 2004년 이전에 저작권이 끝났다(2007년 오사카 고등재판에서도 확인된 사안이다).

그래서 피터 래빗은 저작권이 소멸한 '퍼블릭 도메인' 상태다. '누가 그 그림책을 출판하든 책에 등장하는 그림을 사용하든 기본적으로는 자유'이다. 그러나 일본에서는 그렇게 이해되고 있지 않다. '베아트릭스 포터'와 『피터 래빗』이라는 말에 상표권이 있어서 '이를 유사한 상품과 서비스에 사용하는 것'은 금지되어 있다.

상표권이 있는 것을 제3자가 '상표로 사용하는 것'(=상표권 사용)은 제한된다. 그런데 효과는 기본적으로 거기까지다. 상표로 사용하는 것이 아니라 피터 래빗의 원화를 누군가 출판 등의 목적으로 이용한다면 이것을 막거나 돈을 요구하는 것은 원칙적으로 할 수 없다. (……)
상표로 주장한 점에서 일단 끝난 저작권을 부활시키거나 무한으로 연장하는 효과는 당연히 없다. 그러나 일본에서는 때로 그것이 연장되어 버린다. 일견 '지적재산권' 같은 그럴듯한 권리주장을 맞닥뜨리면, 특히 지적재산권의 소유주로 보이는 사람이 서양의 권리자이고 복잡한 경고 표시를 하거나 강한 뒷배가 있으면 일단 권리가 있다는 생각이 들어서 허가를 신청하고 값비싼 사용료도 낸다.

라이선스 계약에는 종종 계약을 맺고 싶어 하는 측의 장래까지 구속하는 조건이 기재되어 있다. 라이선스를 받았다는 전례가 기정사실화되어 자기 자신을 구속하는 희한한 업계 질서가 만들어진다. 이리하여 때로는 백 년도 더 된 작품이 '영원한 저작권'을 얻고 어딘가에 있는 권리자를 위해서 일본에서 고액의 라이선스 수입을 버는 사태가 일어난다.

'전시 가산'이 있다는 것은 알았는데 단순히 '전쟁 중에는 다른 일로 바빠서 저작권 보호며 사용료 회수가 제대로 되지 않았을 테니 그만큼은 모두 없었던 것으로 하는 것'으로 이해하고 있었다. 그런데 아니었다. 패전국에게만 부과된 일종의 '벌금'이었다.

이 하나의 사실로 저작권 취급이 매우 '정치적'임을 알게 되었다. 저작권을 휘두르고 사용을 제한하고 다니는 사람 중에는 창작자에 대한 경의와 작품에 대한 애정은 손톱만큼도 없이 단지 자기 이익을 위해서 그런 일을 하는 사람이 다수 포함되어 있다. 원래가 정치적인 제도이기 때문에 '당연하다'고 하면 당연한 것이다. 나는 도저히 이런 사람들이 하는 말에 귀를 기울이지 못하겠다.

저작권과 관련된 일화 중에 가장 마음이 아픈 것은 브라이언 더글러스 윌슨의 경우이다. 비치 보이스의 초기 명곡은 윌슨 형제가 설립한 음악출판사가 권리를 갖고 있었다(브라이언은 단적으로 '자신이 갖고 있다'고 생각했다). 그런데 그룹의 매니저였던 아버지는 아들에게 미움받아 음악 활동에 관여하지 말라는 말을 들은 것에 대한 분풀이로 그 권리를 70만 달러에 타인에게 팔아 치웠다. 그때 일을 브라이언은 다음과 같이 말하고 있다.

> 70만 달러? 곡을 공짜로 건넨 거나 마찬가지다. 현재 그 앨범은 2,000만 달러 이상의 평가를 받고 있다. 그러나 나에게는 돈으로 살 수 있는 물건이 아니다. 그것은 내 자식이고 육체였다. 영혼이었다. 그리고 지금 그것은 더 이상 나의 것이 아니다.　　　　—『브라이언 윌슨 자서전』

그렇게 해서 브라이언 윌슨은 아버지로부터 파괴적인 정신외상을 입고 우울의 늪에 빠지고 말았다. 이것은 저작권의 정치적 사용 중 가장 안타까운 사례일 것이다. 아버지는 법적 절차에 따라서 적법하게 권리를 행사하였다. 하지만 의도는 분명히 '징벌적'인 것이었다. 자신에게 반항한 아들에게 '벌을 주기 위하여' 그렇게 한 것이다.

본디 창작자를 보호하고 창작 활동을 지원해야 할 법적 권리가 이러한 형태로 운용되는 것은 잘못되었다.

저작권이 권리로 존중받는 것은 '그것이 창작자를 보호하고 창작 활동을 지원하는' 한에서 그런 것이지 이 조건을 충족하지 못하는 저작권은 인정해서는 안 된다.

{ 2010·6·17 }

6

독서 소양 기르기

즈느 막
즈느 막
죽는 말

입학식. 나에게는 마지막 입학식이다. 찬송가 412장을 부르는 것도 학장의 축하의 말을 듣는 것도 마지막이다.

4월 5일. 앞으로 360일. 아침에 일어날 때마다 카운트다운 바늘이 움직인다. 올해 경험하는 것은 모두 대학에서의 마지막 경험이다. 그렇게 주위를 돌아보니 퇴색해 가는 것에서 아쉬움이 느껴지고 눈에 비치는 모든 것이 덧없고 사랑스럽게 느껴진다. 이 땅의 옛사람들은 이러한 감회를 좋아한 듯하다.

'미적 생활'은 서화와 골동을 가까이 두며 즐기거나 시를 짓거나 문인이나 묵객과 글솜씨를 다투는 것이 아니다. 눈앞에 있는 이것은 언젠가 사라져서 흔적도 남기지 않는다는 인간만상의 무상함, 앞당겨 맞이한 죽음을 생각하면서 밥을 먹고 일하고 놀고 만들고 부수고 사랑하거나 미워하거나 욕망하거나 단념하는 것이 아닐까.

꽃과 종이로 만든 조화 사이에는 어떤 미적 가치의 차이가 있는지 이전에 논한 적이 있다. 만약 두 종류 꽃의 형태, 향기, 촉감이 완전히 똑같다면 살아 있는 꽃과 죽은 꽃의 본질적인 차이는 어디에 있을까?

그 차이는 하나밖에 없다. 살아 있는 꽃은 앞으로 죽을 수 있지만, 죽은 꽃은 더 이상 죽을 수 없다는 차이뿐이다. 미적 가치란 필경 죽을 수 있는, 사라질 수 있는 가능성 속에 숨 쉬고 있다.

우리가 죽음을 싫어하는 것은 삶이 즐겁기 때문이 아니다. 한번 죽으면 더 이상 죽을 수 없기 때문이다. 모든 인간적 가치를 잴 수 있는 도량형은 죽음이다.

죽을 가능성이 있다는 것, 좀 더 엄밀하게 말하자면 죽을 수 있다는 것이 모든 인간적 가치의 중심에 있다. 우리가 정형적인 말을 싫어하는 까닭은 그런 말들이 살아 있지 않기 때문이다. 말을 바꾸면 그런 말들은 죽지 않기 때문이다.

개인의 신체가 담보하는 '말'만이 죽을 수 있다. 따라서 여론은 죽지 않는다. 개인으로서 누군가 죽어도 여론은 죽지 않는다. 앞에서 예로 들었던 종이로 만든 조화와 본질적으로 다르지 않다. 그래서 정형적인 어법이나 여론은 우리에게 깊은 울림으로 와 닿지 않는다. 가슴속 깊이 사무치게 스며들듯 남는 것은 '죽는 말'뿐이다.

시라카와 시즈카는 공자에 관해 사마천이 쓴 전기는 허구라고 말하며 『공자전』에 다음과 같이 썼다.

공자의 세손에 관한 『사기』에 나오는 이야기는 모두 허구이다. 공자는 아마도 이름도 없는 무녀의 자식으로 어린 나이에 고아가 되어 비천하게 성장하였을 것이다. 그리고 그 경험이 인간에 관해 처음으로 깊이 관찰한 위대한 철학가를 탄생시켰을 것이다. 사상은 부귀한 신분에서 나오지 않는다.

시라카와 선생의 이 말씀에 관해 나는 선생을 추도하는 문집에서 다음과 같이 썼다.

"사상은 부귀한 신분에서 나오지 않는다."
이러한 단정은 만 권의 책을 독파하고 모든 사료를 섭렵

한다고 입에 담을 수 있는 말이 아니다.

이러한 말은 발화자가 자신을 걸고 '채무보증'하는 것 말고는 유지할 수 없는 말이다.

나는 시라카와 선생님이 어떠한 인생을 보내셨는지 약력으로 알 수 있는 사실밖에 모른다. 하지만 그것이 부귀와 걸맞지 않았다는 것은 알고 있다. '사상은 부귀한 신분에서 나오지 않는다'는 명제의 진정성을 담보하는 것은 한 노학자의 육신과 그가 고유명으로 살아온 시간뿐이다. 이 명제는 그것 자체가 일반적으로 '참'이 아니라 시라카와 시즈카가 말했을 때에만 '참'이다. 이 세상에는 그러한 명제가 존재한다. 그런 사실을 나는 선생님으로부터 배웠다.
　　　　　　　　　　　—「시라카와 선생님으로부터 배운 23가지」

　그 사람이 아닌 다른 사람이 똑같은 언명을 해도 '참'으로서 통용되지 않는 말은 그 사람과 함께 죽는다. 자신이 그 말을 하지 않으면 달리 말할 사람이 없는 말만이 진정으로 발신할 가치가 있는 말이다. 바꾸어 말하면 인간과 삶과 죽음을 함께하는 말만이 말할 가치가 있고 들을 가치가 있는 말이라는 뜻이다.

{ 2010·4·6 }

국가의 품격

오후에 아사히신문에서 취재를 왔다.

밀리언셀러인 후지와라 마사히코의 『국가의 품격』에 관해서 저자인 후지와라 씨 인터뷰와 나의 서평을 지면에 함께 싣는다는 기획이다. 매우 재미있고 읽기 쉬운 책이었다. 나는 책 내용의 거의 95퍼센트에 찬성한다. 내가 '나라면 이런 식으로 쓰지 않을 것'이라고 생각하는 부분은 콘텐츠가 아니라 '프레젠테이션의 방법'이었다. 국가의 품격을 누가 정하느냐가 문제이다. 품격이란 본질적으로 외부 평가이다.

'나는 품격이 높다'고 본인이 큰 소리로 외친들 소용없다(그런 짓은 보통은 야랑자대*라고 해서 '아주 품위가 없

---

* 夜郎自大, 용렬하거나 우매한 무리 가운데서 세력이 있어 잘난 체하고 뽐냄을 이르는 말.

는' 인간에게 전형적으로 나타나는 태도다).

'품위가 있다'는 말은 다른 사람이 해 주는 것이다. 그런데 이 책에는 안타깝게도 다른 사람이 그렇게 말해 주기를 바라는 자세가 부족하다. 저자는 이 책의 독자로 일본인(그것도 무사도 정신을 갖고 일본 시조를 음미하고 자연의 미를 사랑하고 만세일계의 황통을 자랑스럽게 생각하는 일본인)만을 상정한 것처럼 보인다. 일본에 사는 외국인은 독자로 상정되어 있지 않은 것 같다. 영어와 중국어로 번역되어 읽히는 것도 (아마도) 상정되어 있지 않은 것 같다.

조금 이상하지 않은가? 일본이라는 나라의 국가의 품격을 평가하는 것은 우리가 아니라 그들이기 때문이다. 그들이 일본의 품격을 향상시키기 위한 계발적 도서에 넘쳐흐르는 자민족중심주의를 보고 일본의 품격에 높은 점수를 매길까? 좀 무리일 것 같다.

내가 미국인이라면(나는 이런 종류의 상상만 하는 인간이지만) 아마도 이 책을 읽고 "이거 뭐야?"라고 생각할 것이다. 이 책을 읽은 일본인 독자가 가슴속이 후련해진다고 느낀 많은 부분은 외국인이 읽으면 오히려 열받는 부분이다. 가슴 후련해짐과 열받음의 트레이드오프가 국제관계론상 유리한 장사라는 판단에 나는 동의하지 않는다.

가능하다면 외국인이 읽어도 "맞아, 일본이라는 나라 꽤 좋은 나라 같네"라고 생각할 책을 쓰는 편이 국가의 품격을 위해서 필요하지 않을까.

이런 말씀을 드렸다.

베스트셀러를 쓴 작가를 상대로 이런 말을 하면, 모처럼 그 책을 읽고 기분이 좋아진 독자들이 격분해서 내가 설 자리가 점점 없어지겠지만 그럼에도 어쩔 수가 없다.

{ 2006·3·20 }

존재하지 않는 유해 도서

도쿄도 청소년 건전육성 조례에 관한 기초 세미나 발표가 있다. '표현에 대한 법적 규제'에 나는 원리적으로 반대한다. 보통은 표현의 자유라는 대의명분을 들고 이런 법적 규제에 반대 의사를 표명하는데, 그 전에 나는 여기서 말하는 유해한 표현이라는 개념 자체를 제대로 이해할 수 없다.

먼저 원리적인 것부터 확인하자. 그것은 표현 자체에 유해성이라는 것이 내재하지 않는다는 것이다. 단독으로 유해한 표현은 세상에 존재하지 않는다.

마리아나 해구의 바위와 고비 사막의 모래 언덕 또는 지구로부터 몇 광년 떨어진 별의 동굴 벽에 어떠한 에로틱

432

한 도면이 그려져 있든 아무리 잔혹한 그림이 새겨져 있든 어떠한 유해성도 발휘하지 않는다.

'유해'는 실체가 아니다. 유해한 행위를 하는 인간만이 있을 뿐이다.

전미총기협회는 "총이 사람을 죽이는 것이 아니라 사람이 사람을 죽이는 것"이라고 주장하는데 그 표현을 빌려오면 "유해한 표현이 유해한 것이 아니라 유해한 인간이 유해한 것이다"가 된다. 인간만이 유해할 수 있다.

만화와 애니메이션과 소설이 단독으로 유해하기란 (안타깝지만) 불가능하다. 유해성이란 명백히 인간을 매개해야 비로소 물질화된다. 그렇다면 유해 표현은 인간이 유해한 행위를 하도록 만드는 표현이라고 다소 길게 정의해야 한다.

그러면 어떠한 표현이 인간을 유해한 행위를 하도록 이끄는가? 어떠한 표현이 정말로 유해한가?

이것에 관해서는 정설이 없다.

이번 조례가 채용한 것은 '유해한 표현은 인간을 유해한 행위로 이끈다'는 명제이다.

하지만 이 명제는 도돌이표일 뿐 논리적으로는 아무것도 말하지 못하는 것이나 마찬가지다. '유해한 표현'이라는 주어는 그것이 '유해한 행위'의 주요 원인이라고 증명되지 않는 한 '유해한'이라는 형용사를 받아들일 수 없다. 물론 유해한 행위는 실제로 존재한다. 일단 성범죄와 살인은 피해자에게 틀림없이 '유해'하다. 그렇지만 '틀림없이 유해한 표현'은 이 세상에 존재하지 않는다.

그것은 어떤 도서든 도면을 접한 것이 '유해한 행위'의 원인 중 하나였다는 것이 증명된 후에 소급적으로 비로소 유해성을 인지하는 가설로밖에 존재하지 않는다. 그리고 그 가설은 과거부터 지금까지 증명된 적이 없다.

이번 논건을 둘러싼 논의에서도 아마도 많은 사람이 이미 지적했을 테니 내가 이렇게 말하는 것이 중언부언이 될 수도 있겠지만 중요하기 때문에 다시 한번 반복한다.

통계가 가르쳐 주는 사실을 보면 유해 표현 규제와 유해 행위 발생 사이에는 상관관계가 없다.

정보방송 아나운서는 곧잘 "최근 ○○사건이 증가하고 있다"고 떠든다. "최근에 소년범죄가 늘어나고 있다"거나 "가정 내 살인사건이 증가하고 있다"고 쉽게 말하지만 그 사람의 주관적 인상일 뿐 통계적으로는 대부분 근거가 없다.

더 적극적으로 말하면 '거짓말'이다.

이를테면 이전에 블로그에 쓴 이야기인데 소년범죄는 전후 꾸준히 줄어들고 있으며, 일본은 '소년범죄가 이상할 정도로 적은 나라'라고 알려져서 유럽에서 시찰단이 올 정도이다.

가정 내 살인도 적다. 살인사건 전체로 놓고 보면 가정 내 살인 비율은 상대적으로 높지만 전체 살인사건이 감소하고 있기 때문이다. 일본의 살인사건 발생률은 인구 10만 명당 1건으로 선진국 중에서는 아일랜드와 함께 최저이다. 러시아는 일본의 22배, 영국은 15배, 미국은 5배, 독일, 프랑스, 이탈리아도 일본의 3배이다. 2009년에는 통계사상 최저치를 기록하였다.

이번 조례는 청소년의 범죄를 우려해서 기안한 것 같은데 소년범죄만 보더라도 강간 건수가 가장 많았던 해는 1958년의 4,649건이고 이후 계속 줄어서 2006년에는 116건이었다.

반세기 만에 '최악의 시대'의 2.5퍼센트까지 감소했다.

소년범죄 건수가 최고였던 1950년대 말을 나는 실시간으로 경험하였는데, 내가 기억하는 한 1958년에는 아이들이 유해 도서를 자유롭게 경험할 기회가 없었다. 물론 편의점도 없었고 서점을 가도 아이들 손이 닿는 서가에 그런 책은 없었다.

성인용 게임도 포르노 비디오도 없었다. 성에 관한 정보로부터 아이들은 차단되어 있었다. 그런 상황에서도 소년 범죄 발생 건수가 최다를 기록했다.

이 사실로 우리가 추론할 수 있는 것은 성범죄의 다발과 유해 도서 사이에 유의미한 상관 관계는 없다는 것이다. 내가 말하고 싶은 것은 세 가지 점이다.

첫 번째로 유해 도서는 유해 행위가 일어난 후에 소급적으로 정해지는 것이지 단독으로 존재하지 않는다. 성범죄와 폭력 행위는 유전형질과 가정환경, 교육, 종교, 이데올로기, 그렇게 하고 싶다면 물론 '유해 표현'에 의해서도 설명이 가능하다.

하지만 어디까지나 가설에 지나지 않는다. 똑같은 환경에서 자라고 똑같은 교육을 받고 똑같은 책을 읽고 똑같은 영화를 봐도 어떤 사람은 살인자와 강간범이 되고 어떤 사람은 그렇게 되지 않는다. 물이 가득 찬 컵에 마지막 한 방울이 더해져서 물이 넘쳤을 때, 마지막 한 방울을 '원인'이라고 말하는 것은 적절치 않다.

그렇게 말하고 싶은 사람은 말하면 되지만 그것은 일어난 사태를 설명하는 데 유용한 정보를 거의 포함하고 있지 않다.

두 번째로 성교와 폭력에 관한 표현 규제로 그러한 행위가 효과적으로 억제되었다는 사실은 내가 아는 한 존재하지 않는다. 결국 '유해 표현'이라는 '것'은 존재하지 않는다는 뜻이다.

현대 세계에서 성 묘사에 관한 금압이 가장 엄격한 지역은 이슬람권인데 여성의 인권을 경시하고 성폭력이 가장 빈번하게 일어나는 곳이 바로 이슬람 사회이다. 현대 세계에서 가장 폭력적인 지역은 미국인데 미국은 1934년부터 1968년까지 헤이스 규약으로 영화에서의 성 묘사와 폭력이 엄격하게 규제되었다. 그런데 표현의 규제는 미국이 그동안 태평양전쟁, 한국전쟁, 베트남전쟁에서 몇백만 명의 아시아인을 죽였을 때는 기능하지 않았다.

세 번째로 '유해 행위'가 증가하는 현상 인식은 통계적으로 보면 정확하다고는 할 수 없다. 일본에서 지금보다 더욱 엄격한 표현 규제가 필요할 정도로 유해한 행위가 증가하고 있다는 것을 통계적으로 증명할 수 없는 한 애당초 이러한 조례에 관한 논의는 소용없다.

누가 어떤 근거에 의해 법 규제가 긴급 사안이라고 증명했는지 도쿄도의 관계자는 공개하고 있는가? 내가 말하고 싶은 것은 이상 세 가지이다.

'유해'한 행위는 건수가 아무리 감소했다 하더라도 현대 일본 사회에 엄연히 존재한다. 그것을 규제하는 것은 우리의 바람이다.

그러나 정말로 유해한 행위를 억제하고 싶다면 어떠한 역사적 사회적 원인으로 유해 행위 발생 건수가 증감하는지 좀 더 진지하게 고찰하는 것부터 시작해도 좋지 않을까? 도쿄도청에는 그 나름의 인적 자원이 있을 것이다.

그것을 왜 세상에 도움이 되는 일에 사용하지 않을까?

{ 2010·4·24 }

"저기요, 잠깐만요"를 외치게 하는 책

대학에 와서 우편함을 확인할 때 가장 골치 아픈 것이 증정본이다.

나도 꽤 많은 책을 다른 사람들에게 보내기 때문에 사돈 남 말 할 수는 없는 노릇이지만, 내 경우는 친구라든지 지인 앞으로 보내는 것이지 모르는 사람에게는 보내지 않는다.

물론 편집자가 독자적인 판단으로 보내는 일은 있다. 각 신문사의 서평 담당자에게 보낸다든지, 읽어 보고 격노해서 나에게 일침을 가할 듯한 작가에게 보내기도 한다(그렇게 하면 큰 홍보 효과를 기대할 수 있기 때문이다. '이 정도로 욕을 먹는 책이라니 한번 읽어 볼까'라고 생각하는 독자는 결코 적지 않다).

나도 친구와 지인이 보내는 책은 기쁘게 받는다. 곤혹스러운 것은 모르는 사람이 보내는 자비 출판책이다. 나도 자비 출판으로 몇 권인가 책을 내 보았기 때문에 시장의 수요와는 다른 차원에서 저마다의 깊은 생각과 개인적 필연성으로 책을 낸 사정은 잘 이해한다.

하지만 '고견을 듣고 싶다'든지 '추천문을 써 달라'든지 '직접 뵙고 판매전략에 관해서 의견을 여쭙고 싶다'는 말을 듣다 보면 "저기요, 잠깐만요" 하고 뒷걸음질치게 되는 책을 자주 만난다.

"저기요, 잠깐만요"를 외치게 하는 책들의 공통점은 '내 이론으로 세계에서 일어나는 일은 금세 명쾌하게 해명된다. 왜 이렇게 간단한 구조를 여러분은 모른단 말인가 참으로 한심하다'는 거만한 시선이다.

'세상 사람들은 바보라서 내 재능을 평가할 수 없다'는 화법은 청년 객기의 공통된 폐해라서 자부심이 강한 청년은 자칫 이와 유사한 말을 하기 때문에 나는 그것을 책망할 생각은 없다.

그러한 긍지는 어떤 의미로는 건강하다는 징후이다. 그런데 완전히 똑같은 말을 해도 어딘가 부자연스럽고 병적으로 느껴질 때가 있다. 이 식별이 어렵다.

그렇다고 젊을 때 말하면 건전하지만 나이 먹고 나서 말하면 병적이라는 식으로 판별할 수 있는 문제도 아니다. 젊은 사람이 해도 무서울 때가 있고 노인이 해도 공감을 부를 때가 있다. 연령은 크게 상관 없다. 사회적 위치와도 상관 없다.

"이건 좀……"이라고 말하고 싶은 것과 "아하, 아주 건전하군" 하고 무심코 미소 짓게 하는 글 사이에는 엄연한 차이가 있다. 그 차이는 어디에 존재할까?

아마도 '공공성'에 대한 배려의 차이가 아닐까.

즉 '과연 내 말에 타인이 공감할까?'처럼 커뮤니케이션의 존립에 관한 배려보다 '내 말은 옳다'는 진리성 입증을 우선시하는 유형의 사람이 쓴 것은 "이건 좀……"이라고 말하고 싶은 책이 되기 쉽다. 대학이라든가 도장 같은 곳은 공공성이 높은 곳이다. 그래서 위험해 보이는 사람에게도 원칙적으로는 문호가 개방되어 있다. 그래도 별다른 문제가 일어나지 않는 이유는 공공성이 문제 행동 발현을 억제하기 때문이다.

도장은 출입의 자유가 원칙이다. 배우고 싶다는 의지만 있으면 누구든지 받아 준다(학교는 그 정도로 개방적이지는 않지만 본질적으로는 만인에게 개방되어 있다). 그러한 공공장소에서 자신의 사견을 시끄럽게 주장해서 주위에 폐를 끼치는 행동을 하는 사람은 적다. 아마도 높은 공공성 때문일 것이다. '공공의 복리' 또는 '치국평천하'를 목표로 하는 공공성이 강한 장소에는 위험 인물에 대한 심리적 허들이 존재한다.

내 경험이 가르쳐 주는 바에 따르면 갑자기 문제 행동을 일으키는 사람이 가장 많은 곳은 강연장이다(돌아다니기, 강사 노려보기, 코 골면서 자기, 작은 소리로 계속 중얼거리기 등등). 두 번째가 문화센터다. 학교는 비교적 적고 가장 적은 곳이 도장이다.

이는 아마도 '익명성'과 '신체성'과 상관있다고 나는 생각한다. 익명성이 보장되는 장소일수록 사람은 질서를 흩트리는 것을 스스로에게 허용한다. 신분이 드러나고 문제 행동에 바로 처분과 제재가 이루어질 가능성이 클수록 겸양하고 질서를 유지하는 쪽으로 움직인다. 당연한 말이지만…….

더욱 흥미로운 점은 신체성과 문제 행동이 부상관*이라는 것이다. 신체적인 기법을 가르치고 배우는 곳에서 굳이 망상적 언동을 하는 이는 적다. 망상과 신체기법 학습은

* 한 변수가 증가할 때 다른 변수는 감소하는 상관관계.

양립하기 어려울지도 모른다. 물론 드물게는 도장에서조차도 주위 사람들에게 "저기요, 잠깐만요. 그런 행동을 여기서 하는 건 문제가 있지 않나요"라는 말을 듣는 사람이 있기는 하다. 그들은 예외 없이 몸이 경직되어 있다. 어깨와 팔꿈치 관절이 굳어서 거의 굽혀지지 않는다.

거울뉴런의 기능 부전으로 간단한 동작도 모방할 수 없다. 공간 내에서 자신의 위치도 제대로 파악하지 못한다. 그러한 사람 중 많은 이가 신체를 다치고 수련을 그만두고 만다(그 정도로 몸이 굳어 있으면 관절 기술과 낙법 수련은 거의 고문에 가까울 것이다).

도장은 '신체적 허들'로 망상하는 사람을 걸러 낸다.

이러한 단편적 사실로 추론할 수 있는 결론은 의외로 '공공성과 신체성은 상관있다'는 것이다. 쓰는 나도 놀랐다. 신체기법 학습은 단적으로 말하면 타자(스승)의 신체와 거울처럼 움직이는 것이다. 타자의 신체에 상상으로 들어가서 타자의 신체 내부에서 살아 보는 것이 신체기법 수행의 본질이다.

그 수행은 '어떻게 타자의 신체에 동기화하는가, 어떻게 호흡을 맞추는가, 어떻게 근육과 관절의 유연함을 갖추는가, 어떻게 내장감각을 일치시키는가' 같은 일련의 기술적인 물음을 둘러싸고 진행한다. 그러한 물음은 '타자와 깊고 매끄럽게 커뮤니케이션하는 회로를 어떻게 존립시키는가'로 바꾸어 말할 수 있다.

커뮤니케이션 회로를 왔다 갔다 하는 콘텐츠의 의의와 진리성보다도 커뮤니케이션의 회로 자체가 순조롭게 기능하고 있는가를 우선으로 배려하는 사람은 아마도 "이건 좀……" 싶은 책을 쓰지 않을 것이다.

그렇지 않을까.

주절주절 생각난 얘기를 썼는데 물론 '당신이 보내 준 책' 이야기는 아닙니다.

Don't take it personal.

{ 2010·9·27 }

정보의 계층화

정보의 계층화가 진행되고 있다. 이는 단적으로 말하자면 '질 좋은 정보에 접근할 수 있는 계층'과 '질 나쁜 정보에만 접근할 수 있는 계층'의 양극화를 의미한다.

문제는 그것이 '상태'가 아니라 '과정'이라는 점이다.

질이 좋은 정보라는 실체가 있는 것이 아니다. 자신이 발신하는 정보가 '정보 생태환경 전체' 안에서 어디에 위치하고 어떻게 기능하는가를 조감하는 것이 중요하다. 말을 바꾸면 '내가 이 말로 무엇을 이야기하고 싶은가'를 말할 수 있는 정보를 가리킨다. '지금 발신되는 정보의 평가에 관한 정보를 포함하는 정보', 그것이 양질의 정보이다.

질이 나쁜 정보는 그 반대이다. 정보가 어떤 문맥에서

오가는가, 역사적 기능은 무엇인가, 발신자는 '그 말로 무엇을 이야기하려 하는가' 등등 '정보에 관한 정보'를 포함하지 않은 정보는 '질이 나쁜 정보'이다.

'나는 이렇게 생각한다'라든지 '나는 이것을 알고 있다' 같은 식으로 발신하는 정보는 내용의 옳고 그름에 관계없이 질이 나쁜 정보다. 이러한 정보는 자신의 주장에 포함된 '억측', '사실 오인', '잘못된 추론' 등을 가치중립적인 시점으로 꼼꼼하게 조사할 자기점검 시스템을 갖추지 않았기 때문이다.

현재 진행되고 있는 정보의 계층화는 상태가 아니라 과정이라고 앞에 썼다. 이 말을 바꾸면 '정보에는 질적인 차이가 있다'는 사실을 아는 사람과 모르는 사람 사이에 단절이 생기고 있다는 뜻이다. '정보에 관한 정보'는 '메타 메시지'를 가리킨다.

메타 메시지는 '메시지를 읽어 내는 방식'에 관한 메시지라고 여태껏 여러 번 언급했다. "뒤에 앉은 분 제 말 잘 들립니까?"라든지 "복잡한 이야기를 해서 미안합니다" 같은 말이 메타 메시지이다. 메시지 내용의 옳고 그름이나 진위와는 관계없이 수신자 모두에게 과하지도 부족하지도 않게 '하고 싶은 말'이 전달되는 것이 메타 메시지다.

"뒤에 앉은 분 제 말 잘 들립니까?" 같은 메타 메시지의 탁월성은 우리가 이 질문에서 "네, 들립니다"와 "아니오, 들리지 않습니다" 두 가지 대답밖에 상정하지 않는 데에 있다. 곰곰이 생각하면 아주 이상한 대답이다.

"네, 잘 들립니다"는 별문제가 없어 보인다. 그런데 "아니오, 들리지 않습니다"는 명확하게 앞뒤가 맞지 않기 때문이다. '들리지 않는다'고 말할 수 있는 것은 '들었기' 때문 아니냐는 반론이 성립한다.

분명히 말은 들리지 않는다. 그러나 지금 자신이 '말하는 것이 들리지 않는다'는 사태가 '말하는 것'의 주제임은 확신할 수 있다. 그것이 바로 메타 메시지이다. 정보가 전달되지 않더라도 '정보에 관한 정보'는 전달된다.

그것은 우리가 누군가 발신한 논제가 '단순한 메시지'인지 '메타 메시지'인지 본능적으로 식별할 수 있기 때문이다.

왜 인간은 그런 능력을 갖추고 있는 것일까? 나는 도무지 알 수가 없다. 누구도(로만 야콥슨도 소쉬르도 레비스트로스도) 가르쳐 주지 않았다. 하지만 식별할 수 있는 것은 사실이다. 여기서 도출 가능한 가설은 매우 매혹적이다.

만약 '메시지를 읽어 내는 방식에 관한 메시지'가 가치중립적이고 개인적인 논제도 아니고 옳고 그름과 진위를 초월하는(그런 규칙으로 우리는 커뮤니케이션을 하고 있다) 것이고, 메타 메시지라는 '그릇'에 메시지를 담을 수 있다고 하면 그 메시지는 오해의 여지 없이 넓고 깊게 사람들에게 전해질 것이다.

이전에 스즈키 쇼 선생의 블로그에서 인용한 다음과 같은 재미있는 이야기를 기억하는가?

절도 행각을 의심받는 노동자가 있었다. 매일 저녁 퇴근 시간에 경비원들은 노동자가 끌고 나가는 손수레를 아주 철저하게 조사했다. 그런데 아무것도 찾을 수가 없었다. 손수레는 언제나 텅텅 비어 있었다. 실은 노동자는 날마다 손수레를 훔치고 있었다. '손수레의 내용물'을 메시지로 '손수레'를 메타 메시지로 바꾸어 읽으면 이 일화의 함의를 간파할 수 있다.

메시지의 수신자는 손수레의 내용물을 철저하게 조사해 신뢰성과 진리성을 검증하여 이상한 것이 있으면 노동자를 범인으로 붙잡으려는 경비원과 닮았다. 거기에는 수상한 물건이 하나도 없다. 경비원은 메타 메시지에는 손도 대지 않은 채 "오케이 통과"라고 말하며 검열을 통과시키고 만다.

경찰들이 엄중하게 진을 치고 있는 경계선을 돌파하는 가장 좋은 방법 중 하나는 경계선을 지키는 경찰들을 격분하며 질타하는 가짜 경찰관으로 위장하는 것이다. "이 바보들아! 범인은 벌써 도망치고 없는데 너희는 도대체 뭘 하는 거야!"라는 질책이 범인의 손수레이다.

『양들의 침묵』에서 한니발 렉터 박사가, 『레옹』에서는 레옹이 중상을 입은 경찰로 위장해서 긴급 피난로를 만들어 경찰 무리를 유유히 통과한 것도 결국 같은 이야기다.

경찰들은 공무집행상의 파국적 실패를 메타 메시지로 받아들이고는 일반 메시지를 수신할 때의 체크 절차를 적용하지 않았다.

잘 만든 트릭이다.

우리는 이 트릭에 저항할 수 없다. 우리의 바로 이 '무능'에 커뮤니케이션의 비밀이 숨어 있다. 경찰들이 체계적으로 속는 것은 다름 아닌 인간들이 메시지와 메타 메시지의 식별 능력을 선택적으로 진화시켜 왔기 때문이다. 메시지의 레벨을 식별하는 것에만 신경 쓴 탓에 메타 메시지의 위장에는 저항하지 못한다.

이렇게 우리가 쉽게 속고 마는 것이야말로 커뮤니케

이션 능력 진화의 아이러니한 성과이다.

만약 자신이 하고 싶은 말을 가장 솜씨 좋게 오해의 여지 없이 남들에게 전달할 수 있는 사람이 있다고 하면 그 사람은 자신의 개인 메시지를 손수레 형태로 만들어 검열을 유유히 통과할 것이다.

'정보의 계층화' 이야기를 하던 참이다.

'정보에 관한 정보'라는 손수레를 솜씨 좋게 다루는 방법을 아는 사람과 날 것의 정보나 공공연한 정보("나는 안다", "나는 이렇게 생각한다" 같은 정보)를 단지 양적으로 확대하는 것밖에 할 줄 모르는 사람 사이에서 정보 격차는 일어난다.

'정보 강자'와 '정보 약자'라고 바꾸어 말할 수도 있다. 정보 강자는 다른 사람이 모르는 중요한 정보를 많이 아는 사람을 의미하지 않는다(그런 경우도 물론 있지만 본질적인 조건은 아니다). 손수레를 이용해서 정보를 송수신할 수 있기 때문에 누구하고도 쉽게 커뮤니케이션할 수 있는 사람을 가리킨다. 자신에게 필요한 정보가 있을 때 "가르쳐 줘"라고 말하면 "그래, 알겠어"라고 대답해 주는 사람이 있어서 곧바로 핫라인이 연결되는 네트워크가 구축된 사람을 이른다.

반대로 정보 약자는 누구한테도 가르쳐 달라는 요청이 오지 않는 사람이다(그의 지식은 대부분 인터넷에서 누구든 찾을 수 있는 정보이기 때문이다). 이런 사람은 "모른다"와 "가르쳐 달라"는 말을 하는 것을 부끄럽게 여기기 때문에 누구도 아무것도 알려 주러 오지 않는 그런 사람이다.

정보의 계층화는 불가역적으로 진행된다. 그리고 고도정보화 사회에서 그 차이는 권력과 재화, 문화 자본 등 모든 분배에 직접 반영된다.

오해하지 마시라. 나는 정보의 계층화에 반대한다.

인터넷에서 남을 저주하는 악플을 쓰는 사람은 그것으로 다름 아닌 자기 자신을 정보화 사회의 최하위층에 고정시키고 있다는 것을 자각하기 바라는 마음으로 이 글을 썼다.

아마도 이해할 수 없겠지만(앗, 안 돼. 저주하는 말을 써 버렸다. 지금 문장은 없던 걸로).

{ 2011·8·1 }

인터넷 발언의 저질화

개인적 느낌이지만 인터넷상에서 익명 발언의 질이 빠르게 나빠지는 것처럼 보인다. 공격적인 발언이 한층 더 단정적이고 비논리적이며 폭력적인 말투로 변하고 있다. 이 문제에 관해서는 일전에 '정보의 계층화'라는 논점을 제시한 적이 있다. 조금 긴 이야기가 될 것 같다.

과거에는 대중 매체가 언론의 장을 실질적으로 지배하던 시대가 있었다. 요미우리신문 1,400만 부, 아사히 신문 800만 부, 『홍백가합전』* 시청률이 80퍼센트였던 시대의 이야기이다. 그 시절 일본인은 아이도 어른도 남자도 여자도 지식인도 노동자도 대체로 똑같은 정보를 공유했다.

* 12월 31일에 하는 가요 축제.

정치적 의견 역시 전국지의 사설 어딘가에서 자신과 가장 가까운 생각을 찾아내서 거기에 동조할 수 있었다. 국론을 양분하는 극적인 국민 균열은 1960년대 안보투쟁** 이후로는 볼 수 없었다. 국민 대부분은 아사히부터 산케이 신문까지 어느 신문 사설을 흉내 내는 방식으로 자신의 의견을 표명했다.

그러한 문장은 거의 똑같은 구조로 쓰이고 거의 똑같은 어휘를 공유하고 거의 똑같은 논리를 따르고, 미래 예측과 사실 평가에 차이는 있어도 사실관계를 다투는 일은 일단 없었다. 그만큼 언론 통제가 심했다고도 할 수 있고 그만큼 대화 환경이 갖추어져 있었다고도 할 수 있다. 모든 것에는 좋은 면과 나쁜 면이 있다.

여하튼 대중 매체가 일원적으로 정보를 독점하는 대가로서 정보 접근의 평준화가 담보되었다. 누구라도 똑같은 노력과 수고를 들이면 똑같은 질의 정보에 접근할 수 있었다. 이른바 '정보의 민주주의' 시대였다. 실제로 그 시대를 산 사람에게는 매우 즐거운 추억이다.

우치다 햣켄과 이타미 주조가 똑같은 잡지에 글을 기고하고, 히로사와 도라조와 엘비스 프레슬리의 노래가 같은 라디오국에서 흘러나오고, 『황야의 7인』과 『네 멋대로

** 1960년 미일안전보장조약 개정을 반대한 시민운동.

해라』가 같은 영화관에서 동시에 상영되었다.

초등학교 고학년일 때 나는 아버지가 사 준 『분게이슌 슈』와 『주간 아사히』를 구석구석 빠짐없이 다 읽었다. 그 것만 읽어도 텔레비전 퀴즈 방송에 나오는 모든 문제의 정 답을 맞힐 수 있었다. 그런 시대였다.

그런데 1970년대부터 정보의 계층화가 시작된다. 처 음에 '서브 컬처 정보'가 대중 매체에서 떨어져 나갔다. 전 국지에는 아직 게재된 적이 없는 종류의 사소한 정보가 그 러한 것을 선택적으로 추구하는 청년'층'에게 발신되고 그 것이 마침내 업계의 큰손이 되었다. '이물질이 혼재하는' 시대가 끝나고 '이물질을 분리하는' 시대가 된 것이다.

쓰쓰이 야스타카의 신작을 읽을 생각으로 산 월간지 에 다니자키 준이치로의 신변잡기가 실려 있으면 '이딴 거 읽지도 않을 건데 잡지값을 다 치르기 아깝다"고 생각하는 독자가 나와도 어쩔 수가 없다.

미디어의 백가쟁명 춘추 전국 시대가 시작되었다. 그 때도 나는 아무렴 이래도 괜찮다고 생각했다. 다들 괜찮다 고 말했다. 그리하여 사회 집단마다 접근하려는 정보의 소 스가 분리되었다. 국민 모두가 공유하는 '대중 언론'이라는 장이 없어졌다. 요즘 청년들은 더 이상 신문을 읽지 않는다. 텔레비전도 보지 않는다. 필요하면 뉴스 기사는 인터넷에서 읽고 동영상은 유튜브에서 본다.

'필요하면'이라는 말은 자기 주위에서 '그것'이 화제가 되었을 때 따라잡으면 된다는 의미에서 '필요하면'이다. 반대로 주위에서 화제가 되지 않으면 전쟁이 일어나든 테러가 발생하든 정권이 와해되든 통화가 휴지조각이 되든 어느 나라가 수몰하든 어느 나라의 원전이 폭발하든 그런 일은 '모른다'.

대중 언론이란 이른바 '자신이 아는 정보'의 가치를 평가하기 위한 메타 정보이다.

대중 언론의 장에 등록되지 않는 정보를 자신이 아는 경우가 있다. 내가 아는 이 정보는 '국민 수준에서 두루 알 필요가 없는 정보'라는 조정이 어딘가에서 이루어졌다는 뜻이다.

'국민 수준에서 두루 알 필요가 없는 정보'에는 두 종류가 있다. '중요성이 낮기 때문에(예를 들면 지금 내 기분) 널리 알릴 필요가 없는 정보'와 '너무나도 중대하기 때문에(예를 들면 오야마다이에 UFO가 떴다) 그것이 알려지면 사회질서에 파괴적 영향을 미칠 수 있는 정보'이다.

우리는 오랫동안 대중 매체를 통해 '사실로 인정하지

만 대중 매체에 보도되지 않는 정보'는 일단 첫 번째 카테고리에 집어 넣는 훈련을 받아 왔다(투덜투덜 불평은 하지만).

그것이 흔들리고 있다. 대중 매체의 정보 조정 기능이 현저하게 감퇴했다는 말이다(적어도 사람들이 감퇴했다고 믿고 있기 때문이다). 대중 매체의 정보 조정 기능이 저하하면 무슨 일이 일어날까.

우리는 자신이 아는 정보의 가치를 과대평가하게 된다. 내가 알고 있지만 언론이 보도하지 않는 정보는 '그것이 알려지면 사회질서가 혼란에 빠지는 정보'라는 정보 평가 태도가 일반적이 된다. 두 번째 카테고리가 비대화한다.

내가 최근 인터넷상의 발언에서 발견한 일반적 경향은 자신이 송수신하는 정보의 가치에 대한 근거 없는 과대평가이다. '신뢰성 높은 제3자'에게 자신이 발신하는 정보 가치의 보증을 의뢰하는 기본적인 자세가 결여되었다.

여기서 말하는 신뢰성 높은 제3자는 실재하는 사람과 기관이 아니라 '언론의 자유'라는 원리를 가리킨다.

이 원리는 언론의 자유가 있는 곳에서는 언론의 옳고 그름과 가치에 적정한 심판이 내려지고, 가치 있는 정보와 지식만이 살아남고, 그렇지 않은 것은 사라져 버리는 '환경의 심판력에 대한 신뢰'를 의미한다. 정보를 수신하는 사람들의 판단력은 (개별적으로는 편차가 있지만) 집합적으로는 예지적으로 기능하리라는 기대를 의미한다.

그것은 우선 말을 싣는 '장'에 대한 경의로서 표시된다.

근거를 제시하지 않는 단정과 비논리적인 추론과 그들만의 장에서 사용하는 은어의 남용과 저주와 매도는 그것 자체에 문제가 있다기보다(문제가 있지만) 그것을 싣는 장을 경의하지 않음으로써 언론의 자유를 침해하기 때문에 격퇴되어야 한다.

그것은 언론의 자유와는 거리가 멀어도 한참 먼 행위다. 언론의 자유는 제도도 아니고 규칙도 아니고 언론이 오가는 자리에 경의를 표시함으로써 그곳의 위신을 기초 짓는 수행적 행위이기 때문이다. 언론의 자유는 어딘가에 존재하는 것이 아니다. 우리가 발품을 팔고 자비를 들여서 창조하는 것이다.

"일본에는 언론의 자유가 없다"고 말한 사회학자가 있었다. 나는 이 말이 수행적으로는 언론의 자유를 무너뜨리고 더럽히는 것이라고 생각한다. "책임자 나와라. 언론의 자유를 정비해서 여기에 가져와라"는 말을 1억 명이 외친다고 해서 '언론의 자유'가 기초 지워지고 기능하는 것은 아니다. 그 말에는 '언론의 자유'에 대한 경의가 조금도 포함되어 있지 않기 때문이다.

'언론의 자유'는 경의를 자양분으로 삼아야만 살 수 있다. 증거를 일일이 드는 수고를 아까워하고 정성을 다해서 말하는 것을 게을리하고 매도와 저주를 입에 담는 자는 '언론의 자유' 그 자체를 야위게 할 뿐이다. 그들이 '언론의 자유'를 자신의 행위를 정당화하기 위한 구실로 삼는 것은 불가능하다. 그것은 샘물을 향해 침을 뱉고 방뇨하는 자가 '샘물에서 청정한 물을 길어 갈 권리'를 주장하는 모습과 비슷하다. 우리는 그들을 향해 "권리를 주장하기 전에 먼저 그 행위를 그만둬라. 당신들의 행위가 당신들이 추구하는 것을 얻기 어렵게 하고 있기 때문이다"라고 말해야 할 것이다.

수고와 정성을 기울여서 이야기하기를 게을리하는 사람은 그들 자신이 사실은 '언론의 장'의 심판력을 믿지 않는다는 것을 무심코 고백하고 있다.

그들은 진리에 관한 공공의 검증에 앞서서 자신은 이미 진리를 확보했다고 믿기 때문이다. 청자를 향해 "너희가 내 말에 동의하든 말든 내가 옳다는 것에 변함이 없다"고 열을 올려 말하는 사람은 언론의 장에 모인 사람들에게

"너희가 존재하든 하지 않든 아무것도 달라지지 않는다"고 선언하는 것이다.

그것은 일종의 '저주'다. 그런 말은 인간이 살아가는 의미의 근원을 무너뜨리는 말이다. 우리는 저주의 말을 계속 덮어쓰는 사이 천천히, 그러나 확실하게 생명력을 잃는다. 따라서 언론의 자유에는 '언론의 자유의 존엄을 짓밟는 자유', '저주하는 자유'는 포함되어 있지 않다.

{ 2011·8·1 }

140자의 수사학

트위터에는 '푸념', 블로그에는 '연설', 이렇게 임무 분담을 하고 글을 나누어서 쓰기로 하자 블로그에 글을 올리는 일이 줄어들고 말았다.

확실히 트위터는 신변잡기(특히 몸 상태와 읍소, 개인적으로 전하고 싶은 말 등등)를 말할 때 아주 편리한 도구이지만 어느 정도 체계가 잡힌 견해를 쓰기에는 글자 수가 부족하다.

얼마 안 되는 글자 수로 강렬한 코멘트를 하는 것도 작가에게 필요한 기술 중 하나이긴 하지만 '그것만'을 특기로 내세우는 것도 별로 좋은 일은 아니다.

촌철살인이라는 격언에서 알 수 있듯이 강렬한 코멘

트는 파괴적인 힘을 발휘하기 때문이다.

일도양단하는 코멘트는 글쓴이를 실제보다 150퍼센트 정도 똑똑하게 보이게 한다. 그러니 일도양단 코멘트의 명인에게 그 주제로 5천 자 정도 더 깊이 있게 써 달라고 의뢰해도 나오는 것은 무참한 결과물일 것이다.

물론 촌철살인형 코멘트도 물리적으로 길게 쓸 수 있다(같은 이야기를 반복하면 되니까). 하지만 그래서는 읽는 쪽이 금세 질린다. 길게 쓰고 질리지 않게 하려면 '안쪽으로 파고드는' 나선형 사고와 에크리튀르가 필요하다.

또한 전언 철회가 필요하다. 자신이 이전에 쓴 것에 관해 '그것만으로는 이 이상 앞으로 나아갈 수가 없다'는 한계를 고지해야만 한다. 자기 지성을 점검하고 신고하고 수정하는 일을 해야 한다.

그러지 않으면 안쪽으로 파고들 듯이 쓸 수는 없다. 전언 철회를 거부하는 사람은 완성도 나쁜 총서의 작가처럼 처음 5쪽에 쓴 것을 '온갖 수단을 다 써서' 250쪽까지 반복할 수밖에 없다.

처음 5쪽에 쓴 내용 속에 이미 정보의 결여가 있고 사실 오인까지는 아닐지라도 사실 평가에 불안한 점이 있고 추론상 미비한 점이 있다는 것을 '처음 5쪽을 쓰는 바로 그

때' 밝힐 수 있는 자만이 안쪽으로 파고들 듯이 쓸 수 있다. 나는 그렇게 생각한다.

촌철살인형 코멘트에 익숙한 사람은 그것을 통해 얻을 수 있는 얼마 안 되는 전능감의 대가로 많은 것을 잃는다. 자신의 목숨을 걸 수 있음 직한 명제는 140자로는 쓸 수 없다(1,400자라도 14,000자라도 쓸 수 없다). 그래서 거기에 쓰여 있는 말은 원리적으로는 가벼운 것이 된다. 오해하지 않기를 바란다. 나는 '가벼운 말'을 하지 말라는 것이 아니다. '가벼운 말'이라는 것을 자각하고 말하기를 바랄 뿐이다.

이런 이야기를 쓰면 "지금 장난치나. 쓸데없는 소리 하지 마!"라는 비판이 곧바로 나올 것 같은데 앞서 말한 이유로 '5천 자 이하의 비판은 자동으로 거부'하니까 여러분의 귀중한 시간을 그런 일에 낭비하지 말기를 바란다.

{ 2011·7·31 }

에크리티르
에크리티르
에크리튀르

창의적 글쓰기 수업이 내가 대학 강단에서 담당하는 마지막 강의이다. 80명 정도가 잡담도 하지 않고 조용히 듣는다.

글쓰기는 무엇인가. 말하기는 무엇인가. 통틀어서 타자와 말을 주고받는 것은 무엇인가에 관한 근원적인 문제를 고찰한다. 수업이라기보다는 나 혼자 그 자리에서 이것저것 생각나는 대로 떠드는 것을 학생들이 듣는 느낌이다.

만담이 시작되기 전에 라쿠고 대가 야나기야 고산지의 긴 서두 이야기가 90분 동안 계속되는 느낌이라고 하면 이해가 가시려나?

어제 수업에서는 에크리튀르에 관해 이야기했다. 아

시는 바와 같이 에크리튀르는 롤랑 바르트가 창안한 개념이다. 바르트는 인간의 언어 활동을 세 가지 층으로 나누어서 고찰하였다.

첫 번째 층이 '랑그'langue이다. 국어 혹은 모국어를 가리킨다. 우리는 어떤 언어 집단 안에서 태어나서 거기에서 말을 배운다. 여기에 선택의 여지는 없다.

나는 일본에 태어났기 때문에 일본어 화자로서 언어 활동을 시작했다. '국제 공통성을 생각하면 영어가 유리하기 때문에 영어권에 태어나고 싶다'고 말할 수는 없다.

두 번째 층이 '스틸'style이다. 언어 활용에 있어 '개인적 편향'을 가리킨다. 문장의 길이, 리듬, 음운, 문자의 화상적 인상, 페이지의 여백, 한자 사용 방식 등 언어 활동이 신체를 매개로 하는 이상 거기에 생리적이고 심리적인 개인 편차가 발생하는 것은 피하기 어렵다. 어떤 음운을 기피하고 어떤 문자를 선호하고 어떤 리듬을 편하게 느끼는가는 거의 선천적인 것이라 개인의 의지로 어떻게 할 수 없다.

예를 들면 나는 중학생 무렵에 갑자기 '다'행으로 시작하는 단어를 말하려고 하면 말을 더듬는 시기가 있었다. '다카다노바바'라고 말하려고 하면 단어가 나오지 않았다.

역 창구에서 어째야 할지 몰라 멍청하게 서 있던 적이

몇 번 있었다(당시는 자동판매기가 없어서 창구에서 행선지를 말하고 표를 샀다. 이런 설명을 해야 하는 시대가 올 줄이야).

어쩔 수 없이 다카다노바바에 갈 때는 메지로라든지 이케부쿠로라고 말하고 표를 샀다. 이러한 언어 활동의 편향은 주체적 의지로 어찌할 수 없다. 그것이 스틸이다.

『작은 아씨들』의 조Jo는 조세핀Josephine이라는 이름을 아주 싫어했다. 『빨간 머리 앤』은 "나는 Ann이 아니라 Anne이야"라고 주장했다. 음운이나 표기에 관한 개인적인 호불호는 누구에게나 있다. 그것에 관해 옳다거나 잘못되었다는 판단은 누구도 할 수 없다. "아, 그래"라고 말하는 수밖에 없다. 그것이 스틸이다.

그리고 세 번째 층에 '에크리튀르'écriture가 존재한다.

이것은 '사회적으로 규정된 언어의 사용 방식'을 가리킨다. 특정한 사회적 위치에 있는 사람은 그에 걸맞은 언어를 사용해야 한다. 발성법도 어휘도 억양도 목소리의 높이도 음량도 규정된다. 나아가 언어 활용에 준해서 표정, 감정 표현, 복장, 머리 모양, 몸동작, 생활습관 그리고 정치 이데올로기, 종교, 사생관, 우주관에 이르기까지 영향을 받는다.

어떤 소년이 '불량 청소년의 에크리튀르'를 선택한 경우, 그는 어휘와 발성법뿐 아니라 표정, 복장, 사회관까지 모두 불량 청소년으로 바꿀 것을 강제당한다.

불량 청소년이지만 일요일에는 교회를 다닌다든지 불량 청소년이지만 마르크스주의자라든지 불량 청소년이지만 우치다 다쓰루 책을 애독하는 일은 일어나지 않는다. 그러한 선택은 개인이 자의로 결정할 수 없기 때문이다.

에크리튀르와 삶의 방식은 일종의 세트이다. 바르트가 말하듯이 우리는 '어느 에크리튀르를 선택할 것인가' 하는 최초의 선택 단계에서는 자유다. 하지만 일단 에크리튀르를 선택하면 더 이상 자유는 없다. 우리는 '자신이 선택한 에크리튀르'의 포로가 된다.

즉 우리에게 자유는 고작 '어느 감옥에 들어갈까' 하는 선택뿐이다.

우리 앞에는 '질 나쁜 아저씨의 에크리튀르', '관공서 말단 공무원의 에크리튀르', '개그맨의 에크리튀르', '영업직의 에크리튀르' 등등 무수한 선택지가 있지만 한번 선택하면 '끝'이다. 일단 그런 말투와 세트인 복장, 행동, 가치관, 미의식을 받아들이면 어지간한 결의와 기회 없이 씻어 낼 수 없다.

어째서 그렇게 제도화된 '사회적 언어'가 존재할까? 이것에 관해 바르트는 한 걸음 더 들어간 분석은 하지 않았다. 그런 것이 있고 실제로 활발하게 기능한다고 지적하는 것만으로도 비평 가치는 충분하다고 생각했을 것이다.

그런데 사회적 언어 구사가 엄격하게 제도화되어 자신이 속한 사회 집단에 허용된 에크리튀르 이외의 사용이 금지되는 것은 계층 사회의 두드러진 특징이다.

바르트는 그 점을 지적하지 않았다. 『글쓰기의 영도』 같은 책을 읽을 수 있는 사람은 프랑스의 지적 계층에 한정되어 있고 책을 쓴 바르트도 내용을 이해할 수 있는 독자를 많이 잡아도 '5천 명 정도'로 상정해서 이 책을 집필했을 것이다(미셸 푸코는 2천 명 정도의 독자를 상정해서 『언어와 사물』을 썼음을 확실히 밝혔다).

이런 현실이 거꾸로 증명하는 것은 에크리튀르의 구조를 이해할 정도의 사회적 계층에 있는 사람만이 에크리튀르의 우리에서 탈출할 기회가 있다는 것이다.

바르트의 책을 이해하지 못하는 사회 계층 사람들 또는 '바르트의 책을 이해하는 것'의 유용성을 인정하는 사람이 주위에 하나도 없는 사회 계층의 사람들은 애당초 자신들이 에크리튀르 감옥의 죄수라는 자기 인식에 도달할 수 없다.

따라서 '언어 구사는 사회 계층을 재생산하는 가장 효율적인 장치'라는 생각 자체가 상위 계층에만 한정적으로 안내되고, 사회 계층의 하층 사람들은 그러한 관점으로 언어를 고찰할 기회로부터 사실상 격리되어 있다.

그런데 바르트는 그 이야기를 하지 않았다. "제가 하는 이야기가 어렵습니까?"라는 메타 메시지를 바르트는 발신하지 않았다(한마디라도 해 주었더라면 읽는 사람은 한숨 돌렸을 텐데 말이다).

나는 바르트라는 사람을 매우 높게 평가하지만 그 점은 아주 조금 불만이다.

롤랑 바르트가 정말로 계층 사회의 근원적인 개혁을 바랐다면『글쓰기의 영도』를 쓸 때 그런 고답적인 에크리튀르를 채용하지 않았을 테니 말이다. 바르트의 언어에 관한 생각은 되도록 많은 독자가 읽을 수 있는 형태로 제시되어야 했다. 하지만 그는 그렇게 하지 않았다.

여기까지 쓰다 보니 수업 시작을 알리는 종이 울려서 나머지는 내일 써야겠다(내일 못 쓰면『어떤 글이 살아남는가?』를 구입해 주기 바란다. 언제 나올지 모르겠지만).

{ 2010·11·5 }

에크리튀르(속편)

롤랑 바르트의 에크리튀르론은 그 자체가 너무나도 학술적인 에크리튀르인 탓에 에크리튀르론을 이해해야만 비로소 사회적 계층화 압력에서 벗어날 수 있는 사회집단은 접근이 불가능하도록 구조화되었다는 '메타 에크리튀르'의 양상에 관해 이야기하던 참이었다.

같은 이야기가 피에르 부르디외의 문화 자본론에도 나온다. 그의 책 또한 (읽은 분이나 읽으려다 좌절한 분은 기꺼이 동의하겠지만) 높은 독서 소양을 요구한다.

아마도 부르디외는 프랑스 국내에 고작해야 수천 명, 많아도 수만 명 정도의 독자밖에 상정하지 않았을 것이다 (그렇지 않다면 쓰는 방식을 달리했을 터이다).

'문화 자본이 없는 하위 계층 사람에게는 사회적 상승 기회가 없도록 설계된 사회'의 구조를 해명한 이 책이 충분한 문화 자본이 없는 사람에게는 사실상 열려 있지 않다는 사실을 부르디외 자신은 얼마큼 자각하고 있었을까?

물론 나는 바르트와 부르디외 두 사람의 지성과 윤리성을 높게 평가하는 데에는 이의가 없다. 하지만 그들이 에크리튀르에 의해 사회 계층이 재생산되는 과정을 훌륭하게 분석하면서 그 사회 계층의 하층 독자는 이해하기 어려운 에크리튀르를 구사했다는 점은 역시 지적해야 한다고 생각한다.

계층 사회의 본질적인 사악함은 '계층 사회의 본질적인 사악함'을 반성적으로 주제화해서 개선할 방법을 고안할 수 있는 것이 사회 계층 상층부의 사람들로 한정되어 있다는 점에 있다.

'사회적 유동성을 잃어버린 사회'를 활성화할 만큼의 지적, 윤리적으로 탁월한 정신이 동일한 사회 집단에 반복해서 등장하면 문화 자본은 소수 집단에게 배타적으로 축적되고 사회적 유동성은 사라진다.

이런 함정은 계층 사회 내부에 있는 한 깨닫기 어렵다. 다행히 일본 사회는 프랑스만큼 계층화되지 않았다. 문화

자본과 사회관계 자본은 이미 특정한 집단에 축적되고 있지만 아직 '계층'이라고 부를 만큼 견고하지는 않다(그렇게 생각한다. 희망적 관측이지만).

나는 문화 자본의 배타적 축적을 바라지 않는다. 수평적으로든 수직적으로든 유동성이 큰 사회를 바란다. 바르트와 부르디외 같은 훌륭한 지성만이 만들어 낼 수 있는 뛰어난 견해를 되도록 많은 사람이 읽는 행운을 누리기를 바란다.

에크리튀르 비판은 '자신이 지금 쓰는 메커니즘 그 자체'를 대상화할 수 있는 에크리튀르로 이루어져야 한다. 과연 그것은 어떠한 에크리튀르인가? 자신들이 참여한 해당 언어 구조를 반성적으로 주제화할 수 있는 언어, 자신들이 분석을 위해 구사하는 언어의 배타성을 해제할 수 있는 언어. 그러한 불가능한 언어를 우리는 꿈꾼다.

{ 2010·11·5 }

어제 쓴 에크리튀르론에 관해 트위터에 "그러는 우치다 자신이 쓴 문장의 가독성은 어떤가?"라는 질문이 올라왔다. 그것은 과연 "사회 계층의 하층부에 고정된 자들의 귀에도 닿도록 쓰였는가?"

이 질문은 물론 유효하다.

내가 어제 블로그에 쓴 글은 결코 읽기 쉬운 내용이 아니다(한자도 많고, 영어도 너무 많이 썼다). 그럼에도 만인에게 열린 불가능한 언어를 꿈꾸며, 문화 자본의 배타적인 축적 회피를 목적으로 썼다. '가독성 있는 글쓰기'는 나의 변함없는 목표이다.

가독성 있는 문장은 알기 쉬운 문장과는 다르다. 논리

적인 문장과도 다르다. 하물며 쉬운 말을 사용한 문장도 아니다.

아무리 어려운 술어를 사용해도 아무리 복잡한 논리를 사용해도 '몸속으로 쑥 들어오는 문장'이 있다.

예를 들면 레비나스의 문장을 처음으로 읽었을 때 나는 한 줄도 이해하지 못했다. 하지만 그 문장은 물질적인 존재감과 함께 나에게 와 닿았고 '나를 해석하라'고 나에게 명령했다. 그 결과 나는 '이 문장을 이해할 수 있는 인간으로 자기를 형성할 것'을 스스로에게 과제로 부과했다. 레비나스의 문장에 담긴 내용을 나는 이해하지 못했지만 언젠가 그것을 이해하는 사람이 되어야 한다는 것은 알았다.

가독성이란 그렇게 수행적인 형태로 독자와 관계를 맺는 것은 아닐까? 언론이 요구하는 쉬운 글과 내가 반복해서 대립한 이유는 그들이 주장하는 쉬운 글은 대부분 어휘 문제였기 때문이다. 나는 그것이 틀렸다고 생각한다. 어휘를 제한한다고 해서 문장의 가독성이 올라가는 것은 아니다.

글쓴이가 독자의 지성을 자신보다 낮다고 상정해서 쓴 문장(신문의 논설과 해설 기사가 좋은 예이다)은 아무리 쉬운 말과 평범한 논리로 관철되어 있어도 결코 가독적이지 않다.

그것을 이해하고 싶다는 독자의 지적 욕망을 활성화하지 않기 때문이다.

여러분이 모르는 것을 가르쳐 주겠다는 교화적인 선의는 있을지도 모르지만 거기에 독자에 대한 경의는 없다. 그 사실을 독자는 몇 줄 읽지 않아도 금방 감지한다. 감지한 순간에 글을 읽고 이해하고 싶은 의욕은 빠르게 시든다.

어휘의 많고 적음, 수사의 능란함과 서투름, 논리의 정밀과 거칢과는 관계가 없다.

독자에 대한 경의는 메시지가 아니라 메타 메시지 수준에서만 나타낼 수 있기 때문이다. 메타 메시지란 '메시지의 해석 방식을 지시하는 메시지'를 가리킨다. 메타 메시지의 특징은 그 해석에는 오해의 여지가 없다는 점이다.

당연한 말이지만 메시지 해석을 지시하는 메시지가 복수의 해석을 허용한다면 그것은 메타 메시지가 자신의 역할을 다하지 못한 것이다.

메타 메시지는 그 의미가 상대에게 일의적으로 전달되지 않는 한 의미가 없다는 점에서 다른 메시지와는 다르다. 독자에 대한 경의 또한 메타 메시지로 제시할 수밖에 없다.

"당신이 꼭 이해해 줬으면 좋겠다는 마음을 담아서 이야기하고 있다"고 독자에게 전해야 한다. 그런 글은 내용이 아무리 난해하더라도 독자에 대한 경의라는 메타 메시지를 감지할 수 있는 독자에게는 늘 열린 텍스트이다. 가독성이란 그런 것이 아닐까.

{ 2010·11·6 }

트위터와 블로그의 차이
트위터와 블로그의 차이

트위터와 블로그의 차이

『저잣거리의 독서론』이라는 책을 완성하였다.

블로그에 올린 글을 편집자가 주제별로 묶은 책이기 때문에 원고 교정지를 받아 든 것은 약 1년 전의 일인데 다른 일이 바빠서 손도 대지 못하고 있었다.

블로그 글을 책으로 내시는 분은 거의 없는 것 같은데 나는 괜찮은 콘셉트라고 본다. 블로그에 글을 쓸 때마다 언젠가 단행본으로 재탄생할지도 모른다고 생각한다. 그래서 그때가 되어서 허둥대지 않도록 인용 출전과 데이터 수치 등은 정확을 기하고 있다.

블로그에 다른 분의 저서를 인용할 때 발행 연도와 쪽수까지 명기하는 사람은 별로 없는데 이런 서지정보는 나중에 찾아보려고 하면 매우 시간이 걸린다.

이렇게 해 두면 블로그를 노트 대신 사용할 수 있다. 블로그에는 검색 기능이 갖추어져 있기 때문에 키워드를 치면 그 소재로 내가 쓴 글이 금방 나온다. 거기에 필요한 자료가 대부분 있다.

하지만 트위터는 이렇게 사용할 수 없다(인용문의 서지정보를 쓰면 140자가 금방 찬다). 그래서 아무리 멋진 아이디어가 떠올라도 논문 한 장 분량의 소재를 트위터에 남겨 두고 나중에 그대로 복사해서 쓸 수는 없는 노릇이다.

자연스럽게 트위터에는 '중얼거림', 블로그에는 '연설'을 써 왔는데, 2년 정도 해 보고 알게 된 것은 트위터에 쓴 아이디어도 블로그에 정리하지 않으면 다시 쓰기 어렵다는 것이다.

트위터에는 보통 휴대폰으로 쓰는데 아이디어의 흔적을 잡을 수는 있지만 아이디어를 전개할 수는 없다. 손가락이 사고를 따라가지 못하기 때문이다. 그래서 트위터는 수평 방향으로 나아가기에 어울리는 매체이지만 수직으로 파내려 가는 데는 맞지 않는다. 그런 느낌이 든다. 블로그는 수직으로 파내려 가기에 적합하다.

'수직으로 파내려 가는' 것은 똑같은 문장을 반복해서

쓰면서 나선형으로 점점 깊이 파고드는 작업이다. 트위터에서는 자신의 직전 트윗이 곧바로 시야에서 사라진다. 누군가의 트윗이 중간에 끼면 자신의 아이디어의 '등'은 더 이상 보이지 않는다. '아이디어의 등'은 꽤 중요하다. 조금 전까지 자신의 머릿속을 가로지르던 아이디어가 있었는데 "앗" 하고 돌아보면 이미 모퉁이를 돌아서 등만 살짝 보인다. 그런 것이다.

긴 문장을 쓸 때는 그 '등'이 꽤 의지가 된다. 자신이 진행하는 길에 더 이상 전망이 없다는 것을 깨닫고 '맞아, 그때 그 아이디어를 따라갈걸' 하고 생각할 때가 있다. 뒤돌아보고 다시 뛰어가서 '아이디어의 소매'를 꽉 붙잡는다. 그리고 함께 모퉁이를 돈다. 긴 글을 쓰다 보면 그런 일이 생긴다. 정말이다.

언어학에는 패러다임이라는 말이 있다. 어떤 말을 쓰면 그 말에 이어질 가능성이 있는 어군이 머릿속에 떠오른다. 원리적으로는 거기에 연결되어도 문법적으로 파탄이 나지 않는 모든 말이 떠오른다(그렇게 되어 있다). 예를 들면 '매화 향기가'라고 쓰고 난 후에는 '난다', '퍼진다', '들린다' 등 여러 말들이 다음에 올 후보군으로서 배열된다. 우리는 그중 하나를 선택한다. 그런데 '매화 향기가 난다' 또는 '매화 향기가 퍼진다'를 고르면 그다음에 계속될 문장 전체의 톤이 바뀐다. 톤은 물론이거니와 콘텐츠까지 바뀐다. 자칫하면 문장 전체의 결론까지 바뀐다.

그런 것이다.

이 패러다임적 선택을 우리는 문장을 쓰면서 1초 동안 수십 번씩 수행한다. 그때 선택에서 누락된 것이 있다. 그 말을 선택한 후에 이어서 계속되었을지도 모를 문장과 거기서 도출되었을지도 모를 결론이 일순 머릿속을 스쳤지만 잊어버린 아이디어이다.

이것을 얼마큼 많이 소급적으로 열거할 수 있는가. 이는 사실 사고의 생산성과 깊게 관련이 있다. 자신의 사고가 마치 일직선으로 진행하는 것처럼 보인다. 돌아보면 확실히 일직선으로 보인다. 그런데 실제로는 무수한 전환점이 있고 무수한 분기점이 있고 각각에 내가 선택하지 않은 추론 과정과 거기서 도출될 수 있었던 결론이 있다. 분기점으로 돌아가서 다른 과정을 거쳐 심화된 아이디어의 '등'을 쫓는 것은 사고하는 데 중요한 일이다.

"왜 어떤 사태는 일어나고 그렇지 않은 사태는 일어나지 않았는가?" 이것은 계보학적 사고의 기본이다. '일어나도 이상하지 않지만 일어나지 않은 사태'의 목록을 생각해 낼 수 있는 한 길게 뽑는 것은 지성에 중요한 훈련이다. '일어나도 이상하지 않은 일이 일어나지 않았던 이유'를 추론하는 것은 '일어난 일이 일어난 이유'를 추론하는 것과는 다른 뇌의 부위를 사용하기 때문이다.

아마도 소급적 추론의 한 형태라고 생각한다.

이런 연유로 내년부터는 좀 더 블로그에 시간을 할애하기로 마음먹었다.

{ 2011·12·29 }

보충 원고
: '세상의 마지막 날'에 읽는 이야기

보충 원고
보충 원고
가지막 날'에 읽는 이야기
가지막 날'에 읽는 이야기

출판관계자들과 이야기를 하다 보면 모두 한목소리로 문학작품이 팔리지 않게 되었다고 말한다. 베스트셀러 목록을 봐도 다이어트 책과 『○○를 하는 100가지 방법』 같은 책뿐이다.

실제로 지금 내 눈앞에 다니자키 준이치로 문학상을 주최하는 주오코론신샤의 편집자가 앉아 있는데 그는 슬픈 표정을 지으면서 나에게 "문학은 필요 없는 걸까요?"란 물음을 던졌다. 문학은 필요 없는 걸까? 이 물음을 계기로 '문학'에 관해 조금 개인적 의견을 피력하고자 한다.

몇 가지 예외는 있지만 전반적으로 문학작품은 팔리

지 않는다. 어째서인가.

노골적인 표현을 하자면 작가들이 제공하는 작품의 질이 떨어지기 때문이다. 미안하지만.

출판 불황이나 신문 구독자 수가 크게 줄은 것에 관해서도 메시지를 발신하는 쪽은 '우리는 여태까지와 다를 바 없이 질 높은 것을 만들고 있다. 그런데 안 팔린다. 이것은 독자의 질이 떨어졌기 때문이다'라는 논리로 책임을 전가하려고 한다. 하지만 틀렸다.

문학이 팔리지 않는 것은 결코 독자의 독서 소양이 떨어졌기 때문이 아니다. 실제로 세계적으로 높은 평가를 받는 문학작품은 국내에서도 높은 평가를 받고 있다. 만약 외국에서는 높은 평가를 받는 작가가 일본에서는 전혀 관심을 받지 못한다면 일본 독자들의 독서 소양만 선택적으로 떨어졌다는 추론이 성립하겠지만 그러한 이야기를 나는 들어본 적이 없다.

무라카미 하루키, 기리노 나쓰오, 이노우에 다케히코 같은 작가들에 대한 국제 평가와 국내 평가를 보면 현대 일본 독자들의 감식안은 건전하게 기능하고 있다고 판단해도 틀리지 않을 것이다. 그러므로 원칙적으로는 독자의 판단에 경의를 표해야 한다고 나는 생각한다. 이것이 이 문제를 생각할 때의 전제다. 작품을 내는 쪽은 먼저 이 전제를 받아들여야 한다.

이런 말을 하면 출판사 사람은 "그런데 내용이 전혀 없는 다이어트 책과 자기계발서는 문학보다 훨씬 많이 팔립니다. 이것은 작금의 독자들이 문학보다 그런 정보를 원한다는 증거입니다. 메시지를 보내는 쪽에서는 마케팅을 생각하면 문학을 버리고 독자의 소비 의욕을 자극하는 책을 만들 수밖에 없지 않습니까" 하고 반론할지도 모르겠다.

이런 사고방식이 출판을 비즈니스로 생각하는 것에서 파생하는 일종의 병이다. 출판이 비즈니스라면 가능한 한 단기간에 되도록 많은 수익을 올리는 책이 가장 바람직할 것이다. 아무리 어리석고 시시한 내용이라도 시장의 수요가 있는 한 그것은 '올바른 출판 활동'이 되는 것이다.

그런데 그것은 어디까지나 '상품'으로서 '책'을 보았을 때 이야기이다. 책은 애당초 상품이 아니다. 책이 상품으로 시장에서 사고팔리게 된 것은 기껏 해야 2백 년 정도 되었다. 책의 역사는 그보다 훨씬 길다. '본디 상품이 아닌 것'의 가치와 기능을 그 상품성으로 계량하려고 하니까 놓쳐서는 안 되는 이야기가 보이지 않게 된 것이다.

예를 들면 어떤 책에 실수요가 얼마큼 있는가를 매상

만으로는 알 수 없다. 도서관에 소장되어 수백 명에서 수천 명에게 읽힌 책도 반대로 팔리기만 했을 뿐 읽지 않고 버려진 책도 양쪽 모두 매상만 보면 똑같은 권수이다. 두 가지 책을 두고 '시장의 수요는 똑같다'고 말할 수 없다. 말해도 되지만 무의미하다. 출판 사업이 본디 목표로 해야 하는 것은 '독자'이지 '구매자'가 아니기 때문이다.

'고전'이라 불리는 명저는 지금도 서점의 서가를 채우고 있는데 그러한 책이 역사의 도태 압력을 견디고 살아남은 것은 동시대 시장의 수요에 응했기 때문이 아니다. 전혀 그렇지 않다. 니체가 쓴 『자라투스트라는 이렇게 말했다』 제4부는 자비 출판으로 40부가 인쇄되었고 세상에 나온 것은 고작 7부였다. 『적과 흑』의 말미에 스탕달이 "To the Happy Few"라고 영어로 표기한 것은 동시대 독자의 호응을 얻을 수 없음을 각오했기 때문이다. 미셸 푸코는 『말과 사물』을 출판할 때 책의 내용을 이해할 수 있는 독자를 프랑스 국내에서 최대 2천 명으로 보았다. 그들의 책은 동시대의 이미 존재하던 수요에는 대응하지 않았다. 그런데 그러한 책이 출현하면서 세계는 그 책이 출현하기 전과는 다른 곳이 되었다. 그러한 책은 동시대 독자의 요구에 대응하지 않고, 동시대의 독서 소양을 넘어섰다. 그래서 그러한 책이 살아남으려면 그러한 책을 찾는 독자, 그러한 책을 읽을 수 있는 독자를 창조하는 것부터 시작해야 했다.

책이란 이처럼 생성적인 것이다. 진정한 의미로 고전이라는 이름에 걸맞은 책은 그것이 나올 때까지 그러한 책을 읽고 싶다고 생각한 독자가 없었던 책을 가리킨다. 책은 그것을 읽을 수 있는 독자와 그것을 읽으며 쾌락을 느끼는 독자를 창출해 내는 것이지 이미 존재하는 독자의 독해 능력과 욕망에 맞추어 쓰이는 것이 아니다.

비즈니스 마인드를 가진 출판인은 가볍게 '시장의 요구'라는 말을 입에 담는다. 그런데 그들이 보는 것은 이미 존재하는 요구 아니면 기껏해야 그 전조가 느껴지는 요구에 지나지 않는다. 아직 존재하지 않는 요구를 창출하는 책이야말로 가장 양질의 책이라는 생각이 그들의 머릿속에는 찾아오지 않는다.

훌륭한 문학작품은 동시대 사전에는 존재하지 않는 어휘를 창출하고 그 어휘에 생명력을 부여해서 아무도 몰랐던 개념의 의미를 알려 준다. 독자의 사고와 감성을 자극하고 그들에게 이질적인 세계를 보여 준다. 문학이건 철학이건 자연과학 책이건 그 가치는 '세계에 던진 충격'으로 매겨진다는 점에서는 차이가 없다.

사람들이 안주하고 있는 세계에 균열을 내면서 들어본 적도 없는 것이 들이닥친다. 그것은 공포와 불안의 경험이기도 하고 해방과 희열의 경험이기도 하다. 그것을 가능하게 하는 것이 문학과 사상의 힘이다.

지금 논픽션이라는 장르로 구분되는 책 대부분은 이런 의미에서 사상서라고 부를 수 없다. 그러한 책들은 동시대의 누구라도 아는 말과 누구든 공유하고 있는 논리를 사용해서 누구에게나 공유되는 가치관과 미의식 위에 안주하여 쓰였기 때문이다. 다시 말하지만 미리 독자를 상정해서 이미 존재하는 수요를 '목표'로 쓰인 것은 엄밀하게 말해 사상서가 아니다.

글쓴이가 자신과 똑같은 생각을 하는 독자를 상정해서 그들의 우호적인 반응을 상상하며 글을 쓴다면 그가 쓰는 것은 사상이 아니라 이데올로기이다. 사상과 이데올로기의 차이는 다름 아닌 거기에 존재한다.

사상을 말하는 자는 "이러한 말을 하는 것은 현재 나뿐이라서 내가 말하기를 그만두면 나와 함께 사라진다. 그런데 내가 계속 말하다 보면 언젠간 내 생각이 받아들여지고 사람들이 점차 이해하게 되고 그것에 주파수를 맞추어서 사고하는 독자들이 나타날 것이다. 그때 나의 생각은 사념을 멈추고 공공성을 획득할 것이다"라고 생각한다.

반면에 이데올로기를 말하는 자는 "나와 똑같은 생각을 하는 인간은 무수히 많아서 내가 말하기를 멈추어도 누구든지 나 대신에 똑같은 말을 할 것이다. 그렇기에 내 말이 조잡하고 비논리적이고 나열해야 할 증거가 부족하여 지금 이것을 읽는 독자를 납득시키지 못해도 전혀 문제가 없다"라고 생각한다.

역설적이지만 사상의 공공성을 지탱하는 것은 고립되어 있다는 것의 자각이고 이데올로기의 폐쇄성을 만드는 것은 압도적인 다수가 자신과 똑같은 의견일 것이라는 근거 없는 신뢰이다.

글을 쓰는 사람이 목표로 해야 할 것은 무엇보다도 아득히 먼 독자에게도 전해지는 글을 쓰는 것이다. 나는 그렇게 믿고 있다. 공간적으로도 멀고 시간적으로도 떨어져 있는 독자가 읽어도 가치 있는 텍스트만이 책이라는 이름에 걸맞다. 베스트셀러 중에서 '3년 후에도 계속해서 읽히는 것', '외국 독자에게도 읽히는 것'을 의식해서 쓰인 책은 거의 존재하지 않는다. 현재의 정국과 경황을 논하는 책의 작가는 애당초 3년 후에도 읽힐 것을 목표로 하지 않는다. 중국과 한국에 관한 책 중에 중국어와 한국어로 번역되어 이웃 나라의 독자를 얻고자 쓰인 책은 존재하지 않는다.

이러한 책은 모두 가까이 있는 사람들을 염두에 두고 쓰이다 보니 기껏해야 수개월 동안 독자들이 찾는 책인 것만으로도 충분하다는 경영 판단으로 출판되고 있다. 한정된 시공간은 그 책에 벗겨 내기 힘든 '협소함'을 새겨 넣는다. 그 협소함을 나는 이데올로기라고 부른다.

그렇다고 이데올로기가 형태가 있는 것은 물론 아니다. 정치적으로 옳지 않은 내용을 포함하기 때문에 이데올로기인 것이 아니다. 자신과 같은 가치관과 미의식을 공유하는 '내부' 독자만을 상정하고 자신의 '외부'를 향해 발신할 마음이 없는 텍스트를 이데올로기라고 부른다.

드디어 이야기가 문학까지 이르게 되었다. 현대문학이 독자를 얻지 못하는 이유는 단적으로 말하면 좁기 때문이다.

『분가쿠카이』, 『신초』, 『군조』 등 월간 문예지의 발행 부수는 3천 부에서 5천 부이다. 독자 대부분은 작가, 비평가, 편집자 그리고 작가, 비평가, 편집가가 되고 싶은 사람들이다. 집에 오는 이러한 문예지를 파락파락 펼쳐 볼 때 내가 느끼는 것은 일종의 산소 결핍감이다. 왜 이렇게 좁은 곳에 당신들은 들어가 있는가? 이해하기 힘들다.

물론 이 '비좁음과 답답함'이 일본 사회를 잘 반영하고 있고 그러므로 갑갑한 곳에 모여 좁고 답답한 이야기를 하는 점에 현실성이 두드러지는지도 모르겠다. 이 불모가 지금 일본 문화의 본질적 불모와 마찬가지라고 말하는 것도 가능할지 모르겠다. 그런데 왜 '그런 일을' 하고 싶어 하는지 나는 역시 모르겠다.

작가와 비평가는 자신들이 쓰는 문장의 사정거리를 어느 정도로 상정하고 쓰는 것일까? 자신들의 책이 영어, 중국어, 프랑스어, 인도네시아어로 번역되어 각각의 언어권 독자가 읽어도 충분히 잘 읽히는지를 자기 점검하면서 쓰고 있을까? 아무래도 그런 느낌이 들지 않는다.

그런데 시간적으로 먼 독자는 공간적으로 먼 독자보다 더 상상하기 어렵다.

나는 조금 전에 '3년 후에도 읽히는'이라는 조건을 제시했는데 책의 시간은 사실 과거의 독자를 상정하는 것이 검증하기 쉽다.

나는 '스무 살의 나', 1970년대 도쿄의 대학생도 읽을 수 있는 것을 내 책의 조건으로 삼고 있다. 물론 40년 전 인간이기 때문에 트위터라든지 아이패드, TPP라는 단어는 봐도 의미를 모르겠지만 문맥상 이런 의미일 것 같다고 추리할 수 있도록 쓴다.

그 기준을 적용했을 때 특히 문예 비평가들의 글은 시간의 사정거리가 아주 한정적이라는 것을 알 수 있다. 그들은 최신 인명과 서명과 학설을 '주지하는 바와 같이'라는 말을 붙여서 즐겨 인용하는데, 그들이 쓰는 문장의 의미를 5년 전의 그들 자신이 이해할 수 있을까? 나는 이 점에 관해서는 꽤 회의적이다.

이데올로기적 문학은 동시대에 널리 공유된 어휘로 동 세대가 넓게 공통으로 경험한 현실을 묘사한다. '모두가 경험하는 일을 모두가 사용하는 말로 쓴다.' 그렇기에 '모두가 선호할 것'이라고 생각한다.

그래서 팔리지 않는 것이다.

이야기는 반대다. 지천으로 있는 일본의 현실이라도 "여러분 이렇게 희한한 세계가 있습니다"라는 식으로 재미있게 선보인다면 제법 읽을 만할 것이다.

이전에 사르트르는 공으로 하는 게임을 전혀 모르는 인간(화성인이라든지)에게 럭비 시합에 대해 차근차근 설명해야 한다면 어떻게 써야 할까 물은 적이 있다(그리고 실제로 몇 줄인가 써 보았다). 물론 주지의 현실을 그대로 쓴다고 문학이 되지는 않는다. 문학작품을 쓰기 위해서는 현실의 내부와는 다른 지성, 다른 언어의 사용 방식을 습득하는 것이 필요하다. 하지만 실제로 우리가 읽는 것의 대부분은 우리가 숙지하는 현실을 우리에게 익숙한 언어로 말한 것이다. 세계는 내가 생각한 그대로라고 누군가 뒷받침해 주면 기분이 좋은 사람이 있는 것일까? 나는 모르겠다.

문학은 모든 표현 중에서 제작비용이 가장 저렴하다. 만화라면 스토리를 생각해 내는 재능과 그림을 잘 그리는 재능 양쪽이 다 필요하다. 상상 속 이미지를 종이 위에(지금이라면 컴퓨터의 디스플레이 위에) 재현하는 기술은 문턱이 높다. 영화는 스태프, 배우, 제작 등 상당한 인적 물적 자원이 필요하다.

그런데 문학에는 이런 것들이 하나도 필요하지 않다. 우주의 저편 광경이든 가상공간 안의 전파 운동이든 극한의 시베리아든 쥐라기 시대의 밀림이든 머리에 떠오른 광경을 글자로 옮기면 자기 혼자서 세계를 처음부터 만들어 낼 수가 있다. 연필과 원고지만으로 소설 『스타워즈』를 쓸 수 있다.

앞에서 '예외적으로 팔리는 것도 있다'고 썼는데 예외

적으로 팔리는 것 중 하나는 시대소설이다. 전국 시대와 막부 말기 동란을 그린 소설은 지금도 셀 수 없을 정도로 많은 사람이 쓰고 팔리고 있다. 젊은 작가와 여성 작가 들도 계속해서 이 장르로 들어오고 있다. 사람들이 시대소설을 특히 선호하는 이유를 나는 알 것 같다. 아무리 현대인 같은 인물을 그려 냈다고 해도 사회 시스템이 다른 이상 그 포지션과 옳고 그름의 결단에 현대인을 그대로 적용할 수는 없기 때문이다. 그 이야기 세계에서 작가는 우리에게 낯선 제도(주종 관계와 무사 윤리)와 우리가 이미 잊어버린 것(끝없는 암흑과 발이 빠지는 진창)을 긴장감 넘치게 써야 한다.

이를 통해 독자는 현실과는 다른 세계에 잠시 몸을 담글 수 있다. 거기에서 순간적인 해방감을 얻는 게 아닐까.

그리고 시대소설(뿐 아니라 중간소설과 대중소설)이 순수문학을 따돌리고 크게 융성하는 것은 거기에 비평가가 없기 때문이다. 이 소설 재미있다고, 꼭 읽어 보라고 필사적으로 권하는 서평가는 있지만 "이런 것은 소설이 아니기 때문에 읽어서는 안 된다"고 내리깎는 사람은 없다. 이 영역에는 왜 이 소설은 이렇게 재미없느냐고 지적 자원을 투입하여 분석하는 비평가가 없다. 그런 사람들은 순수문학에나 있다. 그리고 그들이 순수문학을 이렇게까지 위축시켰다고 본다.

멀리는 마르크스주의 비평의 '이 작품에는 계급적 자각이 없다'부터 시작해서 '뜻밖에 젠더 무감각을 드러냈다'든지 '제3세계에 대한 가해자 의식의 수치심이 결여되었다'든지 '방법론적 자각 없이 욕정과 결탁했다'처럼 비평가들이 하고 싶은 말을 다 떠들며 헐뜯고 돌아다니면서 문학은 순수한 여유로움을 잃어버리고 말았다.

문학의 가장 좋은 점은 누구든 지금 곧바로 여기서 쓰기 시작할 수 있다는 것인데 비평가들은 문학성의 허들을 너무 높이고 말았다. 그래서 이야기 재능이 풍부한 젊은이들은 엔터테인먼트와 만화와 영화로 향하고 말았다.

다니자키 준이치로의 『세설』을 분석적으로 비평해서 '어디에 문학성이 있는가' 같은 논의를 하는 것에 무슨 의미가 있는지 나는 잘 모르겠다. 『세설』이라는 작품의 가치는 그것이 독자에게 주는 풍부한 희열에 있다고 생각하기 때문이다.

지구 최후의 날을 맞이한 자신을 상상해 보기 바란다. 인류는 다 죽고 먹을 것도 얼마 남지 않았다. 남은 것은 굶어 죽기를 기다리는 상황뿐이다. 그때 가방 안쪽을 뒤져 보니『세설』문고본이 손끝에 만져진다. 꺼내서 책장을 펼치고 나도 모르게 1930년대의 한신칸으로 끌려 들어간다. 읽어 나가다 보니 부드러운 오사카 사투리의 음율, 정원에서 불어오는 초여름의 바람, 다다미와 나무로 만들어진 집의 냄새, 미끄러질 듯한 기모노의 감촉, 맛있는 음식의 풍미…… 그런 것이 우리의 감각을 점령한다. 그 순간 우리는 '세계 종말'이라는 암울한 현실을 잊는다.

문학이 가져다주는 '다른 세계로 통하는 힘'과 '연결하는 힘'은 이런 것이다. 지구의 마지막 날에 읽었을 때 한순간이지만 현실을 잠시 잊고 기쁨 속에 몸을 담글 수 있다면 이것을 '문학의 공덕'이라고 말하지 않고 뭐라고 해야 할까. 지구 최후의 날에『세설』을 읽으면서 작가의 문학적 전위성이라든지 계급성이라든지 성 인식을 먼저 논하고 싶다고 생각하는 사람은 없을 것이다. 적어도 나는 그런 식으로 시간을 낭비하고 싶지 않다.

우리는 문학을 통해 지금의 자신과는 다른 신체 안에 들어가서 여기와는 다른 세계에서 여기와는 다른 공기를 들이마시고 상상을 초월한 쾌락을 향유하고 상상을 초월한 고통을 감내한다. 지금 있는 이 세계로부터 빠져나와서 타자 안으로 들어간다. 그 경험이 가져오는 해방감과 쾌락 때문에 인류는 문학을 필요로 한다.

그러나 그러한 '작품이 어떠한 쾌락을 가져오는가'를 기준으로 작품을 평가하는 습관이 비평가 사이에 널리 퍼져 있다고는 생각하지 않는다. 비평가는 각각의 기준으로 '읽을 가치가 있는 책'과 '읽을 가치가 없는 책'을 나누는데 단정하는 그 말의 매서운 엄격함에 나는 멈칫한다.

앞에서 말했듯 이데올로기란 '내가 이 말을 굳이 안 해도 누군가 똑같은 말을 할 것'이라는 근거 없는 믿음 위에 존립한다. 내가 굳이 증거를 열거하지 않아도 누군가 나 대신에 그 일을 해 줄 것이다. 내가 비논리적으로 단정해도 누군가 좀 더 논리적으로 옳고 그름을 밝혀 줄 것이다. 내가 조잡하게 말해도 누군가 정성껏 나의 판정의 옳음을 증언해 줄 것이다. 나와 의견을 같이하는 사람을 대다수로 상정하지 않으면 인간은 단정적, 냉소적, 비논리적이 될 수 없다.

만약 어떤 작품에 관해 '내가 생각하는 것'을 말하는 사람이 나 이외에 한 명도 없다고 생각한다면 우리는 자신의 화법에 훨씬 신중해질 것이다. 그것을 누군가 들어주지 않으면 그 말은 이제 지상에서 사라져 버리고 말기 때문이다. 그렇게 생각하면 논리를 명확히 하고 갖가지 예를 들어 이야기하고 다채로운 비유를 사용하고 독자에게 간청하듯이 '부탁이니까 내가 하는 말을 알아주었으면 좋겠다'고 쓸 것이다. 그런데 비평가는 결코 그러한 문체를 쓰지 않는다. 그들은 촌철살인처럼 단정하는 말로 쉽게 말한다. 왜 그들은 그토록 단정적일 수 있는가?

내가 말하지 않아도 똑같은 말을 할 사람이 얼마든지 있다고 생각하기 때문이다. 내가 단정 지어 말하는 것에 화내는 사람이 있다고 해도 이 단정은 '앞당겨 맞이한 진리'이기 때문에 언젠가 상식으로 여겨져 다들 내가 단정 지은 말에 동조하게 될 것이다. 그래서 나는 얼마든지 단정적으로 말해도 된다. 이런 식으로 생각하고 있기 때문이다.

하지만 주의해야 한다. 자신의 개인적 판단이 거대한 집단적 합의의 징후에 불과하다고 생각하는 사람은 자신이 다수파의 일원이라는 것을 전제로 한다. 그런데 다수파 중 한 명이라는 의미는 나를 대신할 사람이 얼마든지 있다는 것이다. 이 말을 쓰는 사람이 굳이 내가 아니더라도 괜찮다는 뜻이다. 그것은 내가 굳이 존재해야 할 특별한 이유가 없다는 의미다.

다수의 의견을 앞당긴 단정은 당연하게도 '나는 존재하지 않아도 된다'는 자기 자신을 향한 저주로 귀결된다.

내가 이데올로기는 좋지 않다고 말하는 것은 그것이 정치적으로 옳지 않기 때문이 아니라(옳지 않은 것도 좋지 않지만) 이데올로기는 그것으로 먹고사는 사람을 언젠가 먹어 치우기 때문이다. 비평하는 사람들은 이 말이 내가 말하지 않으면 누구도 하지 않을 것 같은 말인지 아닌지를 점검할 필요가 있다. 자기 점검을 한다고 해서 반드시 옳은 판단을 내릴 수는 없겠지만 하지 않는 것보다는 낫다. 그리고 그것이 '내가 말하지 않으면 누구도 대신할 수 없는 말'이라면, 그 말이 누군가에게 닿아 오랫동안 기억에 남게 하려면, 그 말에 깊은 공감을 느끼는 독자를 얻으려면 어떠한 문체로 써야 하는가를 좀 더 정성을 들여 고민해야 할 것이다.

그것이 어떤 문체인지 도저히 상상할 수 없는 비평가를 위해 한 가지 비유적인 이야기를 해 보기로 하자. 당신이 비평하려는 작품을 쓴 작가가 '세상에 남겨진 마지막 작가'라는(있을 수 없는) 상황을 상정해 보는 것이다. 우리가 이야기를 향유하려면 이 세상에 남겨진 마지막 작가가 이후에도 흔쾌히 계속 글을 써 주는 수밖에 없다. 어떻게 해야 그의 문학적 퍼포먼스가 향상하는가. 문체가 훌륭해지는가. 이야기에 깊이를 더하는가. 기상천외한 아이디어가 쏟아져 나오는가. 우리가 어떻게 행동해야 독자로서 얻을 수 있는 쾌락이 증대하는가. 비평가라면 그런 상상을 해도 좋지 않은가?

그런데 비평가는 그런 상상을 결코 하지 않는다. 그들이 그렇게 하지 않는 것은 얼마든지 대체할 작가가 있다고 생각하기 때문이다. 두들겨도 밟아도 계속해서 얼마든지 작가 지망생이 나오리라 생각하기 때문이다. 그래서 비평가는 작가에게 잔인해질 수 있다.

내가 제안하는 것은 그 반대 상황이다. '세상의 마지막 비평가와 마지막 작가'가 서로 마주하고 한 작품에 관해 천천히 평온하게 말을 이어 나가는 구도이다.

물론 꽤 극단적인 상황이다. 전혀 현실적이지 않은 얘기라고 말하는 사람이 있을 것이다. 하지만 그런 '극단적인 상황'을 상상해 보는 힘이야말로 문학이 우리에게 줄 수 있는 최고의 선물 중 하나가 아닐까. 그 선물을 활용하지 않고 우리는 도대체 문학으로부터 무엇을 길어 올리려고 하는가?

이 책의 수신인은 독자 여러분입니다

안녕하세요. 우치다 다쓰루입니다.

마지막까지 읽어 주셔서 고맙습니다.

이 책은 제가 읽고 쓴 책과 넓게는 '읽는 것'에 관한 수필을 수록한 것입니다.

출전은 주로 블로그이지만 여러 매체에 기고한 글도 몇 편 수록하였습니다. 처음 글을 쓴 날짜만 기록하고 어느 매체에 썼는지는 일일이 명기하지 않았습니다. 단행본으로 만들 때 수정을 많이 해서 원형이 남아 있지 않은 글도 있으니까 출전과 날짜는 신경 쓰지 마십시오(신경 쓰는 분도 없겠지만요).

이번에 편집된 글을 통독하고 나서 제가 몇 년 전부터

대체로 똑같은 주제 주위를 빙빙 돌고 있었다는 것을 새삼 느꼈습니다. 한마디로 말하자면 '말을 전달한다는 것은 무엇인가?'입니다. 이 언명은 무척 단순하지만 근원적이고 깊이 있는 주제입니다. 우리가 아기였을 때 모국어를 습득할 수 있었던 것은 부모가 자신에게 하는 말을 '자신을 수신인으로 하는 코드화된 메시지'라는 사실을 이해했기 때문입니다.

그런데 조금만 생각해 보면 신기한 일이지 않습니까? 아기에게 코드라든지 메시지 같은 개념이 있을 리가 없고, 그 전에 '나'라는 개념조차 아직 생기기 않았을 때니까요. 이유는 알 수 없으나 아기는 뭔가를 아는 겁니다. 그래서 메시지를 받아들이고 천천히 시간을 들여 곱씹어서 스스로 '의미'를 찾아 음미하게 되지요.

그러면 이때 아기가 처음으로 배우는 그 '무엇'은 과연 무엇일까요?

아마도 '말을 전하고 싶다'는 부모의 억제할 수 없는 격한 욕망일 것입니다. 그 욕망만큼은 어떤 미숙한 아기라도 분자생물학적 수준에서 감지할 수 있습니다. 단세포생물이라도 열과 먹이에 반응할 수 있는 것처럼 '말을 전하고 싶다'는 타자의 욕망만큼은 아기라도 본능적으로 감지할 수 있습니다. 그것이 자신에게 닿으면 아기도 기분이 좋다고 느끼게 됩니다. 그 욕망이 접근해 오면 여러 좋은 일이 계속해서 일어날 확률이 높기 때문이죠. '말을 전하고 싶다'는 타자의 욕망이 절박하게 다가온 후에는 밥을 먹여 주거나 몸을 만져 주거나 배설물을 처리해 주거나 어쨌든 전체적으로 '기분 좋은' 일이 계속 생깁니다. 그 상관관계를 아기는 생물학적 발생의 최초 시기에 학습합니다.

그렇게 사람은 자신의 주위에서 오가는 메시지 중 '자신을 수신인으로 하는 것'과 그렇지 않은 것을 식별하는 능력을 선택적으로 발달시키게 됩니다. 아마도 그럴 겁니다. '자신을 수신인으로 하는 메시지'에는 반드시 자신의 쾌감과 불쾌에 관련된 '상황'이 따라붙습니다. 다른 것은 몰라도 그것만큼은 확실하게 경험할 것입니다.

따라서 인간이 생물로서 처음으로 획득하게 되는 '커뮤니케이션 능력'은 메시지의 내용을 이해하거나 진위와 옳고 그름을 판정하는 능력이 아니라 그 메시지가 '누구를 수신인으로 하는가'를 판별하는 능력이지 않을까 싶습니다.

아직 언어 활용 능력이 없는 아기도 자신을 수신인으로 하는 메시지에는 감응할 수 있습니다. 아니, 자신을 수신인으로 하는 메시지와 그렇지 않은 메시지를 보다 적절하게 식별하는 실증적 요청에 대응하기 위해 커뮤니케이션 능력을 발달시켰다고 말하는 것이 이치에 맞는 이야기일 것입니다.

아무리 훌륭한 내용이라도 아무리 정치적으로 옳은 이야기라도 아무리 아름다운 언어를 말하더라도 수신자가 내가 받을 메시지가 아니라고 생각하면 메시지는 허망하게 공중에서 사라질 수밖에 없습니다. 메시지를 전하는 사람은 이런 사실에 관한 자각이 부족하지 않나 생각합니다.

내용이 옳다면 말투와 문체는 부차적인 것에 지나지 않고, 옳은 말은 반드시 전달되며 메시지의 전달력은 그 내용의 진리와 상관한다고 믿는 사람이 주위에 꽤 많습니다. 그런데 오래 살면서 알게 된 것 중 하나는 사람은 자신을 수신인으로 삼지 않은 메시지를 이해하기 위해 지적 자원을 사용하는 데에 아주 인색하다는 것입니다.

일단 내가 이 이야기의 수신자가 아니라고 생각하면 발신자가 아무리 열과 성의를 다해 메시지를 보내도 한 귀로 듣고 한 귀로 흘리고 맙니다. 따라서 한 명이라도 많은 사람이 자신의 이야기를 들어주기를 바란다면 '어떻게 하면 청자와 독자가 이 메시지를 나에게 보낸 메시지라고 생각해 줄까'를 고민해야 합니다. 당연한 말입니다.

'readable'이라는 형용사의 본뜻은 '재미있게 읽을 수 있다, 판독할 수 있다, 읽기 쉽다'입니다. 'readability'는 그 명사형입니다. 하지만 '판독할 수 있다, 읽기 쉽다'는 어디까지나 수신자가 내리는 주체적인 판단이지 텍스트 자체가 객관적인 형질로 '읽기 쉬움'을 갖추었다는 의미가 아닙니다. 읽는다는 것은 어느 정도 이상의 의식적 집중 없이는 이루지 못하는 행위이기 때문이지요. 집중해서 글과 마주하지 않으면 책은 읽어 낼 수가 없습니다.

그러면 어떤 텍스트를 접했을 때에 독자는 "앗" 하고 반응할까요? 독자는 자신에게 보낸 텍스트라고 생각하면 "와" 하고 반응하고 자신에게 보낸 게 아니라고 생각하면 "탁" 하고 그냥 책을 덮어 버립니다. 처음 대여섯 줄만 읽어도 금방 알 수 있습니다.

'가독성이 있는 텍스트'란 다 읽고 난 후에 '알기 쉬운 책이었다'고 회상되는 것이 아닙니다. 독자는 읽기 시작하자마자 가독적이라는 것을 압니다. 가독성이란 문자 그대로 독해 가능한 것이기 때문이지요. '다 읽고 난 후에 독해 가능하다는 것을 알았다'는 명제는 비논리적입니다. 책을 펼쳤을 때 독해가 가능하다는 직감을 얻을 수 없으면 우리는 애당초 그 책을 마지막까지 다 읽지 않기 때문입니다. 장대한 양의 책을 돌파하기 위해 필요한 인내와 집중력을 담보하는 것은 이 직감입니다. 그러한 직감이 독자에게 가져오는 힘이 가독성이라고 생각합니다.

성경에 있는 신의 목소리가 처음으로 족장과 예언자에게 내려왔을 때 그것은 인간이 전혀 이해할 수 없는 상태였습니다. 아마도 대지가 갈라지는 듯한 엄청난 굉음이거나 하늘을 뚫고 나오는 천둥 소리와 같은 것이었다고 추측합니다. 즉 인간이 이해할 수 있는 언어의 형태가 아니었습니다. 아무리 생각해도 신이 인간과 똑같은 어휘와 문법 규칙에 따라서 사고하고 발화한다는 것은 있을 수 없는 일이니까요. 그래서 신의 말은 원리적으로는 의미 불명 상태였을 겁니다. 아니 의미 불명이 아니면 안 되었을 겁니다.

그럼에도 족장과 예언자는 그것을 '자신에게 보내는 메시지'라고 생각하였습니다. 그리고 진지하게 그 목소리에 귀를 기울였습니다.

「창세기」에서 여호와는 아브람에게 이렇게 말합니다.

"너는 너의 고향과 친척과 아버지의 집을 떠나서 내가 가리키는 땅으로 가라."

여기서 말하는 '고향', '아버지의 집'은 나의 말과 나의 논리가 통하는 친밀한 공간을 가리킵니다. 그런데 여호와는 거기에서 나와 말이 통하지 않고 너의 논리가 유효하지 않은 곳으로 가라고 말합니다.

아브람은 "주여 그것은 어떤 의미입니까?" 하고 물어보고 싶었을 겁니다. 아마도 그렇게 물었을 것입니다. 하지만 언제나 그랬듯이 대답은 없었습니다. 그러다가 아브람이 주의 축복을 받고 '아브라함'으로 개명한 후 이번에는 여호와가 아브라함에게 "네 아들 네 사랑하는 독자 이삭을 데리고 모리아의 땅으로 가서 내가 네게 일러 준 산 위에서 그를 번제물로 바쳐라"라고 말합니다. 아브라함은 이 말의 의미 또한 알 수 없었을 겁니다. 왜 이만큼 오랫동안 주를 우러러 받들고 계율을 지켜 온 내가 사랑하는 외아들을 신에게 바쳐야 하는지 그 의미를 알 수가 없었을 겁니다.

물론 그게 무슨 말씀이냐고 반문해도 당연히 주는 대

답을 하지 않습니다. 어쩔 수 없이 아브라함은 이삭을 데리고 모리아의 땅으로 가서 제단을 만들고 이삭을 묶어 재단 위에 올리고 칼을 꺼내 외아들을 죽이려고 하였습니다. 그때 천사가 하늘에서 내려와서 "이제 됐다"고 말합니다. "네가 신을 두려워한다는 것을 잘 알았다. 너는 네 아이, 너의 외아들조차도 아까워하지 않고 나에게 바쳤다"는 것이 주에게서 내려온 명령 해제의 사유였습니다.

솔직히 말해서 나는 이 설명이 사족 같습니다(이런 발언을 하면 구약성서 학자는 화를 내겠지만). "이제 됐다"는 말만으로 아브라함에게는 충분히 신의 메시지가 전해졌을 겁니다. '네 아이를 죽이라'는 의미 불명의 메시지를 받아들고 나서 아브라함은 고민을 많이 했을 겁니다. '주는 나에게 무엇을 시키고 싶어서 이런 말을 하는가' 하고 머리가 아플 정도로 생각했을 겁니다. 그러나 당연한 말이지만 알 수가 없습니다. 단지 하나만 알았습니다. 그것은 '이 메시지의 수신인은 나'라는 사실이지요.

아브라함은 누군가 다른 사람에게 가야 할 메시지가 잘못 배달되어서 나에게 왔다고 한순간도 생각하지 않았습니다. 그래서 아브라함은 주의 말을 따랐습니다. 그리고 주는 아브라함이 메시지의 수신인이 자신이라는 것을 한 순간도 의심하지 않았기 때문에 그를 믿었습니다. 결국 내용이 문제가 아니라 수신인의 문제이지요.

아브라함은 이를 직감적으로 알고 있었습니다. 자신에게 온 메시지는(의미 불명이라도, 때로는 의미 불명이기 때문에) 최우선으로 들어야 한다는 인류학적인 예지가 아브라함 안에 깊게 침투하였습니다.

성경에는 주를 향해서 '이거 잘못 배달된 것 아닙니까?'라고 불만을 말하는 사람 이야기도 나옵니다. 욥이라는 사람의 이야기입니다. 이런 불만을 제기한 사람에게 어떤 운명이 찾아왔는지 알고 싶은 분은 「욥기」를 읽어 보기 바랍니다.

저는 여기에 '가독성'의 원형이 있다고 생각합니다.

문제는 내용이 아니라 '수신인'이라는 것은 메시지가 본질적으로 '증여물'이기 때문이지요. 증여의 본질은 이것을 받아 달라고 내미는 것입니다. 그때 누군가에게 전달되는 '이것'에는 별 의미가 없습니다. 내용이 중요하다고 생각하는 사람이 많은데 틀렸습니다. 그게 아니라 "자, 받으세요"라는 증여 행위 자체가 중요합니다. "자, 받으세요"는

'당신은 거기에 존재한다'는 중대한 인지적 언명을 포함하고 있기 때문입니다. '확실히 받았습니다'라는 증여에 대한 답례도 똑같습니다. 그것은 '나에게 증여한 당신이 거기에 존재한다'는 언명이기 때문입니다. 상호 인지, 서로 당신은 거기에 존재한다는 말을 주고받는 것이 모든 부차적인 것들을 다 걷어 내고 났을 때의 증여의 본질입니다.

주는 족장과 예언자와 마주했을 때 수신인을 보여 줌으로써 인간에게 '너희는 거기에 존재한다'는 말을 선물로 보냈습니다. 인간은 그 답례로 '신은 존재한다'는 말로 응대하였습니다. 그것은 이해할 수 없는 메시지이지만 그 메시지의 수신인이 다름 아닌 '나'라는 사실은 확신했다는 사람들이 나타나서 이루어진 것입니다. 그 순간에 일신교 신앙의 기초가 구축되었습니다.

조물주는 '나는 신에 의해 창조되었다'라는 피증여의 자각을 가진 자가 출현할 때까지 조물주로서 존재하지 않았습니다. '나는 불완전한 피조물이다'라는 인식에 도달한 자가 등장하면서 비로소 '완전한 조물주'라는 개념이 발명되었습니다. 일신교 신앙은 그런 역동적인 방식으로 구조화되어 있습니다.

꽤 종교적인 이야기로 우회하고 말았는데요. 이 책에서 제가 가장 하고 싶었던 이야기는 메시지를 운반하는 가장 중요한 메타 메시지는 수신인이 존재한다는 것입니다. 따라서 가독성의 본질은 내용이 아니라 그 메시지를 나에게 보냈다고 직감하는 사람을 얻는 것에 있습니다. 저는 그렇게 생각합니다.

또 길게 쓰고 말았습니다. 쓰다 보면 이야기가 끝이 없기 때문에 이쯤에서 저자 후기를 마치도록 하겠습니다. 이 이야기의 후속편을 읽고 싶은 분은 『어떤 글이 살아남는가』를 읽어 보시기 바랍니다. 이 책은 처음부터 끝까지 그런 이야기밖에 없는 책입니다.

마지막으로 블로그 기사 중에 책과 언어에 관련된 주제를 엄선해서 읽기 쉽게 배열해 주신 오타출판사의 마토바 요코 씨의 노력에 감사드립니다. 교정지를 받아들고 돌려드릴 때까지 오랫동안 기다리게 해서 죄송했습니다.

2011년
우치다 다쓰루

오래오래 곁에 두고 읽을 수 있는
우치다 다쓰루 글의 힘

자크 데리다의 「플라톤의 약국」Plato's Pharmacy에서 소크라테스는 음성언어가 문자언어보다 우월하다고 주장하기 위해 다음의 신화를 인용한다.

고대 이집트의 발명의 신 테우트는 문자를 발명하고, 자신의 위대한 발명품을 북이집트의 왕 타무스에게 보여 주었다.

"폐하, 이 지식은 이집트 사람을 현명하게 만들고 그들의 기억을 향상시킬 것입니다. 왜냐하면 문자는 기억과 지혜를 위한 파르마콘pharmakon이기 때문입니다."

(여기서 '파르마콘'이란 치료제와 독이라는 상반된 의미

를 지닌 모호한 말이다.)

그러자 타무스는 테우트의 문자 예찬론에 다음과 같이 반론을 제기한다.

"기술의 발견자는 그것이 해를 끼치는지 이익을 주는지 판단하지 못하는 법. 문자의 아버지인 그대는 자식을 너무 사랑한 나머지 자식이 하는 일을 정반대로 말했구나. 문자를 쓰는 사람은 기억을 훈련시키지 않고 잊어버리게 되리라. 그들은 무엇인가를 기억하는 내적인 능력 대신 문자라는 외부 기호에 의존하게 되리라. 그대가 발견한 파르마콘은 상기를 위한 것일 수는 있어도 진정한 기억을 위한 것은 아니다. 지혜로 말할 것 같으면, 그대는 사람들에게 지혜의 실체가 아닌 외관만을 제공하였다. 사람들은 실상은 매우 무지하면서 지식을 갖춘 듯 보일 것이며 사이좋게 지내기 어려워질 것이다. 다시 말하면 그들은 진실로 지혜로워지지 않고 지혜롭다는 자만심을 갖게 될 것이다."

그리고 타무스는 문자에 대해 다음과 같은 결론을 내린다.

"문자는 독이다!"

소크라테스는 "문자는 인간을 바보로 만든다"고 경종을 울린다. 한 번 쓰인 문자는 고정된다. 따라서 글자에 질문을 던져도 똑같은 대답만 돌아온다. "그런 것을 상대해본들 아무 소용이 없다." 이렇게 말한 소크라테스는 문자를 한 자도 남기지 않았다.

이 책 『우치다 선생이 읽는 법』을 읽으면 소크라테스가 틀렸다는 것을 알 수 있다. 문자는 움직인다. 종이 위에 배치된 잉크의 형상은 움직이지 않지만 그 안에 각인된 생명은 계속 약동한다. 이 책이 바로 그 증거다. 번역하기 위해 수십 번 읽을 때마다 새로운 점을 발견했다. 저자 우치다 선생은 책, 저작권, 독서, 글쓰기, 가독성, 독서 소양, 독자와 구입자의 차이 등에 대해 읽을 때마다 새로운 대답을 주었다. 즉 이 책은 읽는 사람의 독서 소양에 따라 그에 걸맞은 의미와 깊이를 느낄 수 있다. 거울 같은 책이다.

마지막 교정을 보기 위해 원고를 꼼꼼히 읽다가 글에서 사용한 소재가 꽤 오래되었다는 것에 새삼 놀랐다. 2011년에 출간된 책이니까 책을 구성하는 텍스트는 그보다 훨씬 전에 쓰인 것이다. 가장 오래된 텍스트는 지금으로부터

16년 전인 2004년에 쓰였다. 구글이 중국에서 철수하는 이야기라든지 구글과 일본 작가의 저작권 문제를 둘러싼 논의 또는 『하류지향』이 한국에서 처음 번역된 이야기 등. 추측컨대 우치다 선생 자신도 "내가 이걸 도대체 왜 쓴 거야?" 하고 고개를 저을 주제도 제법 눈에 띈다.

나는 역자로서 이런 질문을 던져 본다. 저자가 다루는 소재가 오래되었다는 것과 책의 가치 즉 오래 읽히는 책 사이에는 상관관계가 존재하는가? 책에서 다루고 있는 주제가 참신성과 시사성을 잃어버린 후에도 읽을 가치가 있다면, 그 가치는 무엇으로 담보되는 것일까?

이렇게 말하고 보니 흥미로운 주제라고 생각한다. 우치다 선생은 기회가 있을 때마다 오랫동안 읽히는 책을 쓰고 싶다고 말씀하신다. 그런데 그런 책이 반드시 상업적으로 성공하는 건 아니다. 날개 돋친 듯이 팔려서 밀리언셀러가 되었지만 일 년 후에는 누구도 제목을 기억하지 못하는 책도 많다. 반면 폭발적인 반응은 얻지 못하더라도 매년 500부 내지 1,000부라도 꾸준히 팔리는 책이 있는데, 바로 이런 책이 '오래 읽히는 책' 아닐까. 『우치다 선생이 읽는 법』은 꾸준한 반응을 얻고 있는 책이다.

자, 그렇다면 오랫동안 계속 읽히는 텍스트의 특징은 무엇일까?

　가장 대표적인 책은 카를 마르크스가 쓴 『루이 보나파르트의 브뤼메르 18일』이다. 이 책은 1851년에 쓰인 '시평'인데 170년이 지난 지금도 여전히 많은 사람에게 읽히고 있다. 마르크스는 루이 보나파르트가 쿠데타를 일으켜서 정권을 탈취할 때까지 약 2년이라는 시간 동안 프랑스 정국을 상세하게 기술했다. 이 책은 마르크스주의적 역사관을 피력한다든지 프롤레타리아 독재의 정당성을 외치지 않는다. '르포르타주'다. 그런데 170년 전 먼 이국에서 일어난 당파 간의 싸움은 오늘날의 독자에게는 무척 낯선 사건들이다. 그럼에도 이 책은 오늘날에도 여전히 전 세계적으로 많은 독자에게 읽히고 있다.

　그렇다면 문제는 소재가 아니다. 책의 '가치'를 담보하는 것은 소재의 보도 가치나 긴급성 또는 정치적 옳음이 아니다. 우리를 매료시키는 것은 마르크스의 문체이다. 사고의 질주감, 추론이 전개될 때의 고양감, 숨 쉴 틈을 주지 않고 몰아붙이는 리듬감, 어휘의 신선함. 이런 것은 시간과 공간에 영향을 받지 않는다. 책에서 다루는 주제가 우리와 소원한 것이라고 해도 광택을 잃지 않는다.

독자들은 이 책에서도 질주감, 고양감, 리듬감, 신선함을 향유할 수 있을 것이다. 여기에 더해 장르와 장르 사이를 쉴 새 없이 오가는 우치다 선생의 일탈로 인해 기분 좋은 현기증도 덤으로 맛볼 수 있다. 저자는 문학을 이야기하다가 갑작스럽게 종교 이야기로 넘어간다든지, 정치를 논하다가 영화 이야기를 시작한다. 이는 전혀 다른 주제 사이에서 그때까지는 자각하지 못한 동형성을 저자가 글을 쓰면서 발견했기 때문이다.

사건 A와 사건 B 사이에 '연결점'이 있다는 것을 직감했다. 그것이 어떻게 연결되었는지 작가는 제대로 말할 수 없다. 그러나 알 수는 있다. 층위가 다른 사상事象(예컨대 영화와 종교) 사이에 반복되는 동형적 패턴을 발견하는 것을 자연과학에선 법칙의 발견이라고 부른다. 연결점이 없어 보이는 것들 사이에서 반복되는 패턴을 발견했을 때 인간의 지성은 격한 고양감을 느낀다.

즉 갑자기 이야기가 생각지도 못한 방향으로 전환될 때야말로 작가의 지성은 가장 높이 도약하고, 가장 빠르게 회전하는 것이다. 이는 십 년 가까이 매년 두 번 이상은 우치다 선생의 말을 통역한 사람으로서, 선생의 200권 가까이 되는 저작을 다 읽어 본 사람으로서 확신을 가지고 말씀드릴 수 있다. 선생이 느끼는 고양감에 덩달아 올라타 질주하는 경험을 나는 몇 번이나 해 봤다.

이렇게 높이 도약하고 빠르게 회전하는 지성의 감각을 뭐라고 해야 할까? 적당한 단어가 지금 당장은 떠오르지 않지만, 여하튼 이런 지성을 자양분 삼은 책만이 시간의 변화에도 살아남을 수 있는 것이 아닐까.

어떻게 자신이 그런 것을 생각해 냈는지 작가 자신조차 제대로 설명할 수 없는 이야기를 쓸 때, 작가의 지성은 빠르게 회전하고 거기에서 나오는 힘에는 일종의 감염성이 있다. 그 지성에 독자의 지성이 공명하는 것이다.

독자는 다른 사람에게 자신이 읽은 옳은 사고와 아름다운 말을 그대로 들려주기 위해 책을 읽는 것이 아니다. 자신의 사고와 언어를 가두고 있는 방에서 빠져나가려고 읽는다.

1980년대의 청소년들이 『용쟁호투』를 보고는 이소룡처럼 "아 쵸" 하고 괴성을 지르며 공중 발차기를 하듯이, 우리는 감염력 강한 문장을 접하면 자신에게서 생각지도 못한 말이 나오는 경험을 하게 된다. 이것이 바로 공명 효과이다. 작가 자신도 '내가 어떻게 그런 이야기를 쓸 수 있었는지 잘 모르는 상태에서 쓴 문장'에는 이처럼 감염력이 있다. 그러한 힘이 책의 가치를 보증해 주는 것이 아닐까?

마지막으로 이 책의 제목이 『우치다 선생이 읽는 법』이라고 해서 '이러이러한 방법을 사용하면 텍스트를 잘 읽을 수 있다'라든지, '일주일 안에 끝내는 난해한 텍스트 읽는 법'과 같은 매뉴얼 책이라고 생각하면 곤란하다. 오히려 이 책은 텍스트란 도대체 무엇인가, 우리는 과연 '읽기'에 대해 제대로 알고 있는가, 독서의 근원적 의미는 무엇인가와 같은 물음의 소용돌이 속으로 여러분을 끌어들인다.

진리의 여신은 실로 냉혹하다. 우리가 아무리 고생해서 책을 독파하려고 노력해도 어떤 평가도 보상도 해 주지 않는다. 아이가 응석을 부려도 차갑게 외면하는 어머니처럼. 그런데 만약 우리가 진리를 향해 질문을 던지고 또 던진다면, 이 여신은 조금씩 마음을 열고 실로 관대하고 따뜻하게 우리를 지성의 세계로 한걸음 한걸음 안내할 것이다.

우치다 선생은 진리란 달라고 외친다고 해서 얻을 수 있는 게 아니라 질문을 던지는 것을 통해 얻을 수 있다는 사실을 이 책으로 보여 준다.

2020년 4월
박동섭

우치다 선생이 읽는 법
: 뾰족하게 독해하기 위하여

2020년 7월 4일   초판 1쇄 발행

지은이   **옮긴이**
우치다 다쓰루   박동섭

펴낸이   **펴낸곳**   **등록**
조성웅   도서출판 유유   제406-2010-000032호 (2010년 4월 2일)

                 주소
                 경기도 파주시 책향기로 337, 301-704 (우편번호 10884)

전화   **팩스**   **홈페이지**   **전자우편**
031-957-6869   0303-3444-4645   uupress.co.kr   uupress@gmail.com

                 페이스북   **트위터**   **인스타그램**
                 facebook.com   twitter.com   instagram.com
                 /uupress   /uu_press   /uupress

편집   **디자인**   **마케팅**
전은재, 추지나   이기준   송세영

제작   **인쇄**   **제책**   **물류**
제이오   (주)민언프린텍   (주)정문바인텍   책과일터

ISBN 979-11-89683-42-9 03800

이 도서의 국립중앙도서관 출판시도서목록(CIP)은 서지정보유통지원시스템
홈페이지(seoji.nl.go.kr)와 국가자료공동목록시스템(nl.go.kr/kolisnet)에서
이용하실 수 있습니다.(CIP제어번호: CIP2020025019)

유유 출간 도서